EVA SEIFERT

Die Frühstücksfrauen

Ein Geheimnis im Pommern

Eva Seifert

Die Frühstücksfrauen

Ein Geheimnis im Pommern

Roman

blanvalet

Penguin Random House Verlagsgruppe FSC® N001967

2. Auflage
Originalausgabe 2024 by Blanvalet in der
Penguin Random House Verlagsgruppe GmbH,
Neumarkter Straße 28, 81673 München
Copyright © 2024 by Eva Seifert
Dieses Werk wurde vermittelt durch die Literarische Agentur
Thomas Schlück GmbH, 30161 Hannover
Redaktion: Angela Kuepper
Umschlaggestaltung und -motiv: www.buerosued.de
DK · Herstellung: sam
Satz: GGP Media GmbH, Pößneck
Druck und Bindung: GGP Media GmbH, Pößneck
Printed in Germany
ISBN 978-3-7341-1135-8

www.blanvalet.de

Für alle,
die vor etwas auf der Flucht sind,
sei es im Inneren oder Äußeren.
Für alle,
die etwas zurückgelassen haben,
im Herzen oder in der Heimat.
Für alle,
die auf der Suche sind
nach dem richtigen Weg.

Und
für Sigrid

Editha

Schweißgebadet wachte Editha auf. *Wo bin ich? Zu Hause, in Blumenwerder? Ist das Mutter, die in der Küche mit den Töpfen klappert? Was mache ich hier? Aber das ist doch nicht richtig ...*

Hektisch blickte sie sich um. Erkannte nach und nach die weißen Wände durch den schwachen Lichtspalt, der zwischen den schweren Vorhängen ins Zimmer fiel, den raumhohen Schrank, ihren Lieblingssessel, den kleinen Tisch. Langsam beruhigte sie sich, atmete tief durch.

»Es ist alles gut, du bist in deinem Bett im Seniorenheim«, sagte sie sich, blinzelte und rieb sich mit beiden Händen über das Gesicht. Die dritte Nacht in Folge hatte sie nun schon diesen Traum gehabt. Als junge Frau hatte sie lange mit Albträumen zu kämpfen gehabt, doch irgendwann hatten sie aufgehört. Sollte das Ganze wieder losgehen? Warum jetzt, wo sie alt war?

Doch dieser Traum war ganz anders gewesen als die früheren: Sie wurde von einer Granate verfolgt. Sie rannte und rannte, doch das Geschoss blieb immer hinter ihr – mit gleichbleibendem Abstand. In ihrem Elternhaus versteckte sie sich hinter dem Sofa und wartete auf den Einschlag, die Explosion, aber nichts dergleichen geschah. Alles, was folgte, war ein seltsames Geräusch, irgendetwas zwischen Klingen und Poltern, als der mit todbringender Fracht versehene Hohlkörper zu Boden fiel. Vorsichtig kam sie in ihrem Traum aus dem Versteck heraus und sah die Granate vor sich auf dem Boden liegen. Qualmend und noch leise zischend, aber nicht explodiert.

»Ich verstehe nicht, was das soll.« Kopfschüttelnd versuchte Editha sich aufzusetzen. Es schien, als würden jegliche Bewegungen von Tag zu Tag anstrengender werden. Doch sie biss die Zähne zusammen und sammelte all ihre Kräfte, um die schwachen Muskeln zu aktivieren. Sie war noch nie jemand gewesen, der schnell aufgab. Sie schlüpfte in ihre vor dem Bett stehenden Pantoffeln, wobei der rechte Fuß augenblicklich gehorchte, nur der linke wieder Probleme machte. Sie behalf sich, indem sie mit dem rechten den linken nach vorne schob. »Das reinste Elend«, murmelte sie, zog den Rollator heran und schlurfte darauf gestützt zum Fenster hinüber, schob die Vorhänge im Schneckentempo beiseite, ließ das fahle Licht der Morgensonne herein. Einen Moment sah sie aus dem Fenster in das graue Nichts, weiter unten war mehr Bewegung. Autos brummten vorüber, Menschen mit Regenschirmen hasteten von einem Ort zum anderen.

Ihr Blick wanderte zur Uhr, ah, gleich würde jemand kommen, um ihr beim Ankleiden unter die Arme zu greifen, hoffentlich war es diese nette junge Pflegerin, deren Namen sie immer vergaß. Die anderen waren eher schmallippig und auch ein bisschen ruppig. Diese nahm sich hingegen einige Minuten mehr Zeit, sprach ein paar Worte mit ihr – zwar mit leichtem Akzent, denn sie kam aus Polen, aber das war nicht schlimm –, machte ihr das Haar und summte dabei oft ein Liedchen, das aus unerfindlichen Gründen etwas in Editha anrührte. Sie hatte sie mal gefragt, um welches Lied es sich handele, aber den Titel nicht behalten können. Noch einmal mochte sie nicht fragen. Dann würde sie womöglich als senil dastehen, undenkbar! Die Pflegerin kam aus der Nähe von Bromberg – das heute natürlich ganz anders hieß –, hatte sie irgendwann erzählt. Nicht sehr weit weg von ihrer alten Heimat.

Seit dem Gespräch musste Editha hin und wieder über früher nachdenken. Hatten seitdem auch die Träume angefangen? Sie konnte es nicht sicher beantworten. Aber es war und blieb seltsam, dass sie so plötzlich aufgetaucht waren.

Ächzend ließ Editha sich in den Ohrensessel sinken, versetzte sich zurück in die gute Stube von Blumenwerder. *Einen kleinen Moment nur.* Der Kachelofen, an dem sie so gerne gesessen und sich den Rücken gewärmt hatte, der große dunkle Schrank, das Sofa, gegenüber die Standuhr. Sie hatte ihr als Kind immer ein bisschen Angst eingeflößt mit ihrem lauten Schlagen. Die Granate aus ihrem Traum war genau zwischen Couch und Uhr liegen geblieben. Wie die Male davor auch. Warum? Aber sie selbst versteckte sich in diesem grässlichen Traum ja auch jedes Mal an derselben Stelle ... Doch warum explodierte das Ding nicht?

Unwirsch schüttelte Editha den Kopf. *Schluss mit dem Unsinn!*

In dem Moment klopfte es. Leider war es nicht die nette Pflegerin.

1.

Es war der erste Kaffee des Tages. Den brauchte Marlene immer dringend. Egal, ob Werktag oder Wochenende, lange bevor alle anderen aufwachten, genoss sie die große Tasse mit der frisch aufgebrühten hellbraunen Flüssigkeit. Nur in dieser genehmigte sie sich einen Schluck Sahne, später musste die fettarme Milch reichen. Vor ihr lag die aufgeschlagene Zeitung, doch die beachtete sie nicht weiter. Ihre Gedanken waren woanders, ihr Blick schweifte durch die Küche nach draußen, über den Balkon mit den Blumenkästen, in denen nach und nach die Frühblüher ihre farbenfrohen Blüten zeigten, und die Dächer der Reihenhäuser, die wie feingezogene Schnüre hübsch parallel von ihrer Straße abgingen. An deren Wendehammer befand sich das Mehrfamilienhaus, in dessen zweiten Stock sie vor Jahren mit Karsten gezogen war und wo sie seit sechs Monaten nun allein mit ihrer Tochter lebte.

Marlene liebte diese Jahreszeit, wenn die Natur wieder ihre schönsten Farben zum Vorschein brachte. Sie selbst trug auch bevorzugt farbenfrohe Kleidung. Apropos Kleidung, ein schneller Blick auf die Wanduhr sagte ihr, dass es langsam Zeit wurde, sich fertig zu machen. Es war der erste Samstag im Monat und damit »Frühstücksfrauen-Samstag« in ihrem Lieblingscafé, dem *Violoncello*. Irgendwann hatten sie sich so genannt, weil sie sich einmal im Monat zum Frühstücken trafen. Marlene konnte gar nicht mehr sagen, wer die Idee mit dem Namen gehabt hatte. War es Alix gewesen, die wohl

Schlagfertigste unter ihnen? Oder Josefin, die handwerklich sehr geschickt war, aber als Halbschwedin, die zudem viele Jahre in verschiedenen Ländern gelebt hatte, manchmal mit dem Deutschen haderte? Oder Romy, die mit ihren drei Kindern eigentlich immer den Kopf voller Dinge hatte? Oder war es am Ende doch sie selbst gewesen? Immerhin arbeitete sie seit Jahren in einer Werbeagentur. Zwar nicht unbedingt im textlichen Bereich, sondern eher im gestalterischen, aber vielleicht hatte ja der tägliche Umgang mit Spots, Plakaten und markigen Sprüchen seine Spuren hinterlassen. Egal.

Unwillkürlich musste sie lächeln. Sie freute sich auf die Freundinnen, und sie freute sich auf ihr gemeinsames Frühstück. Insgeheim musste sie sich eingestehen, dass diese Treffen das Highlight ihres Monats darstellten. Sie hatten sich im Geburtsvorbereitungskurs kennengelernt und sich nach den Entbindungen weiter getroffen. Zunächst unregelmäßig und meistens mit ihren Kindern, später dann allein. Es gab kaum etwas Schöneres, als sich mit Freundinnen auszutauschen, die sich in einer ganz ähnlichen Situation befanden, obwohl sie charakterlich zum Teil recht unterschiedlich waren. Besonders, als die Kinder noch ganz klein gewesen waren, hatte es ihnen allen gutgetan, mal rauszukommen und in den Gesprächen festzustellen, dass die anderen mit den gleichen großen und kleinen Sorgen, Fragen und Nöten zu kämpfen hatten. Seit fünf Jahren trafen sie sich nun und waren sehr stolz darauf, es durchgezogen zu haben. Oft genug hatten sie dabei gegen Widerstände zu kämpfen gehabt. Regelmäßig hatte Karsten gemotzt, wenn sie am Samstagvormittag das Haus verließ, um endlich mal etwas für sich zu tun, nachdem sie sich die ganze Woche mit Windelwechseln, Wäschewaschen und Babybrei herumgeschlagen hatte. Er hatte nie begreifen können, wie sehr sie wenigstens einmal im Monat etwas Luft gebraucht hatte. Natürlich liebte sie Paola über alles und ging vollkommen in ihrem Muttersein auf, aber trotzdem musste man doch auch mal raus, oder etwa nicht?

Im Aufstehen leerte sie ihren Lieblingskaffeebecher mit den großen Rosen darauf und stellte ihn in die Spüle. In einer halben Stunde würde Karsten hier sein, um Paola abzuholen, und da wollte sie nicht im Nachthemd und mit wirren Haaren die Tür öffnen müssen. Obwohl sie nach wie vor schrecklich unter der Trennung litt, wollte sie nicht, dass man es ihr ansah. Dass *Karsten* ihr ansah, wie schlecht es ihr wirklich ging. Dass Paola bemerkte, wie angeschlagen ihre Mutter war. Für sie musste sie doch stark sein.

Marlene seufzte und straffte gleichzeitig die Schultern, während sie ins Kinderzimmer hinüberhuschte. Im Bett regte sich der kleine Körper ihrer Tochter, als das Sonnenlicht aus dem Flur in den noch dunklen Raum fiel. Sofort überflutete sie eine Woge von Liebe für ihr Kind.

»Guten Morgen, mein Schatz«, sagte sie sanft, ging zum Fenster, um die Jalousie hochzuziehen, was ein Brummen ihrer Tochter zur Folge hatte. Ruckartig wurde die Decke über den Kopf gezogen, sodass nur noch ein paar dunkle Haarsträhnen hervorblitzten, aber nun die Füße frei lagen. Vorsichtig setzte Marlene sich an den Bettrand und kitzelte zärtlich Paolas Fußsohlen, die daraufhin quiekte, die Decke zurückschlug und sie aus ihren wunderschönen braunen Augen verschlafen anblickte.

»Hallo, Mama.«

»Hallo, Liebes.« Sie beugte sich hinunter und gab Paola erst einen Kuss auf die eine Wange, dann auf die andere und zum Schluss noch einen auf die Nasenspitze.

»Ih, das kitzelt.« Energisch rieb sich Paola über die Nase. »Du riechst nach Kaffee.«

»Tue ich das nicht immer?«

Paola verzog das Gesicht. »Wahrscheinlich schon.« Sie schien zu überlegen. »Es ist Wochenende, oder?« Marlene nickte. »Was machen wir heute?«

»Du gehst doch zu Papa.«

»Ach ja, Papa-Wochenende.«

Es klang neutral, und Marlene gelang es nicht zu deuten, wie ihre Tochter das fand. Sie wirkte allerdings nicht übermäßig begeistert. Oder wollte sie ihre Freude, den Papa wiederzusehen, nur nicht zeigen, um sie, ihre Mutter, nicht traurig zu machen? Das Ganze war ein ständiger Balanceakt, und einmal mehr kroch die Wut in Marlene hoch, weil Karsten alles, was sie gehabt hatten, so leichtfertig weggeworfen und unnötig verkompliziert hatte. Und sie in Windeseile durch eine andere, natürlich jüngere Frau ersetzt hatte.

»Bestimmt macht ihr etwas Schönes.« Sie wollte nicht, dass Paola sich um ihre Mutter Sorgen machte. *Es reicht schon, wenn ich mich ständig frage, wie* sie *das alles verkraftet.* »Stehst du langsam auf und ziehst dich an?«

»Okay, Mama, gleich«, sagte Paola und drückte Trinchen an sich, ihren Kuschelhund.

Sie hatten bereits am Vorabend alles bereitgelegt und Paolas kleines Köfferchen gepackt. Eigentlich hatte Karsten sie – wie an jedem zweiten Wochenende – bereits am Freitagnachmittag abholen sollen, aber da er wieder einmal auf Dienstreise gewesen war, war es ihm erst heute möglich zu kommen. Logischerweise war damit auch der Mittwochnachmittag flachgefallen – wie so oft –, der eigentlich »sein« Nachmittag pro Woche mit seiner Tochter sein sollte. Das war während der »Verhandlungen« direkt nach der Trennung ein Zankapfel gewesen. Wie sie sich denn bitte schön vorstellte, dass er jede Woche einen Nachmittag freinehmen solle? Immerhin sei er schließlich derjenige, der Vollzeit arbeite! »Ja, danke, reib mir nur unter die Nase, dass ich für die Familie kürzergetreten bin und auf Fortbildungen und Aufstiegsmöglichkeiten verzichtet habe«, hatte sie ärgerlich geantwortet. Als Paola alt genug gewesen war, um in den Kindergarten zu gehen, hatte Marlene feststellen müssen, dass sie zu lange aus ihrem Beruf raus gewesen war und sich in der Zwischenzeit enorm viel verändert hatte. Ein neuer Chef hatte das Ruder der Werbeagentur übernommen, in der sie vor einigen Jahren als Grafikerin angefangen hatte, Kollegen waren gekommen und gegangen, auch das EDV-System war generalüberholt worden. Bei ihren paar Arbeitsstunden in der Woche hatte es niemand für nötig gehalten, weiter in sie zu investieren. Sie war halt eine Mutter, würde wahrscheinlich eh bald wieder schwanger werden und danach womöglich ganz wegbleiben. Überhaupt, Mütter zu beschäftigen war ein arbeitspolitisches Risiko – schließlich fielen sie ständig aus, weil irgendwas mit dem Nachwuchs war. Der alte Chef, der sie noch ausgebildet hatte, hätte Marlene vielleicht weiter unterstützt, weil er ihre fachlichen Kompetenzen und ihre Arbeitsmoral kannte, aber der neue hatte keinerlei Verbindung zu ihr. Sie wurde wie ein lästiges Anhängsel behandelt und war längst abgehängt, bekam nur noch die langweiligen Aufträge, die jeder Hinz und Kunz machen konnte und auf die sonst keiner Lust hatte. Immer öfter wurden ihr einfache Bürotätigkeiten zugeschoben, hin und wieder durfte sie mal ein neues Plakat oder eine Anzeige für einen ihrer wenigen verbliebenen Stammkunden gestalten, aber das war's dann auch. Sie machte weiter, was blieb ihr anderes übrig? Zum Glück hatte Karsten dann doch eingewilligt, anscheinend überrascht darüber, wie vehement sie in der Sache für sich eingetreten war. Wenn sie jemals wieder auf die Füße kommen wollte, musste sie ihrem

Arbeitgeber zumindest einen Nachmittag in der Woche anbieten können. Hatte sie gedacht. Aber niemand war auf sie zugekommen. Man brauchte sie nicht, hatte sie sich ein weiteres Mal eingestehen müssen.

Nun ja, Marlene hatte vergangenen Mittwoch also nichts Besseres vorgehabt, und so hatte sie kurzerhand Paola nach dem Kindergarten abgeholt und war mit ihr Eis essen gegangen. Das erste Eis des Jahres. Paola hatte einen Biene-Maja-Eisbecher verspeist und sie den mit Amaretto und viel Sahne. Eine echte Sünde, aber unwiderstehlich. Manchmal musste man sich einfach etwas gönnen, fand sie.

Ihr Blick fiel auf das hübsche dunkelblaue Kleidchen, auf dessen Brust ein Herz aus rosa-silberfarbenen Wendepailletten prangte und dessen Rockteil aus einem fließenden Tüllstoff bestand, der beim Drehen hochwehte. Paola liebte dieses Kleid, wollte es unbedingt tragen, wenn ihr Vater sie abholte.

»Ich ziehe mich jetzt auch an.« Sie wuschelte Paola durchs Haar, wobei sie ihr – wie sie hoffte – aufmunternd zulächelte, und gab ihr einen weiteren Kuss, diesmal auf die Stirn, bevor sie sich erhob.

In ihrem Schlafzimmer angekommen, schien sie gleich wieder alle Kraft zu verlassen, und sie musste sich aufs Bett sinken lassen. *Warum nur ist Karsten gegangen? Warum hat er uns das angetan?* »Es nützt nichts, reiß dich zusammen, Marlene«, widersprach sie ihren trüben Gedanken und schlüpfte in die bereitliegende schwarze Hose mit dem weiten Bein sowie das schwarz-petrol geringelte Oberteil, zu dem ein petrolfarbener Jerseyblazer gehörte, der noch am Schrank hing. Die Kombination betonte ihre Kurven vorteilhaft, hatte sie festgestellt, außerdem liebte sie diesen Blauton. Sie stellte sich vor den großen Spiegel am Kleiderschrank und nickte zufrieden. Fehlte nur noch die Kette mit dem großen Anhänger, dann wäre sie fertig. Sie warf einen Blick auf die Armbanduhr, zehn vor neun. Sie musste spätestens um neun los, wenn sie pünktlich sein wollte – und sie kam nicht gern zu spät. Das hatten ihre Eltern ihr von klein auf eingebläut. Gerne mit den Sprüchen bedeutender Persönlichkeiten, zum Beispiel einem angeblichen Zitat von Lessing: »Bester Beweis einer guten Erziehung ist die Pünktlichkeit.« Und als das brave Mädchen, das sie gewesen war, hatte sie ihren Eltern keine Schande machen wollen und war niemals irgendwo zu spät gekommen. Das hatte sie bis heute verinnerlicht.

Im nächsten Moment klingelte das Telefon. Sie hastete in den Flur, bemerkte dabei erleichtert, dass Paola sich bereits anzog.

Als sie die Nummer auf dem Display erkannte, zog sich ihr Magen in düsterer Vorahnung zusammen. Das Seniorenstift. *Die rufen nie einfach so an. Schon gar nicht an einem Samstagmorgen.*

»Fröhlich«, meldete sie sich und bemerkte selbst, wie gepresst ihre Stimme klang.

»Guten Morgen, Frau Fröhlich, hier Schmidt.« Es war die Leiterin des Senioren- und Pflegeheims höchstpersönlich. »Hätten Sie einen Augenblick?«

»Selbstverständlich.« Marlene lief hinüber in die Küche und schloss vorsorglich die Tür hinter sich, damit Paola das Gespräch nicht mitbekam.

»Leider geht es Ihrer Mutter nicht besonders gut.«

»Was hat sie denn?« Marlene ließ sich auf einen Küchenstuhl sinken.

»Es scheint nichts Körperliches zu sein«, versuchte Frau Schmidt sie offenbar zu beruhigen, »doch Ihre Mutter wirkt sehr aufgebracht. Eigentlich beobachten wir schon seit ein paar Tagen, dass sie morgens verwirrt ist, sich manchmal noch hektisch im Schlaf hin- und herwirft, etwas vor sich hinredet, wenn die Kollegin zu ihr kommt. Heute Morgen war es aber noch etwas anders. Die betreuende Pflegekraft hat berichtet, dass Frau Krause kaum ansprechbar gewesen sei, als sie das Zimmer betrat. Sie habe bereits in ihrem Lieblingssessel gesessen und zunächst gar nicht reagiert, sondern nur aus dem Fenster gestarrt. Als meine Mitarbeiterin sie dann berührte, um ihr beim Waschen und Anziehen behilflich zu sein, sei Frau Krause regelrecht ungehalten geworden, habe sogar um sich geschlagen und geschrien. Dabei ist das Tablett mit dem Frühstück auf den Boden gekracht.«

»Oh«, entfuhr es Marlene. Wie unangenehm. »Das tut mir leid.«

»Ist schon in Ordnung. Solch ein Verhalten ist uns ja nicht unbekannt. Alte Menschen können schon mal recht kratzbürstig sein, auch ohne es zu wollen. Wir konnten Ihre Mutter schließlich beruhigen. Erst mal.« Frau Schmidt machte eine Pause. »Wir haben das Gefühl, dass sie etwas beschäftigt. Ich weiß, dass Sie heute ohnehin vorbeigekommen wären, aber vielleicht könnten Sie es gleich einrichten? Da ist nämlich noch etwas.« Marlene horchte auf. »Ihre Mutter hat explizit nach Ihnen gefragt. Sie hat darum gebeten, dass Sie herkommen.«

Das war in der Tat ungewöhnlich. »Ich mache mich gleich auf den Weg.«

Marlene saß wie auf heißen Kohlen, stand vor dem Küchenfenster und sah nach draußen, ohne wirklich etwas wahrzunehmen. Hoffentlich kam Karsten bald, sie machte sich Sorgen um ihre Mutter. Was war bloß los mit ihr?

»Paola, Schatz, bist du fertig?«, rief sie in den Flur.

»Natürlich, Mama«, hörte sie ihre Tochter von der Wohnungstür in einem derart erwachsenen Tonfall sagen, dass sie unwillkürlich aufhorchte. Sie warf einen Blick um die Ecke. Da stand ihre Kleine mit gepacktem Köfferchen vor sich, die Jacke sowie Trinchen, der überallhin mitmusste, unter den Arm geklemmt, und wartete. Sogar ihre Lieblingsstiefel mit den Pferden drauf hatte sie schon angezogen. In einem Anflug von überbordender Liebe wurde Marlenes Herz schwer. Sie lächelte Paola, die genau in diesem Moment aufsah, zärtlich an. Meine Güte, ist sie groß geworden, dachte Marlene. Und seit der Trennung ihrer Eltern auch so vernünftig! Sie bekam ein schlechtes Gewissen, wie so oft. Sie und Karsten hätten sich niemals trennen dürfen! Wenn er seine Tochter so sah, müsste er es doch auch begreifen! Es war schließlich nicht alles schlecht zwischen ihnen gewesen. Was denn überhaupt? Mit etwas Abstand betrachtet, erschienen ihre Probleme ganz klein, und erneut packte sie die Wut auf ihren Ex-Mann, der einfach aufgegeben hatte. Der sich immer mehr zurückgezogen hatte und irgendwann mit der Nachricht vor ihr gestanden hatte, dass es mit ihnen nicht mehr funktioniere, dass er keine Kraft mehr habe. Dass er mehr Freiheiten brauche, mehr Aufregung in seinem Leben. *Mehr Aufregung!* Es war klar, was das bedeutete: Sie war ihm zu langweilig. Zwei Wochen später war er ausgezogen. Das war jetzt genau sechs Monate und siebzehn Tage her. Und es hatte keine zwei Monate gedauert, bis er erzählt hatte, dass er eine Neue habe. Nicht nur hatte Karsten all die gemeinsamen Jahre einfach weggeworfen, nein, er hatte Marlene auch noch in kürzester Zeit ersetzt! War denn alles nichts wert gewesen? Sie schüttelte unwillkürlich den Kopf, versuchte die grässlichen Gedanken loszuwerden und sich auf die letzten Momente mit ihrer Tochter zu konzentrieren, bevor sie sie zweieinhalb Tage nicht sehen würde. Sie ging zu Paola hinüber. Die Art, wie ihre Tochter den Kopf hängen ließ, zeigte ihr, dass irgendetwas sie bedrückte. Sie ging vor ihr in die Hocke. Sanft fasste sie unter Paolas Kinn, hob es leicht, sodass sich ihre Blicke trafen.

»Was ist los, mein Schätzchen?« Erneut ließ Paola die Schultern hängen. »Na los, sag schon«, meinte Marlene aufmunternd.

»Kann Papa nicht wieder hier einziehen? Ich will nicht immer hin- und herfahren müssen«, platzte es nun aus ihrer Kleinen heraus.

Marlene seufzte leise und bereute es sofort, denn es sollte für ihre Tochter nicht so wirken, dass sie das Thema nervte. Es war nur so schwer auszuhalten – für sie selbst schließlich genauso wie für ihre Tochter. Aber wie sollte sie das Paola erklären?

»Mein Schatz ...«, sie rang nach Worten, »ich weiß, dass es hart für dich ist, und das ist es für mich auch, das musst du mir glauben.«

»Aber warum tust du dann nichts?«

Marlene schluckte schwer. »Ich würde ja gerne ...«, flüsterte sie, den Tränen nahe, denn sie verstand es doch selbst nicht. »Aber es geht nicht. Papa wollte ... Papa und ich sind nicht mehr gut miteinander zurechtgekommen.«

»Und wenn ihr euch einfach entschuldigt? Das kann man doch bestimmt besprechen. Ihr sagt doch immer, dass man sich nur entschuldigen muss, und dann ist alles wieder gut.«

»Ach, Schätzchen ... Bei Erwachsenen ist das manchmal nicht so einfach ...« In dem Augenblick klingelte es an der Tür, was Marlene gleichermaßen erleichtert wie unwillig registrierte. Dass Karsten sie andauernd in diese Situationen bringen musste, in denen *sie* den ganzen Mist erklären musste, den *er* verzapft hatte! Wie konnte sie das, wenn sie es selbst lieber anders hätte? Sie wollte die Trennung schließlich nicht.

Marlene erhob sich, um den Summer zu betätigen und gleichzeitig die Wohnungstür zu öffnen. Schweigend lauschte sie den heraufstapfenden Schritten auf der Treppe.

»Ich hab dich ganz doll lieb, mein Schatz«, sagte sie, ging erneut in die Hocke und nahm ihre Tochter fest in den Arm.

»Ich dich auch, Mama«, hauchte Paola und drückte ihre Wange an Marlenes. »Wer hat denn da eigentlich gerade angerufen?«

»Das war das Altenheim.«

»In dem Oma ist?« Paolas Augen wurden groß. »Was wollten sie denn?«

»Oma Editha geht es nicht so gut«, antwortete Marlene wahrheitsgemäß. »Sie ist wegen irgendwas ganz schrecklich aufgeregt. Ich soll gleich hinkommen.«

»Oh.« Ihre Tochter kaute auf der Lippe. »Deswegen bist du so nervös.« Meine Güte. Wie konnte es sein, dass ein kleines Kind dermaßen sensibel war?, fragte Marlene sich, hatte aber keine Gelegenheit, weiter darüber zu staunen. »Kann ich mitkommen?«

»Zu Oma? Du bist doch jetzt mit Papa verabredet.«

»Trotzdem.« Marlene beobachtete beinahe amüsiert, wie sich Paolas kleines Kinn vorschob. Sie wusste, was das bedeutete: Ihre Tochter würde versuchen, jeden Widerspruch im Keim zu ersticken. Wie aufs Stichwort erschien Karsten im Türrahmen.

»Na, Prinzessin, alles bereit?« Er hob Paola hoch und wirbelte sie durch die Luft.

»Nicht so ganz«, erwiderte sie, als sie wieder auf dem Fußboden stand. Marlene war sich nicht sicher, ob Karsten das mitbekommen hatte.

»Hallo, Lenchen«, begrüßte Karsten nun sie.

Lenchen. Nur er nannte sie so. Ihre Mutter hingegen benutzte ausschließlich ihren vollständigen Namen. Aber das war eine andere Geschichte. Ihre Freundinnen und Kollegen sagten Marlene, Lene oder auch Mary zu ihr, je nach Gusto. Sie selbst mochte Lene, alles war ihr letztlich lieber als Lenchen. Seit dem Tag, an dem Karsten ihr eröffnet hatte, dass er sich von ihr trennen und eine eigene Wohnung nehmen würde, konnte sie es nicht mehr ertragen. Ebenso wenig wie seine obligatorischen Küsschen auf ihre Wangen. Sie wusste nicht, wie sie damit umgehen sollte. Eigentlich mochte sie das nicht, andererseits wollte sie vor Paola aber auch keine Szene machen. Das Kind wünschte sich schließlich, dass seine Eltern wieder zusammenkämen. Und irgendwie hoffte sie selbst das ja auch.

»Ich kann noch nicht mit«, beharrte Paola da und klammerte sich an Marlenes Bein. »Oma Editha geht es nicht gut.«

»Wie bitte?« Irritiert blickte Karsten von seiner Tochter zu Marlene und zurück. Es war ihm anzusehen, dass er dachte, sie hätte etwas damit zu tun, dass Paola nicht mitkommen wollte. »Was soll das denn jetzt?«

»Das Heim hat eben angerufen, und Mama soll sofort hin. Und ich will mit.« Paola verschränkte die Arme. Wie stolz Marlene in diesem Moment auf ihre Tochter war! Schon mit ihren fünf Jahren war sie in der Lage, ihre Interessen gut zu vertreten.

»Wirklich?« Karsten zog die Stirn in Falten. »Was ist mit Editha?«

Marlene zuckte hilflos mit den Schultern. »Genaueres weiß ich auch nicht. Nur dass sie irgendetwas zu beschäftigen scheint. Sie will unbedingt mit mir sprechen.«

Karsten dachte nach. »Was hältst du davon, wenn wir Mama eben mitnehmen und beim Seniorenstift absetzen?«, fragte er nun wieder an Paola gewandt.

»Das ist gut. Aber ich will auch mit zu Oma.«

»Schatz«, versuchte Marlene sie zu besänftigen, »das ist doch ein guter Kompromiss. Papa hat bestimmt etwas Schönes mit dir vor, das nicht warten kann.« Sie wusste schließlich, wie durchorganisiert Karsten war. Was Pläne und Pünktlichkeit anging, war er noch schlimmer als sie. »Ich verspreche dir, dich nachher gleich anzurufen, wenn ich bei Oma war.«

»Bitte, Mama ...« Der flehende Blick in Paolas Augen ließ Marlenes Widerstand in Windeseile bröckeln.

»Was meinst du?« Entschuldigend sah sie Karsten an. »Ich verspreche, mich kurz zu halten. Hab ja dann auch noch mein Frühstück ...« Sie ließ den Satz in der Luft hängen. Ob sie es heute noch zu ihrem Treffen schaffen würde? Eigentlich hatte sie ihre Mutter am Nachmittag besuchen wollen. Gleich im Auto würde sie den Freundinnen eine Nachricht schicken, dass sie sich verspätete. Mindestens.

»Na schön.« Er war nicht begeistert, das war offensichtlich. Aber es ging um seine Schwiegermutter, und die mochte er. Auch wenn es zwischen ihr selbst und ihrer Mutter oft genug schwierig gewesen war, hatten sich Karsten und Editha immer gut verstanden.

Wie so oft war vor dem Seniorenpflegestift, das sich mitten in der Stadt befand, kein Parkplatz zu finden. Während Karsten mittlerweile fluchend eine weitere Schleife über den Vorplatz und durch die umliegenden Seitenstraßen drehte, dachte Marlene dankbar, dass sie zumindest dieses Problem nie hatte. Da Karsten das gemeinsame Auto mitgenommen hatte, war sie seit ihrer Trennung ausschließlich mit öffentlichen Verkehrsmitteln oder dem Fahrrad unterwegs – was ihr guttat, wie sie festgestellt hatte. Sie bekam Bewegung und frische Luft und musste sich nicht mit anderen Autofahrern oder eben den überall fehlenden Parkplätzen herumärgern.

Entnervt fuhr Karsten auf den Taxistreifen. »Mir reicht's jetzt. Ich warte hier und fahre notfalls weg, wenn jemand kommt. Geht ihr doch schon mal hoch.«

Das war Marlene eigentlich ganz recht. Die Besuche bei ihrer Mutter waren nie einfach für sie. Ihr Verhältnis war seit jeher nicht das Beste, und da brauchte sie nicht auch noch Karsten neben sich, der ihr gleich noch mal ein schlechtes Gefühl gab. »Ist gut.« Sie schwang sich aus dem Auto und befreite Paola anschließend aus dem Kindersitz. Hand in Hand liefen sie die Stufen zu dem großen, klobigen weißen Gebäude hinauf.

Marlene bemerkte, wie Paola an der Fassade emporsah. »Wo ist Omas Zimmer noch?«

Sie blieben stehen, und gemeinsam zählten sie erst die Fensterreihen und dann die Fenster ab. »Da oben, das da müsste es sein.« Marlene zeigte auf ein Fenster im dritten Stock, in dem die Vorhänge zugezogen waren. Schlief ihre Mutter?

Paola nickte. »Ich freue mich auf Omi.« Sie löste sich aus ihrer Hand und hüpfte die letzten Stufen bis zur Drehtür hinauf.

»Ich auch«, sagte Marlene, doch im Gegensatz zu der Stimme ihrer Tochter war ihre nur ein Hauchen.

Ihr schlug der typische Geruch entgegen, als sie den Eingangsbereich des Marienstifts betrat. Die Mischung aus Linoleum, Desinfektionsmitteln und Essen ließ ihr wie jedes Mal einen Schauer über den Rücken laufen. Oder war es nicht der Geruch, der ihr Unbehagen verursachte, sondern verband sie ihn einfach nur unbewusst mit dem, was ihr hier bevorstand? Immer, wenn sie ihre Mutter besuchte – und das tat sie etwa jeden zweiten Tag, am Wochenende meist täglich –, fühlte sie sich gemustert, kritisch beäugt. Als wäre sie nie gut genug.

Im Aufzug fiel ihr ein, ihren Freundinnen noch gar nicht Bescheid gesagt zu haben, dass sie sich verspäten würde. Oder es vielleicht auch gar nicht mehr schaffte. *Je nachdem, was als Nächstes passiert.* Schnell schrieb sie eine Nachricht in die WhatsApp-Gruppe. Alix antwortete wie immer sofort. *Alles Gute dir!* und ein Kuss-mit-Herz-Smiley. Romy und Josefin würden die Nachricht sicher erst lesen, wenn sie im Violoncello angekommen waren. Bei Romy ging es morgens immer hektisch zu, und Josefin hatte den weitesten Weg und fuhr mit dem Auto. Dann blickte Marlene an sich hinunter. Sie war zu auffällig gekleidet. Editha würde ihr Outfit gar nicht gutheißen. Schnell nahm sie ihre Kette mit dem großen Anhänger ab. Ihre Mutter hatte für solcherlei »Firlefanz« wenig übrig. Mehr konnte sie nicht ändern. Sie war schließlich auf einen netten Vormittag mit ihren Freundinnen eingestellt gewesen und nicht auf einen Besuch bei ihrer strengen Mutter. *Traurig.* Es war einfach traurig, dass sie solch ein angespanntes Verhältnis hatten. Sie und Editha sollten sich doch bedingungslos lieben, aneinander freuen, füreinander da sein. Schließlich waren sie eine Familie, Mutter und Tochter. »Familie ist das Einzige, was zählt«, war einer von Edithas Lieblingssprüchen. Kein Wunder, dass sie überhaupt nicht damit klarkam, dass Karsten und Marlene sich getrennt hatten. Nur warum gab sie in erster Linie ihr die Schuld daran?, fragte sich Marlene immer wieder. Editha sah einfach nicht, dass es

Karsten gewesen war, der die Ehe nicht mehr gewollt und sich baldmöglichst eine Neue gesucht hatte. Oder wollte es nicht sehen. In ihren Augen blieb man bei seinem Mann, was auch geschah. Und wenn er sich eine andere suchen musste, hatte sie, Marlene, sich wohl nicht genug um ihn gekümmert und musste sich mehr anstrengen. Eine Frau hatte ihren Mann zu versorgen, basta. Sie brauche sich gar nicht bei ihr auszuheulen, genau das hatte ihre Mutter ihr ins Gesicht gesagt, als sie direkt, nachdem Karsten weg gewesen war, zu ihr gegangen war. Sie war am Boden zerstört gewesen und hatte sich Trost erhofft – und das Gegenteil bekommen. Wie hartherzig konnte man eigentlich sein? Auch wenn sie bestimmt nicht perfekt war und in ihrer Ehe sicherlich Fehler gemacht hatte, war sie immer noch Edithas Tochter. Und die sollte eine Mutter doch wohl aufbauen, auch wenn sie unterschiedlicher Meinung waren, oder etwa nicht? Sie würde es mit Paola jedenfalls so machen. Sie würde ihre Tochter immer unterstützen, auch wenn diese etwas falsch gemacht hätte.

Langsam ging Marlene über den grauen Fußboden, jeder Schritt quietschte auf dem Linoleum und fühlte sich schwer an. So seltsam es auch klang, ihr half es ungemein, Paola an ihrer Seite zu haben. Das Mädchen würde die Situation auflockern. Seltsamerweise war das Verhältnis zwischen Editha und ihrer Enkelin nämlich viel besser als zwischen Editha und ihr.

Marlene atmete tief durch, bevor sie an die Zimmertür ihrer Mutter klopfte und kurz darauf die Türklinke zur Höhle der Löwin herunterdrückte. Was sie wohl heute erwartete? Wie ging es ihrer Mutter? Was wollte sie von ihr?

Es war stickig im Zimmer und dunkel. Zu den düsteren Möbeln, die Editha aus ihrem Reihenhaus mitgenommen hatte, waren auch noch die dunkelroten Vorhänge zugezogen. Schlief ihre Mutter? Verstohlen warf Marlene einen Blick auf das Bett. Es war leer. Dafür rauschte etwas in dem kleinen Bad, das dem Raum angeschlossen war. Vorsichtig trat sie an dem erhöhten Bett vorbei, umkurvte den schweren alten Sessel und die Stehlampe, die Editha bei dem Umzug hierher ebenso hatte mitnehmen können wie die massive Kommode mit drei Schubladen sowie einen kleinen Tisch und zwei Stühle aus dem Esszimmer. Lene schauderte es unwillkürlich, so sehr fühlte sie sich jedes Mal, wenn sie dieses Zimmer betrat, zurückversetzt in das stickige, enge, gutbürgerliche Reihenhaus, in dem es bis zum Schluss genauso ausgesehen hatte. Es war von vornherein klar gewesen, dass Editha so viel aus ihrer vertrauten Umgebung ins Altenheim mitnehmen würde wie irgend möglich. Schließlich hatte sie in diesen Möbeln gelebt, seit Vater und sie sich ihr Häuschen in der Reihenhaussiedlung zugelegt hatten. Eiche rustikal, braun bezogenes Sofa und passende Sessel aus dem Quelle-Katalog, dazu eine ebenfalls dunkle Küchenzeile. Neu gekauft wurde später nichts mehr, nur das Nötigste ersetzt. Stattdessen gespart, wo es nur ging, man gönnte sich nichts, hortete aber lebenslang, was man irgendwoher bekam. Jeder verdiente Pfennig ging ins Haus oder auf die hohe Kante, man wusste ja nicht, wofür man es mal brauchte. Urlaube galten als nahezu unanständiger Luxus. Während die Klassenkameraden bereits mit ihren Familien Flugreisen nach Mallorca oder Kreta unternommen hatten, hatte Marlene sich mit einem engen Ferienapartment im Harz oder einem Besuch bei den Verwandten an der Nordsee begnügen müssen. Sei froh über das, was du hast, hieß es von den Eltern immer nur, wenn sie sich danach sehnte, etwas Neues auszuprobieren. Es musste ja gar nichts Kostspieliges sein, Busreisen nach Spanien gab es damals schon für wenig Geld. Aber von den

Eltern erntete sie nur Kopfschütteln. Sie wollten nicht ins Ausland. Lene hatte es noch nicht übers Herz gebracht, das Haus ihrer Mutter ganz leer zu räumen. Obwohl es nicht sehr wahrscheinlich war, dass diese jemals dorthin zurückkehren würde. Und sie selbst sich nicht vorstellen konnte, das Haus zu übernehmen. Schon der Gedanke daran schauderte sie. Vielleicht würde sie das Geld aus einem Verkauf irgendwann noch brauchen, um Edithas Pflege zu finanzieren. Die Unterbringung in dem vornehmen Stift verschlang Unsummen, die nur zum Teil von der Pflegeversicherung getragen wurden. Der Rest kam zwar aus Edithas eigener mickriger Rente sowie aus der Witwenrente des Vaters, aber das reichte nur gerade so. Und wer wusste schon, was noch kam? Marlene hatte keine Ahnung vom sonstigen Vermögen der Eltern, um die Finanzen hatte sich immer Karsten gekümmert.

Ich muss mir dringend mal einen Überblick verschaffen, dachte sie seufzend. Aber jetzt war garantiert nicht der richtige Zeitpunkt dafür. Sie spürte, dass ihr Gehirn sich nur etwas suchte, womit es sich ablenken konnte. Nicht zum ersten Mal wünschte sie sich einen Bruder oder eine Schwester, um ihre Sorgen und Gedanken teilen zu können. Aber sie war ein Einzelkind geblieben. Genau wie ihre eigene Tochter, schoss es ihr durch den Kopf. Nur, dass ihre Mutter kein zweites Kind mehr hatte haben *wollen*. Sie sei ohnehin zu alt gewesen, als sie Marlene bekommen habe, hatte Editha mal gesagt. Und es sei ihr schon mit einem Kind zu anstrengend gewesen.

»Ich bin da, Mama«, rief Marlene betont heiter, damit sich ihre Mutter nicht erschreckte, wenn sie aus dem Bad kam, und zog die Vorhänge zur Seite. Hier muss dringend frische Luft rein, dachte sie und stellte beide Fensterflügel auf Kipp.

Hinter ihr öffnete sich die Badezimmertür, und ihre Mutter schlurfte, auf den Rollator gestützt, heraus. Sie trug ein Nachthemd, darüber lose ihren fadenscheinigen hellblauen Morgenmantel, von dem sie sich nicht trennen mochte, der schmale gebeugte Körper schimmerte hindurch. Es hatte wohl seit dem Vorfall heute früh noch niemand wieder Zeit gefunden, ihr beim Ankleiden zu helfen. Sie tat Marlene leid, denn sie wusste, wie sehr ihre Mutter es hasste, in einem derartigen »Aufzug« Besuch empfangen zu müssen oder sich überhaupt in irgendeiner Form gehen zu lassen. Das war ein Makel an ihrer tadellosen Fassade, den es unbedingt zu vermeiden galt. So war es schon immer gewesen. Bloß den Garten gepflegt halten, jederzeit akkurat gekleidet sein, nur nicht auffallen oder gar jemandem Grund zur Beanstandung liefern. Lene hatte ihre Mutter nur selten mit wirren Haaren und nachlässig gekleidet gesehen. Eigentlich nur, wenn sie mal krank gewesen war. Was selten genug vorgekommen war. Egal, wie schlecht es ihr gegangen war, sie hatte sich immer aufgerafft, um die dauergewellten Haare auf Lockenwickler zu drehen, den Haushalt in Ordnung zu halten und sich zu Terminen zu schleppen. Absagen war nicht infrage gekommen, schmutziges Geschirr in der Spüle oder Krümel auf dem Esstisch erst recht nicht. Doch nun ging es nicht anders, dieser Zustand hatte sich zuletzt immer mehr angekündigt, seit Editha vor zwei Jahren einen Schlaganfall gehabt hatte, bei dem die linke Gesichtshälfte wie auch das linke Bein taub und gelähmt zurückgeblieben waren. Sie hatten seitdem versucht, Editha zu Hause zu versorgen, mit »Essen auf Rädern« und einer Pflegekraft, die morgens und abends gekommen war und beim Aufstehen, Waschen und Anziehen geholfen hatte, doch dann war Editha vor Kurzem unglücklich gestürzt und hatte sich einen Oberschenkelhalsbruch zugezogen. Seitdem fiel ihr das Laufen schwer – sie hatte eine Weile im Rollstuhl sitzen müssen –, und zu allem Übel hatte sie ein Stück weit die Lebenslust verloren. Sie hatte kaum noch gegessen, war unleidlich und übellaunig geworden, hatte der Pflegerin vorgeworfen, sie zu bestehlen, und gar mit Essen nach Marlene geworfen. Zudem zeigten sich Zeichen einer beginnenden Demenz.

Der Zustand war für alle Beteiligten unerträglich und irgendwann das Pflegeheim die einzige Lösung gewesen. Editha hatte erwartungsgemäß getobt und ihre Tochter als nichtsnutziges, undankbares Gör, Erbschleicherin, Todesengel und Schlimmeres beschimpft, sich aber schließlich gefügt, nachdem Karsten sich – endlich – eingeschaltet und beruhigend auf Editha eingewirkt hatte. *Zum Glück!*

So sehr Marlene den Putzfimmel ihrer Mutter verachtete, musste sie doch zugeben, dass sie etwas von deren Ordnungswahn geerbt hatte. Auch sie mochte es nicht, wenn der Tisch nicht sofort nach der Mahlzeit abgeräumt wurde oder etwas im Flur herumstand, was da nicht hingehörte. Sie reagierte hektisch und überfordert, wenn unangekündigter Besuch vor der Tür stand und sie keine Gelegenheit gehabt hatte, vorher noch einmal das Bad zu putzen. Karsten hatte das genervt, andererseits war er erpicht darauf gewesen, eine schicke, tadellose Wohnung vorweisen zu können. Der schöne Schein war auch ihm enorm wichtig gewesen. Sie hatte versucht, in der Hinsicht entspannter zu werden, und es fühlte sich gar nicht mal schlecht an, hier und dort Abstriche zu machen und dafür mehr Zeit für die schönen Dinge des Lebens zu haben, aber ganz gelang es ihr nicht, sich von der Philosophie zu lösen, die ihr derart vehement vorgelebt worden war. Das Haus in Ordnung halten, die Familie in Ordnung halten, das war auch für sie das Wichtigste. Gewesen. Lange Zeit. Jetzt war alles anders, ihr Leben auf den Kopf gestellt. Wen kümmerte es noch, wie es bei ihr zu Hause aussah, nun, wo ihre Ehe zerbrochen und somit ohnehin der Worst Case eingetreten war?

»Is kalt hier«, nuschelte Editha, während sie sich demonstrativ die Arme rieb und mürrisch zum Fenster sah. Das brachte Marlene sofort ins Hier und Jetzt zurück.

»Hallo, Mama«, sagte sie, fest entschlossen, sich von der Miesepetrigkeit ihrer Mutter nicht runterziehen zu lassen. *Heute nicht.*

»Hallo, Oma!«, rief Paola und fiel ihrer Großmutter stürmisch in die Arme.

»Nu mal ruhig mit den jungen Pferden«, brummte diese. »Du wirfst mich ja um.« Doch sie ließ zu, dass die Kleine sie umarmte. Marlene staunte nicht zum ersten Mal darüber, dass ihre Tochter sich von Edithas mürrischer Art nicht abschrecken ließ und es schaffte, diese derart zu erweichen. Das kannte sie aus ihrer eigenen Kindheit nicht. Die paar Male, die sie in den Arm genommen worden war – richtig in den Arm genommen, nicht nur an der Schulter oder sonst wo getätschelt –, konnte sie an zwei Händen abzählen.

»Wie geht es dir, Mama?«, fragte sie, lehnte sich, unschlüssig, was sie tun sollte, gegen das Bett, einem der wenigen modernen Gegenstände in diesem Raum. Es war einfach praktischer als Edithas altes Bett und für die Pflegekräfte wesentlich angenehmer, wenn sie die Bewohner aus einem erhöhten Bett heben oder waschen mussten. Editha hatte sich inzwischen einigermaßen damit angefreundet. Das Aufstehen fiel ihr dadurch leichter.

Nachdem Paola von ihr abgelassen hatte, ließ sich Editha schwerfällig in ihren geliebten Sessel sinken, dessen vordere Kante und Armlehnen längst abgestoßen waren. »Du warst erst gestern hier.« Sie wischte sich mit dem Handrücken über den Mund, der seit dem Schlaganfall etwas schief war und nicht mehr ganz schloss, sodass Editha beim Sprechen oder Essen Speichel aus dem Mundwinkel lief. Sie blickte ihre Tochter nicht an, sondern schaute unverwandt aus dem Fenster.

»Ja, Frau Schmidt hat mich angerufen.«

Editha quittierte diese Information mit einem Geräusch, das deutliches Missfallen ausdrückte. Zögernd zog Lene sich einen Stuhl heran, der unter einem Tisch am Fenster gestanden hatte, und ließ sich ganz vorne nieder. Noch mehr fühlte sie sich nun in das Wohnzimmer ihrer Kindheit und Jugend zurückversetzt. *Wie so oft.* Unbehaglich rutschte sie auf dem ehemaligen Esszimmerstuhl hin und her, spürte die Maserung des Bezugs, die einzelnen Fäden des Stoffes unter ihren Handflächen. Paola setzte sich auf die Armlehne des Sessels und legte den Arm um ihre Oma. Eine Geste, die Marlene die Tränen in die Augen schießen ließ. *Gar nicht gut. Bloß keine Schwäche zeigen vor ihrer Mutter.*

»Du hast uns einen ganz schönen Schrecken eingejagt, Omi.«

»Ach, die sind hier immer so empfindlich«, winkte Editha ab. »Müssen euch doch nicht gleich anrufen. So ein Unsinn.«

»Aber was war denn los? Frau Schmidt meinte, dich würde etwas beschäftigen. Du würdest mit mir vielleicht über etwas reden wollen.«

Editha zog die Augenbrauen hoch, dann wanderte ihr Blick wieder zum Fenster, ihre Kiefer mahlten. Tatsächlich, etwas schien in ihr zu arbeiten. Etwas, worüber es ihr anscheinend nicht leichtfiel zu sprechen. Das gab Marlene einen Moment, um ihre Mutter genauer zu betrachten. Heute wirkte Editha eigentlich etwas fitter, auch klarer im Kopf als in den vergangenen Tagen, doch ihre Wangen waren immer noch eingefallen, tiefe Ringe lagen um ihre trüben Augen, die einst die Welt scharf und auch scharfsinnig beurteilt hatten. Sie war nur noch ein halbes Persönchen, kein Vergleich mehr zu der zähen, patenten Frau, die jede Aufgabe, die das Leben für sie bereithielt, energisch anpackte. Trotz allem, was zwischen ihnen stand, tat es Lene leid, ihre Mutter so zu sehen.

Paola hielt das Schweigen wohl nicht gut aus. »Papa hat gesagt, dass er dieses Wochenende mit mir in den Zoo nach Hannover fahren will. Ist das nicht toll?«

Irritiert schaute Editha von einem zum anderen. Marlene hielt den Atem an. Das passte definitiv nicht ins Weltbild ihrer Mutter. »Wieso nur Papa? Bist du nicht mit dabei, Marlene?«

»Es ist doch Papa-Wochenende«, erwiderte Paola unbekümmert. »Chelsea kommt wahrscheinlich mit, denke ich. Weiß nicht.« Nun war die Kleine doch verunsichert. Marlene fasste nach ihrer Hand und warf ihr ein aufmunterndes Lächeln zu, das so viel bedeuten sollte wie »Alles in Ordnung, mach dir keine Sorgen«. Doch Marlene wusste, was jetzt kommen würde.

Editha wandte sich ihrer Tochter zu, ihr Blick war kalt. »Er ist also noch bei dieser anderen Frau. Und nimmt *deine* Tochter zu ihr mit.« Das »deine« betonte Editha derart bissig, dass Marlene zusammenzuckte. Sofort geriet sie in die Verteidigungshaltung, die sie früher oder später immer einnahm, wenn sie bei ihrer Mutter war. Diesmal hatte es keine fünf Minuten gedauert. Was ein gutes Zeichen für Edithas Geisteszustand war. *Wenigstens das.*

»Was soll ich denn machen?« Hilflos zuckte Marlene mit den Schultern.

»Deinen Mann zurückholen, was sonst?« Ärgerlich wischte Editha mit einer Handbewegung jeden Einwand weg. Sie wollte sie gar nicht hören, die bittere Wahrheit, dass die Ehe ihrer Tochter zerbrochen war. Und dass diese nichts dafür konnte und auch nichts daran zu ändern vermochte.

»Er will nicht«, versuchte Marlene leisen Widerspruch. Wieder einmal hatte sie die Mutter enttäuscht. Wieder einmal war sie nicht gut genug. Wie oft hatte sie das als junges Mädchen zu spüren bekommen ... diese unerklärliche Ablehnung. Ob es um ihre Schulnoten gegangen war, um ihre Freunde, um ihr Aussehen, an allem hatten ihre Eltern, besonders ihre Mutter, etwas auszusetzen gehabt. Sie hatte das damals nicht verstanden, doch ihr erster Freund Hajo - eigentlich Hans-Jochen, aber das passte ganz und gar nicht zu ihm - hatte das System durchschaut und gemeint, das Problem liege bei ihren Eltern und nicht bei ihr. Sie seien unzufrieden, verbohrt, zudem unsicher und ließen ihre eigenen Unzulänglichkeiten an ihr aus. Er hatte ihr gutgetan, zumindest in der Hinsicht. Leider war er bei ihren Eltern durchgefallen - zu unordentlich, zu einfaches Elternhaus, keine Manieren und so weiter -, und ihr übles Gerede hatte ihn auch für Lene nach und nach in einem schlechten Licht dastehen lassen, bis sie sich von ihm getrennt hatte. Vielleicht war das ein Fehler gewesen. Danach war irgendwann Karsten gekommen, und ihn hatte sie festgehalten. Er war der Schwiegersohn gewesen, den sich ihre Mutter erträumt hatte - und war dadurch auch Lene perfekt erschienen. Kein Wunder, war er doch aus ähnlichem Holz geschnitzt wie Editha, sparsam, ehrgeizig, gut erzogen, mit konservativen Ansichten, Editha und Karsten verstanden sich von Anfang an blendend. Zudem sprudelte er förmlich über vor Selbstbewusstsein und Zuversicht. Dass ein Mann, der ihrer Mutter gut gefiel, nicht unbedingt der Richtige für sie sein musste und dass er sein Selbstwertgefühl daraus zog, sich über andere zu erheben – auch das hatte Lene erst sehr viel später erkannt. Und da war es schon zu spät gewesen, denn da hatte sie gerade Paola geboren, und um nichts in der Welt hätte sie freiwillig diese neue kleine Familie auseinandergerissen und als alleinerziehende Mutter weitergemacht. Wie hätte das auch gehen sollen? Im Grunde hatte sie ja nichts vorzuweisen gehabt außer einem halbwegs gut bezahlten Bürojob. Ob sie Unterstützung von zu Hause bekommen hätte, wäre mehr als fraglich gewesen. Sie hatte also versucht, Karsten alles recht zu machen, um ihm die perfekte Frau zu sein, und sie hatte ihn ja auch geliebt. Doch ironischerweise hatte sie das in seinen Augen immer langweiliger und uninteressanter gemacht, das begriff sie inzwischen.

Wie gemein das ist, dachte Lene nicht zum ersten Mal. Alix hätte das niemals mit sich machen lassen. Und ich wäre sogar bereit, so weiterzumachen. Um des lieben Friedens willen, für meine Familie. Um nicht allein zu sein. Um es, in den Augen meiner Mutter und im Hinblick auf das Weltbild, wie ich es vermittelt bekommen habe, richtig zu machen.

»Ich verstehe nicht, wie du dir alles derart aus der Hand nehmen lassen kannst«, setzte Editha unvermittelt an. »So haben wir dich nicht erzogen.«

»Aber Mama, was soll ich denn machen? Karsten ist ausgezogen. *Er* war es, der nicht bei seiner Familie bleiben wollte ...«

»Ein Mann geht nur, wenn sich seine Frau nicht genug um ihn kümmert. Du hättest dich mehr bemühen müssen.« Mit einem verächtlichen Schnauben wandte Editha sich erneut zum Fenster, und Lene erkannte einmal mehr, dass sie ihrer Mutter gegenüber hilflos ausgeliefert war. Editha vermochte es, sie mit einem einzigen Satz aus der Fassung zu bringen und sich wie ein kleines Kind zu fühlen. Von keinem Menschen hätte sie sich eine solche Ungerechtigkeit gefallen lassen, doch vor Editha blieb sie sprachlos. Niemand sonst war in der Lage, sie derart ins Mark zu treffen. *Außer vielleicht Karsten.*

»Aber Mama, ich habe doch alles getan. Manchmal ist es einfach so, dass Paare nicht mehr miteinander auskommen und sich trennen. Da trägt nie nur einer die Schuld.« Sie spürte die Ablehnung förmlich, die ihr von Editha entgegenschlug, noch ehe diese antwortete.

»Das ist doch diese ganze ... *Emanzipation.*« Sie spie das Wort förmlich aus, ihre Stimme troff vor Verachtung. »Ich weiß nicht, was ihr jungen Dinger immer habt, dass ihr berufstätig sein wollt, von Selbstverwirklichung, von *Karriere* redet ... Das größte Glück einer Frau ist ihre Familie. Und für die hat sie Sorge zu tragen. Ums Geldverdienen kümmert sich der Mann.«

Nun konnte Marlene doch nicht mehr an sich halten. Wut und Enttäuschung überfluteten sie, ihr Blick fiel auf Paola, die zusammengekauert auf der Armlehne hockte. Nein, schoss es ihr durch den Kopf. Sie würde sich nicht von ihrer Mutter vor den Augen ihrer Tochter runtermachen lassen. Sie würde ihrer Tochter nicht vorleben, dass das einzige Glück einer Frau darin bestand, für ihren Mann zu sorgen, dass sie selbst nicht zählte! Sie sprang von ihrer ohnehin angespannten Position am Rand des Stuhls hoch. »Und genau das ist es, Mutter, was ich gemacht habe. Genau so habe ich gelebt und alles für meinen Mann und meine Tochter getan. Und es ist mir trotzdem um die Ohren geflogen. Das, was du da sagst, ist längst kein Allheilmittel.« Marlene spürte, wie sich Tränen in ihren Augen sammelten. Jetzt bloß nicht weinen, rief sie sich zur Ordnung. *Nicht vor Editha.* Doch der Schmerz, der in diesem Augenblick durch ihr Innerstes fuhr, war so stark, so fundamental, dass sie sich am liebsten zusammengekrümmt hätte. »Ich habe Karsten geliebt«, platzte sie schniefend hervor, »und habe alles für ihn getan. Ich wollte nicht, dass er geht, das kannst du mir glauben. Er hat unsere Ehe einfach aufgegeben, nicht ich. Vielleicht, weil ich genau so gelebt habe, wie du es mir eingetrichtert hast. Vielleicht, weil ich ihm dadurch zu langweilig geworden bin. Ich weiß es nicht. Aber ich bin auch wichtig. Und ich bin es auch wert, geliebt zu werden. So wie ich bin.« Sie konnte die Tränen nicht mehr aufhalten, sie flossen nun ungehindert über ihre Wangen. Es tat einfach zu weh, die Trennung an sich und noch dazu die Vorwürfe ihrer Mutter. Die Enttäuschung über Edithas Härte ihr gegenüber war kaum zu ertragen. Marlene versuchte hastig, die feuchten Spuren auf ihren Wangen mit dem Handballen wegzuwischen, doch es kamen immer neue Tränen nach. »Warum willst du das nicht hören, Mama? Warum suchst du die Schuld immer nur bei mir? Du bist doch *meine* Mutter, du solltest dich auf meine Seite stellen und mich trösten, selbst, wenn du anderer Meinung bist. So was macht eine Mutter. Sie ist für ihre Kinder da, fängt sie auf, wenn sie unglücklich sind, egal, ob sie Mist gebaut haben oder unschuldig in etwas hineingestolpert sind. Völlig egal.« Sie sah zu Boden, schüttelte den Kopf. »Aber du bist eigentlich nie für mich da gewesen.« Resigniert zuckte sie mit den Schultern, griff nach ihrer Handtasche und machte sich daran, das Zimmer zu verlassen. Sie hielt Paola die Hand hin, die diese dankbar ergriff.

Als sie schon an der Tür stand, hörte sie die Mutter hinter sich zischen: »Jetzt heul nicht auch noch. Stell dich nicht so an.«

Marlene sah noch einmal auf, nickte schweigend. *Was hatte sie auch erwartet?* Sie wandte sich um, war schon fast im Flur, als sie Editha hinter sich noch etwas murmeln hörte. »Du hast nie etwas wirklich Schlimmes erlebt. Dir ging es doch immer gut.«

Es folgte noch etwas, aber den Rest wollte Marlene gar nicht mehr hören. Sie zog die Tür hinter sich und Paola zu und wollte nur weg.

Erst im Treppenhaus fing sie sich etwas, zwang sich, stehen zu bleiben, ein paar tiefe Atemzüge zu nehmen, schnäuzte sich.

»Mama«, sagte Paola, und sie nahmen sich in den Arm. Marlene drückte ihre wundervolle kleine Tochter ganz fest an sich. Und so hielten sie sich, bis Marlene sich wieder ein wenig beruhigt hatte.

»Tut mir furchtbar leid, Schatz, dass du das miterleben musstest.«

Paola schaute sie mit großen Augen an. »Warum war Oma so gemein zu dir? So kenne ich sie gar nicht.«

Ich schon, dachte Marlene bei sich. Stattdessen zuckte sie mit den Schultern. »Wir sind in einigen Dingen einfach unterschiedlicher Meinung. So ist das manchmal. Sie ist ganz anders aufgewachsen als ich, als du. Die Zeiten ändern sich und die Ansichten auch.« Sie stiegen in den Fahrstuhl.

»Wie ist sie denn eigentlich aufgewachsen?«

Marlene seufzte. »Wenn ich ehrlich bin, weiß ich gar nicht viel über Omas Kindheit.« Noch so ein wunder Punkt. Höchst selten hatte Editha mal über die Zeit gesprochen, bevor sie nach Braunschweig gekommen war. Über ihre Kindheit, ihre Jugend. Lene hatte immer mal wieder versucht, mit ihren Eltern über deren Vergangenheit zu reden, aber nie Antworten bekommen. Irgendwann hatte sie dann aufgehört zu fragen. »Sie stammt aus einer Region, die früher Pommern hieß und heute in Polen liegt.« Viel mehr konnte sie nicht dazu sagen.

»Spannend. Ich würde gerne mal dahin fahren.«

»Wenn wir nur wüssten, wo genau wir da hinmüssten.«

Die Fahrstuhltüren öffneten sich wieder, und sie liefen durch die Eingangshalle. Als sie die Drehtür hinter sich gelassen hatten, atmete Marlene tief durch. Die frische Luft tat ihr gut. Sie suchten nach dem Auto, entdeckten Karsten schließlich, der lässig daran gelehnt zwei Reihen weiter stand und ihnen zuwinkte. Er hatte offensichtlich einen Parkplatz gefunden.

»Du, Mama«, Paola zupfte an ihrem Ärmel, während sie auf das Auto zugingen, »wir haben gar nicht herausgefunden, was Oma eigentlich von dir wollte.«

»Stimmt.« Richtig, es hatte ja einen Grund gegeben, warum sie diesen Abstecher gemacht hatten. Wann sie nun wohl davon erfahren würden?

Editha

Sie wusste nicht, was mit ihr los war. Normalerweise hatte sie ihr Leben im Griff, hatte alles unter Kontrolle, doch in letzter Zeit spürte sie den Verfall, körperlich und geistig. Schon nach dem Schlaganfall war nichts mehr wie vorher gewesen. Sie hatte sich umgewöhnen müssen, war zunehmend auf Hilfe angewiesen. Etwas, das ihr gar nicht gefiel. Die Krönung war gewesen, dass Marlene sie ins Altenheim gesteckt hatte. Undankbares Ding! Ihr Leben lang hatte sie sich um das Kind gekümmert, und dann das. Inzwischen sah sie ja ein, dass es so hatte kommen müssen. Kaum etwas konnte sie noch alleine tun. Sie war ein menschliches Wrack geworden. Man kümmerte sich um sie, so gut es ging, aber sie merkte es ja selbst: Ihre Zeit lief ab. Und das war in Ordnung, schließlich ging sie auf die neunzig zu. Letztlich hatte sie es gut gehabt, oder etwa nicht? Hatte einen treu sorgenden Ehemann gefunden, hatte ein Haus ihr Eigen genannt, war Mutter geworden ... Wenn sie nur nicht immer wieder von diesen Träumen geplagt werden würde ... Jahrelang hatten sie sie in Ruhe gelassen, die in Fetzen gerissenen Bilder der vom Feuerschein überzogenen Heimat, von unzähligen Menschen im Treck, von marschierenden Soldaten, von dröhnenden Flugzeugen über ihnen ... begleitet von Gefühlen des Ausgeliefertseins, von Verlust und markerschütternder Angst. Dieses Entsetzen, diese grenzenlose Furcht, all das hatte sie als junger Mensch noch lange geplagt und war früher scheinbar zusammenhanglos immer wieder über sie hereingebrochen. Nein, sie hatte sich damals geschworen, nie wieder hilflos zu sein, nie wieder hatte sie über das Vergangene nachdenken oder gar reden wollen. Es hatte nur das Neue gezählt, zunächst das Überleben, später das Leben. Schließlich gehörten sie zu den Glücklichen, die es geschafft hatten, nicht wahr? Sie wollten nicht klagen, sie wollten nach vorne sehen. Ohnehin hätte ihnen niemand zugehört. Kriegsgeschichten gab es genug, Heimatlose auch. Das war nichts Besonderes gewesen Ende der Vierziger-, Anfang der Fünfzigerjahre. Und nun saß sie hier auf diesem Sessel und wurde zu alldem, was sie nie wieder hatte sein wollen.

Editha versuchte durchzuatmen. Selbst das war mühselig. Sie wollte aufstehen, doch um was zu tun? Dann war da noch dieser vermaledeite Schwindel, der sie seit dem Schlaganfall plagte. Ein Schmerz jagte durch ihre Brust. Der Streit mit ihrer Tochter nahm sie mehr mit, als sie sich eingestehen mochte. Was war das immer mit ihr und Marlene? Warum bekam sie ihr Leben nicht in den Griff? Nun ließ sie auch noch ihren Mann ziehen, sich ihre Tochter wegnehmen. *Paola.* Das Mädchen war zauberhaft, ein wahrer Sonnenschein. Warum hatte Marlene nie so sein können? Sie war ein anstrengendes Kind gewesen, von Anfang an. Schon die Geburt! Als ob sie die warme Höhle nicht hatte verlassen wollen. Sie hatte es ihr schwer gemacht, stundenlang hatte Editha ihretwegen in den Wehen gelegen. Und als sie einmal da gewesen war, hatte sie versucht, ihr jegliche Kraft auszusaugen. Hatte aus Leibeskräften gebrüllt. Den ganzen Tag. Sie hatte sie schreien lassen, sie sollte schließlich stark werden.

Marlene gab ihr Kind weg zu einer anderen Frau? Was stimmte eigentlich nicht mit ihr? Nicht mal ihr Mann wollte bei ihr bleiben, aber das eigene Kind zu verraten? Das tat man doch nicht. Die Aufgabe einer Frau war es, die Familie zusammenzuhalten, koste es, was es wolle. Sie hatte es schließlich auch überstanden.

Irgendetwas hatte sie zu ihrer Tochter gesagt, was sie aufgebracht hatte. Sie wusste gar nicht mehr, was das gewesen war. Marlenes Stimme hatte daraufhin einen hysterischen Klang angenommen, war lauter geworden. Sie hält aber auch gar nichts aus, hatte Editha gedacht. Wir haben sie doch nicht zu einem Schwächling erzogen. Dann hatte sie auch noch angefangen zu weinen. Meine Güte.

Eigentlich hatte sie ihrer Tochter etwas mitteilen wollen, das war dann natürlich nicht gegangen. Inzwischen konnte sie sich nicht mehr erinnern, was das gewesen sein könnte. Marlene war aufgesprungen. Sie hatte wie ein aufgeplusterter Papagei gewirkt, so, wie sie da gestanden hatte und wie sie angezogen war. Warum musste sie bloß immer diese bunten, auffälligen Sachen tragen?

Sie sollte sich nicht so anstellen. Das half doch schließlich nichts. Worüber beklagte sich das Kind eigentlich? »Du hast nie etwas wirklich Schlimmes erlebt. Dir ging es doch immer gut«, hatte sie gesagt, und das entsprach den Tatsachen. So rückgratlos, wie Marlene war, hätte sie niemals überlebt, was sie, Editha, hatte ertragen müssen. Sie musste sich eingestehen, dass sie bei Marlenes Erziehung versagt hatte, sie hatte sie viel zu sehr verweichlicht. Kein Wunder, dass ihr der Mann weggelaufen war.

Der Schmerz in Edithas Brust schoss in den Arm. Kurz krümmte sie sich, doch dann ergriffen wieder Mechanismen die Oberhand, die sie sich ihr Leben lang eingebläut und verinnerlicht hatte: *Haltung bewahren. Funktionieren. Auf keinen Fall hilflos sein!*

2.

Sie bogen in die Straße ein, in der sich das Violoncello befand, ein verkehrsreicher, von zahlreichen Boutiquen und kleinen Läden gesäumter Boulevard mit einer Tram in der Mitte, vielen Fußgängern und Radfahrern in einem belebten und beliebten Viertel Braunschweigs. Wieder suchte Karsten fluchend nach einem Plätzchen, an dem er kurz anhalten und Marlene rauslassen konnte.

Sie hatte angeboten zu laufen, es war nicht allzu weit vom Seniorenstift zum Café, und sie hätte nichts dagegen gehabt, sich auf einem kurzen Spaziergang ein wenig sammeln zu können, bevor sie ihre Freundinnen traf. Doch Karsten hatte abgewunken. »Klar fahre ich dich«, hatte er gesagt, und sie hatte wegen seiner ungewohnten Fürsorglichkeit gestutzt. Aber so konnte sie sich wenigstens in Ruhe von Paola verabschieden. Als das Café in Sichtweite kam, wandte sie sich zu ihrer Tochter um, die im Kindersitz hinter ihr saß, und drückte ihre Hand.

»Ich wünsch dir ganz viel Spaß mit Papa, mein Schatz. Das wird bestimmt toll im Zoo.«

»Glaube ich auch.« Ihre Tochter zögerte. Vielleicht wollte sie noch etwas zu dem Vorfall im Seniorenstift sagen, überlegte es sich jedoch anders. Marlene war ihr dankbar dafür. Sie hatte versucht, das Ganze vor Karsten möglichst knapp zu halten, wollte ihm auf keinen Fall die Genugtuung geben, seine Schwiegermutter auf seiner Seite zu wissen. Obwohl er das vermutlich sowieso ahnte. Sie hatte nur erzählt, dass Editha extrem aufgebracht gewesen sei und sie nichts Genaueres aus ihr herausbekommen habe.

»Bis Montagnachmittag dann.« Karsten würde ihre Tochter am Montagmorgen wie gewohnt in den Kindergarten bringen, wo Marlene sie dann nachmittags abholen würde. »Ich hab dich ganz unendlich doll lieb!«

»Ich dich auch.«

»Und du kannst mich jederzeit anrufen, wenn du möchtest.«

»Weiß ich doch, Mama.«

»Sie wird es schon mal achtundvierzig Stunden ohne dich aushalten, meinst du nicht?«, ergänzte Karsten spöttisch.

»Doch, natürlich.« So war es nicht gemeint gewesen. Aber sie konnte ihrem Ex-Mann ja schlecht erklären, dass die Tochter womöglich noch den Streit mit der Oma zu verarbeiten hatte, wenn sie ihm nichts davon erzählen wollte. Also schluckte sie einen weiteren Kommentar hinunter und begnügte sich damit, sich wieder einmal dumm zu fühlen.

Karsten fand eine Stelle an der Einmündung einer Seitenstraße, wo er kurz halten konnte. Marlene öffnete die Tür und wollte gerade aussteigen, als er nach ihrer Hand griff.

»Warte kurz, ich muss dir noch was geben.« Er langte ins Handschuhfach und zog einen dicken Umschlag heraus, den er ihr reichte.

»Was ist das?«

Er blickte kurz nach hinten zu Paola, dann lehnte er sich verschwörerisch vor. Es war offensichtlich, dass er nicht wollte, dass sie es mitbekam. Aber genau das tat sie natürlich.

»Scheidungspapiere«, flüsterte er so leise, dass Marlene erst glaubte, sich verhört zu haben. Doch nein, sein beinahe entschuldigendes Schulterzucken zeigte ihr, dass sie richtig verstanden hatte. »Chelsea will gerne heiraten.«

»Ah.« Sie schluckte und war sich für den Bruchteil einer Sekunde nicht sicher, ob ihre Beine unter ihr nachgeben würden, als sie das Auto verließ. »Danke.« Zittrig trat sie einen Schritt zurück, ließ die Autotür zufallen. Drehte sich um, setzte wie ferngesteuert einen Fuß vor den anderen Richtung Violoncello, war sich dabei jeder ihrer Handlungen seltsam bewusst. Sie hörte, wie Karsten hinter ihr das Auto wieder auf die Straße lenkte, wollte nicht hinsehen, wollte nur stur geradeaus schauen, aber zugleich auch Paola zum Abschied winken. Tat es dann auch, versuchte ein Lächeln – ihrer Tochter zuliebe. War froh, als der BMW endlich außer Sichtweite war, fühlte den Umschlag, der schwer wie Blei in ihrer Hand lag.

»Danke, ich habe danke gesagt.« Sie schlug sich mit dem Umschlag gegen die Stirn. »Wie bescheuert kann man eigentlich sein.« Sie blieb stehen, überlegte kurz, den Brief in den nächsten Mülleimer zu werfen. Besann sich dann aber und sah auf den Absender: eine Anwaltskanzlei. So weit war es also zwischen ihnen gekommen. Konnten sie sich nicht mal mehr wie zwei vernünftige Erwachsene miteinander besprechen? Und war sie heute eigentlich noch nicht genug gedemütigt worden?

Als Marlene das Violoncello betrat, war sie beinahe eine Stunde zu spät. Ihr Blick glitt über die in warmem Gelb getünchten, leicht geschwungenen Wände mit Schwarz-Weiß-Fotografien aus Filmklassikern. Dadurch, dass die Wände nicht ganz gerade waren, entstanden kleine, gemütliche Nischen, die den Raum unterbrachen und ihn weniger groß wirken ließen. Ein Übriges taten Kübel mit Pflanzen, ein Olivenbaum in der Mitte verstellte den Blick nach hinten, ein Orangenbäumchen neben dem Eingang verströmte mediterranes Flair. Linker Hand waren lediglich drei der dunklen, runden Massivholztische besetzt, alles Pärchen, die bereits ein üppiges Frühstück vor sich stehen hatten. Deswegen trafen sie sich samstags. Anfangs hatten sie es sonntags versucht – was ihnen allen besser gepasst hätte –, aber da war es hier einfach viel zu voll. Und da zu Beginn ihrer Treffen immer ihre Kinder dabei gewesen waren, hatten sie es lieber ruhiger haben wollen. So hatten die Kinder nebenbei herumkrabbeln, spielen oder in ihren Maxi-Cosis dösen können, während sie sich unterhalten und gefrühstückt hatten. Platz war genug, und es gab sogar eine kleine Sitzecke für Kinder mit einem Tisch, Büchern, Malsachen und etwas Spielzeug, zudem entspanntes, freundliches Personal, sodass das Violoncello von Anfang an perfekt für sie gewesen war.

Es war bei den Samstagvormittagen geblieben, und das monatliche gemeinsame Freundinnenfrühstück war ihnen allen heilig.

Ihr Stammtisch befand sich direkt am zweiten großen Fenster und neben der Bar, deren Theke ungewöhnlich geschwungen war, mit zwei Wölbungen und einer Art »Delle« in der Mitte wie bei einem Streichinstrument, und die dem Café seinen Namen gegeben hatte.

Alix und Josefin saßen bereits am Tisch, mit opulenten Frühstücken vor sich, die sie aber nicht weiter beachteten. Sie schienen in ein Gespräch vertieft zu sein und bemerkten Marlene erst, als diese sich um die ausladenden Stühle des Nebentisches herummanövriert hatte. Romy war auch noch nicht da, registrierte Marlene. Tatsächlich war das keine Überraschung, denn die Jüngste im Bunde und Mutter von drei Kindern schaffte es meistens nicht rechtzeitig zu ihren Verabredungen, allerdings hatte sie sich auch noch nie derart verspätet. Marlene fragte sich kurz, ob sie etwas verpasst hatte. Vielleicht war eins von Romys Kindern krank geworden? Seit sie ihre Nachricht aus dem Aufzug im Altenheim geschrieben hatte, war keine Gelegenheit mehr gewesen, auf das Handy zu sehen.

»Hallo, ihr beiden.«

»Hi, Mary«, sagte Alix und umarmte die Freundin fröhlich.

Auch Josefin hatte sich erhoben und drückte Marlene an sich. »Hallo, Lene. Wie geht es dir?«, fragte sie.

»Ach ...«, entgegnete sie abwinkend und ließ sich auf einen freien Stuhl fallen. »Schrecklicher Morgen. Von vorne bis hinten.«

»Dann ist es ja gut, dass du jetzt bei uns bist«, meinte Alix und schob ihr die Speisekarte hin.

»Was ist denn passiert? Was ist mit deiner Mutter?« Josefin sah sie mitfühlend an.

Die Freundinnen wussten, dass Editha seit ein paar Monaten im Seniorenheim untergebracht war. Dass sie sich nach dem Schlaganfall und dann noch dem Oberschenkelhalsbruch nicht mehr selbstständig zu Hause hatte versorgen können. Sie hatten mitbekommen, wie Lene zuletzt beinahe täglich bei ihr gewesen war, sich um sie gekümmert und für sie eingekauft hatte – bis dicht an ihre Belastungsgrenze heran. Den Freundinnen war nicht verborgen geblieben, wie sie immer mehr abgebaut und mit ständiger Erschöpfung zu kämpfen gehabt hatte. Nicht zuletzt Josefin, die gelernte Altenpflegerin war, aber nicht mehr in dem Beruf arbeitete, hatte ihr schließlich dazu geraten, ihre Mutter in ein Pflegeheim zu geben, und ihr auch gleich das Marienstift empfohlen, das einen guten Ruf hatte. Allerdings auch ganz und gar nicht günstig war. Für Marlene war es die beste Entscheidung gewesen, die sie hatte treffen können, und ihre Mutter schien in dem gepflegten Haus gut versorgt zu werden. Sie selbst hatte sich langsam wieder gefangen, bis, nun ja, bis Karsten mit seiner Hiobsbotschaft gekommen war. Zu der er gerade eben nun Teil zwei hatte folgen lassen.

»Tja. Keine Ahnung. Statt darüber zu sprechen, was sie gerade beschäftigt, haben wir uns gestritten.«

»Oh. Wie kam das?«

Marlene erzählte den Freundinnen haarklein, was sich am Morgen zugetragen hatte. Bei ihnen musste sie nichts verschweigen, nichts schönreden.

»Puh«, machte Alix, als sie geendet hatte.

»Wie traurig«, meinte Josefin.

»Schon«, murmelte Lene.

»Was ist traurig?«, fragte da eine abgehetzt, aber munter klingende Stimme hinter ihnen. Es war Romy. Wie immer ein wenig in Eile und wie immer durch nichts aus der Ruhe zu bringen. Marlene beneidete sie manchmal um ihr sonniges Gemüt. Josefin fiel ebenfalls in die Kategorie »Glückskinder«, wie Alix die beiden einmal genannt hatte. Der Begriff war hängen geblieben, auch wenn sowohl Josefin als auch Romy heftig dagegen protestiert hatten. Sie seien ganz und gar nicht vom Glück geküsst, hätten wie alle anderen auch ihre Problemchen, hatte Romy vehement widersprochen. Ja, Problemchen mochte es treffen, aber richtige Sorgen schienen die beiden nie zu haben. Was machte sie nur falsch?, fragte sich Marlene. Warum rannte sie in ihrem Leben ständig gegen imaginäre Wände?

»Mary hat gerade von ihrer Mutter erzählt«, klärte Alix sie auf.

»Oh. Deine Nachricht klang ja ziemlich dramatisch. Tut mir leid, dass ich zu spät bin, aber Max hat sich am Morgen übergeben. Markus wollte mich am liebsten zu Hause behalten, aber ich hab gesagt, dass das auf keinen Fall geht. Habe dann die Großen auf dem Weg hierher zu seinen Eltern gebracht, sodass er sich ganz um den Kleinen kümmern kann. Bloß gut, dass wir die Großeltern in der Nähe haben. Aber genug von mir. Was war denn bei dir los, Lene? Ich will nur schnell mein Frühstück bestellen, ich brauche dringend was im Magen. Dann bin ich voll bei euch.« Romy winkte die Bedienung heran.

»Ich kann sowieso nicht verstehen, wie du es mit drei kleinen Kindern schaffst«, meinte Alix. »Ich bin schon mit zweien immer total bedient.«

»Aber du hast Zwillinge«, ergänzte Josefin, »das ist noch mal eine ganz andere Hausnummer.«

Alix winkte ab. »Trotzdem. Aimee und Aron sind toll, und ich liebe sie über alles, aber hätte ich mehr von ihnen, würde ich mich umbringen.«

»Wer muss sich umbringen?«, fragte die Kellnerin belustigt in die Runde, während sie ihren Schreibblock zückte.

»Alix, wegen ihrer Kinder«, setzte Josefin sie ins Bild.

»Das verstehe ich«, stimmte die Kellnerin grinsend zu. »Meine sind an meinen Wochenenddiensten immer bei Oma und Opa. Das ist eine Erholung, kann ich euch sagen.« Sie lachte, und Romy und Marlene gaben ihre Bestellungen auf. Josefin und Romy teilten sich meistens das üppige Frühstück für zwei, was nun heute wegen ihrer Verspätung nicht mehr ging. Deswegen entschied sie sich ebenso wie Marlene für das herzhafte Bauernfrühstück mit Brot, Käse, Wurst und Rührei. Alix ließ sich bereits – wie eigentlich immer – das französische Frühstück mit Croissants und Marmelade sowie einem kleinen Obstsalat und Josefin das deftige English Breakfast mit Ei, Baked Beans, Würstchen und gebratenen Tomaten schmecken.

Während Romy noch Milchkaffee und frisch gepressten Orangensaft bestellte, fragte Marlene sich, ob Alix meinte, dass sie sich umbringen würde, wenn sie mehr Kinder oder mehr von *ihren* Kindern hätte, also sie mehr sehen würde. Alix und ihr Ex-Mann Bernd teilten sich nämlich das Sorgerecht, seit sie sich nach einer üblen Betrugsgeschichte seinerseits vor ein paar Jahren getrennt hatten. *Sie hat das alles schon durch, womit ich mich gerade auseinandersetzen muss. Und womit ich mich eigentlich nie in meinem Leben beschäftigen wollte.*

»Was war nun mit deiner Mutter?«, fragte Romy, zog erst jetzt ihre Jacke aus, die sie über ihre Rückenlehne hängte, und verstaute Autoschlüssel sowie das Handy in der Tasche, bevor sie auch diese weghängte.

Marlene seufzte, bevor sie ein weiteres Mal anhob, um das Elend vor sich auszubreiten. In kürzerer Form diesmal.

»Auweia«, sagte Romy, als sie geendet hatte. »Wie wird es mit euch weitergehen?«

Marlene zuckte mit den Schultern. »Ich habe ehrlich keine Ahnung. Auf jeden Fall hab ich keine Lust, zurückzugehen und mich bei ihr zu entschuldigen. Aber irgendwie müssen wir ja wieder zusammenkommen ...«

»Manchmal ist es ganz gut, wenn man mal ein bisschen Abstand hat, etwas Gras über eine Sache wachsen lässt«, meinte Romy.

»Sie hat doch Anzeichen von Demenz?«, gab Josefin zu bedenken. »Dann wird sie die Angelegenheit höchstwahrscheinlich bald vergessen haben.«

»Das immerhin ist ein Vorteil davon«, sagte Alix abgeklärt. »Es wird sich schon wieder beruhigen, warte einfach ab. Wenn ich mich recht erinnere, war es zwischen euch nie einfach, oder?«

Lene nickte nachdenklich. »Das stimmt leider.«

»Warum, denkst du, könnte das so sein?« Romy beugte sich vor.

»Ich weiß nicht, wie es dazu kam. Ich kann nur sagen, dass ... dass sie irgendwie immer bloß eine kahle, kalte Wand für mich war. Sie hat mich ständig abblitzen lassen.« Dann brach es plötzlich aus ihr heraus, sie konnte es gar nicht verhindern. All der angestaute Frust der vergangenen Jahre und des heutigen Tages brach sich Bahn. Denn hier war sie endlich unter Menschen, die sie nicht verurteilten, bewerteten. »Ich konnte es ihr nie recht machen. Ich sollte besser in der Schule sein, dabei war ich gar nicht schlecht, gutes Mittelmaß. Ich war ihrer Meinung nach zu dick. Meine Freunde passten ihr nicht ...« Marlene schluckte schwer. »In ihren Augen war ich eine Träumerin, kindisch, naiv, noch als Erwachsene. Wisst ihr, als ich ein Kind war, konnte ich unheimlich gut malen. Meine Lehrer, meine Freunde, Bekannte, die Schwester meines Vaters, alle haben mich gelobt und bestaunt. Nur meine Eltern nicht. Und als ich später, mit vierzehn oder fünfzehn, wild entschlossen war, Malerin zu werden, sagte meine Mutter zu mir: ›Du wirst noch sehen, dass das Leben anders ist.‹ Der Rest ist bekannt. Ich bin nicht Malerin geworden, sondern Grafikerin, habe seitdem in der Werbung gearbeitet. Auch schön, aber eben nicht das, was ich wirklich wollte und konnte und liebte. Dann wurde nach und nach fast alles nur noch digital designt. Ich bekam ein Kind und wurde aufs Abstellgleis geschoben, wie ihr wisst.«

Die Frühstücksfrauen schwiegen betreten. »Das ist schon bitter«, fand Josefin als Erste die Sprache wieder. »Tut mir echt leid für dich.«

»Das ist nicht nur bitter«, widersprach Alix, »das ist viel, viel schlimmer. Nicht nur, was dir beruflich widerfahren ist – es ist unfassbar, dass wir uns immer noch zwischen Kindern und Karriere entscheiden müssen. Aber ich meine vor allem das mit deiner Mutter.« Sie holte tief Luft. »Es tut mir leid, das so deutlich sagen zu müssen, aber sie hat dich getötet.«

Marlene sah ihre Freundin an. »Zumindest etwas in mir.« Sie griff zu ihrem Milchkaffee, den die Kellnerin inzwischen gebracht hatte, doch statt zu trinken, wanderte ihr Blick zum Fenster hinaus, wo es angefangen hatte zu regnen. Mit bunten Schirmen bewaffnete Gestalten hasteten an der großen Scheibe vorbei durch das Grau, das sich in den vergangenen Minuten unbemerkt wie ein Schatten auf die Straßen gesenkt haben musste. Sie schüttelte sich unwillkürlich. Typisches Aprilwetter. »Nein, du hast recht.« Sie sah wieder zu Alix. »Sie hat mich damit getötet.« Nun nahm sie einen Schluck Kaffee. »Und es gab und gibt noch mehr solcher Begebenheiten. Zum Beispiel ist sie felsenfest der Meinung, dass die Trennung von Karsten allein meine Schuld sei. Ich hätte mich nicht genug um ihn bemüht. Das finde ich wirklich schlimm.«

»Ist es auch«, sagte Alix, während Romy »Unfassbar« murmelte und Josefin den Kopf schüttelte.

»Es ist traurig, dass ihr so ein schwieriges Verhältnis habt«, sagte Romy. »Zwischen Müttern und Töchtern sollte es anders sein, ganz anders. Aber vielleicht gibt es Gründe dafür, dass sie so geworden ist, wie sie ist?« Sie überlegte. »Sie ist in den Kriegsjahren geboren, nicht?«

»Ja, also davor noch, 1936.«

»Wer weiß, was sie alles durchgemacht hat. Es waren schlimme Zeiten damals, im Krieg sowieso, aber auch danach.«

Darüber hatte Lene noch nie nachgedacht. Auch, weil ihre Mutter bei allen Themen, die Vergangenheit betreffend, immer abgeblockt hatte. »Möglich. Ich weiß es nicht. Sie hat nie mit mir über die Zeit reden wollen.«

»Bloß gut, dass wir alle ein besseres Verhältnis zu unseren Kindern haben. Und hey, du bist eine ganz tolle Frau«, sagte Josefin aufmunternd. »Du bist stark, selbstbewusst, siehst gut aus, bist eine wunderbare Mutter. Jetzt managst du sogar alles allein, Kind und Job und so. Das hast du aus dir selbst heraus geschafft! Sei stolz auf dich!« Die anderen nickten bestätigend.

Dankbar sah Marlene ihre Freundinnen an. »Das ist lieb von euch. Leider fühle ich mich bloß überhaupt nicht stark und selbstbewusst. Und ich finde auch nicht, dass ich besonders gut aussehe. Diese elenden Schwangerschaftskilos kleben an mir wie Teer. Und mein Job füllt mich auch nicht aus. Aber immerhin kommt damit regelmäßig Geld rein, und die Kollegen sind ganz nett. Zumindest ein paar ...«

»Lass dich nicht unterkriegen.« Josefin legte ihr den Arm um die Schultern. »Es kommen auch wieder bessere Zeiten.«

»Ja, bestimmt.« Marlene versuchte ein Lächeln. »Allerdings war das leider noch nicht alles.« Sie kramte in ihrer Tasche und legte den Umschlag auf den Tisch.

»Was ist das?«, fragte Romy.

Alix drehte den Brief zu sich, sodass sie den Absender lesen konnte. »Post vom Anwalt?«

In diesem Augenblick kam die Kellnerin zurück und brachte auf einem großen Tablett das Frühstück.

»Lasst es euch schmecken. Ihr habt es euch verdient.« Sie zwinkerte ihnen zu und stellte mehrere gut gefüllte Teller vor ihnen ab, wobei ihr Blick kurz an dem Briefumschlag auf dem Tisch hängen blieb. Dann ging sie.

»Genau, Post vom Anwalt.« Marlene sah in die aufgeschreckten Gesichter ihrer Freundinnen. Nur Alix blieb entspannt und nahm die Pointe vorweg.

»Karsten?«

Lene nickte. »Er will die Scheidung. Angeblich will Chelsea ihn heiraten. Zumindest irgendwann.« Sie ließ den Kopf sinken. Am liebsten hätte sie ihn auf die Tischplatte krachen lassen. Aber da stand ihr Rührei.

»Na ja, irgendwie war das doch absehbar«, stellte Alix nüchtern fest.

»Meine Güte, ein bisschen mehr Einfühlungsvermögen bitte«, entgegnete Josefin. »War das eben gerade?«

»Ja. Er wollte Paola abholen, hat mit mir noch den Schlenker zum Seniorenheim gemacht und mich anschließend sogar hergefahren. Jetzt weiß ich auch, warum.«

»Um dir das noch schnell in die Hand drücken zu können?«, fragte Romy mit weit aufgerissenen Augen.

»Na, wem fehlt hier wohl das Einfühlungsvermögen?« Alix lehnte sich grinsend zurück. »So ein Feigling.«

»Ja, war nicht gerade die feine Art«, stimmte Romy zu.

»Andererseits, wann hätte er es mir sonst geben können?«

»Jetzt verteidige ihn nicht auch noch!«, erboste sich Josefin.

»Wie dem auch sei, du brauchst einen Anwalt, Schätzchen. Einen guten.« Alix verschränkte die Arme. »Ich kenne da zufällig einen.«

»Kann ich mir den überhaupt leisten?« Ihre Finanzen sahen düster aus, schließlich war Karsten immer der Hauptverdiener gewesen.

»Solltest du auf jeden Fall. Betrachte es als Investition in deine Zukunft.«

Einerseits war Marlene im Moment überhaupt nicht danach, sich über solche Dinge Gedanken zu machen, andererseits war sie froh, in Alix jemanden zu haben, der sich auskannte und ihr in ihrer Situation einen Rat geben konnte. »Vielleicht können wir uns nachher mal darüber unterhalten, was ich so alles beachten und unternehmen sollte.«

»Sehr gerne. Ich kann dich ja nach Hause fahren, dann besprechen wir alles unterwegs.«

»Das wäre prima.« Lene fühlte sich schon viel besser als noch vor ein paar Minuten und biss in ihr Vollkornbrot. »Jetzt haben wir aber genug von mir geredet«, leitete sie einen Themenwechsel ein. »Wie geht es euch denn? Was war in den vergangenen Wochen bei euch so los?«

Darauf stiegen die Freundinnen immer schnell ein, denn bei allen vieren ging es turbulent zu.

»Das übliche Chaos«, begann Romy. »Max kommt nächsten Monat in die Krippe. Wir sind schon ganz aufgeregt! Wenn alles klappt, fange ich im Mai dann wieder an zu arbeiten. Ich werde als Aushilfe in einem Käseladen anfangen, ist das nicht toll? Ich freue mich schon so!«

»Klasse«, meinte Josefin.

»Oh, das sind ja super Neuigkeiten«, freute sich Marlene für die Freundin.

»Danke! Ich hoffe, ich schaffe das alles. Ich werde mit fünfzehn Stunden die Woche einsteigen, immer vormittags natürlich. Geht ja sonst nicht.«

»Ginge schon. Dann müsste dein Mann eventuell beruflich ein bisschen kürzertreten.« Wie immer sprach Alix ungefiltert aus, was sie dachte, und ließ Marlene damit innerlich aufstöhnen. Alix hatte mit ihrer direkten Art schon das eine oder andere Mal jemandem auf die Füße getreten oder Gefühle der Freundinnen verletzt. Klammheimlich hatte Lene hin und wieder gedacht, dass Bernd sich womöglich auch deswegen eine andere gesucht hatte, eine, die ein bisschen netter zu ihm war. Er hatte sich bestimmt einiges anhören müssen, denn Alix war ganz sicher niemand, der sich unterbuttern ließ ... Sie stockte plötzlich in ihrem Gedankengang. War das nicht eigentlich die Denkweise ihrer Mutter? Alix vertrat ihre

Ansichten und ihre Interessen und gab nicht nach nur um des lieben Friedens willen – so wie sie selbst es viel zu oft tat. Und ihr Mann hatte sich schließlich auch eine andere gesucht. Obwohl sie immer auf ein harmonisches Miteinander Wert gelegt hatte ...

Romy ließ sich von Alix' Einwurf nicht aus der Ruhe bringen. »Das würde er sicher, wenn er könnte«, erwiderte sie. »Aber Markus ist beruflich sehr eingebunden und nicht so flexibel wie ich. Und wir sind uns einig darin, dass unsere Kinder nachmittags ein Zuhause haben sollen.« Letzteres war eindeutig eine Retourkutsche in Alix' Richtung, registrierte Marlene mit Genugtuung. Deren Zwillinge waren nämlich bis siebzehn Uhr im Kindergarten – egal, ob sie eine Mama- oder Papawoche hatten. Ein viel zu langer Tag für Kinder dieses Alters, wie sie selbst fand, aber jede Familie musste sich so arrangieren, wie es für alle Beteiligten am besten passte.

»Toll, dass du wieder anfangen kannst zu arbeiten«, meinte Josefin, ohne weiter auf das Scharmützel zwischen Alix und Romy einzugehen.

»Ja, ich freue mich auch. Rauszukommen und andere Themen zu haben als nur die Erziehung der Kinder, das hat mir besonders in meiner letzten Elternzeit zunehmend gefehlt. Bei Lilly war es noch ganz anders, da war ich vollkommen auf Familie gepolt, auch bei Malte noch, aber jetzt merke ich, dass ich wieder etwas anderes will. Mehr, irgendwie.«

»Verständlich«, murmelte Marlene und dachte dabei über ihr eigenes Leben nach. Was erwarte ich eigentlich noch von meinem Leben? Dass ich ewig Karsten hinterherrenne? In der Agentur versauere, wo ich nur Akten sortieren und Rechnungen und Briefe schreiben darf?

»Käseladen, hm. Hast du nicht eigentlich was anderes gelernt?«, hakte Alix nach.

»Ja, das stimmt. Ich hab eine abgeschlossene Ausbildung als Physiotherapeutin, wollte danach aber doch etwas anderes machen und habe angefangen, Soziale Arbeit zu studieren, aber dann ...«

»Bist du schwanger geworden«, beendete Alix den Satz.

»Genau. Markus und ich hatten uns überlegt, dass es am besten wäre, ein Kind zu bekommen, solange wir noch studieren. Dass wir da mehr Zeit hätten als später. Und wir wollten junge Eltern sein.«

»Aha«, machte Alix, und es war offensichtlich, was sie von dem Plan hielt.

»Da ist was dran«, bestätigte Marlene ihre Freundin, und auch Josefin nickte.

»Allerdings weiß man während des Studiums noch nicht, was danach kommt, ob man überhaupt eine Anstellung findet, wenn ja, wo, und ob der Partner etwas am selben Ort bekommt«, sinnierte diese. Josefin wusste, wovon sie sprach, sie hatte bereits in mehreren Ländern gelebt und war mit ihrem Mann vor einigen Jahren nach Deutschland gezogen, als dessen Job ihn hierhergeführt hatte. Sie hatte schon öfter irgendwo neu angefangen und sich nun aber wohl in ihrem Leben hier gut eingerichtet, wie es Marlene schien. Neben ihrem Job betrieb sie in ihrem Resthof drei Ferienwohnungen, mit denen sie anscheinend gut zu tun hatte.

»Das ist sicherlich richtig«, gab Romy zu, »aber bei uns hat es ja zum Glück geklappt.«

Alix zog die Augenbrauen hoch, und Lene konnte ihr förmlich von der Stirn ablesen, was sie dachte. Nämlich, dass es nur deswegen geklappt hätte, weil Romy sich selbst komplett in den Hintergrund gestellt und gleich noch zwei weitere Kinder bekommen hatte. Sie wusste, dass jemand, der so wie Alix auf sich und seine Karriere fixiert war, dergleichen nicht nachvollziehen konnte. Alix behielt ihre Gedanken für sich, meinte aber: »Super, dass du wieder was machst. Aber was wird aus deinem Studium?«

»Das interessiert mich nicht mehr so sehr«, erwiderte Romy unbekümmert.

Lene rutschte unbehaglich auf ihrem Stuhl hin und her, fing einen ähnlich beunruhigten Blick von Josefin auf. Dieses Gespräch drohte in unangenehme Gewässer abzurutschen, wenn niemand Alix stoppte, die schon Luft holte, um wahrscheinlich etwas Bissiges wie »Dann schon lieber Käseladen, was?« von sich zu geben. Sie beschloss, das Thema zu wechseln. »Und da kommt dein Kleinster nun auch schon in die Krippe. Wahnsinn, wie die Zeit vergeht!«

Romy nickte fröhlich. »Ja, und unsere Großen werden nach den Sommerferien schon eingeschult, ist das zu fassen?«

»Ja, wirklich«, stimmte Marlene ihr zu. »Wobei du das ja schon kennst, Josefin.«

Diese nickte. »Stimmt. Sofia geht ja bereits in die zweite Klasse. Aber ich kann mich noch gut erinnern, wie aufregend das damals war. Und wie lange wir überlegt haben, welche Schule die richtige für Sofia wäre.«

»Die ersten Elternabende waren ja schon. Bei uns steht demnächst die Schuleingangsuntersuchung an.« Fröstelnd legte Marlene sich ihren Paschminaschal um die Schultern. Es war ungemütliches Wetter heute, in die Tropfen hatten sich nun sogar ein paar Graupel gemischt. Und sie hatte nicht mal eine richtige Jacke dabei, nur ihren Blazer. Das konnte doch wohl nicht wahr sein – mitten im Frühling! Zudem schauerte es sie beim Gedanken an die Untersuchung. Warum, konnte sie sich selbst nicht erklären. Vermutlich hatte sie Angst, dass Paola auf irgendeine Art und Weise durchfallen könnte, sich an einer Stelle eine Entwicklungsverzögerung mit Förderbedarf herausstellte. Oder eine posttraumatische Belastungsstörung durch die kürzliche Trennung ihrer Eltern ...

»Wir sind erst im Mai dran«, meinte Josefin. »Und ihr, Alix?«

»Auch im Mai«, sagte diese knapp.

»Habt ihr schon eine Idee, auf welche Schulen eure Kinder gehen sollen?«, fragte Marlene.

»Auf die Bezirksgrundschulen, oder nicht?«, fragte Josefin.

Romy nickte ebenfalls. »Ich denke, die sind doch hier alle gleich gut. Wieso, was überlegt ihr für Paola, Lene?«

»Ich frage mich, ob die Montessori-Schule nicht für Paola geeignet wäre. Aber Karsten hält davon gar nichts. Für ihn gibt es nur die Regelschulen und das althergebrachte Schulsystem.«

»Mit all seinen Mängeln«, ergänzte Alix, für Marlene überraschend. Sie hätte nicht erwartet, von ihrer Seite bei diesem Thema Zustimmung zu bekommen. »Wir denken an die Gregorius-Schule. Da werden die Kids gleich von Anfang an richtig gefördert, sie haben ab der ersten Klasse Englisch. Während die normalen Grundschulen da noch aufs Nachspuren setzen.«

»Das Nachspuren ist eine sehr wichtige Grundlage für das Erlernen von Buchstaben und Zahlen«, widersprach Josefin, die als Einzige von ihnen schon ein Kind in der Schule hatte.

Und Romy ergänzte: »Ich finde es gar nicht gut, wenn die Kleinen schon so früh mit allem Möglichen vollgestopft werden, wie an dieser Privatschule. Sie sind immer noch Kinder, meine Güte!«

Alix zuckte mit den Schultern. »Jeder muss das Richtige für sich und seine Familie finden. Aimee ist ziemlich clever und braucht eine ordentliche Förderung, sonst ist sie unterfordert. Und Aron ist das glatte Gegenteil. Er wird nichts tun, wenn er nicht muss.«

»Das weißt du jetzt schon?«, fragte Romy skeptisch. »Sieht Bernd das auch so?«

Verächtlich stieß Alix Luft aus. »Bernd hat seine eigenen Ansichten.«

Die Sache mit der Privatschule war also offenbar bislang allein Alix' Idee. Aber Marlene hatte inzwischen schon einen leichten Vorgeschmack darauf bekommen, wie sehr es die Entscheidungsfindung in Bezug auf das Kind erschwerte, wenn die Eltern getrennt waren. Karsten zog sich zurzeit gerade ziemlich aus der Erziehung heraus, machte bei seiner Tochter in erster Linie mit Geschenken, Süßigkeiten und tollen Ausflügen gut Wetter, kümmerte sich aber weder um ihre Hobbys wie Ballett und Reiten noch um Arzttermine oder Elterngespräche im Kindergarten, geschweige denn um Organisatorisches wie die Anmeldung in der Schule und den damit verbundenen Bürokratiekram. Informiert werden über am besten jeden Schritt, den sein Kind tat, wollte er aber trotzdem. *Alles wie gehabt also*, würde Alix sicher dazu sagen. *Nichts investieren, aber die Kontrolle haben wollen.* Und damit müsste sie ihrer Freundin ausnahmsweise mal recht geben.

»Ich hoffe nur, dass Karsten sich die Zeit nimmt, mit Paola zur Schuleingangsuntersuchung zu gehen«, sagte Lene seufzend.

»Wieso denn?«, fragte Romy.

Sie zuckte mit den Schultern. »Sonst gibt er mir nachher noch die Schuld, wenn irgendwelche Schwierigkeiten auftauchen sollten.«

»Welche Schwierigkeiten denn?« Josefin runzelte die Stirn. »Paola ist doch ein pfiffiges Mädchen.«

»Ja, schon ...«

»Du machst dir Sorgen, dass eure Trennung irgendwelche Auswirkungen auf sie haben könnte?« Alix schaute sie über den Rand ihrer Kaffeetasse an, bevor sie einen Schluck des dampfenden Getränks zu sich nahm.

Sie hatte den Nagel auf den Kopf getroffen. »Vielleicht hat sie irgendwie Schaden genommen?«

»Blödsinn«, widersprach Alix vehement.

»Kinder ertragen viel«, sagte auch Romy. »Es kann sein, dass es in der akuten Situation mal zu Schwierigkeiten kommt, wenn die Trennung der Eltern besonders unschön verläuft, aber bei euch geht doch alles vergleichsweise harmonisch ab, scheint mir.«

Ja, weil ich immer nachgebe, wollte Marlene erwidern, doch es hatte sich ein Kloß in ihrem Hals gebildet, der jede Äußerung im Keim erstickte.

»Paola ist doch nicht niedergeschlagen oder so«, ergänzte Josefin. »Sie spürt, dass sie auf ihre Eltern zählen kann und diese sie lieben, auch wenn sie jetzt nicht mehr zusammenleben. Das ist doch das Wichtigste.«

»Mach dir nicht zu viele Sorgen«, meinte Alix versöhnlicher. »Aimee und Aron haben es auch überstanden, und bei Bernd und mir flogen weiß Gott die Fetzen. Allerdings auch vorher schon. Da war es für alle eine Erleichterung, als er ausgezogen ist.« Sie kicherte leise und griff nach einem Stück Melone, das sie sorgsam mit dem Messer abschälte und in Stücke schnitt, die sie mit der Gabel nach und nach in den Mund schob. Marlene hätte einfach in das saftige rosa Fleisch hineingebissen.

»Karsten und ich waren in Erziehungsfragen häufig unterschiedlicher Meinung, aber seit wir getrennt sind, kommt es mir so vor, als lägen unsere Ansichten noch weiter auseinander.«

»Es wird bestimmt nicht einfacher, wenn man Dinge klären muss und dabei noch einen Graben zwischen sich zu überwinden hat.« Romy strich ihrer Freundin über den Arm und warf ihr einen aufmunternden Blick zu.

»Wisst ihr eigentlich, dass wir uns in diesem Monat seit genau fünf Jahren regelmäßig einmal im Monat zum Frühstücken treffen?«, fragte Josefin da.

»Tatsächlich?« Marlene überlegte. Die Freundinnen hatten sich kennengelernt, als sie selbst mit Paola schwanger gewesen war, Romy mit ihrer Ältesten Lilly, Alix mit den Zwillingen Aimee und Aron, Josefin mit ihrem zweiten Kind Emil, die inzwischen alle fünf Jahre alt waren und sich in ihrem letzten Kindergartenjahr befanden. Sie hatten es in den ersten Monaten noch nicht mit regelmäßigen Treffen hinbekommen, aber das Babyschwimmen und die Rückbildungsgymnastik gemeinsam besucht. Irgendwann war dann die Idee entstanden, sich einmal im Monat zum Frühstück zu treffen. Sie hatte keine Ahnung gehabt, dass sie im April damit gestartet waren.

»Wie toll, dass wir das geschafft haben!«, meinte Romy. »Ich bin so froh, dass wir unseren gemeinsamen Frühstückstermin einmal im Monat haben.«

»Ich auch«, stimmte Josefin zu, während die anderen nickten. »Wer weiß, ob wir sonst alle überhaupt noch Kontakt zueinander hätten.«

»Wie oft musste ich bei Karsten durchsetzen, dass dieser eine Samstagvormittag im Monat mir gehört«, sagte Marlene seufzend. »Ständig gab es andere Termine, Verpflichtungen, Dinge zu tun, gegen die ich mich behaupten musste.«

»Wem sagst du das!« Ohne Frage hatte Romy mit ihren drei Kindern noch mehr Kämpfe durchzustehen, um ihre Frühstücksvormittage zu verteidigen. Sie war aber auch diejenige, die es am häufigsten nicht zu den Treffen schaffte. Niemand machte ihr deswegen einen Vorwurf. »Es ist bemerkenswert, dass wir es seit fünf Jahren hinbekommen«, ergänzte sie.

»Bald sind ja Osterferien. Habt ihr was vor? Fahrt ihr weg?«, fragte Josefin.

»Gutes Stichwort«, fiel Alix gut gelaunt ein. »In den Osterferien ist noch nichts weiter geplant, aber für den Sommer habe ich mir gerade was richtig Feines gegönnt.« Sie imitierte mit den Fingern auf der Tischplatte einen Trommelwirbel. »Es geht für eine Woche Wellness und Yoga auf die Seychellen!«

»Wow«, machte Josefin. »Das ist ja toll!«

»Ja, nicht? Und gar nicht so unendlich teuer, wie man vielleicht denkt. Der Flug ist das Kostspieligste, auf Mahé haben wir dann ein Apartment. Dafür zahlen wir kaum mehr als für eine Ferienwohnung an der Nordsee.«

»Wirklich?« Marlene konnte es kaum glauben. Die Seychellen, das wäre doch mal was. Aber ob sie da jemals – nun auch noch als alleinerziehende Mutter – hinkommen würde? Wobei, Alix schaffte das schließlich auch. Sie arbeitete allerdings auch wie eine Verrückte, als Unternehmensberaterin und Coach für Führungskräfte reiste sie durch die Lande und gab Seminare in diversen namhaften Firmen. Für ihren Job musste sie oft genug bei Freizeit und Privatleben Abstriche machen.

Alix nickte glücklich. »Endlich mal wieder ein richtiger Urlaub, nachdem ich die letzten Jahre kaum frei gemacht habe. Und mit Bernd ging es immer nur nach Österreich, weil er so gerne wandert.« Alix rollte mit den Augen. »Nichts gegen Österreich, natürlich. Ich hatte es bloß satt, immer das Gleiche zu sehen und zu machen. Und inzwischen hasse ich es, wandern zu gehen.«

»Aber du bist doch sehr sportlich«, meinte Romy.

»Mag sein. Trotzdem hat es mich zuletzt tierisch genervt. Könnte aber auch einfach an Bernd gelegen haben. Wie man ja inzwischen weiß, hatte er schon was mit seiner Neuen am Laufen, als wir noch zusammen unsere letzten beiden Familienurlaube verbracht haben.« Verächtlich schnaubte Alix.

»Ihr hattet dort aber auch immer schöne Hotels mit Swimmingpool, Wellness und so, nicht?« Den Luxus, den Alix und Bernd in ihren Urlauben genossen, hätten Karsten und sie sich nie geleistet. Dafür hatte Karsten immer viel zu sehr das Geld zusammengehalten. Und höchstwahrscheinlich war davon auch schlichtweg nicht so viel da wie bei ihrer Freundin. Alix' Ex hatte es mindestens ebenso weit gebracht wie Alix, allerdings in einem gänzlich anderen Bereich: Er war Radiologe und betrieb eine gut laufende Röntgenpraxis, und auch Alix verdiente als Consultant sicher nicht schlecht. Marlene konnte nicht abstreiten, dass sie die Freundin ein Stück weit beneidete. Sie wollte nicht mit ihr tauschen, aber manches in ihrem Leben oder auch mit welchem Selbstbewusstsein, mit welcher Sicherheit sie überall auftrat, bewunderte sie. Oft genug wünschte sie sich, selbst ein bisschen mehr von diesen Eigenschaften zu besitzen. Von außen betrachtet, wirkte Alix wie eine Frau, die es geschafft hatte, der es gelungen war, Karriere und Familie unter einen Hut zu bringen – allerdings mit dem kleinen Manko, dass die Beziehung nicht gehalten hatte und nicht klar war, wie glücklich Alix mit ihrem Leben wirklich war. Marlene fragte sich des Öfteren, ob Alix ihnen – und womöglich sich selbst – hin und wieder etwas vorgaukelte. Trog der Schein, und es war gar nicht alles so perfekt, wie es nach außen wirkte? Denn niemand war immer nur stark, oder etwa doch? Selbst jemand wie Alix musste seine schwachen Momente haben.

»Gibt es dort auch nette Angebote für Kinder?«, fragte Romy arglos. Sie hatte es nicht begriffen, und Alix genoss es sichtlich, sie aufzuklären.

»Ich fahre allein, Süße. Aimee und Aron sind in den ersten drei Wochen bei ihrem Erzeuger.« Sie schob sich eine lange blonde Haarsträhne, die sich in ihr Gesicht gestohlen hatte, zurück hinters Ohr. Marlene hatte es gleich verstanden, trotzdem spürte sie einen Stich in der Magengegend, einen Anflug von Eifersucht, der an ihr nagte. »Sie werden auch etwas Nettes machen«, ergänzte Alix. »Vielleicht fahren sie nach Österreich.« Sie kicherte.

»Wahnsinn«, sagte Josefin. »Das würde ich auch gerne mal machen. Aber du sprachst von ›wir‹?«

»Meine Yogalehrerin hat das organisiert. Sie macht das jedes Jahr mit einer kleinen Gruppe ihrer Kursteilnehmerinnen. Diesmal bin ich dabei.« Sie strahlte über das ganze Gesicht.

»Tolle Sache«, stimmte Romy zu, doch ihr Blick wanderte an Alix vorbei. Marlene war sich sicher, dass sie sich alle eine solche Auszeit wünschen würden. Aber nur Alix nahm die Sache in die Hand und verwirklichte es auch.

»Ich bin eine hart arbeitende Frau«, ergänzte sie beinahe entschuldigend. »Aber es gibt noch etwas zu feiern!« Alix winkte die Kellnerin herbei. »Ein Sekt geht wohl? Mit O-Saft?«, fragte sie in die Runde. Als alle nickten, fuhr sie, an die Bedienung gewandt, fort: »Dann bitte für jede von uns ein Glas.« Die Kellnerin nickte und verschwand.

»Erzähl, was ist los?«, fragte Romy gespannt.

»Ich bekomme mehr Geld!« Erneut trommelte Alix einen Tusch auf die Tischfläche.

»Bei dir läuft es ja momentan richtig gut«, sagte Josefin anerkennend.

»Wie kam es denn dazu?«, fragte Romy.

»Gutes Geld für gute Arbeit«, antwortete Alix mit einem Grinsen im Gesicht. »Hab halt mal meine ganzen Vorzüge in den Ring geworfen. Weil ich gut bin und von den Kunden viel positives Feedback kommt, können sie nicht ohne mich. Das wissen sie. Und weil ich mir für den Drecksladen den Allerwertesten aufreiße, natürlich auch ...« Ihr Grinsen wurde breiter, und passenderweise kam die Bedienung, stellte jeder von ihnen ein Glas hin und wünschte ein fröhliches »Wohl bekommt's«, bevor sie wieder verschwand.

»Ich würde mich das nie trauen«, meinte Romy.

»Was?«

»Nach mehr Geld zu fragen.«

»Ich auch nicht«, gab Marlene zu. Sie war ja schon froh, dass man sie in ihrem Job in Ruhe ließ und nicht versuchte, an ihrer Stundenzahl zu drehen. Das heißt, so war es bisher gewesen. Als frisch gebackene Alleinerziehende war es wohl nun an ihr, ihren Chef um eine Erhöhung der Stunden zu bitten. Der Gedanke daran und an ihre Zukunft lag ihr wie Blei im Magen.

»Das ist eben der Fehler. Deswegen bleiben Frauen auch so oft bei ihrem Lohn stehen.« Alix schienen Skrupel in dieser Richtung völlig fremd zu sein. »Wie dem auch sei. Auf die Freundschaft, die Familie und die Karriere!«

»Auf Freundschaft und Familie«, sagte Lene ein wenig angefressen. »Auf uns«, wünschten Josefin und Romy.

»So kann es weitergehen, Alix«, meinte Romy.

Wenn ich bloß wüsste, wie es bei mir weitergeht, dachte Marlene bang.

»Ich muss euch noch etwas gestehen«, sagte Romy leise, als sie alle getrunken hatten und die Gläser abstellten. »Wir haben vorhin darüber gesprochen, wie großartig es ist, dass wir es schon seit fünf Jahren schaffen, uns regelmäßig einmal im Monat zu treffen.« Sie blickte von einer zur anderen und bekam jeweils ein Nicken oder Lächeln zurück. »Lasst uns versprechen, dass das immer so bleibt.« Sie nahm die Hände ihrer Nachbarinnen und bedeutete den anderen, es ihr gleichzutun. »Wir sind sehr verschieden und stecken trotz der gleichaltrigen Kinder in ganz unterschiedlichen Lebenssituationen ... Lasst uns dafür sorgen, dass wir uns nicht auseinanderleben.«

»Das machen wir!«, stimmten alle fröhlich ein.

»Das ist ja gut und schön, aber was meinst du mit ›du musst uns noch was gestehen‹?«, fragte Josefin zögerlich.

Romy seufzte. »Der Käseladen, in dem ich anfange, hat auch einen Stand auf dem Markt. Ich werde an zwei Samstagen im Monat dort arbeiten müssen. Das ist der saure Apfel, in den ich beißen muss, um unter der Woche von den Nachmittagsschichten verschont zu bleiben.« Sie zuckte entschuldigend mit den Schultern.

»Das bedeutet ..., dass wir uns nicht mehr samstags treffen können?« Alix zog die Augenbrauen hoch.

»Nicht so ganz«, wehrte Romy ab. »Wir können uns nur noch an zwei Samstagen im Monat treffen, an meinen freien Tagen sozusagen. Es sei denn ...«

»Wir verschieben unser Date einfach auf sonntags«, unterbrach Josefin sie. »Wäre für mich in Ordnung.«

»Für mich auch«, schloss sich Marlene an. »Vielleicht wäre es sogar besser, an Sonntagen ist bei mir tendenziell eher weniger zu tun als an Samstagen.«

»Passt«, meinte Alix und hob ihr Sektglas erneut. »Auf die Frühstücksfrauen!«

»Auf die Frühstücksfrauen!«, erklang es aus vier zufriedenen Kehlen.

Editha

Die Granate ist explodiert. Endlich, muss man fast sagen. Sie hat den Boden vor Editha aufgerissen. Überall ist Qualm. Sie muss husten. Man kann die Hand nicht vor Augen sehen. Doch sie weiß ganz sicher: Irgendwas ist da. Etwas Wichtiges. Was sie bei ihrem überstürzten Aufbruch vergaßen mitzunehmen. Da, unter den Bodendielen. Ein Kästchen?

Die Schatulle! Nun fiel es ihr wieder ein. Mutter hatte sie in der Stube unter den losen Brettern versteckt, als sich die Nachrichten mehrten, dass die Russen bald kämen, dass sie den Krieg verlieren könnten. Was darin war? Sie wusste es nicht.

Der Boden unter ihr wackelte. Wo befand sie sich? Das Bett, in dem sie lag, war nicht ihres. Es war viel schmaler. Und sie war festgebunden! Ein tonloser Schrei wollte ihrer Kehle entrinnen, doch heraus kam nur ein Krächzen. Panik stieg in ihr auf, hektisch blickte sie nach links und rechts. Da war jemand, er stand mit dem Rücken zu ihr. Dann wurde er auf sie aufmerksam, wandte sich ihr zu.

»Da sind Sie ja wieder, Frau Krause.« Eine Tür öffnete sich hinter dem Mann.

»Wo bin ich?«, hauchte sie.

»Im Rettungswagen. Sie hatten einen kleinen Herzinfarkt. Wir bringen Sie ins Krankenhaus. Sind schon da.« Sie schloss die Augen. Ein Herzinfarkt. Hatte der mit der explodierten Granate zu tun? Dunkel erinnerte sie sich nun auch an den

Streit mit ihrer Tochter, woraufhin ihr ein Stöhnen entfuhr. Der Sanitäter verstand es falsch.

»Regen Sie sich nicht auf, es wird alles gut.« Er tätschelte ihre Hand, in der eine Kanüle steckte, wie ihr erst jetzt auffiel.

Es wird alles gut. Sie glaubte es nicht.

3.

Es war doch noch ein äußerst netter Vormittag geworden, was Marlene nach dem üblen Start in den Tag gar nicht mehr erwartet hätte. Dank der aufbauenden Gespräche mit ihren Freundinnen ging es ihr viel besser als noch wenige Stunden zuvor. Nun fühlte sie sich auch halbwegs in der Lage, sich mit den Scheidungspapieren auseinanderzusetzen, vor allem mit Alix an ihrer Seite. Sie bezahlten gerade, als Marlenes Handy klingelte. Stirnrunzelnd sah sie auf das Display.

»Es ist das Marienstift«, murmelte sie. »Schon wieder.« Das konnte nichts Gutes bedeuten. »Fröhlich«, meldete sie sich und hörte zum zweiten Mal an diesem Tag die Stimme der Leiterin des Seniorenstifts am anderen Ende.

»Frau Fröhlich, hier Schmidt ...«

»Frau Schmidt, ist etwas passiert?«

»Bedauerlicherweise ja. Ich muss Ihnen leider mitteilen, dass Ihre Mutter einen Herzinfarkt hatte.«

»Ich komme sofort.« Mit einem Satz war sie auf den Beinen.

»Einen Augenblick, bitte.« Lene konnte sich beinahe bildlich vorstellen, wie die etwa gleichaltrige zierliche Frau mit dem lockigen Haar und dem strengen Blick, der gar nicht zu ihrer freundlichen Art passte, eine beschwichtigende Geste machte. »Ihre Mutter ist gut versorgt, sie wurde ins Krankenhaus am Lessingpark gebracht.«

»Kann ich sie dort besuchen?«

»Ich denke schon. Aber ich würde gerne kurz etwas mit Ihnen besprechen.«

»Ja?«

»Die Mitarbeiterin, die Ihrer Mutter vorhin das Mittagessen bringen wollte, kam direkt zu mir gelaufen. Sie berichtete davon, dass Frau Krause außer sich gewesen sei. Sie sei unruhig auf und ab gewandert, habe sich die Haare gerauft, Unverständliches vor sich hin gemurmelt ... Auf Ansprache der Kollegin hat sie nicht reagiert, es war wohl wieder so, als hätte sie gar nicht mitbekommen, dass sich noch jemand im Raum befand, als wäre sie mit ihren Gedanken ganz woanders. Dabei umklammerte sie den linken Arm. Die Kollegin hat sofort reagiert und mich verständigt. Als ich da war, lag Ihre Mutter bereits am Boden, hielt sich die Brust, war kurzatmig, klagte über Übelkeit ... Wir haben sofort den Notarzt gerufen.«

»Oh mein Gott.« Lene schluckte schwer, gleichzeitig breitete sich eine dumpfe Sorge in ihr aus. Konnte es sein, dass der Streit ihre Mutter derart aufgeregt hatte? »Was ... was hat Mama denn gesagt?« Lene sah in die betroffenen Mienen ihrer Freundinnen, auch die Kellnerin hielt inne, bevor sie Romys Bon aus dem Kartenlesegerät nahm und sich taktvoll zurückzog.

»Sie meinen, worüber Frau Krause gesprochen hat, als meine Mitarbeiterin in ihr Zimmer kam?« Die Leiterin des Seniorenstifts klang nicht verwundert über diese Frage.

»Ja«, krächzte Lene, wobei sie sich dumm vorkam. Gab es schließlich gerade nichts Wichtigeres zu besprechen, zum Beispiel den Gesundheitszustand ihrer Mutter? Aber die Frage, ob es etwas mit dem zu tun haben könnte, was Editha schon zuvor beschäftigt hatte, oder ob ihr die Auseinandersetzung derart zugesetzt hatte, ließ ihr keine Ruhe.

Frau Schmidt dachte einen Moment nach, bevor sie antwortete. »Das habe ich meine Mitarbeiterin eben auch gefragt. Die einzigen Wörter, die sie verstehen konnte, waren ›Haus‹, ›Schatulle‹ und ›Pommern‹. Auch Ihren Namen hat sie genannt. Und immer wieder ›Haus‹ und ›Pommern‹. Mehr haben wir leider nicht herausgehört. Vielleicht können Sie sich einen Reim darauf machen?«

Lene schüttelte den Kopf. »Nicht so ganz.« Sie wollte sich schon verabschieden, da fragte die Leiterin:

»Frau Fröhlich, ähm, eine Sache noch. Sie waren ja am Morgen da. Ist Ihnen an Ihrer Mutter etwas aufgefallen, oder ist …« Frau Schmidt zögerte, doch Lene konnte sich denken, was sie meinte.

»Ob etwas vorgefallen ist zwischen meiner Mutter und mir, wollen Sie wissen?« Lene bemerkte selbst, dass ihre Stimme schärfer klang als beabsichtigt, doch sie war automatisch in den Verteidigungsmodus gegangen.

»Das wollte ich damit nicht andeuten«, beschwichtigte Frau Schmidt sie. »Aber manchmal ist es so, dass alte Menschen nicht mehr ganz mitbekommen, was um sie herum geschieht, oder Situationen nicht richtig einschätzen können. Im Falle Ihrer Mutter … Wir wissen ja, dass sie aufbrausend und, nun, mitunter verletzend sein kann.«

»Das stimmt«, murmelte Marlene und rieb sich mit der freien Hand über das Gesicht. Einerseits plagte sie weiterhin das ungute Gefühl, sie könne eine Mitschuld am Herzinfarkt ihrer Mutter tragen, andererseits war es eine Erleichterung, von dieser fremden Frau Mitgefühl und Verständnis zu bekommen. Und noch etwas tat gut: Sie spürte die Nähe ihrer Freundinnen. Josefin war an sie herangetreten und hatte den Arm um sie gelegt. Wie schön, dass sie in diesem Moment nicht allein war! Und da schien Lene endlich loslassen zu können. »Ja, leider sind wir im Streit auseinandergegangen. Sie ist nicht zufrieden damit, wie mein Leben verläuft. Sie wirft mir vor, alles falsch zu machen, obwohl ich gar nichts dafür kann.« Sie räusperte sich. »Sie hat mir allerlei Dinge an den Kopf geworfen, und ich habe wohl ein bisschen heftig reagiert.« Sie musste sich setzen. »Das tut mir jetzt natürlich schrecklich leid. Ich würde es gerne rückgängig machen.«

»Solche Dinge passieren, Frau Fröhlich. Machen Sie sich keine Vorwürfe.«

»Ich war nie gut genug für meine Eltern. Und das hat meine Mutter mich heute mal wieder ausgiebig spüren lassen.« Marlene fuhr sich mit der Hand durchs Haar. »Ich habe es nicht mehr ausgehalten und bin dann gegangen.«

»Ach, Frau Fröhlich, das tut mir sehr leid. Alte Menschen können sehr ... undiplomatisch sein. Nehmen Sie sich das nicht zu sehr zu Herzen. Wie oft ich hier von Konflikten zwischen Eltern und Kindern höre, das glauben Sie gar nicht. Die alten Menschen merken häufig nicht mehr, wie sie sich verhalten. Manchmal wissen sie ja nicht einmal, wen sie vor sich haben. Sie sind wie kleine Kinder. Man muss versuchen, das nicht persönlich zu nehmen.«

»Ja, sicher.« Marlene nickte resigniert, der Gefühlsausbruch war gebremst. Die Leiterin zeigte zwar ein gewisses Verständnis gegenüber Lenes Situation, doch wirklich weiterhelfen konnte sie ihr auch nicht.

»Ich kann Ihnen Adressen von professionellen Stellen und Selbsthilfegruppen für Sie und Ihre Mutter geben, wenn Sie möchten.«

Ohne Frage hatte Frau Schmidt genug Kontakte zu Therapeuten, Psychiatern und anderen Fachleuten, aber da kannte sie ihre Bewohnerin eben doch nicht gut genug. Editha Krause würde sich niemals mit ihrer Tochter psychologische

Hilfe suchen, so viel war sicher. Und wenn sie es allein tat, würde sie in den Augen der Mutter nur noch tiefer absinken. Man nahm keine Hilfe von anderen an, man kam mit seinen Problemen selbst zurecht, fertig.

»Danke, ich komme drauf zurück«, erwiderte sie lahm.

»Gut, am besten fahren Sie jetzt zu Ihrer Mutter. Es schien, als wollte sie dringend noch etwas loswerden.«

Sie verabschiedeten sich. »Als wollte sie dringend *noch* etwas loswerden«, wiederholte Lene leise, als das Gespräch beendet war.

»Können wir irgendetwas für dich tun?«, fragte Romy gleich.

»Ich glaube nicht, danke. Ich fahre dann wohl mal ins Krankenhaus.« Wie fremdgesteuert packte sie ihre Sachen zusammen.

»Ich bring dich hin«, bot Alix an.

»Das brauchst du nicht. Du hast doch bestimmt noch anderes zu tun.«

»Nö, kein Problem. Ich hab den Nachmittag frei. Die Kinder sind bei Bernd, Dalia hat geputzt, ich muss nachher nur noch was einkaufen. Aber das hat Zeit.«

»Wirklich? Dann wäre das natürlich wunderbar.«

»Klar. Wie gesagt, ich hatte ohnehin vor, dich nach Hause zu bringen. Eigentlich, um mit dir über die Scheidungskiste zu reden ...«

»Die jetzt allerdings erst mal mein geringstes Problem ist.« Alle nickten.

»Halt uns auf dem Laufenden, ja?«, meinte Romy, und sie und Josefin umarmten Lene noch ein weiteres Mal.

»Halt die Ohren steif«, wünschte Josefin.

»Macht sie«, antwortete Alix an ihrer Stelle.

Es tat ihr weh, ihre Mutter so da liegen zu sehen, in dem Krankenhausbett verlor sich Edithas zierliche Gestalt beinahe, das Gesicht bleich wie das Kopfkissen, die faltigen Hände reglos an ihrer Seite liegend, die Haut durchzogen von hervortretenden blauen Adern. Schläuche umgaben sie, piepende Geräte links und rechts von ihr, die grauen Haare standen wirr in alle Richtungen ab. Editha war nur noch ein Häufchen Elend, keine Frau, vor der man sich noch fürchten musste. *Und doch ...*

»Mama«, entfuhr es Marlene, und sie stürzte zum Bett, griff nach Edithas Hand, streichelte sie sanft. Beinahe unmerklich flatterten die Augenlider ihrer Mutter. Alix schloss die Tür zaghaft und trat näher. Sie hatte Marlene vorher gefragt, ob sie mit reinkommen solle, und Lene hatte bejaht. Ganz entgegen ihrer sonstigen Art. Normalerweise machte sie alles gerne mit sich selbst aus, aber gerade tat ihr Alix' Nähe gut. Sie gab ihr mit ihrem souveränen Auftreten eine gewisse Sicherheit. Warum das so war, konnte sie sich selbst nicht erklären. Wenn man sie vorher gefragt hätte, wen sie in einer solchen Situation am liebsten an ihrer Seite hätte, wäre Alix ehrlicherweise nicht gerade die erste Person gewesen, an die sie gedacht hätte. Doch nun war sie froh, dass sie gerade diese toughe Karrierefrau dabeihatte. Alix, die sich von niemandem die Butter vom Brot nehmen ließ, war exakt die Richtige, um Editha Krause gegenüberzutreten.

»Seltsam, ich sehe deine Mutter heute zum ersten Mal«, murmelte Alix, als sie ans Bett getreten war.

Und es könnte das letzte Mal sein, schoss es Lene durch den Kopf. Unwillkürlich schauderte es sie. »Tja, mit unseren jeweiligen Eltern hatten wir bisher nicht zu tun, was?«, erwiderte sie.

»Stimmt. Jetzt, wo sie älter werden, spielen sie unter Umständen wieder eine größere Rolle«, bestätigte Alix nachdenklich.

Noch einmal zuckten Edithas Lider, die Augäpfel darunter wanderten hin und her, schließlich tat sie einen tiefen Atemzug und öffnete die Augen.

»Marlene«, flüsterte sie und versuchte mit schwachen Fingern die Hand ihrer Tochter zu greifen. Lene war gerührt von dieser Geste und nahm Edithas Hand in ihre. »Du musst nach Pommern fahren.«

»Wie bitte?« Lene glaubte, sich verhört zu haben, zumal die Stimme ihrer Mutter kaum mehr als ein Krächzen war. »Du willst, dass ich nach Polen fahre?«

Vehement schüttelte Editha den Kopf, so gut ihr das in dem dicken Kissen möglich war. »Nach Pommern. Pommern! Nach Hause.«

»Nach *Hause?*« Was wollte ihre Mutter von ihr? Ihr Zuhause war seit Jahrzehnten hier. Sie hatte sich selbst für Urlaube kaum mal wegbewegt.

»Du musst hinfahren! Es ist wichtig, ich brauche noch ... ich muss wissen ...« Unruhig warf Editha den Kopf hin und her, wollte sich aufsetzen.

»Mama, beruhige dich.« Sanft versuchte Lene ihre Mutter zurück ins Bett zu drücken. »Du darfst dich nicht aufregen.« Das EKG piepte bereits hektisch, nervös blickte Lene sich zu Alix um. Doch Editha tat ihr den Gefallen nicht, wurde im Gegenteil immer aufgeregter, während ihre Worte verworrener und undeutlicher wurden.

»Nach Hause. Mir fehlt noch ... ich weiß nicht ... Das stimmt so nicht ...«

»Mama.« Lene bekam es mit der Angst zu tun und rechnete jeden Augenblick damit, dass die Tür aufgestoßen wurde und eine Pflegekraft hereinstürzte. Zaghaft strich sie über das faltige Gesicht ihrer Mutter, über das sich ein leichter Schweißfilm zog. »Mama«, setzte sie erneut an, wusste jedoch nicht, was sie sagen sollte, fühlte sie sich doch selbst unendlich hilflos. Ihr Blick wanderte noch einmal kurz zu Alix, die zurück zur Tür gegangen war, um sich im Hintergrund zu halten und Lene und Editha etwas Privatsphäre zu lassen.

Da muss ich jetzt allein durch, dachte Lene und wandte sich wieder ihrer Mutter zu. »Ich will dir ja helfen«, begann sie, »aber ich weiß nicht wie.« In Edithas Augen flatterte es, langsam schien die Panik darin zu weichen. Erneut versuchte Lene, ihre Mutter ins Kissen zurückzuschieben. Diesmal ließ diese es geschehen. Erleichtert registrierte Lene, dass sich das Piepen des EKG-Geräts verlangsamte.

Seufzend und schwer atmend ließ sich Editha zurücksinken. »Aber du musst fahren«, keuchte sie, erschöpft von der Anstrengung.

»Wohin denn?«, fragte Lene hilflos und durchforstete ihr Gedächtnis nach allem, was ihre Mutter ihr je über ihre Kindheit und Heimat erzählt hatte. Viel war es nicht. »Nach Blumenwerder?« Der Ort, an dem ihre Mutter geboren war.

»Blumenwerder, ja, natürlich.« Barsch winkte sie ab, anscheinend aufgebracht darüber, dass Marlene nicht sofort begriff.

Da ist sie wieder, meine strenge Mutter. »Was soll ich denn da?«, fragte sie mit einem Anflug von Verzweiflung. Zudem regte sich leiser Widerspruch in ihr. Warum sollte sie ihrer Mutter diesen Wunsch erfüllen, wo diese so selten für sie da gewesen war? Du tust ihr unrecht, schalt sie sich. Ganz so war es ja nun auch nicht. Doch!, beharrte die andere Stimme. Marlene schüttelte den Kopf, um die Gedanken zu verscheuchen.

»Wir haben etwas vergessen ...«, begann Editha, versuchte erneut, sich aufzusetzen, doch die Schläuche und Kabel störten sie. Sie begann, daran zu zerren.

»Lass das bitte, Mama, die sind wichtig.«

Editha stöhnte, und an ihren hektisch hin und her wandernden Augen konnte Lene sehen, dass ihre Mutter sich nicht beruhigen würde.

»Es fällt mir wieder ein ... Da ist etwas ...« Ungehalten schlug sie sich gegen die Stirn.

»Ruhig, es ist alles gut.« Sie griff nach Edithas Faust, führte sie langsam zurück auf die Matratze, streichelte sie sanft, doch ihre Mutter zog ihre Hand weg. Wie sie es immer getan hatte. *Bloß nicht zu viel Nähe zulassen.*

»Nein, nein«, ereiferte sich Editha. »Nichts ist gut.« Nun schlug sie mit dem Kopf hin und her, von einer Seite zur anderen, immer und immer wieder. »Ich muss es wissen!«

»Mama, du machst mir Angst.« Wie sollte sie bloß ihre Mutter besänftigen?

Plötzlich hielt Editha inne, starrte sie eindringlich an, griff nach ihrer Hand und hielt sie mit einer Kraft, die Lene ihrer Mutter gar nicht mehr zugetraut hätte. »Es ist wie ein dunkler Fleck, ein fehlendes Puzzleteil«, hob sie an, doch ein Hustenanfall erschütterte sie. Mühsam rang sie nach Atem. Das Pfeifen, mit dem ihr geschwächter Körper Luft einsog, klang bedrohlich.

»Mama ...«

Editha schüttelte den Kopf, wie um zu sagen, dass es gleich vorbei sei und ihre Tochter sie nicht unterbrechen solle. Sie räusperte sich einige Male, bevor sie weitersprach. Ihre Stimme war kratzig. »Unser altes Haus ... es gab eine Schatulle ... in der Stube ... Mutter hat sie vergessen ... es ist mir wieder eingefallen ... ich muss sie haben.« Erneut hustete Editha.

»Warum musst du die Schatulle haben, Mama? Was ist da drin?« Sie würde unmöglich noch an Ort und Stelle sein, nach all den Jahren. Lene stellte sich vor, wie sie heimlich durch ein fremdes Haus schlich. Wie sollte das gehen? Und wofür das Ganze?

»Ich weiß nicht«, gab Editha röchelnd zu. »Ich weiß nur, dass es wichtig ist. Der Schlüssel zu dem Dunkel.«

Marlene merkte, wie sie sich innerlich zurückzog. Was ihre Mutter da von ihr verlangte, war zu viel. Sicher wusste sie es vom Verstand her, aber *begriff* sie auch, dass das Haus längst im Besitz anderer Menschen war, womöglich nicht einmal mehr existierte? Dass das Grundstück zu Polen gehörte und nicht zu Deutschland? Dass niemand Lene in seinem Heim nach einem verlorenen Schatz buddeln lassen würde? Noch dazu eine dahergelaufene Deutsche, die eine krude Geschichte über Leute erzählte, die angeblich mal dort gewohnt hatten. Man würde befürchten, dass sie Ansprüche an Haus und Garten stellen könnte. Man würde sie zum Teufel jagen. Verständlicherweise.

»Das geht nicht, Mama. Ich kann nicht einfach so da aufkreuzen ...«, widersprach sie leise.

Mit einer energischen Handbewegung wischte Editha jeden Einwand zur Seite. »Du musst!«, entgegnete sie unwirsch. »Es wird wahrscheinlich das Letzte sein, was du für mich tun kannst.«

Marlene spürte, wie sich ihr Magen schmerzhaft zusammenzog. So war es immer gewesen. Ihre Mutter stellte Forderungen an sie. Tu dies, tu das. Sei eine brave Tochter. Sei höflich, zeig, dass du gut erzogen bist. Mach uns keine Schande. Schreib bessere Noten. Was, du willst Malerin werden? So ein Unfug. Werde Bürokauffrau, das ist was Sicheres. Grafikerin? Kann man damit Geld verdienen? Ja, na schön, du machst das sowieso nur, bis du verheiratet bist und Kinder hast ... Und nun das. Sie sollte nach Polen fahren, schlichtweg, weil ihre Mutter das wollte. Zum ersten Mal erkannte sie ein Muster. Es war wie ein roter Faden, der sich durch ihr Leben zog. Ihre Mutter – oder ihre Eltern – forderten, und sie folgte. Aber da war noch etwas anderes. *Das Letzte, was du für mich tun kannst.* So schwierig es mit ihrer Mutter auch oftmals gewesen war, sie wollte nicht, dass sie von ihr ging.

»Du wirst noch ganz lange leben, Mama«, presste sie hervor, aber selbst in ihren Ohren klang es lahm. Editha war siebenundachtzig Jahre alt und gesundheitlich deutlich angeschlagen. Man musste den Tatsachen ins Auge sehen, das Ende war absehbar.

»Papperlapapp. Du weißt es so gut wie ich, Marlene. Ich werde sterben. Fahre nach Pommern. Ich kann es nicht mehr tun.«

»Warum bist du nicht gefahren, als es noch ging?«, platzte es aus Marlene heraus. »Warum hast du nicht früher etwas gesagt?«

Editha seufzte ungeduldig. »Weil mir jetzt erst wieder eingefallen ist, dass wir etwas zurückgelassen haben. Damals.« Sie biss die Zähne zusammen, das konnte Lene an den hervortretenden Kieferknochen sehen. Sie wusste, was das bedeutete: Die Diskussion war beendet, Editha würde nicht mehr preisgeben als das.

»Fahr nach Blumenwerder. Das Haus bei den drei Eichen, du kannst es nicht verfehlen.« Sie keuchte vor Aufregung, was sogleich ein schnelleres Piepen des EKGs zur Folge hatte. »Die Stube ... eine Bodendiele war lose ... an der Wand ... bei der Standuhr ...« Lene konnte sehen, wie es in der alten Frau arbeitete, wie sie sich mühte, Erinnerungsfetzen zu fassen zu bekommen und zusammenzusetzen. »Das Brett gleich neben der Wand ...«

»Aber ...«, begann Lene erneut, doch ihre Mutter schnitt ihr das Wort ab.

»Geh. Ich muss eine Antwort haben.« Editha wandte den Blick ab, starrte aus dem Fenster. Marlene wollte bereits aufstehen, als ihre Mutter noch etwas hinzufügte: »Ich kriege es nicht zu fassen. Aber ich glaube, es könnte für dich sogar noch wichtiger sein als für mich.«

Edithas Worte verwirrten sie zutiefst. Langsam erhob sie sich. »Ich denke darüber nach«, war alles, was sie in diesem Moment dazu sagen konnte. Zu seltsam war der Wunsch ihrer Mutter.

»Bitte«, flüsterte Editha noch, als Marlene schon fast an der Tür war.

Editha

Mutter öffnet die Tür, ich darf endlich in die Stube kommen. Ich bin entsetzlich aufgeregt. Schon seit geraumer Zeit habe ich gewartet, bin unschlüssig in der Diele auf und ab gegangen, habe dabei dem Knarzen unter meinen Füßen gelauscht oder bin von einem Fuß auf den anderen gehüpft, wobei meine Kniestrümpfe immer wieder heruntergerutscht sind. Ich ziehe sie ein weiteres Mal hoch. Dabei löst sich eine Strähne aus einem meiner sorgsam geflochtenen Zöpfe. Mutter hat mir die Haare heute lange gebürstet. Sie sollen besonders schön glänzen an diesem Festtag, hat sie gesagt. Ich trage mein bestes Kleid. Mutter hat es aus einem ihrer Röcke genäht, den sie nicht mehr tragen konnte. Es ist dunkelrot und weich wie Samt. Ich bin unsagbar stolz, dieses Kleid anziehen zu dürfen, fühle mich groß damit. Es endet knapp unter dem Knie, denn für mehr reichte der Stoff nicht, er sollte auch noch für ein Jäckchen herhalten. Der Winter ist kalt, ich kann es gut gebrauchen.

Nun knete ich die Hände und traue mich beinahe gar nicht hinein. Ehrfürchtig trete ich in den warm leuchtenden Raum und erblicke den Christbaum, auf dessen Ästen Kerzen flackern. Strohsterne hängen herab und hier und da kleine rotbäckige Äpfel. Ich kann mich nicht sattsehen, entdecke Nüsse und sogar mal ein Plätzchen zwischen den Nadeln! Ich komme aus dem Staunen nicht mehr heraus.

»Nun mach mal den Mund wieder zu, Dithchen.« Mein Vater, er nennt mich immer so. Nun erst bemerke ich ihn, obwohl er direkt neben dem Baum steht. Er hält seine Pfeife in der Hand, bläst Rauch *aus. Sein Mund ist zu einem schiefen Lächeln verzogen. Ich renne zu ihm, drücke mich an seine Beine, umklammere den Oberschenkel, denn höher reiche ich noch nicht. Er lacht, legt die Pfeife auf den Sims, sodass sie am Fenster lehnen kann und nicht umkippt. Ich spüre, wie seine großen Hände mich unter die Achseln fassen, und ehe ich michs versehe, greift er mich und wirft mich in die Luft. Ein Juchzen entfährt mir. Mir stockt das Herz, ich genieße es und habe gleichzeitig Angst. Doch dann fängt er mich auf. Ich erwarte, dass er mich absetzt, aber nun wirbelt er mich um sich, dreht sich mit mir. Ich fliege! Jetzt habe ich keine Angst mehr. »Dithchen, ach Dithchen«, sagt er mehrmals, noch nie habe ich ihn so ausgelassen erlebt. Nur nebenbei höre ich ein leises Stöhnen. Mutter hat die Hände vor den Mund geschlagen. Vater setzt mich auf dem Boden ab, sieht liebevoll zu ihr hinüber. Dann landet Vaters schwere Hand auf meiner Schulter. Sanft dreht er mich um, sodass wir nun beide, nebeneinanderstehend, zum Baum sehen. »Frohe Weihnachten, Dithchen.«*

»Frohe Weihnachten, Vati.« Er lässt seine Hand, wo sie ist. Ich genieße es, lehne mich an seine Seite, sanft streichelt er mir über den Rücken.

Mit ehrfurchtsvollem Blick sehen wir schweigend auf den geschmückten Baum. Vater hat ihn vor ein paar Tagen in dem kleinen Wäldchen beim See geschlagen, ich habe gesehen, wie er ihn auf der Schulter liegend hinters Haus geschleppt hat.

Mutti tritt zu uns. Sie steht dicht bei mir, sodass ich ihre Wärme spüren und ihren Duft atmen kann. Sie riecht immer gleich, egal, wie viel Tannen- oder Plätzchenduft in der Luft liegt.

»Frohe Weihnachten«, wünscht auch sie. Täusche ich mich, oder stehen Tränen in ihren Augen? Bestimmt vor Freude. Sicher ist sie glücklich. Ich bin es jedenfalls. Unendlich glücklich.

Wir halten uns an den Händen und singen »Oh, du fröhliche«.

»Still«, sagt Mutter. Ich verstehe erst nicht. Meint sie das Lied »Stille Nacht«? Das werden wir sicher auch noch singen. Doch dann

macht sie »Schsch« und sieht unseren Vater ernst an. »Die Nazis wollen das nicht.«

Vater lacht schallend und winkt ab. »Wer soll uns hier schon hören? In unserem Häuschen in diesem Dorf am Ende der Welt?«

»Die Nachbarn? Der Dorfvorsteher?«

Auch Vater wirkt nun ernster. »Es ist Weihnachten. Und wir werden es feiern, wie man es seit Hunderten von Jahren tut. Auch wenn die Nazis es gerne anders hätten.«

»Schsch«, macht Mutti wieder, blickt beinahe ängstlich um sich, nickt dann aber und stimmt schließlich aus tiefstem Herzen mit ein.

Wir singen auch noch »Stille Nacht, heilige Nacht«, »Ich steh an deiner Krippen hier« und »O Tannenbaum«, bevor ich mein Geschenk überreicht bekomme. Es ist eine Marienfigur, die das Jesuskind auf dem Arm hält. Mein Vater hat sie selbst geschnitzt. Ich staune. Wann hat er das gemacht? Er war doch gar nicht da? »Im Schützengraben«, höre ich ihn zu Mutti sagen. Ich weiß nicht, was das ist. Aber die Figur ist wunderschön.

Später deckt Mutter den Gänsebraten auf. Vater hat am Vortag die letzte Gans aus dem Verschlag geholt und dahinter geschlachtet. Mutter hat sie gerupft und die Federn gereinigt. Sie würden die Kopfkissen ausfüllen.

Ich helfe ihr und bringe die Schüssel mit den Kartoffeln ins Wohnzimmer. Es sind wenige, die restlichen sollen lieber noch aufgespart werden. Rosenkohl gibt es auch und eine köstliche Soße!

Nach dem Essen liest Vater die Weihnachtsgeschichte vor. Er sitzt in seinem Sessel in der Ecke, ich zu seinen Füßen, gegen den Kachelofen gelehnt, und höre ihm andächtig zu. Es ist warm, mein Bauch ist gut gefüllt, seine angenehme Stimme lullt mich ein. Ich kauere mich zusammen und döse glücklich und zufrieden ein. Kann es bitte immer so bleiben?

Editha blinzelte. *Wo bin ich? Das hier ist nicht die gemütliche Stube in Blumenwerder. Kalte weiße Wände, der Geruch von Desinfektionsmitteln. Das Seniorenstift? Nein!* Sie wurde panisch, bemerkte den Schlauch, der in ihrem Handrücken steckte, dann den Ständer, zu dem er führte, den Monitor, auf dem Zacken ihren Herzschlag anzeigten. Siedend heiß fiel ihr die Fahrt im Rettungswagen wieder ein. *Ich bin im Krankenhaus!*

Langsam beruhigte sie sich ein wenig. Doch dann kam auch die Erinnerung an den Traum zurück, und etwas dämmerte ihr: Ich bin kein Kind mehr. Ich bin alt.

Die Erkenntnis warf sie schlagartig auf den Boden der Tatsachen zurück, ernüchtert betrachtete sie ihre faltigen, knöcherigen Hände, die wächserne Haut, die schwachen Arme, die beinahe so weiß waren wie die Bettdecke, auf der sie lagen. Sie musste eingenickt sein. Das passierte neuerdings ständig. Immer lag diese bleierne Müdigkeit auf ihr, die sie mit sich in die Tiefe zog.

Ich bin nicht einfach nur alt, ich bin tatterig, langsam, vergesslich, hilflos, dachte sie. Ich bin im Krankenhaus, das ist die Endstation. Mein Körper ist zu nichts mehr zu gebrauchen. Ein Stöhnen entrang sich ihrer Kehle, das sich selbst in ihren eigenen Ohren fremd anhörte. Es ist grässlich, ich will so nicht sein. Sie schlug ärgerlich mit der flachen Hand aufs Bett, stützte sich dann auf, um sich hochzudrücken, doch es war zu anstrengend. Schnaufend ließ sie sich zurückgleiten. Bevor eine neue Woge Wut über sie herfallen konnte, besann sie sich und dachte über das nach, was sie gerade geträumt hatte.

Nein, es ist kein Traum gewesen. Es ist eine Kindheitserinnerung. Möglicherweise sogar eine meine ersten, fiel ihr ein.

Sie versuchte, sich in das Bild mit dem Baum zurückzuversetzen. Wie ihr Vater sie durch die Luft gewirbelt, um sich gedreht hatte. Wie sie sich ängstlich und gleichzeitig glücklich gefühlt hatte. Sie konnte höchstens fünf, sechs Jahre alt gewesen sein. Wann war das gewesen? 1942? 1943? Nein, es musste '40 gewesen sein. Dann war sie gerade vier Jahre alt gewesen. Vater hatte ihr zu diesem Weihnachtsfest die Marienfigur geschenkt. Maria mit dem Jesuskind auf dem Arm. Leider besaß sie sie nicht mehr. Was war aus ihr geworden?

Sie schüttelte den Kopf, um das Bild zu verscheuchen. Daran wollte sie nicht denken.

Ihre Eltern hatten an diesem Abend ausgelassener gewirkt als sonst. Hatten sogar noch getanzt. Als würde es kein Morgen geben.

Kurz nach dem Fest hatte der Vater wieder fahren müssen. *Als würde es kein Morgen geben ...*

Sie wollte nicht daran denken. An all das, was sie verloren hatte. Sie biss sich auf die Lippe, bis sie Blut spürte.

Draußen, vor dem Fenster, bewegte sich etwas, sodass sie hinausblickte. Ein roter Luftballon flog vorbei. Den musste ein Kind verloren haben. Abwesend schaute sie zu den trüben Wolken, durch die sich eine schwache Sonne mit fahlem Schein zu kämpfen versuchte. Das sollte April sein? Frühling. Oder war doch erst Februar? Sie irrte sich in letzter Zeit ständig, konnte sich auf nichts mehr verlassen. Auf eine gewisse Weise war das jedoch gar nicht schlimm. Es spielte keine Rolle. Im Grunde spielte nichts mehr eine Rolle.

Sie ließ zu, dass ihre Gedanken erneut zu wandern begannen, diesmal nicht ganz so weit zurück, zu der Zeit, als sie in dieser Stadt angekommen war. Seltsam. Alles davor schien von einem Nebelschleier verdeckt, der sich nur in ihren Träumen ein wenig lichtete. Und das auch erst seit Kurzem.

Sie sah sich im schlichten weißen Brautkleid. Ihre Hochzeit! Sie schloss die Augen, erlaubte sich abzugleiten in die Welt zwischen dem Hier und Jetzt und den Träumen. Sah ihren Mann vor sich. *Wolfgang.* Es war auch im April gewesen, als sie sich kennengelernt hatten. Sie war zweiundzwanzig gewesen und dünn wie eine Bohnenstange, knochig, flachbrüstig und schüchtern, ganz anders als die übrigen jungen Frauen. Die Belegschaft des Krankenhauses, in dem sie gelernt hatte und inzwischen als Krankenschwester arbeitete, hatte zu einem Frühlingsfest gehen wollen. Dort würde auch getanzt werden, alle waren ganz aufgeregt gewesen. Und irgendjemand hatte sie tatsächlich gefragt, ob sie mitkommen wolle. Sicher war es nur aus Pflichtgefühl gewesen. Sie hatte zunächst abgelehnt, doch ihre Mutter hatte ihr überraschend zugeraten, denn eigentlich war sie nicht für Spaßveranstaltungen gewesen. »Du bist jetzt zweiundzwanzig, du brauchst einen Mann«, hatte sie gesagt. »Jemand muss dich versorgen. Vielleicht findest du dort einen.« Selbstverständlich war sie dem Rat der Mutter gefolgt, auch wenn es ihr ein schmerzhaftes Stechen im Bauch verursacht hatte. Und dann hatte er vor ihr gestanden ...

Groß, kurze dunkle Haare, ebenso dunkle Augen, aufrechte Haltung, sicherer Blick, lässig an die Bar gelehnt. Zwei Jungen stehen rechts und links von ihm, er hält ein Getränk in der einen Hand, eine Zigarette in der anderen. Alle drei rauchen, unterhalten sich angeregt. Er bemerkt mich nicht. Natürlich nicht. Ich trage einen einfachen Rock, den Mutter geschneidert hat. Sie ist sehr geschickt und verdingt sich als Näherin, wurde erst von Nachbarn und Bekannten gefragt, ob sie etwas ändern, kürzen, flicken oder hübscher machen könne, als ihr Talent erkannt wurde. Inzwischen beauftragt man sie mit ganzen Kleidern und anderen Kleidungsstücken. Dabei bleibt oft Stoff übrig, den wir dann verwenden können. Wir haben noch immer nicht viel zum Leben, aber seit ich Krankenschwester bin, geht es uns etwas besser. Und wir brauchen nicht viel, haben gelernt, mit wenig auszukommen. Dennoch fühle ich mich gerade als das graue Mäuschen, das ich wohl auch bin.

Ich bin vom ersten Moment an hingerissen von diesem geheimnisvollen Fremden. Und doch weiß ich, dass ich für jemanden wie ihn Luft bin. Er wirkt älter, ob er ein Arzt ist? Ich habe ihn bisher nicht im Krankenhaus gesehen. Schon scharen sich zwei kichernde Pflegeschülerinnen um ihn. Es ist unverkennbar, dass sie ihn anhimmeln und nicht seine Begleiter, die dennoch alles versuchen, um ihre Aufmerksamkeit zu erhaschen. Die eine drängt sich regelrecht an ihn, es ist peinlich. Ich wende mich betreten ab. Was tue ich hier? Ich sollte nach Hause gehen, doch meine Füße scheinen mit dem Boden verwachsen zu sein, ich kann mich nicht von der Stelle bewegen. Knete stattdessen unschlüssig die Hände, schaue mich um. Neben der Bar ist die Tanzfläche, auf der Mädchen von ihren Partnern herumgewirbelt werden, wobei ihre Röcke unanständig hochfliegen. Auch das ist mir unangenehm. Ich erkenne einige meiner Kolleginnen, sie scheinen es zu genießen. Niemand ist mehr in meiner Nähe. In dem Moment wechselt die Musik zu einem langsameren Stück. Ich fühle mich noch unwohler, wenn das überhaupt geht, und sehe zur Tür, denn ich will gehen. Ich habe hier nichts verloren. Doch dann spüre ich eine Hand auf meiner Schulter. Sie erinnert mich an meinen Vater, groß, schwer, warm.

»Möchtest du tanzen?«

Ich drehe mich um und kann mein Glück kaum fassen. Es ist der gut aussehende Fremde!

Ich kann nur etwas Unverständliches stammeln, er fasst das offenbar als ein Ja auf, denn er nimmt meine Hand und zieht mich mit sich. Auf der Tanzfläche angekommen, legt er vorsichtig den Arm um mich. Seine Hand auf meinem Rücken macht mich nervös. Er scheint es nicht zu bemerken.

»Du bist meine Rettung, weißt du das?« Tief sieht er mir in die Augen. Dann nickt er zu den albernen Mädchen hinüber. Ich kann nichts sagen, nur lächeln.

Sicher führt er mich über die Tanzfläche, und schon bald passen sich meine Schritte wie von selbst an seine an, obwohl ich noch nie zuvor getanzt habe. Er fragt mich Dinge, und ich antworte. Was ich sage, bekomme ich gar nicht mit, bin wie im Rausch. Ein Lied folgt auf das nächste. Ich möchte nicht, dass dieser Abend jemals endet. Bange frage ich mich, was sein wird, wenn er es doch tut.

»Wie heißt du?«, fragt er mich.

»Editha.«

»Ein schöner Name.«

»Findest du?«

Er nickt. »Bist du aus Braunschweig?«

Ich schüttele den Kopf. »Pommern.«

»Ah.« Ich bemerke ein Flackern in seinem Blick.

»Und du?«, frage ich vorsichtig.

»Wilhelmshaven.«

»Auch nicht von hier«, stelle ich fest.

»Richtig.« Wir sehen uns an, und ich fühle mich ihm sofort verbunden. Beide haben wir einen Weg hinter uns, haben etwas zurückgelassen. »Wir wurden ausgebombt. 1944, als Wilhelmshaven fast komplett zerstört wurde.«

»Wie alt warst du da?«

»Vierzehn.« Schnell rechne ich nach. Er ist also etwa sechs Jahre älter als ich. »Meine Mutter hatte noch eine Tante hier in Braunschweig. So sind wir und meine Geschwister hier gelandet.«

»Was ist mit deinem Vater?« Ich merke selbst, wie meine Stimme noch leiser wird als sonst.

»Er war in russischer Kriegsgefangenschaft. Ist kurz nach seiner Rückkehr gestorben.« Wolfgang zuckt mit den Schultern, was bedeuten soll: So ist das eben, geht vielen so.

Spätestens an diesem Punkt wechselt man bei Unterhaltungen gewöhnlich das Thema, das kenne ich schon und halte es genauso. Es ist wie ein stilles Einvernehmen: Wir haben alle Schlimmes erlebt, also lass uns nicht weiter darüber reden.

»Bist du Arzt?«

Er lacht. »Nein. Tatsächlich habe ich gar nichts mit dem Krankenhaus zu tun«, erklärt er mir beinahe verlegen. Ich mag den Ausdruck, den sein Gesicht nun annimmt, er hat etwas Schelmisches an sich. »Ich bin Buchhalter. Meine Freunde und ich haben uns hier ehrlicherweise ein bisschen eingeschlichen.«

»Um nette Krankenschwestern kennenzulernen?« Wenn ich die Hände frei hätte, würde ich mir vor Schreck auf den Mund schlagen. Derart kokett bin ich normalerweise nicht. Doch er ist nicht verärgert. Im Gegenteil, sein Blick wird ernst, er streicht mir eine Haarsträhne aus dem Gesicht.

»Und das hat funktioniert.«

Betreten blicke ich zu Boden. Er fasst mein Kinn, zieht es leicht hoch, sodass ich ihn wieder ansehen muss.

Ich kann es nicht glauben, dass er mich den beiden Gackertanten vorgezogen hat. Nehme all meinen Mut zusammen und frage ihn. Lieber ein Ende mit Schrecken als ein Schrecken ohne Ende, sage ich mir.

»Warum hast du mich zum Tanzen aufgefordert?«

»Weil du anders bist als die anderen. Sie suchen nur das Vergnügen. Du wirkst ernsthaft und bodenständig. Mit dir kann ich mir vorstellen, mein Leben zu verbringen, eine Familie zu gründen. Du wirst mir sicher niemals in den Rücken fallen.«

Mir niemals in den Rücken fallen ... Das berührt etwas in mir. Und ich kann schwören, dass ich etwas Derartiges niemals tun werde. Glücklich lehne ich den Kopf gegen seine Brust.

4.

»Sie hat Bitte gesagt«, murmelte Marlene immer wieder fassungslos, als sie und Alix zum Auto gingen. »Es bedeutet ihr wirklich viel.«

»Was wirst du tun?« Alix musterte sie einen Augenblick, nachdem sie eingestiegen waren. Der dichte Verkehr führte dazu, dass Alix sich konzentrieren und ständig anhalten musste. Alle Welt wollte an diesem Samstagnachmittag anscheinend rein in die Stadt, vor der nächsten Ampel hatte sich eine lange Blechschlange gebildet.

»Ich habe keine Ahnung«, gab Marlene wahrheitsgemäß zurück. »Es ist doch ein absolut verrücktes Unterfangen. Meine Mutter hat mit ihrer Familie 1945 Blumenwerder verlassen. Logischerweise ziemlich überstürzt. Da wird sicher einiges liegen geblieben sein. Aber sie kann doch nicht ernsthaft glauben, dass irgendein Kästchen noch an seinem Platz ist. Bald achtzig Jahre später! Unter Holzbohlen, die sind doch längst ausgetauscht.«

»Wahrscheinlich. Aber was wissen wir denn eigentlich über die Zeit nach der Flucht und Vertreibung der deutschen Bevölkerung aus den ehemaligen Ostgebieten des Deutschen Reichs?«

»Gute Frage. Was wissen wir überhaupt über die Zeit nach dem Zweiten Weltkrieg? Also, mal abgesehen von Wiederaufbau, Trümmerfrauen und so weiter, hier bei uns. Hattest du diese Themen im Geschichtsunterricht?«

»Ich kann mich nicht erinnern. Nationalsozialismus schon, aber das Danach ...«

»Eben, ich auch nicht.«

»Man hat es in unserer Schulzeit nicht thematisieren wollen. Die eigene Schuld war zu schwer, da erschien es unpassend, über das Leid der Deutschen zu klagen.«

»Könnte sein.«

Einen Augenblick schwiegen beide. »Deine Mutter hat dir wirklich nie etwas erzählt?«, fragte Alix.

Lene schüttelte den Kopf. »Wie schon gesagt, sie hat ihr ›früheres Leben‹, wie sie es hin und wieder nannte, komplett in sich verschlossen.«

»Sie muss Schreckliches erlebt haben.«

»Vielleicht. Aber ich weiß von nichts.« Hilflos zuckte Lene mit den Schultern. »Es hat eine Zeit gegeben, ich nenne es mal meine rebellische Phase, da habe ich mich mit den Taten und Nicht-Taten unserer Vorväter beschäftigt. Da habe ich auch ein bisschen darüber gelesen, was den Deutschen eigentlich widerfahren ist. Mein damaliger Freund Hajo – er war ziemlich links und meinte genau das, was du eben angesprochen hast, nämlich, dass wir Deutschen genug Schaden in der Welt angerichtet und daher kein Recht hätten, uns über irgendwas zu beklagen – war tatsächlich aber derjenige, der mich erst darauf gebracht hat, dass ihr Verhalten etwas mit ihrer Vergangenheit zu tun haben könnte. Daraufhin habe ich meine Eltern mit dem, was ich herausfand, konfrontiert. Mehrmals. Das hat ihnen natürlich gar nicht geschmeckt. Und sie haben dieser Phase bald ein Ende gemacht, indem sie mich schlichtweg auf Granit haben beißen lassen. Sie hatten schon immer eine Art und Weise, mir ... Ach, ich weiß nicht. Nur, dass es eigentlich nach wie vor so ist.«

»Sie haben dir ihren Willen aufgedrückt?«, ergänzte Alix hilfreich. Sie bogen von der Hauptstraße ab, und der Verkehr wurde gleich viel ruhiger.

»Könnte man so sagen. Sie haben absolut nichts rausgelassen. Und Verwandte, mit denen ich reden konnte, hatten wir keine. Oma Alwine, Mamas Mutter, war zu dem Zeitpunkt schon tot, Geschwister gab es nicht.«

»Auch von deinem Vater nicht?«

Marlene schnaubte verächtlich. »Doch, die Verwandtschaft aus Wilhelmshaven, eine Tante und einen Onkel, aber zu denen hatte ich, wie soll man sagen, nie einen guten Draht.«

»Seine Familie kann man sich nicht aussuchen.«

»Stimmt wohl. Aber seitdem weiß ich, zumindest theoretisch, was damals passiert ist ...«

»Lass hören.«

»Die Nazis haben während des Krieges in den deutschen Ostgebieten ziemlich gewütet, sich als Herrenmenschen gegenüber den dort lebenden anderen Volksgruppen aufgespielt und diese aufs Schlimmste spüren lassen, dass sie sie als minderwertig, wenn nicht sogar wertlos ansähen.«

Alix nickte. »So viel ist bekannt.«

»Etwaiger Widerstand in der Bevölkerung wurde brutal niedergeschlagen.«

»Und nachdem das Deutsche Reich den Krieg verloren hatte, wurde der Spieß sozusagen umgedreht.«

»Genau. Dazu kam, dass die Grenzen neu gezogen wurden. Aber welche Grenzverläufe waren am korrektesten? Je nach nationaler Sichtweise sah das recht unterschiedlich aus. Schließlich war es in den Jahrhunderten zuvor immer wieder zu Verschiebungen der Grenzlinien gekommen. Welche sollten nun gelten? Die der größten Ausdehnung des Deutschen

Reichs im Zweiten Weltkrieg, entstanden durch Annexion und Unterdrückung? Wohl kaum. Die von vorher? Oder gar von vor dem Ersten Weltkrieg? Oder noch früher?«

»Wirklich schwierig.«

»Ja, die Nationalitäten waren in diesen Gebieten schon immer sehr durchmischt, das Sinnvollste wäre vielleicht gewesen, nach Sprachzugehörigkeiten und Traditionen zu gehen. Letztlich war es jedoch fast unmöglich, klar zu benennen, welche Gebiete eindeutig deutsch, welche eindeutig polnisch waren und so weiter. Dazu kamen natürlich noch diverse politische Interessen. Stalin spielt da eine große Rolle.«

»Der war wahrlich auch kein Heiliger.«

»Eher im Gegenteil, genau. Er war mit seiner Roten Armee zum Ende des Zweiten Weltkriegs in die Ostgebiete einmarschiert und wollte sie dann auch nicht mehr hergeben. Als Ausgleich sollte Polen Gebiete im Westen erhalten beziehungsweise, je nach Auslegung, zurückerhalten. Das führte also zu einer Westverschiebung Polens und einer neuen Grenze, die der Oder-Neiße-Linie folgte.«

»Das ist noch heute die Grenze zu Polen.«

»Ja. Doch damals war man der Ansicht, dass die deutschen Bevölkerungsteile, die noch vor Ort waren, wegmussten.«

»Ethnische Säuberungen«, stellte Alix fest. »Gibt's leider auch heutzutage noch, siehe Jugoslawienkrieg, Syrien, Ukraine.«

Marlene nickte. »Es ist traurig. Man meinte halt und tut das zum Teil auch heute noch, dass sich ein Land besser regieren lasse, wenn die Bevölkerung ganz ›rein‹, also homogen sei.«

»Es kam zu Vertreibungen?«

»Genau. Die Menschen, die nicht vorher schon vor der Roten Armee geflüchtet waren, wurden vergrault oder sogar fortgejagt. Man muss sich das mal vorstellen: Da lebt man mit seiner Familie vielleicht schon seit Generationen im selben Dorf, kennt seine Nachbarn, hilft sich bei der Bewirtschaftung des Landes, die Kinder spielen miteinander, der einzige Unterschied ist, dass einige eher Polnisch sprechen, andere Tschechisch und wieder andere eben Deutsch.«

»Die einfachen Leute werden sicher weitgehend friedlich nebeneinanderher gelebt haben. Mal abgesehen von den Idioten, die sich dank Nazi-Ideologie endlich mal größer und wichtiger fühlen konnten.«

»Ich glaube auch. Es ist immer nur das Großmachtstreben einiger weniger, die ganze Länder ins Unglück reißen. Vollkommen unnötig.« Beide hingen sie einen Moment ihren Gedanken an die aktuellen Entwicklungen der Weltpolitik nach, bevor Marlene weitersprach. »Was ich nicht wusste, bevor ich mich mit dem Thema beschäftigt habe, ist, dass auch die polnischen Bürger, die in die Häuser ehemals deutscher Besitzer zogen, ihrerseits Vertriebene waren.«

»Tatsächlich?« Alix bog nun in die ruhige Nebenstraße ein, an deren Ende Marlenes Haus lag, direkt neben einem tollen Spielplatz, an dem sich die Freundinnen anfangs hin und wieder mit den Kindern getroffen hatten. Doch diese Spielzusammenkünfte waren über die Zeit eingeschlafen, denn sie wohnten über die ganze Stadt verteilt, die Kinder gingen in unterschiedliche Kindergärten. Paola sprach allerdings noch oft von Emil, Lilly, Aimee und Aron. Lilly und sie machten zusammen Ballett, während Alix' Zwillinge und Josefins Emil in derselben Kinderturngruppe waren. Anschließend gingen sie dann manchmal noch auf einen Kaffee zu Josefin, die mit ihrer Familie auf einem Resthof vor der Stadt lebte, wo sie unglaublich viel Platz und einen umwerfend schönen Garten hatten. Das war unter anderem Mittel zum Zweck, denn

Josefin und Jonas hatten, als sie nach Braunschweig gezogen waren, den alten, heruntergekommenen Hof gekauft und in jahrelanger Kleinarbeit restauriert. Dies hatte vor allem in Josefins Hand gelegen, die handwerklich und künstlerisch sehr geschickt war und nun die Ferienwohnungen betreute, während ihr Mann Jonas für ein international tätiges Unternehmen mit Standorten weltweit arbeitete. Welches das war und was Josefins Mann da genau machte, hatte Lene vergessen. Aber es schien, als hätten die beiden sich eingerichtet, um für immer hier zu bleiben. Josefin sprach selten über ihre Verwandtschaft – weder über die schwedische noch die andere Seite. Wenn sie in den Urlaub fuhren, besuchten sie eher Freunde als jemanden aus der Familie, so wirkte es jedenfalls auf Marlene. Ihre Leute seien kompliziert, zerstritten, hatte Josefin mal erwähnt, ohne ins Detail gehen zu wollen. Jeder hat offenbar sein Päckchen zu tragen, dachte Marlene, und auf eine gewisse Weise tröstete sie das.

Alix fand eine Parklücke nicht weit von Lenes Haus entfernt und zirkelte schwungvoll hinein. Was keine größere Schwierigkeit war dank des ausgeklügelten Parkassistenzsystems, das mit wildem Piepen auf sich aufmerksam machte, egal, was Alix tat. Diese lächelte entschuldigend.

»Das Gepiepe macht mich auch immer ganz wahnsinnig.« Sie schaltete den Motor aus. »Ich hatte keine Ahnung, dass für die frei gewordenen Häuser der Vertriebenen quasi schon die Nächsten bereitstanden.«

»Ja, sie mussten aus den Gebieten weg, die nun der Sowjetunion gehörten.«

»So ein wahnwitziger Unsinn.« Alix schüttelte fassungslos den Kopf.

»Jedenfalls müssen schlimme Dinge auf der Flucht passiert sein«, kehrte Marlene gedanklich zum Ausgangspunkt zurück und kramte ihre Sachen zusammen, um auszusteigen. »Und auch bei der Ankunft hier. Die Flüchtlinge hatten es nicht leicht.«

»Dann ist das vielleicht der Grund, warum deine Mutter so hart ist?«

Grübelnd sah Lene ihre Freundin an. »Aber sie war da noch ein Kind, gerade mal acht, neun Jahre alt.«

»Na und? Man weiß heute, dass Kinder sehr viel mehr mitbekommen, als man denkt.«

Marlene nickte bedächtig. Ihr fiel ein, dass sie sich eigentlich noch die Scheidungspapiere mit Alix hatte ansehen wollen. »Möchtest du noch mit hochkommen?«, fragte sie und klopfte dabei vielsagend auf ihre Handtasche, in der sich der unsägliche Brief befand. *Was für ein Tag!*

Alix zuckte mit den Schultern. »Ich könnte. Es sei denn, du möchtest lieber allein sein.«

Marlene dachte einen Moment nach und kam dann zu dem Schluss, dass sie Alix mit ihrer Stärke und Gelassenheit gerne noch etwas länger um sich haben mochte. Andernfalls könnte sie nicht garantieren, dass sie nicht zusammenbrach, wenn sie allein in ihrer Wohnung saß. »Ich würde mich freuen, wenn du mir noch eine Weile Gesellschaft leisten würdest. Meine Gedanken fahren gerade Achterbahn, und ich könnte jemanden brauchen, der mir ein bisschen hilft, sie zu sortieren.« Im Geiste ging sie die Räume ihrer Wohnung durch. Sie hatte am Morgen natürlich nicht das Bad geputzt, wer konnte denn mit spontanem Besuch rechnen? Aber bis auf Paolas Zimmer müsste alles einigermaßen passabel aussehen. Doch noch ein anderes Gefühl breitete sich in ihr aus: Sie schämte sich ein wenig vor ihrer Freundin, weil sie nur in einer einfachen Drei-Zimmer-Mietwohnung lebte, während diese ein schickes Eigenheim in einem Neubaugebiet besaß, das Bernd nach ihrer Trennung mehr oder weniger freiwillig geräumt hatte, um einfach ein neues Haus mit seiner neuen Partnerin zu bauen – im selben Gebiet, nur ein paar Straßen von Alix entfernt. *Schön, wenn Geld keine Rolle spielt.* »Es ist allerdings nicht aufgeräumt.«

»Prima.« Alix zog den Schlüssel ab und schwang sich aus dem Auto. »Im Chaos fühle ich mich ohnehin am wohlsten.«

Marlene war nicht klar, ob sich das auf die angesprochene Unordnung in ihrer Wohnung oder auf den Zustand in ihrem Kopf bezog, aber beides beruhigte sie.

»Vielleicht solltest du diesen Ort mal googeln«, meinte Alix, während sie in den Lift stiegen. »Heißt heute allerdings bestimmt anders.«

»Ich weiß nicht. Himmel, ich weiß gerade überhaupt nichts mehr.« Lene schlug die Hände vors Gesicht. »Lass uns für einen Moment über etwas ganz anderes reden. Deinen Urlaub, die Seychellen.«

»Ist ja leider noch eine Weile hin«, bekannte Alix wehmütig. »Aber ich kann ein bisschen Abstand wirklich brauchen.«

»Ich auch«, seufzte Marlene.

»Das kann ich mir vorstellen. Mich nervt bloß Bernd mit seiner Ische, und der Job stresst gerade, und die Zwillinge sind anstrengend. Aber du, du kriegst es wirklich dicke zurzeit. Weißt du was, du brauchst auch mal Urlaub.«

Der gut gemeinte Rat der Freundin verfehlte seine Wirkung bei Lene.

»Klar, aber wovon soll ich den bezahlen? Mein Lohn deckt gerade das Nötigste ab, und der Unterhalt ist mit Karsten noch nicht geklärt. Noch lange nicht. Und ich kann meine Mutter nicht allein lassen.«

»Natürlich nicht jetzt. Aber wenn sich alles wieder ein biss-chen beruhigt hat. Und falls übergangsweise das Geld mal knapp werden sollte, scheu dich nicht, dich bei mir zu mel-den, okay? Vergiss nicht, ich kenne die Lage, in der du steckst.«

Die Fahrstuhltüren öffneten sich im zweiten Stock.

»Das ist wirklich ganz lieb von dir«, murmelte Marlene, hoffte aber im Stillen, dass es nie nötig werden würde.

Als sie die Wohnungstür aufschloss, schlug ihr frische Luft entgegen, sie hatte vorhin die Fenster im Wohnzimmer und in der Küche auf Kipp gestellt und die Zimmertüren offen ge-lassen. Ein paar Notizblätter waren von der Anrichte im Flur geweht worden und lagen nun auf den Fliesen. Lene beeilte sich, sie aufzuheben und die Fenster zu schließen.

»Setz dich doch.« In einer fahrigen Geste wies sie Alix den Weg ins Wohnzimmer, zeigte auf das Sofa, doch die Freundin ging nicht darauf ein, sondern folgte ihr in die Küche, be-trachtete die farbigen Wände und Bilder – Lene hatte Küche und Flur gestaltet, wie es ihr gefiel. Die Küche in einem Cap-puccino-Ton, mit passenden Bildern von Tassen und Gläsern mit dampfenden, zum Teil schäumenden Kaffeespezialitäten über dem Esstisch, was einen schönen Kontrast zu den wei-ßen Landhausmöbeln bildete. Der Flur hingegen leuchtete in einem leichten, warmen Orangeton, was den gesamten Ein-gangsbereich hell und einladend erscheinen ließ. Der Rest der Wohnung folgte ganz Karstens Geschmack. Stylish, funk-tional, kalt.

»Schön hast du's«, sagte Alix, doch Lene winkte ab

»Ach, danke. Kein Vergleich zu deinem Haus.« Tatsächlich war sie in der ganzen Zeit nur einmal bei Alix gewesen – ein Spieledate, das in Alix' riesigem, ultramodernem, aber für Lenes Geschmack zu sterilem Wohnzimmer stattgefunden

hatte – weiße Fliesen und Wände überall, edle dunkle Sitzmöbel, ein glänzend weißer Couchtisch mit Glasplatte, zu
dem sich das entsprechende Gegenstück als Esstisch im an-
grenzenden Speisebereich befand. Alles sehr luxuriös und
weitläufig. Hingegen war Alix noch nie zuvor bei Lene gewesen. *Seltsam, eigentlich.* Sofort fühlte Marlene sich noch unwohler. Gab es einen Grund, weswegen die Freundin noch
nie hergekommen war? *Bestimmt ist es ihr hier zu einfach.*

Um sich von den zermürbenden Gedanken abzulenken,
hantierte sie mit der Kaffeemaschine herum, sich jedem
ihrer Arbeitsschritte seltsam bewusst. Ließ Wasser in die
Kanne laufen, goss es in den Tank, nahm das Pulver aus dem
Schrank, suchte nach einem Filter, zwei Tassen, registrierte
nebenbei, wie Alix vortrat und auf den von der Küche abge-
henden, zum Wendehammer zeigenden Balkon blickte. Er
war nicht sehr groß, aber an der Wand gegenüber der Tür
fand eine Holzbank Platz, daneben zwei Klappstühle samt
Tisch. Die Sitzgelegenheiten waren umgeben von Blumenkästen, in denen sich bereits Hornveilchen, Narzissen und Primeln abmühten, um dem miesen Wetter so viel Sonnenlicht
wie möglich abzutrotzen. Sie waren umgeben von hängen-
dem Efeu, blauem Kriechwacholder und einer zierlichen Zy-
presse im Terrakotta-Kübel, die ihre immergrünen Tupfer zu-
verlässig das ganze Jahr über zeigte. Hinter der Bank kletterte
an einem Spalier Geißblatt empor, und in der Ecke neben
der Balkontür stand ein weiterer schwerer Terrakottatopf, der
eine Hortensie mit grünen Knospen beherbergte.

»Wirklich schön«, wiederholte Alix, und Lene glaubte beinahe, ehrliche Bewunderung in ihrer Stimme zu hören. Alix
zog sich einen der weißen Küchenstühle heran, von denen es
vier gab, obwohl sie nur zu dritt gewesen waren. Jeden hatte
Lene mit einem unterschiedlich bezogenen Sitzkissen verse-

hen. »Du hast Talent für Gestaltung«, meinte Alix anerkennend. »Und einen so ... lebensfrohen Stil. Bei mir ist alles funktional eingerichtet, modern halt. Graue Bodenfliesen, weiße Wände, Edelstahl, du weißt schon.«

»Das ist doch sehr schick.« Marlene stellte geblümte Kaffeebecher auf den Tisch, dazu ein passendes Milchkännchen sowie einen Zuckertopf und setzte sich Alix gegenüber. Hinter ihr gluckerte die Kaffeemaschine und verströmte bereits einen betörenden Duft.

»Schick schon, aber nicht gemütlich. Es passte zu uns. Vor allem zu Bernd, doch zu mir auch. Eins der wenigen Dinge, die uns verbunden haben. Kein Schnickschnack, Minimalismus in Reinkultur.« Sie zuckte mit den Schultern, hielt ihre noch leere Tasse umfasst. Wahrscheinlich dachte sie an die Anfänge ihrer Ehe zurück.

»Das ist auch das, was Karsten gefällt. Er hat sich damit bei unserem Wohnzimmer durchgesetzt. Alles praktisch und funktional, aber schrecklich kühl und steril. Ich hab mich darin nie wohlgefühlt.« Innerlich schauderte es sie. Doch dann wurde Lene bewusst, dass sie Alix mit dieser Aussage verletzt haben könnte, und sie ergänzte schnell: »Aber das kann natürlich trotzdem schön sein.«

Doch die Freundin schien die Bemerkung nicht gestört zu haben, sie zuckte gleichgültig mit den Schultern. »Und du hast dich zum Ausgleich in den anderen Zimmern ausgetobt?«

»In Küche, Flur und Paolas Zimmer.«

Alix grinste. »Karsten ist weg. Du könntest es jetzt alles so einrichten, wie du es möchtest.«

Darauf wusste Lene nichts zu erwidern. *Was, wenn er doch noch zurückkommt?* Was würde er denken, wenn sie dann sein Lieblingszimmer ausgeräumt und verändert hätte? Nein, das war undenkbar, jedenfalls zurzeit noch. Sie stand auf, um die Kaffeekanne zu holen, schenkte Alix und sich ein, gab sich selbst noch einen Schluck Milch und einen Teelöffel Zucker hinzu. Die Freundin trank ihren Kaffee schwarz.

»Der Einrichtungsstil meiner Eltern war Typ ›Eiche rustikal‹ und blieb es auch zeit ihres Lebens«, sagte sie versonnen. »Ich glaube, ich wollte es einfach anders machen.«

»Ein bisschen Farbe in dein Leben bringen?«

»Genau. In allem anderen war ich immer die brave, treu sorgende Tochter, aber hinsichtlich Kleidungs- und Einrichtungsstil habe ich rebelliert.« Lene schmunzelte, als sie sich an ihre Klamotten aus den Neunzigern erinnerte. Bauchfreie Tops in Neongrün oder Pink, buntgeblümte Sommerkleider über weißem T-Shirt, kurze Jeansröcke, selbst gefärbte Batikshirts.

»Wie war es sonst so bei euch zu Hause?« Alix hatte sich interessiert vorgebeugt.

Lene vollführte mit den Händen eine Geste, die ihre Hilflosigkeit ausdrückte. »Wir waren eine gute, ordentliche Familie. Vollkommen normal, dachte ich lange. Doch irgendwann habe ich bemerkt, dass es in den Familien meiner Freundinnen anders zuging, wärmer irgendwie, liebevoller. Weniger streng. Meine Eltern waren im Vergleich bieder, engstirnig.«

»Wann ist dir das aufgefallen?«

»Als ich siebzehn war«, antwortete Marlene wie aus der Pistole geschossen.

»Was war denn, als du siebzehn warst?«

»Es ging mir nicht gut. Hab kaum mal mit jemandem geredet. Wurde immer dünner. Schlechter in der Schule. Einer Lehrerin ist es aufgefallen, auf einer Klassenfahrt. Sie hat mich direkt darauf angesprochen.«

»Oh, das tut mir leid. Und was war dann?«

»Nichts.«

»Wie – nichts?«

»Mit meinen Eltern konnte ich darüber nicht reden. Eine psychische Sache war nun mal keine Krankheit. Erst recht suchte man sich dafür keine Hilfe. Außerdem gab es keinen vernünftigen Grund dafür, dass es mir nicht gut ging. Was nicht sein kann, ist auch nicht da.« Sie zuckte mit den Schultern. So war die Einstellung ihrer Eltern gewesen. Erneut fühlte sie sich hilflos, spürte wieder die Verzweiflung und Resignation von damals. Sie hatte noch nicht oft mit jemandem über diese Zeit gesprochen. Und die traurige Wahrheit war, dass ihre Eltern es nicht verstanden hätten. »Sie waren der Meinung, dass jemand, der den Krieg nicht miterlebt hatte, keinen Grund zum Klagen hätte. Und als Nächstes hätten sie erwähnt, dass es uns doch gut gehe, wir glücklich sein müssten ...«

»Glücklich sein *müssten*«, wiederholte Alix stirnrunzelnd. »Du meine Güte.«

»Zum Glück hat meine Lehrerin nicht lockergelassen. Sie schlug vor, dass ich für eine Zeit lang weggehe, am besten ins Ausland. Schüleraustausch oder gar ein ganzes Jahr an einer englischen Schule oder Ähnliches war mit meinen Eltern nicht drin, das sahen sie als Zeit- und Geldverschwendung an. Aber einem Au-pair-Jahr stimmten sie schlussendlich zu, was mich echt überraschte. Meine Lehrerin hatte wohl die passenden Argumente. Da könne man immerhin was fürs Leben lernen, waren sie schließlich überzeugt. Und ich bekam einen kleinen Lohn, sodass es nicht viel kostete.« Sie schnaubte, es war ein harter Kampf gewesen damals. »Also bin ich nach dem Abitur nach England gegangen.«

»Das muss alles sehr schwierig für dich gewesen sein.«

Lene nickte. »Ja, das war es.«

»Und, hat es dir geholfen rauszukommen?«

Lene wiegte den Kopf. »Ja und nein.«

»Was meinst du?«

»Ich bin dort regelrecht aufgeblüht, habe meine neu gewonnene Freiheit in vollen Zügen genossen, bin dann auch insgesamt stabiler geworden. Ich habe Freunde gefunden, und auch die Gastfamilie war ganz anders als meine Familie. Ich konnte mich regelrecht entspannen, mal loslassen, einfach *sein*. Schlechter ging es mir dann aber in den Wochen, bevor ich zurückreisen sollte. Ich habe Magenkrämpfe bekommen, Durchfall. Und das wurde von Tag zu Tag schlimmer.«

»Sehr bezeichnend.«

»Aus heutiger Sicht auf jeden Fall. Zum Glück hatte ich mich da aber schon ein Stück weit verändert. Zu Hause habe ich bald einen netten Jungen kennengelernt, meinen ersten Freund. Hajo.«

»Den Revoluzzer.«

»Genau.«

»Aber ihr habt euch bald wieder getrennt«, bemerkte Alix. Lene nickte. »Und dann?«

»Mein Vater ist ein paar Jahre später gestorben. Meine Mutter und ich mussten allein klarkommen.«

»Hast du da noch bei deinen Eltern gewohnt?«

»Ja. Ich bin erst ausgezogen, als ich Karsten kennenlernte. Das war kurz danach. Er fand die Zustimmung meiner Mutter. Dann ging alles sehr schnell. Also, dass wir zusammengezogen sind, geheiratet haben ... Paola ließ leider noch einige Jahre auf sich warten.«

»Es hat nicht geklappt?«

»Nein. Erst, nachdem wir uns mit dem Gedanken abgefunden hatten, dass es nichts mehr würde, und Karsten seine neue Stelle angenommen hatte, bei der er viel reisen sollte, da wurde ich plötzlich schwanger.«

»Das hört man öfter«, sinnierte Alix, vielleicht hatte sie Ähnliches erlebt. »Wolltet ihr dann kein zweites Kind mehr?«

»Nein.« Lene zögerte. Aber jetzt hatte sie schon so viel von sich preisgegeben, warum nicht auch noch das? Obwohl sie sich ein bisschen schämte, weil sie schwach gewesen war. »Es hat wieder nicht richtig geklappt. Wir fühlten uns auch zu alt, ich war ja bereits Anfang vierzig, und wie gesagt, Karstens neuer Job ... Außerdem hat er sich, im Gegensatz zu mir, nie eine Kinderschar gewünscht.« Als sie das sagte, meinte sie förmlich, Alix' Gedanken lesen zu können: *Du hast nachgegeben.* Schnell sprach sie weiter: »Es hat einfach nicht funktioniert. Das Lustige ist aber, dass meine Eltern auch nur ein Kind bekommen haben. Paola und ich sind beide Einzelkinder.«

Alix sah sie nachdenklich an. »Woran hat es bei deinen Eltern gelegen?«

Marlene atmete tief ein. Da fiel ihr auf, dass Alix' Kaffeebecher genauso leer war wie ihrer. Dankbar für die Unterbrechung schenkte sie nach, stand auf, holte eine Packung Kekse aus dem Schrank sowie ein Glasschälchen. Obwohl Alix gertenschlank war, griff sie gleich zu und knabberte an dem Schokoladenkeks. Lene tat es ihr nach. »Meiner Mutter reichte ein Kind«, erklärte sie kauend. »Sie meinte, meine Geburt sei so entsetzlich gewesen, dass sie sich das nicht noch mal antun wollte.«

»Oh, das ist aber nicht gerade nett, so etwas zum eigenen Kind zu sagen!«

Lene zuckte nur mit den Schultern. »So war sie halt. Und so ist sie noch.«

Alix hatte aufgehört, an ihrem Plätzchen zu knabbern. »Du hast schon echt viel Mist erlebt. Auch diese Aussage eben, dass ihr doch gefälligst glücklich sein *müsstet*. Das kann man doch nicht erwarten, dass jemand anderes glücklich ist. Ich meine, es wäre schön, aber jeder Mensch hat seine eigenen Kämpfe auszutragen, das kann ein anderer gar nicht beurteilen!«

Marlene lehnte sich verwundert vor. So viel Empathie hätte sie der Freundin gar nicht zugetraut. Ausgerechnet Alix, die als die Zynikerin der Gruppe galt und auf jedes Dilemma der anderen eine spitze Antwort hatte, konnte sich in ihre Lage hineinversetzen, fand genau den richtigen Ton. Lene wusste nicht so recht, was sie davon halten sollte. Aber es tat gut, über all das zu sprechen, stellte sie fest. Und Mitgefühl zu bekommen. Das gab ihr Mut, weiterzureden, alles rauszulassen, was ihr in den Kopf kam. »Ich glaube, meine Eltern waren der Ansicht, dass wir – sie wie auch ich – kein Recht hätten zu klagen.«

»Warum?«

»Na ja, weil ihre Eltern – also die Großelterngeneration – den Krieg miterleben mussten. Mit all seinen Schrecken. Meine Eltern, Editha und Wolfgang, sind in den Kriegsjahren noch Kinder gewesen. Sie sind also ›davongekommen‹, wie es mein Vater mal genannt hat.«

»Verstehe. Weil sie letztendlich also Glück gehabt hatten, mussten sie dann auch glücklich sein. Zeit ihres Lebens. Und ihre Kinder auch.«

Lene biss sich auf die Lippe. »So habe ich das noch nie weitergedacht.« Alix hatte messerscharf kombiniert und wahrscheinlich den Nagel auf den Kopf getroffen.

»Eine ziemlich perfide Übertragung.«

»Wie bitte?«

»Deine Eltern haben unbewusst ihre Erwartungen, Wünsche, Bedürfnisse auf dich übertragen. Wie es wahrscheinlich schon deren Eltern mit ihnen gemacht haben.«

»Ah?« Lene verstand nicht recht, worauf Alix hinauswollte, die daraufhin lachend abwinkte.

»Egal. Ich habe doch Wirtschaftspsychologie studiert, und manchmal geht einfach die Psychologin in mir durch.«

»Ach so.«

»Woher kommen deine Eltern? Deine Mutter stammt aus Pommern, das hast du vorhin ja schon gesagt, aber dein Vater ...?«

»Mein Vater wurde 1930 in Wilhelmshaven geboren. Als Kriegshafen und Werftstadt wurde die Stadt von 1939 bis 1945 fast ständig bombardiert. Sie wurden ausgebombt, wie so viele. Die Mutter zog mit den Kindern erst zu Verwandten nach Lübeck, dann hierher. Seinen Vater hat er kaum kennengelernt, der starb kurz nach der Rückkehr aus russischer Gefangenschaft.« Lene seufzte leise. »Von meiner Mutter weiß ich eben nur, dass sie aus Pommern stammt, aus Blumenwerder. Und von dort 1945, mit acht Jahren, vertrieben wurde beziehungsweise fliehen musste. Sie kamen nach Deutschland, erst wohl in irgendein Dorf, dann wurden sie weiterverteilt und landeten hier.« Sie grübelte. »Warum bloß will sie, dass ich nach Blumenwerder fahre? Und warum jetzt?«

»Weil sie alt wird.« Alix stützte sich auf den Ellenbogen ab, schob den Rest ihres Kekses in den Mund und nahm sich gleich den nächsten. »Und weil man im Alter Zeit hat, sich mit der Vergangenheit zu beschäftigen. Zeit und Ruhe. Wahrscheinlich sogar mehr davon, als einem lieb ist.«

»Du meinst, es kommen Dinge hoch, an die sie früher nicht gedacht hat?«

»Oder denken wollte, ja. All die Jahre steckt man in seinen Verpflichtungen fest, hat genug mit seinem Alltag zu tun. Die ›Rushhour des Lebens‹ kennen wir beide und unsere

Frühstücksfrauen ja zu gut. Alles passiert gleichzeitig, man fängt im Beruf an, lernt jemanden kennen, bekommt Kinder, baut sich ein Nest, gleichzeitig werden die Eltern alt und brauchen Pflege ...«

»Das stimmt wohl. Erst wenn die Kinder aus dem Haus sind, wird es ruhiger. Nehme ich an.«

»Und wenn man selbst wieder aus dem Berufsleben aussteigt. Dann stellt sich noch mal alles auf den Kopf.«

»Es stellt sich alles auf den Kopf ... Das trifft ziemlich gut auf das zu, was gerade mit meiner Mutter passiert.« *Allerdings auch mit mir. Eine Scheidung hat ebenfalls ziemlich umwälzende Züge ...* »Alix, was soll ich bloß tun?«

Die Freundin zuckte mit den Schultern. »Wegen Pommern? Reizt es dich denn?«

»Schon. Ich wollte immer wissen, wo meine Familie herkommt.« Sie seufzte. »Aber es ist verrückt. Es wird dort kein Stein mehr auf dem anderen stehen. Geschweige denn werde ich unter irgendwelchen Bodenbrettern irgendein ominöses Kästchen finden.«

»Die Stimme des Gefühls versus die Stimme der Vernunft ...« Alix schmunzelte.

»Ich weiß noch nicht mal, wo genau ich hinmüsste.«

»Das ließe sich unter Umständen herausfinden. Ich würde mit Googeln anfangen.« Alix betrachtete sie einen Moment ernst, bevor sie betont locker fortsetzte: »Und wenn nicht, kannst du immer noch aufgeben.«

»Mama hat gesagt, es könnte wichtig für mich sein ...«

»Es ist deine Entscheidung.«

»Ich habe nichts zu verlieren, oder?«

»Sehe ich auch so.«

Sie hatte nichts zu verlieren. In mehrerlei Hinsicht. »Gut.« Sie nickte, ohne zu wissen, was genau sie damit meinte.

»Schickst du mir bei Gelegenheit die Kontaktdaten deines Anwalts?«

Marlene genoss für einen Augenblick die Stille, als Alix gegangen war. Doch schon im nächsten Moment ertappte sie sich dabei, dass sie aufs Neue überlegte, was sie tun sollte. Unschlüssig stand sie im Flur, ließ den Blick über ihre Tasche, den Schlüsselbund, die Schuhe gleiten. Neben ihren Slippern, Sneakers und Stiefeln standen auch zwei Paar Kinderschuhe. Die Stiefel mit den Pferden darauf fehlten. Ein wenig wehmütig trat sie in Paolas Zimmer. Betrachtete die lavendel- und fliederfarben gestrichenen Wände mit den Pferdebildern und Postern von *Bibi & Tina* und *Die Schule der magischen Tiere*. Es war verrückt, aber schon jetzt vermisste sie ihre Tochter. Und dann kam ihr ein neuer Gedanke. Hatte nicht auch Paola ein Recht darauf zu wissen, woher die Oma stammte? Nicht nur sie selbst hatte ihr Leben lang damit gehadert, die eigene Herkunft nicht zu kennen. Vielleicht würde es Paola eines Tages ähnlich gehen? Sie strich die Bettdecke glatt, dann fasste sie einen Entschluss.

Sie ging zurück in den Flur, nahm ihr Handy aus der Tasche und tappte ins Wohnzimmer, in dem sie alles an Karsten erinnerte, die Hochglanzmöbel, der riesige Fernseher, die schwarze Ledercouch, auf die sie sich nun sinken ließ. Sie tippte »Blumenwerder« in die Suchzeile ihres Browsers und erhielt zwei Treffer. Der eine Ort befand sich im früheren Landkreis Arnswalde, der zweite im Landkreis Neustettin. Weder zu dem einen noch zu dem anderen gab es auf Wikipedia einen weiterführenden Link. Sie suchte bei Google Maps, und beide befanden sich in Pommern. Na toll, das konnte ja heiter werden. Immerhin gab es einige Seiten, die sich offenbar mit der Geschichte dieser Kreise beschäftigten. An Recherchematerial mangelte es also nicht. Doch wie sollte sie nun herausfinden, aus welchem dieser Dörfer ihre Mutter stammte? Sie hatte keine weiteren Anhaltspunkte, erinnerte sich, dass sie vor Jahren schon mal an dieser Stelle gewesen war – und aufgegeben hatte. Doch dieses Mal würde sie nicht so schnell klein beigeben! Etwas trieb sie an, und sie war sich nicht sicher, ob das ihre Mutter im Hintergrund war. Immer mehr breitete sich in Marlene die Erkenntnis aus, dass es auch für sie wichtig war, nun endlich ihrer Herkunft auf den Grund zu gehen. Über vierzig Jahre hatte sie – mehr oder weniger – hingenommen, dass sie nicht wusste, wo ihre Wurzeln mütterlicherseits lagen. Wie es dort ausgesehen hatte, wo Editha als kleines Mädchen gelebt hatte. Wie es heute dort aussah. Wer vielleicht zurückgeblieben war. Ob es womöglich noch Verwandtschaft vor Ort gab? Vielleicht konnte sie nun, da ihre Mutter von sich aus wollte, dass sie nach Pommern fuhr, etwas mehr aus ihr herausbekommen. Wenn auch nicht sicher war, wie weit man ihren neu entdeckten Erinnerungen trauen konnte.

Sie sah sich alte Karten im Netz an, versuchte sich zu erinnern, ob sie doch irgendwann einmal Namen der jeweiligen Nachbarorte aufgeschnappt haben könnte – nichts. Die Vergangenheit blieb ein weißer Fleck. Entnervt schaltete sie das Display aus. Es half nichts. Sie sprang auf, lief zurück in den Flur, schnappte sich Tasche und Haustürschlüssel, kramte in der obersten Schublade der Kommode, bis sie fand, was sie suchte: den Zweitschlüssel zum Haus ihrer Eltern.

Wenig später schob Marlene ihr Rad durch die Pforte in den kleinen Vorgarten des Reihenhauses, vorbei an akkurat abgesteckten Blumenbeeten, in denen sich Narzissen, Stiefmütterchen und Primeln aus dem Boden reckten – und jede Menge

Unkraut. Man müsste mal wieder den Rasen mähen, dachte sie. Ihre Mutter würde verrückt werden, wenn sie wüsste, wie der Garten aussah. *Was sollen denn die Nachbarn denken?* »Nun, vielleicht, dass du seit einer Weile im Seniorenstift lebst und zurzeit gerade im Krankenhaus um dein Leben kämpfst?«, erwiderte sie. Immer war das Äußere wichtig gewesen. Was andere von einem dachten. Aber richtig, sie sollte den Nachbarn Bescheid geben, dass ihre Mutter einen Herzinfarkt gehabt hatte und nun im Krankenhaus lag. Das würde sie später erledigen, nahm sie sich vor. Sie schloss die Tür auf. Muffige Luft schlug ihr entgegen, es war dunkel.

Meine Güte, wann bin ich zuletzt hier gewesen?, fragte sie sich. Ewig nicht.

Sie öffnete die Küchentür zu ihrer Linken, sodass durch das Fenster ein wenig Licht in den Flur fiel, das von dem braun und beige gemusterten Teppich und den im Laufe der Jahre vergilbten Raufasertapeten jedoch geschluckt wurde. Schnell lief sie durch den Flur in den hinteren Bereich des Hauses, wo sich das Wohnzimmer mit der Essecke befand. Eiche rustikal, wo man hinsah. Eine Flut von Emotionen drohte sie zu überwältigen. Strenge Abendessen am Esstisch, wenn Besuch da war, die Standpauken, die ihr Vater ihr gehalten hatte, wenn die Noten nicht gut genug gewesen waren, oder gar, als sie es gewagt hatte, sich die Haare zu färben. Das hatte sie danach nie wieder getan. Unwillkürlich krampfte sich etwas in ihr zusammen, und sie zog die Rollläden mit einem derartigen Schwung hoch, dass sie oben anschlugen. Dann schob sie die schweren Gardinen zur Seite und riss die Terrassentür auf. Draußen dämmerte es bereits, doch die frische Luft, die hereinströmte, sog Marlene gierig in sich auf. Sie trat auf die Terrasse. Die Gartenmöbel standen sorgsam gestapelt und ein wenig eingestaubt an ihrem Platz an der

Seite, die Rabatte, die die anschließende Rasenfläche zur linken Seite hin begrenzte, wirkte wie eh und je. Nur bei näherem Hinsehen erkannte man, dass die Pflanzen hier und da mal wieder gestutzt und auch hier Unkraut gejätet werden musste. Es war unverkennbar, dass der Frühling da war, trotz des miesen Wetters. Wo man nur hinsah, sprießte und grünte es. Krokusse schenkten dem Rasen versprenkelte gelbe, weiße und violette Farbtupfer, an der Seite kämpften sich rosafarbene Buschwindröschen ihren Weg zum Licht. Auch der Löwenzahn machte sich überall breit.

Sie mochte es eigentlich, wenn Pflanzen ein bisschen wild wuchsen. Wenn sie einen eigenen Garten hätte, würde sie Staudenbeete anlegen, die machten nicht besonders viel Arbeit, waren bunt und verbreiteten ein natürliches, unverfälschtes Flair – also genau das, was ihre Mutter nicht ausstehen konnte.

Sie ging ein paar Schritte über das Gras, das ebenfalls einen Schnitt vertragen konnte. Auch das würde sie irgendwann erledigen müssen. Am hinteren Ende des Gartens sowie auf der rechten Seite befanden sich die Gemüsebeete, die traurig aussahen. Ihre Eltern hatten immer einen Teil ihres Bedarfs selbst gedeckt, indem sie Kohl, Rüben, Rote Bete, Gewürzgurken, Bohnen und Kartoffeln selbst angebaut hatten. Ein Apfel- sowie ein Kirschbaum und mehrere Beerensträucher ergänzten das Gemüseangebot um Fruchtiges. Eigentlich eine schöne Sache, doch es hatte zur Folge, dass ihre Eltern, solange es ihnen irgendwie möglich gewesen war, im Garten geschuftet, gesät, gejätet, geerntet und in der Küche entkernt, entsaftet, eingemacht, eingekocht, eingelegt hatten. Der Großteil ihrer freien Zeit war für den Garten draufgegangen. Aber sie hätten sich ohnehin keine anderen Hobbys gegönnt.

Unwillig ging Marlene wieder ins Innere. Sie sollte sich an die Arbeit machen. Kurz überlegte sie, nach oben zu gehen. Aber was würde das bringen? Hinten das Schlafzimmer, nach vorne raus ihr altes Kinderzimmer, in dem sich seit ihrem Auszug nichts verändert hatte, außer, dass das Bügelbrett nun dort stand, dazwischen das Badezimmer mit seinen hellblauen Fliesen. Sie beschloss, mit ihrer Suche im Wohnzimmer zu beginnen. Doch was hoffte sie eigentlich zu finden? In den oberen Fächern der Schrankwand befanden sich nur das gute Geschirr, Wein- und Sektgläser sowie ein paar Flaschen Obstbrand und Magenbitter, da brauchte sie nicht zu schauen. Also öffnete sie die Tür unten links, hinter der die Fotoalben lagerten. Seufzend setzte sie sich auf den Fußboden und zog den Stapel heraus. Zuoberst lag das Hochzeitsalbum ihrer Eltern. Sie blätterte es kurz durch. Nett, aber nicht hilfreich. Dann folgte »ihr« Album. Sie wusste, dass es Bilder ihrer Taufe, Einschulung, Konfirmation und so weiter enthielt, auch das legte sie erst einmal beiseite. Darunter kamen zwei Ordner mit Urlaubserinnerungen zum Vorschein: Strandbilder von der Ostsee, Strandbilder von der Nordsee, Wandern im Harz, Ferien im Schwarzwald und Allgäu. Nichts Exotisches, keine Überraschungen. Das war's. Sie öffnete auch die anderen Schranktüren, fand dahinter aber nur eine Unmenge an Tischdecken, Servietten und Geschirr. Unschlüssig, was sie als Nächstes tun sollte, setzte sie sich auf einen Esszimmerstuhl und sah sich um. Da waren die Couch und einer der beiden Sessel, von denen der andere mit in das Seniorenstift umgezogen war, ebenso wie der Beistelltisch, von dem noch immer Druckstellen im Teppich zu erkennen waren. Der Fernseher, das Radio, der Schallplattenspieler. Eine Stehlampe, ein Bücherregal. Sie stand auf, ging zum Regal hinüber, sah die Reihen der Bücher durch, zog hin und wieder eins hervor. Es waren Kochbücher, Wanderkarten, Landschaftsbildbände, eine zwölfbändige Lexikonreihe. Nichts, was ihr in irgendeiner Weise einen Hinweis hätte geben können. Ihr Blick wanderte zurück zum Esstisch, wo sie vor zwei Minuten noch gesessen hatte. Dort fehlten zwei der Stühle, aber sonst gab es nichts Auffälliges. Wie das passte. Ihre Eltern hatten ein unauffälliges Leben geführt. Nun ging sie doch nach oben. Mit jedem Schritt fiel es ihr schwerer, die Treppe hochzustapfen. War die Luft hier oben noch abgestandener? Ein Blick ins Hauptbad mit seinen schrillen Fliesen verriet ihr, dass sich in den vergangenen Jahren auch dort nichts verändert hatte. Der Wasserhahn am Waschbecken tropfte. Sie ging hinein, um ihn zuzudrehen. Das war schwieriger als erwartet, denn der Drehgriff fürs Kaltwasser saß recht fest. Wahrscheinlich verkalkt. Eine rote Zahnbürste mit abstehenden Borsten stand einsam im Zahnputzbecher. Es roch nach Seife und *4711 Echt Kölnisch Wasser*. Das einzige Parfüm, das Editha sich je gegönnt hatte.

Sie verließ das Bad wieder und betrat ihr altes Kinderzimmer, das zum Garten hinauszeigte. Da war es noch, das Jugendzimmer. Buche Furnier überall: Bett, Schrankwand samt Schreibtisch, die die gesamte linke Seite des Zimmers ausfüllte. Eigentlich war dies der schönste Raum des Hauses. Westseite, Sonne am Nachmittag und Abend. Sie erinnerte sich, wie sie oft vor dem Fenster gesessen und in den Garten gesehen, sich vorgestellt hatte, woanders zu sein: in einem verwunschenen Wald oder der Parkanlage eines Schlosses. Ihre Kinderbücher standen noch im Regal, genauso wie ein paar Ordner aus der Schule und von der Ausbildung. Sie zog eine A2-Mappe heraus und setzte sich damit auf den alten Drehstuhl. Darin befanden sich die ersten Zeichnungen, die sie als Grafikerin angefertigt hatte. *Ein anderes Leben.* Sie verstaute die Mappe wieder. In einer Pappschachtel entdeckte sie Fotografien von Klassenfahrten, Freizeiten und der Abschlussfeier der Schule, in einer anderen befand sich Modeschmuck. Alter Kram. Sie beschloss, den Schmuck mitzunehmen und ihn Paola zu schenken. Sie würde sich bestimmt freuen. Ihre Mutter hatte in all den Jahren, seit sie ausgezogen war, nichts von ihren Sachen angerührt. Einerseits erfüllte sie dies mit einem Gefühl von Verbundenheit und Dankbarkeit, andererseits erschreckte es sie auch. Dieses Haus war ein Museum. Und: Wie würde sie selbst es halten, wenn sie alt war, wenn Paola ausgezogen wäre? Würde sie auch alles so lassen, wie es war? Und wenn ja, warum? Weil das Kind zurückkommen könnte? Um die vergangenen Zeiten festzuhalten?

Ach, Mama. Sie fühlte einen Anflug von – ja, was? –, von *etwas* durch sich hindurchströmen. War es *Liebe*? Ja, das war es wohl. Sie liebte Editha, trotz allem. Und Editha liebte sie, oder etwa nicht? Hätte sie sonst alles in diesem Zimmer so belassen, wie Marlene es hinterlassen hatte? Andererseits hatte Editha im ganzen Haus nichts verändert, also war es eigentlich nicht besonders aussagekräftig, dass auch hier alles beim Alten geblieben war. Sie sollte wohl ihren Kram mal durchsehen und aussortieren. Früher oder später würde das ohnehin anstehen ... Sie seufzte, erhob sich und verließ den Raum, nicht ohne einen letzten Blick zurückzuwerfen. Nun blieb nur noch das Schlafzimmer ihrer Eltern.

Die Betten im Doppelbett waren gemacht, so, als würden die Besitzer jederzeit zurückkommen. Die Nachttische waren bis auf die altmodischen Lämpchen mit den beigefarbenen Schirmen leer. Nur der Staub, der sich darauf angesammelt hatte, verriet, dass länger niemand hier gewesen war. Auch die Schränkchen selbst waren leer. Klar, sie selbst hatte die

Dinge, die sich darin befunden hatten, ausgeräumt und in den Karton gepackt, in dem sich alles befand, was Editha – neben Kleidung – mit ins Altenheim genommen hatte. Wieder musste sie sich setzen. Vom Bett aus konnte man durchs Fenster auf die Krone einer Kastanie sehen. Ein Auto fuhr vorbei, ansonsten war es still. Gedankenverloren trat sie zum monströsen Schrank hinüber, öffnete eine der Flügeltüren, schließlich die andere. An der Kleiderstange hingen sorgfältig aufgereiht Blusen, Hosen, Westen. Unten standen mehrere paar Schuhe. In dem Fach oben konnte Marlene ordentlich gefaltete Bettwäsche erkennen. Sie öffnete die Türen des rechten Schranks. Hier befanden sich die Kleidungsstücke ihres Vaters, unzählige Hemden und Stoffhosen, die er im Büro getragen hatte, hingen auf zwei Kleiderstangen übereinander. Der Schrank war beinahe voller als der ihrer Mutter. Auch keine wirkliche Überraschung. Editha hatte darauf bestanden, die Sachen nach dem Tod des Vaters zu behalten. Sie hatte ihren Mann nie loslassen können.

In der passenden Kommode daneben lagen Edithas Unterwäsche, Strümpfe, Strumpfhosen, Nachthemden. Traurigkeit überkam Marlene mit einem Mal. Editha würde wahrscheinlich nie mehr hierher zurückkehren, und doch schien alles auf sie zu warten. Man ließ so viel zurück … Sie könnte ihrer Mutter ein paar der Nachthemden einpacken, damit sie mal etwas zum Wechseln hätte, wenn sie wieder aus dem Krankenhaus entlassen wurde. Vielleicht auch einige Blusen, etwas Schönes. Darüber würde sie sich bestimmt freuen. Sie öffnete den Schrank ihres Vaters noch einmal, weil sie wusste, dass darin noch ein alter Koffer lag. Sie kniete sich hin, um besser sehen zu können, schob ein paar Pullover zur Seite, die eigentlich ihrer Mutter gehörten, dann entdeckte sie den schwarzen Koffer, ein Modell aus den Sechzigerjahren. Sie erinnerte sich, dass er die Familie auf den meisten ihrer Urlaube begleitet hatte. Er ließ sich nicht so einfach aus dem Fach ziehen, wie sie erwartet hatte, schien an irgendetwas festzuhängen. Mit einem Ruck gelang es ihr schließlich, das sperrige Stück hervorzuzerren. Sie hörte eine Art Reißen, und mit dem Koffer rutschte eine unscheinbare graue Pappschachtel aus dem Schrank, deren eine Seite eingerissen war.

Verwundert schob Marlene den Koffer beiseite und nahm die Schachtel auf den Schoß. Sie konnte sich nicht erinnern, dass ihr dieser Karton schon einmal untergekommen war. Gespannt nahm sie den Deckel ab – es befanden sich Briefe darin. Sie öffnete einige. Es waren Glückwunschkarten zu Geburtstagen, zu Weihnachten, zur silbernen Hochzeit, weiter unten zu Marlenes Konfirmation, ihrer Taufe, ihrer Geburt. Enttäuscht stellte sie die Schachtel neben sich und legte den Deckel wieder drauf. *In diesem Haus gibt es keine Geheimnisse. Und keine Vergangenheit vor der Vergangenheit, Punkt.* Sie sollte es sich endlich eingestehen. Edithas Wunsch – der mittlerweile zu ihrem eigenen geworden war – konnte sie nicht erfüllen. Denn sie hatte rein gar nichts in der Hand. Ernüchtert steckte sie den Kopf in den Schrank, um die Pappschachtel zurück nach ganz hinten an ihren Platz zu schieben. Dabei blieb sie mit dem Ärmel an etwas hängen. Von der Schrankwand war etwas Holz abgesplittert, daran hatte sie wohl schon die Schachtel aufgerissen. Nun hatte sich das spitze Stück Holz in den Stoff ihres Blazers gebohrt und Fäden gezogen. Fluchend versuchte sie mit der anderen Hand, den noch festhängenden Span aus dem Stoff zu ziehen, ohne weiteren Schaden anzurichten. Dabei fiel ihr Blick auf etwas, das heller war als das dunkelbraune Holz. Sie kroch noch tiefer in den Schrank hinein, sodass sie mit dem Kopf gegen die Rückwand stieß. Und tatsächlich, in dem Spalt zwischen

Rückwand und Bodenplatte steckte etwas. Ein Umschlag. Marlene zog ihn hervor und schob sich unter Ächzen rückwärts aus dem Schrank heraus. Was machte dieser Umschlag hier? Steckte darin eine weitere Glückwunschkarte, die aus der Pappschachtel herausgerutscht war?

Als sie ihn öffnete, entdeckte sie mehrere Schwarz-Weiß-Fotos mit Büttenrand. Sie zeigten Personen, die Marlene nicht kannte. Überrascht drehte sie sich um, lehnte sich mit dem Rücken gegen den Schrank. Ihr Herz fing an, wild zu pochen. Sie konnte sich nicht daran erinnern, diese Fotos jemals gesehen zu haben. Es waren nur ein paar, vielleicht sechs, sieben Bilder, die sie auf ihren Beinen und neben sich auf dem Boden ausbreitete. Da waren zwei Paare, ein jüngeres und ein älteres, Kinder in Matrosenanzügen und Kleidchen, die Mädchen mit langen, straff geflochtenen Zöpfen, alle blickten ernst in die Kamera. Sollten dies etwa Familienbilder sein, die Oma Alwine aus dem alten Haus mitgenommen hatte? Oder gehörten sie zu Vaters Familie?

Marlene warf einen Blick auf die Rückseite, ob jemand eine Notiz gemacht hatte, die etwas erklären konnte, fand aber keine. Sie wartete auf ein Gefühl oder eine Erkenntnis, die sich einstellte, während sie die Fotos betrachtete, doch nichts dergleichen geschah. Auf einem war ein Paar mit einem kleinen, etwa dreijährigen Mädchen zu sehen. War das Editha mit Oma Alwine und ihrem Vater? Sie begutachtete es genau, erkannte aber keine Ähnlichkeit mit ihrer Mutter. Dann entdeckte sie die Ecke eines Hauses, das Foto war unter ein anderes gerutscht. Sie zog es hervor. Aufgeregt richtete sie sich auf. Konnte es *das* Haus sein? Sie drehte es um, in der Hoffnung, eine Kennzeichnung zu finden, eine Ortsangabe, ein Datum oder etwas anderes Hilfreiches. Nichts. Sie betrachtete das Gebäude genauer. Ein Backsteinhaus, etwas versteckt hinter Bäumen, bestimmt rot, mittig eine Eingangstür mit kleinem Vordach, zu beiden Seiten jeweils zwei Sprossenfenster mit schmalen Rundbogen, über dem Vordach eine Giebelgaube mit einem weiteren Sprossenfenster. Rechter Hand ein kleinerer Anbau, vielleicht eine Art Hühnerstall oder ein Schuppen.

Sie beschloss, ihrer Mutter das Foto bei nächster Gelegenheit zu zeigen, und steckte es mit den anderen zurück in den Umschlag. Sicher würde sie Editha morgen wieder besuchen. Vielleicht erkannte sie das Haus ja und konnte etwas dazu sagen. Nun würde sie nicht mehr auf stur schalten, wie sie es bisher getan hatte, da war sich Marlene sicher. Schließlich wollte Editha etwas von ihr und nicht andersherum. Einer Eingebung folgend, zog sie das Foto noch einmal hervor. Was waren das für Bäume? Sie hielt das Bild dicht vor Augen. Die Art konnte sie nicht erkennen, aber es waren drei. Ihr Herz machte einen Sprung. Das war doch schon mal was!

Marlene schloss den Schrank, dachte nach. Unschlüssig lief sie wieder hinunter ins Esszimmer. Dies war der Ort, an dem im Leben ihrer Familie alle wichtigen Ereignisse stattgefunden hatten. Wenn es noch irgendwo einen Hinweis geben könnte, dann hier. Sie kniete sich erneut vor das Fach mit den Fotoalben, zog sie ein weiteres Mal hervor. Dabei fiel ihr ein Foto entgegen. Sie schaute ihrem vierzehnjährigen Ich ins Gesicht, in adrettem schwarzem Kostüm mit knielangem Rock und weißer Spitzenbluse, ein Biedermeiersträußchen in der Hand. Ihre Konfirmation, lang war's her. Nun zog sie ihr Kinderalbum doch noch einmal zu sich heran, öffnete es auf ihrem Schoß. Sie vor der alten Kirche, ebenfalls ein Backsteinbau. Sie am Altar, dann vor dem Glockenturm, dann an selber Stelle erst mit ihren Eltern, den Paten – also Vaters Bruder Erich und Schwester Hilde aus Wilhelmshaven, wer sonst? – und schließlich mit der gesamten Festgesellschaft. Was noch drei Cousins und ihre beiden Omas zusätzlich zu den anderen bedeutete plus ein paar Nachbarn. Eine kleine Runde. Sie blätterte ein paar Seiten weiter. Dort gab es noch einige Bilder von der Feier hier, genau in diesem Esszimmer. Sie blickte sich um: dieselben Stühle, derselbe Tisch. Sie erinnerte sich, dass ihre Mutter schon Tage vorher angespannt gewesen war und wie von Sinnen geputzt hatte. Es musste alles picobello sein, wenn die Verwandtschaft und die Nachbarn kamen. Zum Glück war nicht genug Platz gewesen, um die Familie im Haus zu beherbergen, sonst wäre Editha wahrscheinlich erst recht im Dreieck gesprungen. Die Wilhelmshavener waren spätnachmittags wieder abgereist, nur Oma Alwine war noch ein wenig geblieben, Papa hatte sie später noch nach Hause gefahren, erinnerte Marlene sich.

Langsam schliefen ihr die Beine im Schneidersitz ein, sie nahm das Album und setzte sich an den Esstisch. Hier war es dunkler als am Fenster, sodass sie die Deckenlampe anschalten musste.

Gedankenversunken strich sie über das Spitzendeckchen, das in der Mitte lag, hatte es nicht Oma gehäkelt? Darauf stand eine kleine Vase mit einem Trockenblumenstrauß, der von einer leichten Staubschicht überzogen war. Was hatte ihre Mutter eigentlich von ihrem Leben gehabt? Nun war sie alt und gebrechlich, konnte nichts mehr entdecken und ändern, war gefangen in ihrer Welt. Und plötzlich durchzuckte es Marlene wie ein Blitz. Gebannt starrte sie auf die Gesellschaft auf dem Foto, die an diesem Esstisch gesessen hatte, vor etwa dreißig Jahren. Tante Hilde und ihre Mutter saßen nebeneinander, sahen ernst drein, schienen in ein Gespräch vertieft zu sein. Dieses Gespräch ... Marlene erinnerte sich mit einem Mal an einzelne Fetzen. Sie hatten über ihre Väter gesprochen, darüber, dass der eine im Krieg gefallen und der andere kurz nach der Rückkehr aus russischer Gefangenschaft verstorben war. Lene hatte aufgehorcht, weil es um ihre Opas gegangen war. Und da war noch etwas gewesen ... Sie versuchte, weiter in die Tiefen ihres Gedächtnisses vorzudringen, sich in die Situation von damals zurückzuversetzen. Hilde und ihre Mutter hatten geredet ... bis diese unvermittelt und derart heftig aufgesprungen war, dass das Gedeck vor ihr geklappert hatte und der Kaffee in ihrer Tasse übergeschwappt war. Ein bräunlicher Fleck hatte sich auf dem weißen Tischtuch ausgebreitet, den sie jedoch nicht weiter zur Kenntnis genommen hatte. Stattdessen hatte sie damit begonnen, den Gästen links und rechts die Teller unter der Nase wegzuziehen und abzuräumen. Es war ein regelrechter Eklat gewesen, deshalb war Marlene diese Situation wohl im Gedächtnis geblieben. Alle hatten erschrocken innegehalten in ihren Gesprächen und im Essen und ihre Mutter angestarrt. Ihr Vater hatte zunächst ebenfalls entsetzt ausgesehen, dann jedoch wütend. Sein Mund war nur noch ein schmaler Strich gewesen, die Hände zu Fäusten geballt. Er hatte sich mit Müh und Not beherrschen können und wahrscheinlich nur deshalb nicht losgeschimpft, um es nicht noch schlimmer zu machen. Marlene erinnerte sich nun wieder allzu gut an das flaue Gefühl in der Magengrube, das die Situation hervorgerufen hatte. Es hatte sich erst entspannt, als Mama in die Küche gegangen und Oma Alwine ihr gefolgt war. Papa hatte dafür gesorgt, dass die Gespräche wieder aufgenommen worden waren, und jeder hatte so getan, als wäre nichts gewesen. Was war geschehen?

Marlene kaute auf ihrer Lippe, denn sie spürte, dass sie ganz nah dran war an etwas Wichtigem. Ihr Daumennagel kratzte am Rand der Tischplatte entlang, fuhr den Spalt

nach, an dem die beiden Ausziehplatten zusammengescho-
ben waren. Und dann fiel es ihr ein. Hilde hatte nach Pommern gefragt, nach Blumenwerder! Sie hatte es gewagt, das
Tabuthema anzuschneiden. Und dabei waren die Worte
»Entschädigung« und »Dramburger Seenplatte« gefallen.

Eilig fingerte Lene ihr Handy hervor, rief die Startseite ihres Browsers auf und gab die Begriffe »Blumenwerder« und
»Dramburger Seenplatte« ein, wobei sie sich vor Aufregung
ein paar Mal vertippte. Sie musste noch ein bisschen suchen,
bis sie Erfolg hatte, anscheinend war der Ort relativ klein
und unbedeutend, doch sie war sich sicher, sie hatte das Heimatdorf ihrer Mutter gefunden! Es hieß heute Piaseczno und
lag an einem See im ehemaligen Pommern.

In dem Augenblick klingelte ihr Handy, vor Schreck hätte
sie es beinahe fallen lassen. Eine unbekannte Rufnummer.

»Fröhlich?«

»Frau Fröhlich? Hier ist das Krankenhaus am Lessingpark.
Doktor Seeberger ist mein Name.«

Eine Ärztin. Ängstlich zog sich ihr Magen zusammen.

»Ich komme gleich zur Sache. Ihre Mutter ist sehr unruhig,
hat um sich geschlagen. Wir mussten sie ruhigstellen.«

»Wie bitte? Wie haben Sie sie ruhiggestellt?«

»Wir hatten leider keine andere Wahl. Wir haben es erst
mit einem Beruhigungsmittel versucht, das aber keine Wirkung gezeigt hat. Daraufhin mussten wir ihr ein leichtes Nar-
kosemittel verabreichen. Wir werden die Maßnahme beenden, sobald sich die Werte Ihrer Mutter gebessert haben.«

»Ich komme sofort.« Sie sprang auf und suchte ihre Sachen
zusammen.

»Das ist nicht nötig, Frau Fröhlich. Ihre Mutter ist gut versorgt. Zurzeit schläft sie. Ich wollte Sie nur informieren.«

»Danke. Kann ich denn gar nichts tun?«

»Vielleicht ...« Frau Doktor Seeberger zögerte. »Falls noch Dinge zu klären sein sollten, wäre es vielleicht nicht verkehrt, wenn Sie sich jetzt darum kümmern würden. Es wirkte so, als würde Ihre Mutter etwas sehr beschäftigen ...«

»Dem ist auch so.« Marlene wusste, was das bedeutete: Wenn sie jemals Antworten bekommen wollte, dann musste sie nach Polen fahren. Sofort. »In Ordnung«, sagte sie so gefasst wie möglich. »Dann würde ich für ein paar Tage in die alte Heimat meiner Mutter fahren, ginge das? Ich wäre ständig über diese Handynummer erreichbar und könnte innerhalb weniger Stunden zurück sein.«

»Unter den Umständen ... Ich denke, das können und sollten Sie machen.«

Sie war noch nie in ihrem Leben so schnell irgendwohin geradelt. Kaum zu Hause, griff Marlene zum Koffer unter ihrem Bett, warf ein paar Sachen hinein. Dann hielt sie inne. *Was tue ich hier eigentlich?* Langsam ließ sie sich auf die Bettkante sinken. Es ist Unsinn, sagte die eine Stimme in ihr. Es ist das Richtige, die andere. *Paola kommt Montagnachmittag wieder nach Hause, du musst mit Karsten sprechen, damit sie die Woche über bei ihm bleiben kann. Du brauchst das Auto.* Sie konnte gar nicht sagen, was von beidem ihm weniger schmecken würde. Sie musste Urlaub nehmen, du meine Güte, sie konnte nicht einfach wegfahren und Montag früh im Büro anrufen und mitteilen, dass sie in einer wichtigen Familienangelegenheit gerade in Polen weilte. Oder doch? Unschlüssig, was sie als Erstes tun sollte, saß sie da. Es konnte jedoch nicht schaden, die Freundinnen von den neuen Entwicklungen zu unterrichten. Sie griff nach ihrem Handy und schickte eine Nachricht in die Frühstücksfrauen-Gruppe. *Hab ein Foto gefunden mit einem Haus drauf. Weiß*

jetzt auch, wie der Ort heute heißt und wo er liegt. Überlege, mor-
gen nach Polen zu fahren ...

Sie hatte ihr Telefon kaum zur Seite gelegt, als es klingelte. Es war Alix.

»Das sind ja mal Neuigkeiten«, sagte diese ohne eine Begrüßung.

»Ja. Ich muss allerdings gestehen, dass ich gerade ein klitzekleines bisschen überfordert bin.«

»Dann ist es ja gut, dass ich anrufe.« Sie hörte Alix schmunzeln. »Packst du schon?«

»Ja. Nein. Vielleicht.« Sie erklärte ihre Bedenken.

»Hast du die Privatnummer von deinem Chef?« Marlene bejahte. »Dann ruf ihn an, sofort. Erklär ihm, dass deine Mutter im Sterben liegt und du noch dringend wichtige Dokumente von Verwandten aus der alten Heimat holen musst. Oder die Verwandten am besten gleich mitbringen sollst. Oder so ähnlich«, erklärte sie, pragmatisch wie sie war. »Dazu wird er nicht Nein sagen können. Und dass es dort gar keine Familie mehr gibt, kann er auch nicht wissen. Dann rufst du Karsten an und erzählst ihm, dass du deiner Mutter einen letzten Wunsch erfüllen sollst. Was absolut der Wahrheit entspricht, nur vielleicht etwas dramatisiert.«

»Hoffen wir's«, warf Lene leise ein.

»Ja, natürlich. Sorry, das war taktlos«, gab Alix zu, ließ sich aber nicht beirren. »Er wird sicher kein Problem damit haben, sich die nächsten Tage um seine Tochter zu kümmern.« Sie schnaubte kaum hörbar aus.

»Wahrscheinlich nicht«, überlegte Lene, denn ihr war eine neue Schwierigkeit eingefallen. »Aber dann ist sie so viel bei seiner Neuen ...«

»Du hast Angst, dass die einen auf herzallerliebste Stiefmama macht? Keine Sorge, du bist Paolas echte Mutter, würdest alles für sie tun und liebst sie über alles. Und sie dich auch. Ihr seid ein tolles Team, das kann dir niemand nehmen, und das weiß Paola auch.«

»Ich hoffe, du hast recht«, antwortete sie, dennoch konnte sie die Sorge, ihre Tochter an eine andere Frau verlieren zu können, nicht ganz von sich schieben. »Bist du nie eifersüchtig auf Bernds neue Familie?«

»Auf Scarlett?« Alix lachte auf. »Nein. Die Arme hat den weltgrößten Idioten zum Mann, sie kann einem nur leidtun.« Ernster ergänzte sie: »Doch, manchmal schon. Er scheint endlich glücklich zu sein. Das wäre ich auch gern. Einen Partner zu haben, mit dem man an einem Strang zieht, der einen unterstützt und nicht gegen einen arbeitet, das wäre schon schön. Na ja, aber ich bin auch nicht unglücklich. Allein zu sein ist auf jeden Fall einfacher als mit Bernd zusammen.«

»Das ist doch immerhin etwas.« Die Aussicht, dass das Alleinsein vielleicht gar nicht so schlimm wäre, beruhigte Marlene zumindest ein klein wenig. »Allerdings habe ich kein Auto.«

Alix schien eine Sekunde irritiert über den Themenwechsel, dann war sie wieder auf dem Laufenden. »Karsten?«

»Der wird sagen, dass er es selbst braucht.«

»Ts.«

Marlene konnte vor sich sehen, wie Alix am anderen Ende der Leitung empört den Kopf schüttelte. »Aber ich werde es natürlich ansprechen.« Als eine Weile von Alix keine Reaktion kam, fragte sie: »Bist du noch dran?«

»Ja, ich überlege nur gerade was. Wie lange, meinst du, wirst du weg sein?«

»Ich weiß nicht, zwei, drei Tage? Höchstens eine Woche. Ich erwarte eigentlich nicht, dort irgendetwas zu finden.

Dann dürfte es ziemlich schnell gehen. Ich kann ja auch wegen Mamas Zustand nicht so lange bleiben.«

»Hm. Ich schaue mal eben was nach, Sekunde ...« Marlene hörte, wie Alix das Telefon zur Seite legte, ein Rascheln, dann war sie wieder dran. »Alles geritzt, ich fahre dich.«

»Wie bitte?«

»Ich komme mit. Du brauchst ein Auto, ich habe eins. Und ein bisschen Beistand kann sicher auch nicht schaden. Während du dich auf deine Recherchen begibst, arbeite ich ganz einfach. Dafür brauche ich nicht mehr als meinen Laptop, das Handy und funktionierendes WLAN. Das gibt's ja zum Glück beinahe überall auf der Welt. Diese Woche habe ich keine Vor-Ort-Termine, sondern nur ein paar Video- und Telefonkonferenzen, und Aimee und Aron sind bis nächsten Sonntag bei Bernd. Passt also perfekt. Plus: Du bist nicht allein, und ich komme mal raus.«

Bei Alix klang das alles wieder mal so einfach. Nicht zum ersten Mal bewunderte Lene die Freundin für ihre zupackende, energische Art. »Ich bin regelrecht geplättet«, gab sie zu.

Sie hörte Alix schmunzeln. »Du musst nur Ja sagen.«

»Okay ... ja.«

»Prima. Dann lass uns packen. Wann soll ich dich morgen abholen?«

»Gegen neun? Ich würde allerdings erst gerne noch kurz beim Krankenhaus vorbeifahren. Und ich muss mit meinem Chef und mit Karsten sprechen, bevor ich sicher sein kann, dass es losgeht.«

»Klar. Melde dich nachher noch mal, wenn du alles geklärt hast. Bis dann!«

Kaum dass sie aufgelegt hatte, rief Marlene ihren Chef an. Das bereitete ihr am meisten Herzklopfen, doch Alix' Story, die sie eins zu eins übernahm, war einfach zu gut, und er schluckte sie sofort. Sie solle sich alle Zeit nehmen, die sie brauche. Nun war es wohl von Vorteil, dass sie in der Firma nur noch ein kleines Rädchen im Getriebe war und keine finanzstarken Kunden und dringenden Projekte zu betreuen hatte.

Karsten wand sich länger.

»Musst du denn wirklich hinfahren? Was soll das bringen?«

»Ich weiß es nicht, aber es ist Editha unglaublich wichtig. Und vielleicht ist es das Letzte, was ich für sie tun kann.«

»Hm.«

»Ich bin bestimmt nicht lange weg. Morgen ist Sonntag, da musst du eh nicht arbeiten. Am Montag bringst du Paola wie geplant in den Kindergarten und musst sie bis spätestens sechzehn Uhr abholen. Falls du dann noch arbeiten musst, könntest du das vielleicht noch von zu Hause aus machen? Ich glaube nicht, dass ich länger als bis Mittwoch in Polen sein werde. Und der Mittwoch ist ohnehin dein Nachmittag. Du müsstest also nur Montag- und Dienstagnachmittag überbrücken.«

»Das hast du dir ja schon alles fein überlegt.« Die Spitze war nicht zu überhören. Aber was Karsten konnte, konnte sie schon lange.

»Ich weiß ja, dass du dich mit Planänderungen manchmal schwertust.«

»Haha, sehr witzig. Du könntest Paola doch auch mitnehmen.«

»Wie bitte?« Hatte sie sich gerade verhört? »Im Ernst?«, fragte sie fassungslos. »Ich weiß doch gar nicht, was mich dort erwartet. Es wird sicher anstrengend werden, emotional aufwühlend ...«

»Na schön«, ruderte er zurück. »Was soll ich da noch sagen.«

»Ich denke auch. Den letzten Willen deiner Noch-Schwiegermutter wirst du ihr sicher nicht abschlagen wollen. Und du hast die Gelegenheit, mehr Zeit mit deiner Tochter zu verbringen, das ist doch auch schön.« Sie hatte es geschafft, aber dennoch ärgerte es sie, dass Karsten sich so widersetzte.

»Stimmt. Dann kann sie auch Chelsea ein bisschen besser kennenlernen.« Autsch. Karsten wusste definitiv, wie er sie treffen konnte. Zum Glück erwartete er keine Antwort. »Und jetzt willst du wohl auch noch das Auto haben?«

»Nein, danke für das Angebot, aber das brauche ich nicht. Ich habe eine andere Lösung gefunden.«

»Ach?«

»Ja.« Zweifellos fragte er sich, wie diese Lösung aussehen könnte und ob jemand mit ihr fahren würde. Und wenn ja, wer dieser Jemand sein könnte. »Dann wäre ja alles geklärt. Könntest du mir bitte mal eben Paola geben? Ich würde mich gerne von ihr verabschieden.«

»Hast du das nicht vorhin schon?«, maulte er, rief aber nach ihrer Tochter. Sie hörte Geräusche im Hintergrund, die klangen, als müsste sich jemand durch Legosteine oder eine Playmobil-Welt kämpfen. »Hattest du eigentlich schon Gelegenheit, dir die Papiere anzusehen?«

Das kam unvermittelt, doch Lene hatte nicht vor, Schwäche zu zeigen. Sie hatte schließlich gerade einen Lauf. »Nein, leider noch nicht. Aber ich werde sie mit meinem Anwalt durchsprechen, sobald ich zurück bin«, erwiderte sie betont gelassen.

»Dein Anwalt? Wofür brauchst du denn einen Rechtsverdreher? Meinst du nicht, dass wir in der Lage sind, das wie vernünftige Leute zu klären?«

»Aber Karsten, den Brief heute, den hast doch nicht du aufgesetzt, oder? War das nicht auch solch ein ›Rechtsverdreher‹?«

»Na ja, doch nur, weil man das halt so machen muss.«

»Aha.«

»Ich dachte, dass du dir das Geld vielleicht lieber sparen willst.«

»Ich sehe das als Investition in meine Zukunft«, gab sie Alix' Worte wieder und freute sich diebisch darüber, dass ihr dieser Coup gelungen war. »Als Investition in meine und Paolas Zukunft«, ergänzte sie. »Apropos, ist Paola jetzt da?«

»Ist sie.« Ohne ein Wort des Abschieds reichte er das Telefon weiter. Es passte Marlene gar nicht, dass er das Thema Scheidung vor ihrer Tochter mit ihr besprochen hatte, aber sie hatte es nicht ändern können.

»Hallo, Liebes, wie geht es dir?«

»Hallo, Mama. Gut. Was habt ihr gerade gesprochen? Was ist ein Anwalt?«

Marlene seufzte. Dies war der denkbar schlechteste Moment, mit Paola darüber zu reden. Aber wenn sie nun mal danach fragte, würde Marlene sich dem auch stellen. Dann musste Karsten es eben hinterher ausbaden. Sie hatte sich nichts vorzuwerfen. Karsten war derjenige, der die Trennung wollte, nicht sie.

»Mein Schatz, Papa hat mir doch heute Morgen einen Brief gegeben, erinnerst du dich?«

»Mhm.«

»Das war ein Brief von einem Anwalt. Das ist jemand, der sich mit dem Gesetz gut auskennt. Und dieser spezielle kennt sich gut damit aus, wenn Ehepartner nicht mehr verheiratet sein wollen.«

»Das hat dir Papa gegeben? Wollt ihr denn nicht mehr verheiratet sein?« Sie hörte, wie die Stimme ihres geliebten

Kindes brach. Es zerriss ihr das Herz, Paola das antun zu müssen, aber es würde nichts bringen, die Kleine anzulügen. Früher oder später würde sie damit konfrontiert werden. Und sie selbst musste genauso den Tatsachen ins Auge blicken, ob sie wollte oder nicht. Ihr wäre nur wohler dabei, wenn sie dieses Gespräch mit ihrer Tochter von Angesicht zu Angesicht führen und sie dabei in den Arm nehmen könnte.

»Papa wohnt ja nun schon eine ganze Zeit nicht mehr bei uns«, begann sie. »Ich liebe ihn noch, aber er war nicht mehr glücklich in unserer Beziehung.«

»Ich verstehe das nicht.«

»Ich auch nicht richtig, mein Schatz. Aber du musst wissen, mit dir hat das alles absolut überhaupt nichts zu tun. Papa und ich haben dich weiterhin genauso lieb wie vorher, und daran wird sich auch niemals etwas ändern.«

»Aber Papa hat dich nicht mehr lieb.«

»Ja, so ist es wohl.« Eine Weile schwiegen sie beide. »Mein Schatz, ich wollte dir eigentlich noch etwas anderes erzählen. Deswegen habe ich angerufen. Ich habe noch mal mit Oma gesprochen.«

»Sie ist im Krankenhaus, richtig? Hat Papa erzählt.«

»Das stimmt leider.«

»Wie geht es ihr denn?«

»Eigentlich ganz gut.« War das so? »Sie hat aber einen ganz dringenden Wunsch. Sie möchte, dass ich dahin fahre, wo sie gelebt hat, als sie noch ein Kind war. Das Dorf heißt Blumenwerder und liegt heute in Polen.«

»Machst du das?«

»Ja, das würde ich gerne.«

»Kann ich mit?«

»Diesmal leider nicht. Aber wenn es dort schön ist, fahren wir in den Ferien mal zusammen hin, versprochen.«

»Okay.« Sie überlegte offenbar. »Bleibe ich dann länger bei Papa?«

»Ja, wahrscheinlich schon.«

»Okay.«

»Ich hab dich lieb.«

»Ich dich auch.«

Sie gab Paola noch einen Kuss durchs Telefon, dann legte sie schweren Herzens auf. Es war alles ein bisschen viel heute. Sie schüttelte den Kopf. Was für ein Tag das gewesen war!

Aber zunehmend beschlich sie das Gefühl, dass sich heute etwas Wichtiges geändert hatte, dass dieser Tag eine Weichenstellung für ihre Zukunft bedeutete.

Editha

Wir sind vom Schloss zurück. Mutti ist erschöpft von der Arbeit in der Wäscherei, doch es gibt keine Pause. Auch zu Hause ist immer etwas zu tun. Sie braucht mich nicht zu erinnern, ich weiß, was meine Aufgaben sind. Gemeinsam gehen wir in den Gemüsegarten und ziehen ein paar Kartoffeln und ernten einen Kohlkopf. Mutti geht in die Küche, um daraus unser Mittagessen vorzubereiten. Ich werde ihr dabei helfen, sobald ich die Eier eingesammelt habe. Doch zunächst hüpfe ich noch mal schnell in den Garten, um mir ein paar saftige Brombeeren zu stibitzen. Ich stecke mir zwei gleich in den Mund, eine dritte habe ich in der Hand, der dunkle Saft läuft mir verräterisch über die Finger, die ich schnell ablecke. Über das grüne Gras, das an meinen nackten Beinen kitzelt, laufe ich am Apfelbaum vorbei zum Kaninchenstall. Bald werden die Äpfel reif sein.

Ich reiße ein paar besonders dicke Grashalme ab sowie Löwenzahnblätter, von denen es mehr als genug gibt, und verfüttere sie an unsere fünf Karnickel. Ein schwarz-weißes ist immer besonders anhänglich, Hans heißt es. Ich nehme ihn aus seinem Käfig und setze ihn mir auf den Arm. Für einen Augenblick vergesse ich alles um mich herum und lasse mich ins Gras gleiten. Hans und ich kuscheln. Ich bin glücklich – und mir sicher, dass dies der schönste Ort auf Erden ist. Nie werde ich diesen Garten verlassen. Ich stelle mir vor, wie es sein wird, wenn ich groß bin, wenn ich die Mutti bin. Ich will ganz viele Kinder haben, die alle hier durch den Garten springen, so wie ich jetzt.

Im Haus nehme ich eine Bewegung wahr, die mich aus meinen Gedanken reißt. Mutti steht am Fenster und klopft an die Scheibe. Es wirkt, als würde sie in einem Rahmen aus Stockrosen stehen, die an der Hauswand aus rotem Backstein wachsen und höher sind als ich. Sie blühen rosa, weiß und violett, es sieht wunderschön aus. Daneben steht die Bank mit dem Rosenbusch, auf der wir sehr gerne sitzen. Schnell springe ich auf, ich sollte ja die Eier holen! Mit einem schlechten Gewissen stopfe ich Hans zurück in den Stall. Als Mutti sieht, dass ich verstanden habe, lächelt sie und winkt mir zu. Ich winke zurück, dann laufe ich zum Hühnerstall und suche die frisch gelegten Eier. Berta ist die dickste Henne. Sie hat glänzendes schwarzbraunes Gefieder. Sie ist die Hübscheste von allen, und manchmal glaube ich, das weiß sie auch. Sie stolziert regelrecht zwischen den anderen Glucken umher, reckt den Hals, wenn ich die Tür zum Verschlag öffne. Die anderen brüten weiter oder hüpfen aufgeregt umher, aber Berta beäugt jede meiner Bewegungen genau und folgt mir auf Schritt und Tritt. Es ist, als wollte sie mir ihre Eier zeigen. Wenn ich sie eingesammelt habe, lobe ich sie ausgiebig und streichele sie. Danach zieht sie ab. Bei Rosa, unserer weißen Henne, ist es genau andersherum. Sie mag ihre Eier gar nicht hergeben. Ich muss aufpassen, dass sie mich nicht zwickt. Am besten ist es, wenn sie von jemand anderem abgelenkt wird und nicht mitbekommt, dass ich ihre Eier stehle. Heute habe ich Pech. Es gelingt mir nicht, an ihr Gelege zu kommen. Sie hackt mir heftig in die Hand, und als ich mich umwende, noch mal in die Wade. Ich zuckte vor Schmerz zusammen und verliere beinahe das Gleichgewicht und die wertvollen, bereits gesammelten Eier. Zum Glück kann ich mich fangen. Humpelnd haste ich aus dem Hühnerstall. Zu Rosa muss Mutti gehen, beschließe ich, auch wenn sie schimpfen wird.

Da höre ich ein Lachen neben dem Haus. Die Stimme kenne ich gut, es ist mein Freund David.

»Das ist nicht komisch«, rufe ich empört und schleiche mit meinem Schatz zum Haus, öffne die Hintertür und stelle den Korb in den Gang. David erscheint an meiner Seite.

»Nein, das ist es nicht«, sagt er. »Aber es sah so lustig aus.«

»Sehr witzig, wirklich.«

»Ach komm, nun sei mal nicht so.« Er streckt die Hand aus. »Zeig mal.« Ich halte meinen Handrücken hin. Dann drehe ich das Bein so, dass er auch die Wunde in der Wade sehen kann. Sie blutet tatsächlich. »Aua«, sagt er, und es klingt anerkennend. »Rosa?«

Ich nicke. »Wer sonst?«

David zuckt mit den Schultern. »Wie war's im Schloss?«

Meistens nimmt Mutti mich mit, wenn sie nach Heinrichsdorf geht, um zu arbeiten. Ich bin dort auf mich allein gestellt, aber das macht nichts. Auf dem großen Gut findet sich immer jemand, der ein Auge auf mich hat, außerdem sind da noch viele andere Kinder, mit denen ich spielen kann. Manchmal bekommen wir auch Aufgaben. Eine meiner liebsten ist es, beim Füttern der Pferde im Stall zu helfen. Dabei schiebe ich den riesigen Tieren das Heu in die Tröge, hin und wieder gibt mir jemand einen Apfel, den ich an das Pferd verfüttern soll. Ich bin dann immer hin- und hergerissen, und ab und an beiße ich erst selbst in den Apfel, bevor ich ihn dem Tier gebe.

Mein bester Freund aber ist David. Er ist drei Jahre älter als ich, aber wir verstehen uns gut, er ist wie ein großer Bruder für mich. Wenn Mutti mich mal nicht zum Schloss mitnimmt, bin ich oft bei seiner Familie. Davids Mutter hat an bestimmten Tagen immer leckeres Brot gebacken, eine Art Hefezopf. Jetzt bäckt sie es nicht mehr. Auch der schöne siebenarmige Leuchter, der in der Stube einen besonderen Platz auf einer Anrichte hatte, steht da nicht mehr. Frau Silberthal kommt kaum noch raus. Warum?, frage ich mich.

»Wie immer«, antworte ich, wobei David mit dem Gutshof nichts zu tun hat. Sein Vater hat den Lebensmittelladen in Heinrichsdorf an der Hauptstraße betrieben, seine Mutter dort manchmal mitgearbeitet. Doch nun nicht mehr. Auf die Scheiben des Geschäfts hat jemand ein großes Plakat geklebt: Kauft nicht bei Juden ein! Ich verstehe das nicht. Wir haben da immer eingekauft. Alle Dorfbewohner. Mutti und Vati sagen, sie hätten gute Ware.

Es sind Soldaten oder die Polizei gewesen, die das Plakat aufgehängt haben, jedenfalls Männer in braunen Uniformen. Der Dorfvorsteher ist dabei gewesen und hat ganz wichtig geguckt. David und ich haben es genau gesehen. Von unserem Versteck zwischen den dicken Ästen der großen Eiche neben der Heinrichsdorfer Kirche aus.

Ich habe hinterher Mutti gefragt, warum sie das getan haben. Sie hat gemeint, dass die Silberthals Juden seien. Ich habe gefragt, warum Juden denn böse sein sollen, da hat sie nur mit den Schultern gezuckt.

Ich frage mich, was Davids Mutter ihm erzählt. Warum sie kaum noch das Haus verlässt. Warum der Vater den Laden geschlossen hat.

Mama mag die Silberthals auch, das weiß ich. Wir sind schließlich Nachbarn, leben im selben Dorf. Frau Silberthal hat uns oft geholfen, wenn jemand krank war. Und man muss sich doch gegenseitig helfen, oder etwa nicht?

David nickt wieder, aber wirkt mit einem Mal traurig. Ich bin es auch, greife seine Hand.

»Komm mit!« Ich ziehe ihn mit mir ums Haus, nach vorne, zur Straße, will ihn aufheitern. »Ich bin die Prinzessin von Heinrichsdorf.« Ich springe auf einen Feldstein am Straßenrand. »Du bist mein Diener.« Das spielen wir zu gerne. Ich ziehe mein Schultertuch über den Kopf und bewege mich wie eine feine Dame. Er verbeugt sich vor mir, wirkt aber abwesend. Heute hat er offensichtlich keine Lust darauf. Ich rutsche von meiner erhöhten Position herunter, wir lehnen uns nebeneinander gegen den Gesteinsbrocken. »Wollen wir Murmeln spielen?« Er schüttelt den Kopf. »Oder im See baden?« Erneut verneint er. Ich gebe es auf. »Was ist los?«

»Ich soll nicht mehr bei euch sein. Bei dir und den anderen Kindern.«

»Wie bitte?« Ich glaube, mich verhört zu haben. »Warum denn nicht?«

»Aus demselben Grund, aus dem unser Laden geschlossen wurde.«

»Ich dachte, ihr habt ihn aufgegeben.«

David spuckt auf den Boden aus. »Doch nicht freiwillig. Er lief gut. Bis man uns dieses Plakat an die Scheibe geklebt hat.«

Ich denke scharf nach. »Und das nur, weil ihr Juden seid?«

»Ja. Mutter hat schreckliche Angst. Sie hat von Verwandten gehört, dass Juden überall bedroht werden. Manche werden einfach aus ihren Häusern geholt und irgendwohin gebracht! In den Städten ist es schlimmer als hier, aber selbst wir merken es.«

»Was meinst du?«

»Willst du mir wirklich sagen, dass du nichts mitbekommst?« Nun springt er wütend auf. »Ich darf nicht mit den anderen in die Schule gehen, muss diesen gelben Stern tragen, letztens haben ein paar Bengel meinen Bruder verprügelt. Einfach so. Und niemand hat etwas dazu gesagt!«

Mir wird übel. Ich hatte keine Ahnung, wie es Davids Familie wirklich geht.

Er redet sich in Fahrt: »Die Deutschen wollen uns Juden loswerden, sagt meine Mutter.«

»Warum sollten sie das wollen?« Ich verstehe es nicht. Warum soll die liebe Familie Silberthal, die so lange wie wir in Blumenwerder lebt, plötzlich fort von hier?

Doch David kann es mir auch nicht erklären. »Mutter weint jeden Abend«, sagt er stattdessen. »Sie glaubt, dass ich schon schlafe, aber ich höre sie trotzdem. Ich kann schlecht einschlafen.«

»Warum weint sie?« Meine Stimme klingt heiser.

»Bist du so dumm?« Er schreit nun fast. »Weil sie Angst hat! Weil sie nicht weiß, wie es weitergehen soll.«

»Aber das ist doch nicht richtig! Man muss etwas dagegen tun!«

»Was denn? Willst du etwa dem Kreisleiter widersprechen?«

»Aber mein Vati ... Wenn er wiederkommt, wird er etwas machen!«

David beruhigt sich ein wenig, zieht die Augenbrauen hoch. »Dein Vater?«

»Ja, ihm gehört doch schließlich Heinrichsdorf.«

»Wie kommst du denn darauf?«

»Mein Vater heißt Heinrich und der Ort Heinrichsdorf.« Für mich liegt der Zusammenhang klar auf der Hand.

David lacht auf, doch es klingt bitter. »Soll das ein Scherz sein?« Als er meinen verständnislosen Gesichtsausdruck bemerkt, spricht er weiter. »Meine Güte, du glaubst es wirklich. Warum, bitte, wohnt ihr dann nicht im Schloss? Warum muss deine Mutter die Wäsche der feinen Herrschaft machen und wird nicht selbst bedient?«

»Weil die von Regnowitz adelig und die Besitzer vom Schloss sind. Das heißt doch wohl nicht, dass ihnen auch das Dorf gehört.« Ich merke, wie ich trotzig werde und unwillkürlich das Kinn vorstrecke.

Nun werden Davids Züge weicher. »Man muss dich lieben für deine Gutgläubigkeit.« Dann wird er wieder ernst. »Das Dorf gehört niemandem. Am ehesten noch der Gutsherrnfamilie. Früher dem Kaiser. Und vielleicht bald den Nazis. Jedenfalls nicht uns einfachen Leuten. Nicht dir oder mir.«

»Man kann gar nichts tun?«

»Nur weitermachen. So, wie man es immer in Pommern getan hat. Von Generation zu Generation weitergegeben, kennt jeder seinen Platz. Und bekommt die preußischen Tugenden mit der Muttermilch eingeflößt: gottergeben und obrigkeitstreu.«

Mein bester Freund zuckt nur mit den Schultern. Ich hingegen spüre, wie eine kalte Faust mein Herz umklammern will.

5.

Am Morgen kurvte Alix pünktlich um neun Uhr um den Wendehammer vor Marlenes Haus und hielt vor ihren Füßen an. Vor lauter Aufregung war Lene schon viel früher als nötig wach gewesen und wartete bereits draußen.

»Guten Morgen, hüpf rein«, sagte ihre Freundin fröhlich und ließ die Kofferraumklappe ihres Cabrios aufgleiten. Lene verstaute ihre Sachen und setzte sich dann auf den Beifahrersitz. »Jetzt geht's erst mal ins Krankenhaus?«

»Ja, bitte.« Sie wurde in die tiefen Ledersitze gedrückt, als Alix anfuhr. Es war unverkennbar, dass die Freundin sich auf das Abenteuer freute. Für Marlene hingegen verhielt es sich anders. Diese Reise in die Vergangenheit verursachte ihr eher ein nervöses Magenzwicken, als dass sie sie fröhlich stimmte. Was würde sie in der alten Heimat ihrer Mutter erwarten? Was würde sie vorfinden? Inständig hoffte sie, dass ihre Mutter durchhielt, bis sie zurückkehrte. Sie würde sich ewig Vorwürfe machen, wenn sie in Edithas letzten Stunden nicht bei ihr wäre. Allerdings würde sie mir wahrscheinlich bis in alle Ewigkeit Vorwürfe machen, wenn ich nicht fahre, dachte Lene und musste dabei fast ein wenig schmunzeln über die strenge Art ihrer Mutter.

Auf dem Weg zum Krankenhaus sprachen sie nur wenig miteinander. Alix schien Marlenes Anspannung zu spüren und ließ sie in Ruhe.

»Ich warte unten«, sagte sie, als sie vor der Klinik parkte.

»Ist gut.« Auf der Station grüßte Marlene eine Hilfskraft, die gerade das Frühstück verteilte, von einer Krankenschwester erfuhr sie, dass Editha noch auf der Intensivstation lag und sehr wahrscheinlich nicht ansprechbar wäre. Sie klopfte trotzdem an und ging hinein. Tatsächlich schien Editha zu schlafen. Überall an ihr befanden sich Schläuche und Kabel. Ihre Arme waren festgebunden. Tränen schossen Marlene in die Augen. Es war unerträglich, ihre Mutter so sehen zu müssen.

»Wir mussten Frau Krause leider fixieren. Zu ihrer eigenen und unserer Sicherheit«, sagte die Pflegekraft, die ihr gefolgt war. »Möchten Sie die Ärztin sprechen?«

»Gerne, wenn jemand Zeit hat?«

»Sie ist gerade auf Visite. Ich schaue mal.«

Beinahe scheu trat Marlene ans Bett ihrer Mutter. »Hallo, Mama.« Sie setzte sich vorsichtig auf die Bettkante, strich sanft über die faltige Hand. »Du bist sehr aufgeregt gewesen, hat man mir erzählt«, nicht sicher, ob ihre Mutter überhaupt etwas davon mitbekam. »Ich bin nur gekommen, um dir zu sagen, dass du dich nicht aufregen musst.« Sie lehnte sich vor, flüsterte nun beinahe, als würde sie Editha ein großes Geheimnis mitteilen. Irgendwie fühlte es sich tatsächlich an wie eines. »Ich werde jetzt nach Polen fahren ... nach Pommern«, korrigierte sie sich, denn mit dem alten Namen der Region verband ihre Mutter ganz sicher mehr. »Ich möchte nach deiner Schatulle suchen, und ich weiß nun auch ungefähr, wo ich hinmuss. Blumenwerder heißt heute Piaseczno. Aber ich brauche trotzdem deine Hilfe ...« Sie hörte, wie jemand hinter ihr in den Raum trat.

»Frau ... ähm ... Fröhlich?«

»Ja.« Sie drehte sich zu der jungen Ärztin um, die mit Tablet und Stift in den Händen vor ihr stand. Sie schob den Stift in die Halterung am Tablet, um Marlene zu begrüßen. »Ich bin Doktor Seeberger, guten Tag.«

»Guten Tag.« Das war also die Ärztin, mit der sie bereits telefoniert hatte. Lene hatte sie sich wesentlich älter vorgestellt. Doch sie musste sich eingestehen, dass es immer häufiger vorkam, dass die Leute um sie herum jünger waren als sie selbst. Es fühlte sich seltsam an. Und war ein unverkennbares Anzeichen dafür, dass sie unaufhaltsam älter wurde. »Vielen Dank, dass Sie sich die Zeit nehmen.«

»Gerne. Es tut mir leid, dass wir die Maßnahme mit der Fixierung ergreifen mussten, aber ich denke, dass wir sie heute noch beenden können. Wir werden Ihrer Mutter aber weiterhin leichte Beruhigungsmittel injizieren, damit sie sich nicht zu sehr aufregt. Zudem wurden ihr Thrombolytika verabreicht, um das Blutgerinnsel zu beseitigen.« Doktor Seeberger warf einen Blick auf ihr Tablet. »Sobald das Herzkatheterlabor frei ist, werden wir eine Koronarangiografie durchführen, gegebenenfalls werden wir dabei einen Stent legen. Das ist keine große Sache«, beruhigte die Ärztin sie sofort.

»Ich wollte ja nach Polen fahren … Geht das dann trotzdem?«

»Ich denke schon. Wie gesagt, die Untersuchung und das Einsetzen eines Stents sind normalerweise Routineeingriffe.«

Trotzdem machte es Marlene Angst. »Wie lange wird meine Mutter im Krankenhaus bleiben?«

»Schwer zu sagen. Aber bestimmt noch zwei bis drei Tage zur Beobachtung auf Intensiv. Dann wird man sehen. Je nach Befund bei der Angiografie werden wir noch weitere Untersuchungen vornehmen, wahrscheinlich muss sie medikamentös eingestellt werden.«

»Mit etwa einer knappen Woche wäre also zu rechnen?«

»Das könnte hinkommen.« Die Ärztin merkte ihr wohl an, dass sie verunsichert war. »Sie können ruhig fahren. Ihre Mutter ist bei uns in guten Händen. Wir melden uns bei Ihnen, wenn eine Veränderung der Lage eintreten sollte.«

»Danke«, sagte Marlene erleichtert.

»Ich denke, es ist gut, wenn Sie die Sache erledigen, die Ihre Mutter so sehr zu beschäftigen scheint. Sie hat während ihres Anfalls in der Nacht immer wieder Ihren Namen genannt und das Wort ›Blumenwerder‹, berichteten mir die Pfleger.«

»Gut.« Die Ärztin verabschiedete sich, und sie trat erneut ans Bett heran. Editha atmete ganz friedlich und gleichmäßig. *Es gibt keinen Grund zur Sorge.* »Ich fahre jetzt, Mama. Zwischendurch rufe ich dich mal an. Falls dir noch etwas einfällt, erzähle es mir bitte.« Wie um ihre Worte zu bekräftigen, drückte sie Edithas Hand. »Ich brauche deine Hilfe, Mama.«

Sie waren einige Stunden auf der Autobahn unterwegs, zum Glück war an einem Sonntag nicht allzu viel Verkehr. Alix holte genüsslich alles aus ihrem Sportwagen heraus, und auch Marlene fand wider Erwarten Gefallen an dieser »Spritztour«. Sie war froh, sich von Editha verabschiedet zu haben, und konnte das Ganze nun wesentlich gelöster angehen. Das letzte Stück der Fahrt über polnische Landstraßen zog sich, doch es wurde ihnen nicht langweilig. Alix hatte das Dach heruntergelassen, und sie genossen den Fahrtwind, der um ihre Ohren pustete, und die Sonne, die auf ihre Köpfe niederschien. Ganz standesgemäß hatten sie sich Tücher umgeschlungen und trugen Sonnenbrillen. Mal sangen sie lautstark Lieder von Alix' Playlist mit, mal sprachen sie über Gott und die Welt. Marlene fühlte sich – trotz der eigentlich traurigen Situation – entspannt wie selten. Und sie lernte ihre

Freundin, die ihr sonst oft hart und bissig erschien, von einer ganz neuen Seite kennen, einer lustigen, sich kümmernden Seite.

»Ich komme mir vor wie in einem Road Movie« sagte sie lachend. »Wie *Thelma & Louise* oder so. Die waren doch auch mit einem Cabrio unterwegs.«

»Ach, du meine Güte. Ich hoffe bloß, dass unser Trip nicht ganz so dramatisch verläuft.«

Stimmt, der Film hatte harmlos mit einem Wochenendausflug der beiden Frauen begonnen, war aber tragisch geendet.

»Du«, meinte Marlene, als sie eine Weile geschwiegen und in die Landschaft hinausgeschaut hatten, »darf ich dir etwas sagen?«

Alix sah sie stirnrunzelnd an. »Natürlich darfst du das.«

»Ich ...« Sie stockte. Wie sollte sie in Worte kleiden, was sie meinte, ohne die andere zu kränken? »Es ist unheimlich nett von dir, dass du das hier für mich tust.«

Alix grinste. »Gerne doch.«

»Aber ...«

»Du hättest es nicht von mir erwartet. Dass ich so nett sein kann. Richtig?«

Marlene fühlte sich ertappt und war gleichzeitig froh, dass sie es nicht selbst aussprechen musste. »Irgendwie schon, ja. Du wirkst in unserer Runde oft ... unnahbar. Als könne dich nichts ... berühren ...«

»Ein kaltes, berechnendes Biest.«

»Nein, nein«, widersprach Marlene hastig, »so war das nicht gemeint.«

»Alles gut. Ich bin nicht sauer. Ich weiß ja, wie ich auf andere wirke. Und das ist auch gut so.«

»Wie meinst du das?«

»Es muss nicht jeder wissen, dass mir manche Dinge eben doch zu Herzen gehen.«

»Nicht jeder, aber ... deine Freundinnen?«

»Kann ich denn sicher sein, dass sie nicht irgendwann den Spieß umdrehen und etwas, was ich ihnen anvertraut habe, doch gegen mich verwenden? Mich verraten?«

»Glaubst du wirklich, dass eine von uns das tun würde?« Alix zuckte mit den Schultern. Wahrscheinlich hatte sie in der Hinsicht schon mal schlechte Erfahrungen gemacht. »Bernd?«

»Auch.«

»Verstehe.« Sieh an, auch Alix hatte ihr Päckchen zu tragen. Selbst sie, die starke, unabhängige Macherin. »Harte Schale, weicher Kern, ja?«

»Schätze, dafür bin ich das Paradebeispiel. Es ist immer besser, nach außen hin keine Schwächen zu zeigen.«

Fast ein bisschen wie meine Mutter, dachte Marlene. Editha ließ auch nur selten zu, dass ihr Innerstes zum Vorschein kam. Sie selbst war da ganz anders. Sie war eben, wer sie war. Authentisch.

»Du könntest mein Gegenstück sein«, sagte sie lächelnd und tätschelte Alix nur leicht die Schulter, denn sie wusste, dass die Freundin nicht viel für Berührungen übrighatte.

»And your partner in crime«, ergänzte Alix fröhlich.

Sie passierten eine Ortschaft mit sperrigem Namen.

»Zło ... cie ... niec.« Marlene tat sich schwer, das Wort auszusprechen. Zumal es mit dem ł einen Buchstaben enthielt, den es im Deutschen nicht gab, der im Polnischen aber anscheinend oft vorkam. Sie zoomte aus der Karte auf ihrem Handy heraus. »Die letzte Stadt vor unserem Ziel.«

Sie hatten auf die Schnelle ein Doppelzimmer in einem Hotel in Siemczyno gebucht, das Blumenwerder – beziehungsweise Piaseczno – am nächsten lag. Das Heimatdorf ihrer Mutter war anscheinend zu klein für eine eigene Pension. Dafür hatte ihnen der Internetauftritt des Hotels gut gefallen, es befand sich in den Wirtschaftsgebäuden eines ehemaligen Ritterguts, das seit einigen Jahren aufwendig saniert wurde. »Die polnischen Namen sind so schwierig, ich muss immer wieder nachgucken, wie der Ort heißt, zu dem wir fahren«, beklagte sie sich. »Erschwerend kommt hinzu, dass, wenn ich etwas Geschichtliches über die Gegend erfahren möchte, meistens die deutschen Namen genannt werden. Unser Hotel liegt zum Beispiel sowohl im Pałac Siemczyno als auch im Schloss Heinrichsdorf.«

»Spannend. Überall Geschichte, ziemlich junge«, meinte Alix.

»Die Stadt dahinter hieß früher Tempelburg.« Marlene scrollte weiter durchs Internet, zunehmend fasziniert von der Gegend und ihrer Vergangenheit. »Im dreizehnten Jahrhundert erbaut vom Templerorden.«

»Also auch ältere Geschichte. Klingt interessant. Man müsste mehr Zeit haben.«

Das fand Lene auch. Vielleicht sollte sie im Urlaub wirklich mal mit Paola herkommen. Sie passierten weitläufige Wiesen und Felder wie schon eine ganze Weile zuvor, dann kamen sie durch einen Wald, zwischen den Bäumen blitzte das Wasser eines Sees. Es war schön hier, stellte sie fest. Völlig zu Unrecht war Polen bisher ein weißer Fleck auf ihrer inneren Landkarte gewesen. Friedlich und idyllisch wirkte die Landschaft, doch unwillkürlich mischte sich die Frage in dieses Gefühl, was hier in der Vergangenheit alles geschehen sein mochte. Andererseits war auch auf dem Boden des jetzigen Deutschlands zu der Zeit Entsetzliches geschehen, und zu Hause stellte sie sich diese Fragen nie.

Sie erreichten den Ort Siemczyno, der im Wesentlichen aus der Hauptstraße zu bestehen schien, an die sich kleine spitzgieblige Einfamilienhäuser reihten, die sich sehr ähnelten und aus einer Erdgeschosswohnung und einem hohen Dachboden zu bestehen schienen. Vermutlich waren sie alle ungefähr zur gleichen Zeit erbaut worden, was auch der überall präsente rote Backstein vermuten ließ, der bei dem einen oder anderen Haus weiß oder grau überputzt worden war. Links passierten sie ein kleines Geschäft, rechts wiesen ein Schild und ein langer Zaun auf das Schloss hin. Die Einfahrt zum Rittergut verpassten sie jedoch, denn sie lag etwas unscheinbar zwischen zwei länglichen weißgrauen Gebäuden, in denen sich anscheinend Ferienwohnungen befanden. Alix wendete das Cabrio an der nächsten Kreuzung. Dort entdeckte Marlene ein Straßenschild, das *Piaseczno* anzeigte. Unwillkürlich begann ihr Herz zu rasen.

Das Hotel hielt, was es versprach. Alix und sie bezogen ein hübsches Zimmer, das den Spagat schaffte, modern eingerichtet zu sein und dennoch den Charme des alten Gebäudes zu versprühen.

»Möchtest du gleich weiter oder erst etwas essen?«, fragte Alix.

Marlene spürte, dass ihr Magen knurrte. »Ich bin zwar gespannt wie ein Flitzebogen, aber auch ziemlich hungrig.«

Sie machten sich ein wenig frisch und aßen dann im hoteleigenen Restaurant mit Blick auf das Schloss, das von einem stattlichen Park umgeben war. Offenbar beherbergte es auch ein Museum.

»Das würde ich mir gerne bei Gelegenheit ansehen«, meinte Marlene.

»Unbedingt«, stimmte die Freundin zu.

Marlene ließ sich Pierogi ruskie schmecken, Piroggen nach ruthenischer Art, wie man ihr übersetzt hatte, eine Art Nationalgericht: halbrunde Teigtaschen, gefüllt mit Kartoffeln, Zwiebeln und Weißkäse; dazu wurde ein erfrischender grüner Salat gereicht. Alix waren die meisten Speisen zu deftig erschienen, weswegen sie sich eine Forelle bestellt hatte. Nach einem kräftigen Espresso fühlten sich beide gestärkt genug, um sich wieder ins Auto zu setzen und sich der Vergangenheit zu stellen.

Nach Piaseczno war es nur ein Katzensprung, schon nach fünf Minuten Fahrt hatten sie den Ortsrand über eine holprige Straße erreicht. Sie befanden sich an einer T-Kreuzung, die eine Art Dorfplatz zu bilden schien. Neben einem Umspannhäuschen duckte sich ein einsames Buswartehäuschen, beigefarbener Sand wehte über die menschenleere Straße.

»Bisschen öde hier«, stellte Alix fest.

»Schon«, musste Marlene zugeben, und Enttäuschung breitete sich in ihr aus. Dabei waren sie gerade eben noch durch einen schattigen Wald gefahren und direkt danach an einem hübschen See vorbeigekommen, dessen Wasser einladend in der Sonne funkelte. Ländliche Idylle, hatte sie gedacht. Und nun: Trostlosigkeit. »Lass uns das Auto hier am Rand abstellen und den Ort zu Fuß erkunden.«

»In Ordnung.« Alix fuhr an die Seite und schaltete den Motor aus.

Sie gingen erst nach links, doch da war schon bald Schluss, nach fünf Häusern waren weit und breit nur noch Felder zu sehen. Marlene holte die Fotos aus der Handtasche, ging sie gemeinsam mit Alix durch, steckte dann diejenigen, die nur Menschen zeigten, weg. In der Hand behielt sie das Bild mit dem Haus und eines, das vor einer kleinen Kirche aufgenommen war. Kein einziges der Gebäude glich auch nur annähernd dem Haus auf dem Foto. Sie drehten um und marschierten in die andere Richtung. Noch immer begegnete ihnen kein Mensch, eine dünne hellbraune Katze schlich über die Straße, blieb in der Mitte stehen, um sie kritisch zu beäugen, bevor sie hastig in den Büschen auf der anderen Seite verschwand. Hinter den Sträuchern blitzte wieder der See hervor, sie näherten sich einer Wiese, an der sich ein Steg anschloss. Dort spielten fröhlich zwei Kinder, was Marlene beinahe erleichtert zur Kenntnis nahm. Der Ort war nicht völlig ausgestorben.

»Es gibt hier also doch Leben«, sagte Alix, als hätte sie ihre Gedanken gelesen.

»Zumindest ein wenig«, erwiderte Marlene betrübt. »Ist es wirklich der Ort, den ich suche? Oder war vielleicht doch das andere Blumenwerder das richtige gewesen? Lass uns mal schauen, ob wir die Kirche irgendwo entdecken.« Sie gingen langsam weiter.

Trotz aller Vernunft, die ihr prophezeit hatte, dass sie hier nichts finden würden, was an das frühere Leben ihrer Mutter erinnerte, musste Lene sich eingestehen, dass sie es im Stillen gehofft hatte. Nun breitete sich Enttäuschung in ihr aus.

Gegenüber der Badestelle lagen ein paar Häuser, dicht an die nun nicht mehr asphaltierte Straße gedrängt. Altes Kopfsteinpflaster sorgte hier für eine sicherlich nicht ganz freiwillige Entschleunigung beim Autofahren. Lene musterte die Häuser intensiv, verglich sie immer wieder mit dem Foto in ihrer Hand. Nichts. Sie gingen weiter und kamen an einem Gebäude vorbei, das etwas höher lag, sich aber in Größe und Form kaum von den Wohnhäusern drum herum unterschied, nur dass es älter wirkte, unebenere Steine unter dem weißen Putz, längliche Fenster.

»Ob das die Kirche ist?«, fragte Alix.

»Ich glaube schon.« Sicherheit gaben ihnen wenig später ein paar verwitterte Grabsteine. »Der Friedhof. Lass ihn uns ansehen!« Alte Grabinschriften können einem eine Menge verraten, dachte sie.

»Klar.« Sie suchten eine Pforte im Zaun. »Seltsam, dass diese Kirche keinen Turm hat.«

»In manchen Gegenden hat man sie neben dem eigentlichen Kirchenschiff gebaut, manchmal auch dahinter. Oder man errichtete nur ein kleines Holzgerüst.« Marlene musterte das Foto. Es war nicht zu erkennen, ob die Kirche auf dem Bild über einen Turm verfügte oder nicht, denn der obere Teil war nicht mitfotografiert worden. Aber die Form schien mit der Kapelle vor ihnen übereinzustimmen.

Sie fanden den Eingang zum Friedhof an der Seite. Als sie die vier Stufen hochgeschritten waren, entdeckten sie auch den unscheinbaren Glockenturm: ein dunkles Holzgestell, in dem eine kleine Glocke baumelte. Die Kirche selbst war verschlossen.

Marlene suchte die Perspektive, aus der das Foto aufgenommen war. Schließlich fand sie eine Stelle, die passte: schräg seitlich zum Eingang. Man sah auf die Ecke der Stirnseite, eine etwaige Tür wurde von den Personen, die davorstanden, verdeckt: ein Brautpaar, das ernst in die Kamera blickte. Sie fragte sich nicht zum ersten Mal, ob es sich um Oma Alwine und ihren Opa handelte. »Ich glaube, wir sind richtig.«

Alix trat neben sie und schaute sich das Bild genau an, verglich es ebenso wie sie zuvor mit den Gegebenheiten vor ihnen. »Könnte sein.«

Wir sind am richtigen Ort!, jubelte es in Marlene. »Das immerhin haben wir schon mal geschafft! Hier könnte meine

Mutter mal gestanden haben ...« Sie drehte sich um sich selbst und nahm die Gegend nun mit anderen Augen wahr. »Dies war Mamas Heimat.« Sie musste schlucken, weil die Gefühle sie mit einem Mal zu überwältigen drohten.

Alix blickte durch ein Seitenfenster ins Innere der Kapelle. »Sieht nicht so aus, als ob sie noch oft genutzt würde.«

»Lass mal sehen.« Marlene schob sich an ihrer Freundin vorbei. Ein paar Kirchenbänke, ein bescheidener Altar, kein Kreuz. »Ich bin nicht mal sicher, ob hier überhaupt noch Gottesdienste abgehalten werden.« Dies war ein vergessener Ort. »Lost Place«, murmelte sie.

»Lass uns mal auf dem Friedhof umsehen«, meinte Alix.

Sie waren schnell fertig. Ein paar Grabsteine waren derart verwittert, dass keine Inschrift mehr zu entziffern war. Zwei waren neueren Datums, die letzte Beerdigung hatte es hier offenbar 2005 gegeben.

»Hier ist eine deutsche Familie begraben«, rief Marlene zu Alix hinüber, die zunächst zur anderen Seite gegangen war. Sie kam zu ihr.

»Stimmt, die Namen klingen deutsch.«

Die jüngsten stammten von 1945 und den Jahren davor. Sie sagten Marlene jedoch nichts. Anschließend fanden sie noch ein paar Gräber aus diesem Zeitraum, die Hinweise auf frühere deutschstämmige Bewohner gaben.

»Keine Familie Ehlert«, sagte sie.

»Ist das der Geburtsname deiner Mutter?«

»Ja.«

»Warte mal.« Alix runzelte die Stirn. »Da vorne gab es einen Gedenkstein für die in Kriegen gefallenen Dorfbewohner ...«

»Was? Wo?« Noch bevor Alix ihr richtig zeigen konnte, wo sie das Mahnmal entdeckt hatte, war Lene schon losgelaufen.

»Ich glaube, dort stand auch ein …«

»Ehlert!« Sie hatte die kurze Liste mit den verblassten, früher wohl mal goldfarbenen Buchstaben entdeckt und den Namen schnell gefunden: *Heinrich Ehlert, 1916–1943*

Hieß ihr Opa Heinrich? Sie kramte in ihrem Gedächtnis, doch sie wusste es schlichtweg nicht. Niemals hatte sie jemanden von einem Heinrich sprechen hören. Wenn es sich tatsächlich um Edithas Vater und um Oma Alwines Mann handelte, dann war das sehr, sehr traurig.

»Ist er es? Dein …«, Alix überlegte, »Großvater?«

»Verdammt. Ich kann es nicht mit Sicherheit sagen, leider.«

»Sonst gibt es hier niemanden mit dem Namen. Und wir wissen ja, dass er im Krieg gefallen ist?«

»Richtig.«

»Gab es Geschwister? Cousinen, Cousins?« Lene zuckte nur hilflos mit den Schultern. »Wann ist deine Mutter geboren?«

»1936.«

»Dann wäre ihr Vater zwanzig gewesen, als sie geboren wurde. Für die damalige Zeit passt das. Ist sie das erste Kind?«

»Ich weiß es nicht. Himmel, ich weiß doch überhaupt nichts über meine Familie.« Verzweifelt wandte sich Marlene zum Gehen. »Nur, dass sie ein Einzelkind war.« Wie ich. Wie Paola. »Meine Güte, was tue ich hier eigentlich?« Das Ganze war ein einziges Wechselbad der Gefühle.

»Halt, halt.« Alix lief ihr hinterher, fasste sie an der Schulter. »Tut mir leid.« Sie zögerte, dann nahm sie Lene in den Arm.

Dankbar und ein wenig überrascht lehnte Marlene sich an Alix, die ihr den Rücken tätschelte.

»Wir sind doch schon ein ganzes Stück weiter. Wir wissen, dass wir im Heimatdorf deiner Mutter sind. Wir haben – höchstwahrscheinlich – den Namen deines Opas entdeckt.

Mit ein bisschen Glück werden wir nun auch Edithas Elternhaus finden.«

Lene sah auf. »Meinst du?«

»Bestimmt.«

»Dann los.«

Sie verließen den Friedhof und schlugen die Richtung ein, in der sie vor dem kurzen Abstecher unterwegs gewesen waren. Doch auch die nun folgenden Häuser wiesen keine Ähnlichkeit mit dem Bild auf.

»Zeig mir das Foto noch mal«, bat Alix sie nach einer Weile. Lene gab es ihr, und die Freundin betrachtete es intensiv. »Ich glaube, es steht ein wenig zurückgesetzt. Schau mal, ist das hier vorne rechts nicht eine Art Auffahrt, ein Fahrweg?«

»Lass mal sehen.« Lene schaute sich den rechten Bildrand an. Tatsächlich, dort ließ sich ein Weg erahnen. Das passte dazu, dass die Fläche vor dem Haus erstaunlich groß ausfiel, wie sie erst jetzt wirklich wahrnahm. »Könnte sein. Eine Einfahrt ... wie bei einem Bauernhof?«

»Vielleicht. Oder ein Haus, das einfach nicht direkt an der Straße steht.«

»Wir werden es hier nicht finden«, resümierte Lene. »Aber wir sind an keinem Abzweig vorbeigekommen. Es gab bisher keine zweite Reihe.«

»Das heißt, wir müssen entweder noch weitergehen, raus aus dem eigentlichen Ort, oder aber ...«

Alix brauchte den Satz nicht zu Ende zu sprechen, Marlene wusste auch so, was sie sagen wollte: Oder aber, etwaige Häuser hinter den jetzt noch vorhandenen waren im Laufe der Jahre abgerissen worden. Schmerzhaft krampfte sich ihr Magen zusammen.

Niedergeschlagen gingen sie weiter, die Straße machte einen Knick, sie sahen sich rechts und links um. Es war zum

Mäusemelken, nichts, was auch nur annähernd dem Gebäude auf dem Foto glich. Offenbar näherten sie sich dem Ende des Orts, denn die Häuser standen nun etwas weiter auseinander, waren eher Bauernhöfe als Einfamilienhäuser.

»Moment mal«, sagte Alix plötzlich und blieb stehen. Sie hielt sich das Foto dicht vor die Nase, kaute auf ihrer Lippe herum. »Ich bin nicht sicher, aber lass uns noch mal zurückgehen.«

»Hast du was gesehen?«

»Ich weiß nicht, aber ich meine, wir sind an einer Eiche vorbeigekommen.«

»Einer Eiche?«

»Bisher habe ich immer nur auf die Fassaden der Häuser geachtet, aber vielleicht sollten wir den Fokus auf die Bäume richten.«

»Schaden wird es sicher nicht.« Marlene hatte allerdings ihre Zweifel. Eichen gab es schließlich überall. Und wenn sie zu dicht an Gebäuden wuchsen, wurden sie manchmal auch gefällt …

Sie gingen zurück zu der Stelle, wo die Straße abgebogen war. Hier standen die Häuser sehr dicht beieinander, es war ein ziemlicher Engpass, und Marlene fragte sich, was passierte, wenn sich hier zwei Autos entgegenkamen. Doch dann erkannte sie, was Alix meinte. Zwischen zwei Häusern gab es einen Durchgang, einen Schotterweg, und bei näherem Hinsehen führte dieser zu etwas versteckt stehenden Gebäuden. Es konnte ein Bauernhof sein oder eben doch eine Art zweite Reihe. Sie war sich nicht sicher, ob dies ein Privatweg oder noch öffentliche Straße war, doch nach wenigen Schritten entdeckte sie etwas, das wie ein nicht allzu großer Platz wirkte, auf dem ein Kleinlaster und ein weißer Lieferwagen mit eingedrücktem Kotflügel standen – neben einer Eiche!

Als sie die hintere Ecke des Hauses, an dem sie vorbeigingen, passiert hatten, öffnete sich der Blick auf zwei weitere Eichen, die in Reih und Glied links neben der ersten ihre knorrigen Äste in den Himmel reckten und das Haus dahinter überragten.

Lene und Alix blieben ergriffen stehen, blickten immer wieder vom Foto zum Haus vor ihnen und zurück. Vom Backstein war nichts zu erkennen, irgendwann einmal waren die Mauern von den neuen Besitzern grau verputzt worden – typischer »Ostblockputz«. Man konnte die Bausubstanz darunter nur erahnen, es mochten aber Ziegel sein, denn der Putz war an einigen Stellen aufgeplatzt und zeigte dort etwas nacktes Mauerwerk, an anderen hatte man notdürftig versucht, ihn zu flicken.

»Das ist es«, sagte Lene ergriffen.

»Ich glaube auch.« Alix nickte. »Es ist allerdings nicht gerade in einem besonders guten Zustand.«

»Wohl wahr.«

»Und nun? Gehen wir hin?«

»Einen Augenblick noch.« Marlene war gerade zu überwältigt, das Elternhaus ihrer Mutter wirklich gefunden zu haben, um die nächsten Schritte tun zu können. Die Rundbogenfenster, die sicher irgendwann einmal erneuert worden waren, die Gaube im Obergeschoss, der kleine Anbau, in dem sich nun ein Garagentor statt einer Holztür befand – es war alles da und hatte sich kaum verändert!

Hier hatte Editha als Kind gelebt, es gab keinen Zweifel. Das war ihr Haus gewesen, ihr Heim. Hier auf diesem Vorplatz hatte sie zwischen den Eichen gespielt, durch diese Fenster geschaut. In dem See, der hinter ihnen lag, hatte sie bestimmt im Sommer gebadet, und in der Kapelle war sie vielleicht getauft worden. Hier hatte sie glückliche Stunden verbracht – und sehr wahrscheinlich auch traurige. Und diesen Ort hatte sie überstürzt verlassen müssen. Wie war das, wenn man von jetzt auf gleich alles zurücklassen musste, was man kannte, was einem lieb und teuer war, und nur das Allernötigste mitnehmen konnte? Marlene stellte sich vor, wie die junge Editha an der Hand ihrer Mutter aus dem Haus trat, einen kleinen Koffer in der anderen tragend. Hatten sie die Tür noch abgeschlossen? Waren sie dort, wo sie gerade stand, auch noch einmal stehen geblieben, hatten sich ein letztes Mal umgesehen? Unwillkürlich wanderte ihr Blick zu ihren Füßen, zu der staubigen Erde unter ihnen. Hatten sie gewusst oder zumindest geahnt, dass sie ihr Leben lang nie wieder hierher zurückkehren würden? Aber was war dann in der ominösen Schatulle? Warum war sie auf einmal so bedeutend für Editha, und warum hatten sie sie nicht mitgenommen, wenn sie etwas derart Wichtiges enthielt?

In dem Moment öffnete sich die Haustür, heraus traten zwei Männer, die einen sperrigen Schlafzimmerschrank zu einem Container schleppten, der neben dem Anbau stand. Laut stöhnend wuppten sie das Ungetüm in den Behälter, das krachend hineinfiel. Marlene zuckte zusammen.

»Sie räumen das Haus aus!«

»Los jetzt«, beendete Alix die Starre, in die Lene verfallen war. »Wenn wir noch irgendetwas finden wollen, müssen wir uns beeilen.« Sie lief voran.

Nun ist also die Stunde der Wahrheit gekommen, dachte Marlene. Was sollen wir bloß sagen?

Doch die Freundin ließ ihr nicht viel Zeit zum Grübeln. »Komm, komm.« Die Männer blieben am Lastwagen stehen, einer zündete sich eine Zigarette an, während der andere auf die Rückseite kletterte und die Plane am Heck hochrollte.

»Entschuldigung«, rief Alix winkend, während sie auf die beiden zustürmte. »Sorry. English?« Der Mann mit der Zigarette schüttelte missmutig den Kopf und wies auf den Jüngeren. »Sind Sie der Besitzer dieses Hauses?«, fragte sie diesen auf Englisch.

»No, only carry. Inside.« Er zeigte zur Haustür.

Marlenes Herz klopfte schneller. Drinnen war jemand, der ihnen vielleicht helfen konnte – oder sie gleich mehr oder weniger freundlich wieder wegschicken würde.

Alix ließ ihr den Vortritt im stillen Einverständnis darüber, dass dies Lenes Angelegenheit war. Sie fasste sich ein Herz. Was hatte sie zu verlieren?

»Hello?«, rief sie leise ins Dunkel des Flurs und registrierte gleichzeitig erleichtert, dass sich noch viele Möbel im Haus befanden und mit dem Ausräumen anscheinend gerade erst begonnen worden war. Die Küche linker Hand, durch deren nach vorne ausgerichtetes Fenster Sonnenlicht schien, stammte wohl aus den Sechzigern oder Siebzigern, wie das Orange der Schränke vermuten ließ, die Stühle rund um den Resopaltisch waren ein Sammelsurium verschiedener Epochen und Stile und offenbar wahllos zusammengewürfelt. Eine tickende Uhr aus den Fünfzigern, wie es sie auch in ihrem Elternhaus gab, hing an der Wand. Im Flur hingegen befand sich neben einer Holztreppe, die nach oben führte, eine antik wirkende dunkle Truhe. An einem Garderobenbrett hingen eine fleckige, dünne graue Jacke, wie man sie zur Arbeit im Garten tragen mochte, ein etwas dickerer blauer Anorak sowie ein langer, selbst gestrickter brauner Schal. Darunter standen auf einem hölzernen Abtropfgitter zwei zierliche schwarze Halbstiefel sowie ein ausgetretenes Paar brauner Schnürschuhe und grünblau karierte Pantoffeln. Ein muffiger Geruch lag in der Luft.

»Hello?«, rief sie erneut, dann versuchte sie es mit dem polnischen Ausdruck, den sie sich inzwischen angeeignet hatte: »Dzień dobry?«

Ein Mann mit verschwitztem Gesicht schaute überrascht aus dem Raum, der sich am Ende des Flurs befand. Er hatte leicht gewelltes dunkles Haar, das an den Schläfen von deutlichem Grau verdrängt wurde. Tiefe Linien auf der Stirn und Fältchen um die Augen ließen erahnen, dass er ein paar Jahre älter war als sie selbst, dennoch hatte er etwas Jungenhaftes an sich. Er antwortete auf Polnisch.

»Entschuldigung, wir sprechen leider kein Polnisch«, sagte Marlene auf Englisch und zeigte auf sich und Alix.

Der Mann zog die Brauen hoch. »English bad«, erwiderte er stockend, bevor er auf Deutsch fortsetzte. »Kommen Sie aus Deutschland?«

»Ja, Sie sprechen Deutsch?«

»Ein wenig.« Abwartend stand er im Türrahmen.

»Bitte entschuldigen Sie, dass wir hier so einfach reinplatzen, aber ...« Es ist wohl am besten, die Flucht nach vorne anzutreten, beschloss sie. »Mein Name ist Marlene ...«, sie stockte, »Ehlert«, nannte sie den Mädchennamen ihrer Mutter aus einem Impuls heraus. Vielleicht konnte er damit eher etwas anfangen als mit ihrem neuen Nachnamen. »Meine Mutter hat hier mal gewohnt. Das ist meine Freundin Alix Engel, sie begleitet mich.«

»Aha.« Er verschränkte die Arme.

»Meine Mutter liegt im Sterben.« Es schadete sicher nicht, etwas zu dramatisieren.

»Das tut mir leid.« Unruhig verlagerte er sein Gewicht von einem Fuß auf den anderen; die Barriere, die er vor seiner Brust errichtet hatte, blieb.

Lene entschied sich, vorerst nicht die ganze Wahrheit

preiszugeben. »Sie hat mich gebeten, noch einmal in ihre alte Heimat zu reisen und ein paar Fotos zu machen.«

»Das ist alles?« Lene nickte. »In Ordnung, Sie können sich umsehen.« Er wollte sich umdrehen und wieder im Zimmer hinter sich verschwinden.

»Danke. Sie räumen gerade aus?«, fragte sie, mutig geworden, weiter.

»Ja. Meine Mutter ist voriges Jahr verstorben, im seligen Alter von achtundneunzig. Mein Vater ist schon lange tot.«

»Das tut mir leid. Werden Sie hier einziehen?« Sie hoffte, dass sie mit der Frage nicht zu forsch wirkte.

»Nein. Wir wohnen in Breslau, werden versuchen, es zu verkaufen. Aber wer will schon aufs Land ziehen? Erst recht in diese Einöde ...« Mit den Worten machte er kehrt.

Unschlüssig blieben Lene und Alix stehen. Was sollten sie nun tun? Sie konnten wohl schlecht in den Schränken fremder Leute herumwühlen. Erst recht, wo sie behauptet hatten, dass sie nur Fotos machen wollten ... Das Zimmer, das für sie am wichtigsten war, war das Wohnzimmer, der Raum, in dem der Fremde nun wieder arbeitete. Und sie wollten ihm dabei eigentlich nicht auf den Füßen herumstehen – oder sich andererseits über die Schulter gucken lassen, während sie die Bodendielen anhoben.

Alix zuckte mit den Schultern, zog ihr Handy hervor, um augenscheinlich zu fotografieren, und trat trotzdem in die ehemals gute Stube. Lene folgte ihr und staunte nicht schlecht: Der Raum wirkte beinahe wie ein Museum.

»Die Möbel hier«, fragte Alix den Sohn der Besitzer, der gerade Geschirr aus einem Büfettschrank in einen Karton stapelte, »sie wirken sehr alt. Haben Ihre Eltern die angeschafft?«

Sie hörte die beiden Möbelpacker die Treppe hinaufstapfen. Die Zigarettenpause war offenbar beendet.

Der Mann sah auf, wischte sich mit dem staubigen Unterarm eine Haarsträhne aus der Stirn.

»Warum?«, fragte er mit hörbarer Skepsis in der Stimme.

»Sie sind sehr schön«, sprang Marlene ein, denn sie wollte es sich mit dem Mann auf keinen Fall verderben. Sicherlich befürchtete er, dass sie Ansprüche stellen könnte, ihm etwas wegnehmen wollte. »Machen Sie sich keine Sorgen«, sagte sie rundheraus, »wir sind nicht hier, um irgendetwas zurückhaben zu wollen.« Obwohl es wunderschöne Antiquitäten waren, die hier standen. Marlene hätte gerne ein Zuhause gehabt, in welches solche Gegenstände passten. Sie liebte es, wenn Dinge eine Geschichte zu erzählen hatten. Und die Frage, ob etwas davon schon in der Kindheit ihrer Mutter hier gestanden haben könnte, drängte sich ihr auf. »Wir sehen uns nur einmal um, dann verschwinden wir wieder, und Sie werden nie mehr etwas von uns hören. Versprochen.« Sie beobachtete, wie sich sein Gesichtsausdruck entspannte, fühlte sich dadurch ermutigt, weiter in den Raum hineinzutreten. »Es ist nur so, meine Mutter war zuletzt sehr durcheinander, aber plötzlich meinte sie, sich an etwas zu erinnern, etwas, was sehr wichtig für sie ist. Eine kleine Schatulle ...« Sie hielt inne, denn ihr Blick war beim Reden durch den Raum gewandert und nun an etwas hängen geblieben, das bis eben hinter der Tür verborgen gewesen war: eine Standuhr, in der hinteren linken Ecke.

»Eine ... Scha...?« Er konnte mit dem Begriff offenbar nichts anfangen.

»Eine Schachtel, ein Kästchen«, sprang Alix hilfreich ein.

»Und Sie glauben, dass das noch hier ist?«, fragte er etwas ungläubig, doch sein Interesse schien geweckt. Er erhob sich. »Wo soll sie sein? Und was ist darin?«

»Das weiß ich nicht« antwortete Marlene. »Aber sie soll unter einer Bodendiele versteckt sein. Meine Mutter meinte, dass ein Brett lose sei. An der Wand, zwischen Sofa und Standuhr ...«

»Deswegen vorhin die Frage, ob die Möbel von Ihren Eltern stammen, ob sie schon immer hier im Haus waren oder neu angeschafft worden sind«, ergänzte Alix.

Der Mann zeigte auf eine dunkelgrüne Sitzgruppe, bestehend aus einem Sofa und zwei Sesseln. »Setzen wir uns.« Er nahm eine Zigarettenschachtel und ein Feuerzeug vom Büfett und ließ sich dann in einen der Sessel sinken, während Lene und Alix auf der Couch Platz nahmen. »Ich denke, diese Sitzmöbel sind aus den Dreißigern des vorigen Jahrhunderts. Oder älter«, begann er und zündete sich die Zigarette an. Marlene unterdrückte ein Hüsteln, sie war es nicht mehr gewohnt, dass jemand in ihrer Gegenwart in einem geschlossenen Raum rauchte. Bei ihren Eltern war das damals noch anders gewesen, erinnerte sie sich. Ihr Vater hatte geraucht wie ein Schlot. »Meine Eltern hatten nie andere. Nur die Küche haben sie irgendwann mal erneuert, und meine Mutter bekam endlich einen Elektroherd.« Er zog den Mund schief. »Und das Schlafzimmer, da brauchten sie einen größeren Schrank. Das Kinderzimmer ist neu. Sonst ist alles geblieben ... Aber sie hatten auch nicht viel Geld, mussten lange dafür sparen. Dann war ja auch die Zeit des Eisernen Vorhangs, man bekam kaum neue Sachen. Man reparierte und besserte aus, so gut es ging.« Er nahm einen tiefen Zug. »So war das damals.«

Marlene nickte. »So ähnlich war es bei meinen Eltern auch. Sie haben sich Anfang der Sechziger ein Haus geleistet, es einmal eingerichtet und sind ihr Leben lang dabei geblieben.«

»Man hat festgehalten, was man hatte.«

»Das stimmt wohl.«

»Ihre Eltern mussten vor der Roten Armee fliehen?«

»Meine Oma mit meiner Mutter, ja. Der Vater war schon im Krieg geblieben.«

Er zog wieder an seiner Zigarette, blickte eine Weile aus dem Fenster in den Garten, in dem das Gras wucherte. Im Flur hörte man, wie die Möbelpacker fluchend ein offenbar weiteres schweres Stück die Treppe hinunterwuchteten.

»Meine Eltern waren auch Vertriebene«, setzte er schließlich fort. »So nannte man das natürlich nicht, man sprach von Umsiedlungen, Repatriierungen. Was zynisch ist, denn man schickte sie keineswegs ›zurück in die Heimat‹. Sie kamen aus der Nähe von Brest, das liegt heute in Belarus. Was wissen Sie über die Zeit, nachdem die Deutschen weg waren?«

»Nicht viel, nur dass die frei gewordenen Gebiete den umgesiedelten polnischen Bürgern zugesprochen wurden.«

»Richtig. Meine Eltern hatten nicht viel, als sie hier ankamen. Vielleicht ein bisschen so wie Ihre Vorfahren. Natürlich mit dem Unterschied, dass man die Deutschen aus dem Land gejagt hat, sie im tiefsten Winter über Schnee und Eis vor den Panzern und Kanonen der Sowjets fliehen mussten. Und nur das Allernötigste dabeihatten.« Er nahm sich einen Aschenbecher von der Fensterbank und drückte die Zigarette gedankenverloren aus. »Da ging es unseren Leuten etwas besser.«

»Und sie hatten leer stehende Häuser, in die sie ziehen konnten.«

»Das ist korrekt.«

»Verstehe ich es also richtig, dass Ihre Eltern Mitte, Ende der Vierziger nach Blumenwerder, Piaseczno, kamen und dann alles so gelassen haben?«, warf Alix ein.

»Im Grunde schon. Sie haben sicher ein paar Dinge von zu Hause mitgebracht, vielleicht hatten sie einen Pferdewagen, mit dem sie besonders wertvolle Möbelstücke transportieren konnten, Genaueres weiß ich nicht. Ich meine, die Truhe aus dem Flur hätten sie mitgebracht, haben sie mal erzählt.« Er blickte sich um. »Vielleicht auch das Sofa oder den Schrank, aber da kann ich mich nicht erinnern, ob sie jemals etwas dazu gesagt haben. Jedenfalls sind sie wohl in der Kreisstadt angekommen, man hat ihnen eine Karte gegeben mit den freien Gebäuden, von denen sie sich eins aussuchen sollten. Sie haben dann den Schlüssel bekommen und sind eingezogen. Ich kenne die Einrichtung hier im Wohnzimmer nicht anders, es sieht noch so aus wie in meinen Kindertagen.«

»Dürfen wir nach der Schatulle suchen?«, bat Lene mit Zittern in der Stimme.

»Ja. Sie können mitnehmen, was Sie wollen. Wir haben bereits alles eingepackt, was wir behalten wollen, der Rest wird verkauft oder weggeworfen. Leider.« Der Mann zuckte mit den Schultern. »Es sei denn, das Schlossmuseum zeigt noch Interesse.« Er erhob sich. »Ich bin oben, wenn Sie noch etwas wissen möchten.«

»Danke.«

»Und das ist es, was von einem Leben übrig bleibt«, murmelte Marlene deprimiert, als er das Zimmer verlassen hatte.

»Es lohnt sich also nicht, viel anzuhäufen, die Erben können eh nichts damit anfangen. Sollen wir uns an die Arbeit machen?« Alix, pragmatisch wie immer.

Lene schob die Ärmel ihrer Strickjacke hoch. »Suchen wir die lockere Diele.«

»Was hatte deine Mutter gesagt, wo sie ist?«

»An der Wand, bei der Standuhr. Genauer zwischen Uhr und Sofa.«

»Gut. Aber wir können nicht davon ausgehen, dass es die Uhr von damals ist. Und dass sie immer am selben Fleck gestanden hat. Noch weniger die Couch.«

»Nein. Außerdem ... Sieh dir mal den Boden an.« Man hatte beigefarbenes PVC darübergelegt.

»Auweia. Wahrscheinlich haben die alten Dielen zu sehr geknarzt.«

»Oder es war zu kalt von unten.«

»Heute würde man das wohl nicht mehr machen.«

»Je nachdem, in welchem Zustand die Bretter sind.« Lene überlegte. »Wo fangen wir an? Hier an der linken Wand, wo die Standuhr steht?« Die angrenzende Wand war die Seite, die zum Garten hin ausgerichtet war und über zwei Fenster verfügte. »Wenn es um eine Diele bei den Fenstern gegangen wäre, hätte meine Mutter das wohl erwähnt, oder?«

Alix zuckte mit den Schultern. »Lass uns trotzdem mal hier an der Wand versuchen, ob wir den Belag anheben können. Hoffentlich ist er nicht festgeklebt.«

Gemeinsam schoben sie das Sofa ein Stück zur Seite, dann begannen sie, jeder an einem Ende, das PVC aufzurollen. Zum Glück ließ es sich gut lösen. Darunter kamen die dunklen Bodendielen zum Vorschein. Auf den ersten Blick konnten sie zwar mal wieder abgeschliffen und neu versiegelt werden, wirkten aber sonst in Ordnung.

Sie klemmten das PVC unter ihren Knien fest und rüttelten an den Brettern. Nichts. Sie tasteten sich weiter an der Wand entlang, verlagerten das Gewicht, drückten und zogen, doch egal, was sie auch versuchten, an dieser Seite passierte nichts.

»Wo machen wir weiter?«, fragte Alix.

»Nach Mamas Beschreibung hätte es doch diese Wand sein sollen.« Marlene war ratlos.

»Vielleicht stand die Uhr früher woanders, wie gesagt. Ist ja schon ein Wunder, dass sie überhaupt noch existiert. Und wer weiß, ob sich deine Mutter richtig erinnert hat. Überhaupt verblüffend, dass ihr so etwas nach all den Jahren wieder eingefallen ist.«

»Es könnte auch sein, dass sie sich falsch erinnert, dass sie verwirrt ist und sich die Sache mit der Schatulle nur einbildet.«

»Das wäre natürlich auch möglich«, stimmte Alix zu. »Zwar kann ich dir nicht sagen, warum, aber ich glaube es nicht. Ich kann mir schon vorstellen, dass bei alten Leuten, wenn sie auf ihr Leben zurückblicken, das eine oder andere wieder hochkommt, an das sie seit Ewigkeiten nicht mehr gedacht haben. Selbst mir geht es manchmal so, dass mir Situationen aus meiner Kindheit einfallen, die ich längst vergessen geglaubt habe. Bloß, weil jemand eine Bemerkung fallen lässt, ich an einen bestimmten Ort komme oder eine ähnliche Situation erlebe, die mich früher einmal aus irgendeinem Grund sehr beeindruckt hat.«

»Oder einen Geruch wahrnehme«, ergänzte Lene.

»Stimmt, Gerüche sind ganz starke Erinnerungsträger.«

»Am besten wäre es, wenn wir dieses Zimmer ganz ausräumen und den gesamten Boden untersuchen könnten.«

»Aber das geht nicht, dann müssten wir noch ein paar Tage hierbleiben. Lass uns die Standuhr ein wenig vorschieben, sodass wir an die Dielen dahinter kommen.«

Das zeigte sich als schwieriges Unterfangen, das massive Möbel ließ sich nur wenige Zentimeter vorziehen. Schnaufend gaben sie nach einer Weile auf. Draußen hörten sie wieder etwas mit Krachen in den Container fallen, dann Fußgetrappel auf der Treppe.

Es war der Besitzer, der mit etwas in der Hand in den Raum kam. »Ich habe oben im Schlafzimmer noch ein paar alte Fotoalben gefunden. Vielleicht sind sie für Sie interessant. Sie sind hier im Wohnzimmer aufgenommen worden.«

»Bestimmt.« Gespannt trat Marlene zu ihm. Er zeigte ihr die Fotografien. Zwischen Schwarz-Weiß-Bildern fanden sich auch einige blasse Farbfotos. »Von wann sind die?«

»Ende der Sechziger, nehme ich an.« Er zog ein Bild heraus, auf dem ein Paar ein Baby in einem langen weißen Kleid hielt. »Hab ich's mir doch gedacht. Das bin ich mit meinen Eltern, es ist meine Taufe.« Er tippte auf das nächste Foto, auf dem dasselbe Paar mit ihm und drei weiteren Kindern zu sehen war, die ein ganzes Stück älter wirkten. »Ich bin 1966 geboren, sieben Jahre nach meiner Schwester Katarzyna. Ich war ein Nachzügler, meine Eltern haben wohl nicht mehr mit mir gerechnet.« Er schmunzelte. »Verzeihen Sie, meine Manieren, ich habe mich noch gar nicht vorgestellt. Mein Name ist Dariusz Rybicki.« Er reichte erst Marlene, dann Alix die Hand.

»Freut mich sehr«, sagte Marlene. Dann besah sie sich die anderen Bilder.

Alix war neben sie getreten. »Sind sie alle aus derselben Zeit?«

»Im Großen und Ganzen schon, denke ich. Ich meine mich zu erinnern, dass meine Mutter mal erzählte, dass sie nach Katarzynas Geburt angefangen hätten, im Haus zu renovieren und ein paar Dinge umzustellen. Auf diesem Foto hier«, er zeigte auf ein Bild, das eine junge Familie mit drei Kindern auf dem Sofa zeigte – jenem grünen, welches auch heute noch die Stube zierte –, »sieht man zum Beispiel, dass noch kein PVC liegt. Die Couch steht an der Wand«, er deutete nach rechts.

»Wo befand sich die Uhr damals?«, fragte Lene, und ein Flattern machte sich in ihrer Magengrube breit.

Er blickte unverwandt zu der Antiquität. »Das Ungetüm war irgendwie immer im Weg. Aber meine Eltern konnten sich nie davon trennen. Sie hat eine Zeit lang an dieser Seite ihren Platz gehabt.« Er fasste an die Wand, vor der Lene und Alix bereits gesucht hatten. »Aber vorher ...?« Er durchsuchte die Fotos nach etwas, was ihnen weiterhelfen konnte, und zog schließlich ein Bild hervor, auf dessen Rückseite das Jahr 1952 notiert war. Es zeigte einen Stubenwagen, der an eins der Fenster geschoben worden war, das schlafende Kind war von schräg oben abgelichtet worden. »Da ist sie«, sagte er triumphierend und tippte auf das Bild. Sowohl Marlene als auch Alix beugten sich noch weiter vor. Im Hintergrund war hinter dem Stubenwagen eine Kante der Standuhr zu erkennen. Sie hatte sich also damals an der rechten Wand neben dem einen Fenster befunden! Wie auf ein geheimes Zeichen stürmten die Freundinnen los, schoben eine kleine Anrichte zur Seite und rollten den Bodenbelag ein Stück auf. Alix begann rechts in der Ecke die Dielen abzuklopfen, Lene machte das Gleiche von links. Und als sie an der Stelle angelangt war, wo zuvor die Anrichte gestanden hatte, und an einem Brett herumdrückte, gab es mit einem Mal nach. Ein kleiner Schrei entfuhr ihr, woraufhin Alix und Dariusz, der sich wieder eine Zigarette angezündet hatte, angehastet kamen. Sie stützte sich etwas mehr auf das rechte Ende der Diele, sodass die linke Seite sich nach oben bewegte. Sobald der Spalt groß genug geworden war, hockte sich Alix daneben und schob ihre Hand in den Zwischenraum. So ließ sich das Brett problemlos hochziehen.

Gebannt schauten alle drei in den Hohlraum, der sich ihnen zwischen den Latten der Unterkonstruktion, Sand und Wand eröffnet hatte. Er war leer.

»Was? Nein«, stammelte Marlene. »Das kann nicht sein.«

Dariusz kniete sich zwischen sie und Alix. »Lassen Sie mal sehen.« Er steckte sich die Zigarette in den Mundwinkel, schob die Hand in den Hohlraum und streckte den Arm aus, sodass seine Finger bereits unter dem nächsten Brett verschwanden. »Hier ist etwas.« Ächzend zog er ein Bündel hervor und reichte es Marlene. Ihre Hände zitterten, als sie es hielt. Zaghaft wickelte sie den Stoff ab, zum Vorschein kam Schmuck, eine Brosche, ein Armband, eine Kette, alles aus Gold, sowie eine Perlenkette.

Ihre Wertsachen! Oma Alwines Schmuck! Was die Frage beantwortete, ob die beiden geglaubt hatten zurückzukommen: anscheinend schon. Marlene lief ein Schauer über den Rücken, als sie den Schmuck betrachtete. Wie lange er wohl schon in der Familie ihrer Mutter gewesen war? Vielleicht waren es allesamt Erbstücke ... Ob Editha sie wiedererkennen würde? Sofern Dariusz ihnen gestattete, sie mitzunehmen. Streng genommen gehörte der Schmuck ihm. Und er war sicher recht wertvoll ...

»Hübsch«, sagte Alix, »zeig mal.« Marlene reichte ihr die Schmuckstücke, die Alix genau betrachtete. »Erschütternd. Ob sie später jemals überlegt haben, die Sachen zu holen?« Alix gab ihr die Stücke zurück.

»Ich glaube nicht.« Marlene bezweifelte es, nachdem Editha die Vergangenheit derart weit von sich geschoben und nie ein Wort über diese Wertsachen verloren hatte. Vielleicht hatte sie auch gar nicht davon gewusst, es wäre immerhin möglich, dass Alwine den Schmuck ohne die Kenntnis ihres Kindes in den Stoff gewickelt hatte.

Obwohl sie der Fund freute, überwog doch die Enttäuschung. Mama hat sich geirrt, dachte sie. Hier ist nur Schmuck, keine Schatulle.

»Ist da sonst nichts?«, fragte Alix.

Erneut steckte Dariusz den Arm unter die Dielen, rutschte noch tiefer hinein. »Ah!«, rief er. »Doch, da ist noch was.« Ächzend zog er den Arm zurück und brachte ein kleines hölzernes Kästchen zum Vorschein. »Voilà.« Feierlich reichte er es Marlene, bevor er sich wieder aufrichtete und stöhnend über seinen Rücken strich.

Ehrfurchtsvoll hielt sie es mit beiden Händen, betrachtete es von allen Seiten. Es war nicht größer als eine Pralinenschachtel, allerdings höher, mit rund gebogenem Deckel, feinen Verzierungen auf der Vorderseite und einem zarten Hakenverschluss aus Messing.

Ihre Mutter hatte sich richtig erinnert.

Editha

*Ich sitze bei Mutter auf dem Schoß, sie näht etwas für mich, eine
kleine Puppe. Draußen vor dem Fenster scharren die Hühner. Wir
haben vorhin eines unserer Kaninchen geschlachtet. Zum ersten Mal
bin ich dabei gewesen, jemand musste es festhalten.*

*Ich habe dabei die ganze Zeit geweint, und Mutter will mich mit
der Puppe trösten. Ich kuschele mich an sie. Es ist schön. Schade
nur, dass Vater nicht bei uns sein kann. Er ist nur noch ganz selten
da. Wie die anderen Männer aus unserem Dorf. Bloß die Alten
sind geblieben. Und die ganz Jungen. Und die Frauen. Aber einige
Familien sind ganz weg. Das sind die Juden. David ist auch fort.
Manche wurden abgeholt, manche haben versucht zu fliehen. Ich
weiß nicht, ob David und seine Familie in Sicherheit sind. Eines
Morgens waren sie fort. Mir bricht es das Herz, ich vermisse ihn
entsetzlich. Mutti sagt, dass ich ihn bestimmt bald wiedersehen
werde. Das hoffe ich. Mit niemandem kann man so gut Murmeln
oder feine Dame und Diener spielen wie mit ihm. Aber ich glaube,
Mutti lügt mich an.*

*Vater ist immer ganz still, wenn er auf »Heimaturlaub« ist, an-
ders als früher. Es ist, als wäre seine ganze Fröhlichkeit aus ihm ge-
sogen worden. Ab und an höre ich ihn und Mutti leise sprechen. Ich
weiß nicht, was sie sagen, aber Mutti weint dann oft und Vati
manchmal auch. Es gefällt mir nicht. Ich will das so nicht. Ich will
meinen Vater zurück! Und David. Ich will, dass meine Eltern wieder
glücklich sind, dass wir in Ruhe leben können.*

Mutter stellt den Volksempfänger an. Es knackt und rauscht.

Dann ertönt eine Stimme. Die kenne ich schon. Ein Mann, der etwas brüllt, Menschen, die jubeln.

»Was sagt er?«

»Dass wir siegen werden.«

»Gegen wen kämpfen wir denn?«

Sie zuckt unmerklich mit den Schultern. »Gegen den Feind.«

»Da, wo Vater ist?« Mutter nickt stumm. »Wann kommt er nach Hause?«

»Hier, deine Puppe ist fertig.« Sie reicht sie mir.

Glücklich reiße ich sie an mich. Sie ist wunderschön. Aus einem hellen Socken, der mir zu klein geworden ist, hat Mutti einen Körper und einen Kopf geformt, aus einem weiteren Arme und Beine. Ihre braunen Haare stehen wild vom Kopf ab, weil Mutti die Wolle aus einem alten Pullover gezogen hat und sie sich noch immer kräuselt. Die Puppe hat gestickte blaue Augen und einen lachenden roten Mund. Sie erinnert mich an irgendjemanden, ich komme nicht drauf, an wen. Ihr Kleidchen hat Mutti aus einem geblümten Stoffrest genäht. Ich freue mich so sehr, dass ich ihr auf den Schoß springe und um den Hals falle. Und für einen Moment alles andere um mich herum vergesse. Am liebsten würde ich sie David zeigen. Da fällt mir ein, an wen ich denken muss, wenn ich sie ansehe.

»Wie soll sie heißen?«, fragt Mutti.

»Gertrud«, rufe ich und hüpfe im Raum auf und ab.

»Gertrud, wie Vatis Mutter, deine Oma?«

»Genau. Sie hat die gleichen Haare, findest du nicht?«

Mutti wiegt den Kopf hin und her und sieht Gertrud genauer an. »Irgendwie hast du recht.«

»Frau Krause?«

Stimmen um sie herum rissen sie aus dem Traum.

David? Ihr Freund aus Kindertagen. Wie lange sie nicht mehr an ihn gedacht hatte. Und Gertrud. *Wo bin ich eigentlich?*

»Ich glaube, sie wird wach«, sagte eine Frau.

»Schau dir mal das EKG an«, erwiderte eine Männerstimme. »Sie ist immer noch extrem erregt.«

»Morgennachmittag hat sie ihre Koronarangiografie.«

Ich will nicht daran denken!

»Gut, wir sollten die Medikation bis dahin fortsetzen. Ohne Beruhigungsmittel hat sie gleich den nächsten Herzinfarkt.«

»Fürchte ich auch. Ihre Tochter ist weggefahren, meinte, ihre Mutter hätte den Wunsch geäußert, etwas aus der früheren Heimat haben zu wollen oder so.«

»Hm. Vielleicht hilft es der alten Dame, sich wieder zu beruhigen. Sehen wir zu, dass wir sie bis dahin fit halten.«

Editha hörte ein Geräusch neben sich, und kurz darauf spürte sie, wie ihre Glieder schwer wurden. *Nicht daran denken! Lieber an Wolfgang*, befahl sie sich und dämmerte erneut weg.

Wolfgang hebt mich über die Schwelle, um uns herum ertönt Jubel. Seine Familie ist gekommen, Nachbarn, Bekannte, alle prosten uns mit Sektgläsern zu. Ich bin glücklich. Dieser umwerfende Mann hat mich erwählt! Und wir feiern in unserem Eigenheim, das wir vor wenigen Tagen bezogen haben, ein hübsches Reihenhäuschen in einer guten Gegend. Kann sich eine Frau mehr wünschen? Eine Hochzeitsreise können und wollen wir uns nicht leisten, lieber eine schöne Feier. Darauf bestand vor allem auch Wolfgangs Anhang. Ihre Wangen glänzen schon jetzt rötlich vom Schnaps, mit dem sie gleich nach der Trauung noch vor der Kirche ein paar Mal auf uns angestoßen haben. Die Zeiten sind besser geworden, es gibt wieder alles zu kaufen, ein gewisser Wohlstand hat auch die Mitte der Bevölkerung erreicht. Man geht wieder tanzen, feiern, möchte vergessen ...

Nicht so Wolfgang und ich. Mein Mann – wie wunderbar das

klingt! – hat gemeint, dass wir unser Geld zusammenhalten sollen, und ich sehe es genauso. Wer weiß, was kommt? Beide haben wir schon einmal alles verloren. Es könnte wieder passieren. Nein, rufe ich mich zur Ordnung, heute ist ein guter Tag!

Alle folgen uns ins Esszimmer, wo ich den Tisch gestern bereits eingedeckt habe. Was habe ich die letzten Tage geschuftet, damit alles vorzeigbar ist und wir unseren Gästen ein adäquates Essen auftischen können. Habe nicht nur den Umzug gemeinsam mit Wolfgang bewältigt, sondern direkt danach begonnen, zu wienern, zu wischen, abzustauben, beim Schlachter den Braten zu kaufen, was ich noch nie zuvor gemacht habe, dann beim Lebensmittelhändler Gemüse, Mehl und alles Weitere. Habe Möhren, Bohnen und Blumenkohl klein geschnitten, den Braten vorbereitet, sodass er heute auf den Punkt fertig wird, habe eine Hochzeitstorte sowie zweierlei Kuchen gebacken. Zum Glück hat mir Mutti dabei geholfen. Nun muss ich nur noch die Soße anrühren. Das tue ich, während die Gäste ihre Plätze einnehmen und Wolfgang sie mit Sherry versorgt. Die Nachbarn sehen sich neugierig um. Eine Frau vom übernächsten Haus der Reihe streicht mit dem Zeigefinger über das Eichenholzregal. Als wir das Haus besichtigten, fragte sie uns, ob wir auch Polacken seien. Ich habe verneint ... Es hat mir einen Stich versetzt, obwohl ich in meinem Leben mit schlimmeren Beschimpfungen konfrontiert worden bin. Täusche ich mich, oder zieht sie eine Augenbraue hoch? Das kann doch nicht sein, ich habe so viel geputzt!

Der Braten muss aus dem Ofen, was mir die Gelegenheit gibt, in der Küche zu verschwinden. Zum Glück ist er nicht angebrannt. Hoffentlich ist er durch. Hoffentlich nicht zu zäh. Hoffentlich schmeckt er. Ich gieße den Sud ab und drapiere das Fleisch auf einer Platte. Ich höre, wie nebenan angestoßen wird und Gelächter ertönt. Wolfgang erscheint im Türrahmen. Ich reiche ihm die Platte mit dem Braten, es gebührt ihm als Hausherrn, den Anwesenden das gute

Stück zu präsentieren. Mutter bringt dankenswerterweise die Schüsseln mit Gemüse und Kartoffeln hinüber. Mir perlt der Schweiß auf der Stirn. Ich habe in der Hektik vergessen, eine Schürze über mein Brautkleid zu ziehen, nun habe ich einen Fleck drauf, weil die Soße beim Aufkochen ein wenig hochgespritzt ist. Eilig greife ich einen Lappen und versuche, das Dilemma zu beseitigen. Es wird davon nur schlimmer. Ich bin den Tränen nahe.

»Kommst du, Liebling?«, höre ich Wolfgang rufen.

Es nützt nichts, ich muss zu den Gästen, sie wollen anfangen. Ich fülle die Soße in eine Sauciere und halte sie mit beiden Händen so vor mich, dass niemand den Fleck an meinem Bauch sehen kann. Hoffe ich zumindest.

»Da bist du ja.« Wolfgang klopft auf den Stuhl neben sich, den letzten freien. Alle sehen mich erwartungsvoll an, ich setze mich, mein Mann legt den Arm um mich. Dann pocht er mit der Gabel gegen sein Glas und erhebt sich.

»Meine Frau und ich freuen uns, dass wir diesen schönen Tag mit euch erleben dürfen, und danken euch sehr, dass ihr die Anreise zur Feier unserer Hochzeit auf euch genommen habt. Gleichzeitig dürfen wir euch nun auch in unserem eigenen Heim willkommen heißen. Auf ein frohes Fest!«

»Auf viele weitere!« Schwägerin Hilde, eine schmale Person, die ich bereits als sehr penibel kennengelernt habe und die zuvor den Braten kritisch gemustert hat, erhebt das Glas.

»Prost«, wünscht auch Schwager Erich, der als Wolfgangs Trauzeuge neben mir sitzt. Er ist das genaue Gegenteil seiner Schwester, wohlgenährt, mit rundem Bauch, immer lustig, wenn auch etwas ordinär. »Dann fehlt ja nur noch der Stammhalter, was?« Polternd lacht er und lässt seine riesige Hand auf meinen Oberschenkel krachen. Ich zucke zusammen. Er bemerkt es nicht, lässt sie unbekümmert dort liegen. Mit einem Schluck ist sein Glas geleert. Ich sehe betreten zu Boden.

6.

Es war da, es war wirklich da! Ihre Mutter hatte nicht gesponnen! Marlene konnte es nicht fassen. Was mochte in dem Kästchen sein? Was bloß war ihrer Mutter so wichtig, dass es ihr nach achtzig Jahren wieder eingefallen war und sie es unbedingt haben musste?

Sie wechselte aus ihrer knienden Position in den Schneidersitz, lehnte sich mit dem Rücken gegen das Sofa, das sie zuvor von der Wand geschoben hatten. Alix ließ sich neben sie gleiten, Dariusz hockte vor ihnen.

Langsam schob sie den Riegel zur Seite, klappte den Deckel auf. Gebannt starrten drei Augenpaare ins Innere. Dort befanden sich auf den ersten Blick mehrere zusammengefaltete Papiere. Vielleicht Briefe?

»Lebendige Geschichte«, hauchte Alix, und Lene spürte, wie ergriffen auch die Freundin war.

Dennoch war es für sie mehr als das. »Gelebte Leben«, ergänzte sie.

Sie nahm das oberste Papier, das völlig vergilbt war, aus der Schatulle. Aus Angst, dass es durch die Berührung zerbrechen könnte, entfaltete sie es so behutsam, sie konnte. Es war ein Brief in deutscher Sprache, mit Schreibmaschine geschrieben. Absender war ein gewisser Hauptfeldwebel Friedrich Meier.

»Was ist das?«, fragte Alix und rückte noch näher heran.

»Ein Feldpostbrief, scheint mir.« Schnell überflog sie die

ersten Zeilen. »Vom 23. Juli 1943. Er ist adressiert an Alwine Ehlert. An meine Großmutter.«

»Lies ihn vor.«

Marlene räusperte sich. »»Sehr verehrte Frau Ehlert, leider muss ich Ihnen die schmerzliche Mitteilung machen, dass Ihr Ehemann Heinrich am Montag, dem 12.07.1943 bei einem feindlichen Panzerangriff gefallen ist. Der Tod trat auf der Stelle ein, sodass Ihr Mann nicht mehr hat leiden müssen.«« Sie schluckte. »»Ihr Mann war ein bei Kameraden und Vorgesetzten beliebter und begeisterter Soldat, der sich durch Freundlichkeit und Pflichttreue auszeichnete. Uns allen ist es unverständlich, dass ein junger, hoffnungsfroher Mensch aus unserer Mitte und aus der Kompanie gerissen wurde. Wir trauern mit Ihnen um Ihren Mann. Ich weiß, dass es in dieser Stunde keine Worte des Trostes für Sie gibt. Möge Ihnen aber die Gewissheit, dass Ihr Mann heldenhaft für die Größe und den Schutz unseres deutschen Vaterlandes gestorben ist, dass er sein Leben gab für die Lieben daheim, die Kraft geben, den Schmerz mit Stolz zu tragen. So wie Ihr Mann vom Gedanken an eine große Zukunft unseres Volkes beseelt war, wird sein Heldentod der gesamten Kompanie Verpflichtung sein. Nehmen Sie, liebe Frau Ehlert, des Kompanieführers Oberleutnant Wagner, der Kompanie sowie insbesondere meine tief empfundene Anteilnahme entgegen. Ihr Mann wird in der Kompanie unvergessen sein. Ihr Friedrich Meier, Hauptfeldwebel.«« Sie ließ das Blatt sinken.

»Puh«, machte Alix.

»Elender Krieg«, fügte Dariusz hinzu. Im Flur riefen die Möbelpacker etwas, und er verließ kopfschüttelnd den Raum.

»Solche Briefe hat man damals also bekommen«, stellte Marlene beklommen fest. »Furchtbar.«

»Es ist schon so, wie Dariusz sagt, Krieg ist einfach ein großer, unsinniger Mist. Spielwiese für ein paar Wahnsinnige, die den Hals nicht voll kriegen können. Widerlich.«

Marlene nickte. »Reißt Familien auseinander, nimmt ›jungen, hoffnungsfrohen‹ Menschen ihr Leben. Für nichts und wieder nichts.«

»Trostlos, dass die Menschheit nicht schlauer wird und es immer wieder solche Idioten mit Großmachtstreben gibt. Warum können wir nicht einfach alle friedlich miteinander leben? Jeder so, wie er es mag. Meine Güte, das kann doch eigentlich nicht so schwer sein.«

»Der normale Mensch denkt so. Und will auch nichts anderes, als seine Kinder in Frieden großzuziehen. Ich verstehe es auch nicht.« Unwillkürlich musste sie an Paola denken. Wie gut sie es hatten, dass in ihrem Land seit beinahe achtzig Jahren Frieden herrschte!

»Was ist noch da drinnen?«

Sorgfältig faltete Marlene das Dokument zusammen, legte es beiseite, holte das nächste Papier hervor. Ein weiterer Brief, diesmal mit Tinte in einer schmalen Handschrift geschrieben. Sie hielt ihn dicht vor die Augen, konnte aber dennoch nichts entziffern. »Ich kann ihn nicht lesen.«

»Gib mal her.« Sie reichte ihn Alix, die konzentriert die Stirn krauszog. »Es ist Sütterlinschrift. Von Heinrich. Vom November 1941.«

»Du kannst Sütterlin lesen?«

»Ein bisschen. Von Oma.«

»Beeindruckend. Für mich sind das alles nur böhmische Dörfer.« Warum sagte man eigentlich »böhmische Dörfer«?, fiel ihr in dem Zusammenhang auf. »Wie gut, dass ich dich mitgenommen habe.«

Beide lachten.

»Finde ich auch«, meinte Alix.

»Was steht drin?«

»Heinrich war wohl kurz zuvor auf Heimaturlaub, er schreibt, dass man ihn jetzt an die Ostfront verlegt hatte und wie schön es war, Alwine und seine Tochter wiederzusehen.« Sie sah auf. »Editha?«

»Wahrscheinlich. Sie muss damals fünf Jahre alt gewesen sein.«

»Er erzählt ein bisschen davon, wie es ihm geht, wo er untergebracht ist und eben dass seine Kompanie verlegt wurde. Wohin oder wo er sich befindet, schreibt er nicht. Jedenfalls kann ich nichts finden, ist wirklich schwierig zu entziffern ...«

»Ich glaube, sie durften nicht schreiben, wo sie stationiert sind«, überlegte Lene.

»Nein?«

»Die Post hätte ja dem Feind in die Hände fallen können, dann hätte er gewusst, welche Truppen sich wo befinden, und daraus unter Umständen Rückschlüsse auf die Taktik ziehen können.«

»Du weißt gut Bescheid.«

Lene zuckte mit den Schultern. »Hat mich mal interessiert.« Sie nahm das nächste Blatt aus der Schatulle – ein weiterer Brief von Heinrich –, dann noch einer. Der unterste stammte vom 30. Juni 1943. »Wahrscheinlich der letzte vor seinem Tod.« Sie reichte ihn Alix.

»Scheint in Eile geschrieben zu sein, ich kann das meiste nicht entziffern. Nur zum Schluss: ein Kuss an Frau und Kinder.«

»Kinder? Bist du wirklich sicher, dass er von ›Kindern‹ spricht, nicht nur von einem?« Marlene entriss Alix förmlich das Blatt und sah sich den letzten Satz genau an. Doch sie konnte es nicht erkennen, zu fremd und verschnörkelt war die Schrift.

Alix versuchte, es ihr zu erklären. »Schau mal, dieser Buchstabe hier bei dem Wort ›Kind‹ ist das ›d‹. Danach kommt aber noch etwas. Das müssten dann ›e‹ und ›r‹ sein. Es ist alles etwas ineinander gerutscht, aber die einzig logische Erklärung dafür ist, dass er von Mehrzahl spricht und nicht von Einzahl.«

»Demnach hätte Editha noch einen Bruder oder eine Schwester gehabt.« Fassungslos starrte sie den Brief an. Ihre Gedanken rasten. Sie kramte tief in ihrem Gedächtnis, ob vielleicht doch irgendwann einmal eine Bemerkung über einen Onkel oder eine Tante auf Mutters Seite gefallen war, doch es stellte sich keine Erinnerung ein. Und wenn es so gewesen wäre, hätte sie es garantiert nicht vergessen, da war sie sich ziemlich sicher.

»Ein Produkt eines Heimaturlaubs?«

»Wahrscheinlich. Ich kann nicht glauben, dass meine Mutter mir nie von ihm oder ihr erzählt hat.«

»Vielleicht hat das Kind nicht lange gelebt?«

»Das wäre natürlich möglich.«

»Sehen wir mal nach, was noch im Kästchen ist«, meinte Alix.

Unter den Briefen kamen weitere Blätter zum Vorschein, und als Lene das erste auseinanderfaltete, erkannte sie, dass es sich um ein Formular handelte, denn es war getippt, enthielt Unterschrift und Reichsadlerstempel.

»Eine Geburtsurkunde.« Überrascht entfaltete sie auch die anderen beiden Papiere und legte alle drei nebeneinander. »Nein, drei Geburtsurkunden.«

»Drei?«

Sie nickte schweigsam, und beide beugten sich über die

Dokumente. »Die hier ist von meiner Mutter.« Sie zeigte auf die ganz rechts liegende und las vor: »Editha Maria Ehlert«.«

»Die in der Mitte ist von einem Richard Heinrich Ehlert, geboren am 27. Juni 1942.«

»Meine Mutter hatte einen Bruder?« Lene versagte die Stimme, und sie konnte nicht verhindern, dass ihr Tränen in die Augen stiegen.

»Nicht nur einen, scheint mir.« Alix tippte auf die Urkunde, die direkt vor ihr lag.

»Was?«, rief Lene aus.

»Hier gibt es noch einen Karl Gustav Ehlert, geboren am 17. Februar 1944.«

»Das kann doch nicht wahr sein!« Sie war in ihren Grundfesten erschüttert. »Ich hatte zwei Onkel. Oder habe sie noch?« Es hielt sie nicht mehr auf dem Fußboden. Sie musste aufstehen und Luft schnappen, trat ans Fenster und öffnete es ein Stück weit. Doch ihre Beine waren wie Pudding, weswegen sie sich sicherheitshalber auf der Fensterbank abstützte. Alix trat hinter sie.

»Geht's?«

Marlene war nicht in der Lage zu antworten, schüttelte nur den Kopf und registrierte dankbar, dass Alix ihr sanft über den Rücken strich.

»Na, Neuigkeiten?« Ohne dass Marlene oder Alix es bemerkt hatten, war Dariusz in den Raum gekommen und grinste vor sich hin. Und natürlich zündete er sich auch gleich wieder eine Zigarette an. Er warf einen Blick auf die auf dem Boden ausgebreiteten Dokumente, und als er erkannte, worum es sich handelte, pfiff er anerkennend aus. »Netter Fund. Briefe und Geburtsurkunden?« Sie nickten. »Ich würde euch raten, mal nach Siemczyno zu fahren, zum

Schloss. Dort wird viel über die Geschichte des Ortes geforscht. Mein Cousin ist da Verwalter und betreibt auch selbst Ahnenforschung. Vielleicht solltet ihr euch mal mit ihm unterhalten.«

Editha

Mutter und ich gehen von Heinrichsdorf aus nach Hause. Nein, wir schleichen. Die Arbeit in der Wäscherei ist hart, ich war heute dabei, wollte helfen. Aber Mutti hat nur gesagt: »Kümmere dich um Richard.« Ihr geht es nicht gut. Ihr ist zurzeit immer übel, und der Rücken tut ihr weh. Heute Morgen hat sie sich erbrochen. Danach hat sie geweint. Aber sie sagt, wir bräuchten dringend das Geld.

Ich will sie stützen, doch sie lässt mich nicht an sich heran, ihr Gesicht ist wie versteinert, die Lippen zusammengepresst, setzt sie verbissen einen Schritt vor den anderen. Ich sehe, wie schwer ihr das fällt.

Eigentlich bin ich gerne mit im Schloss. Dort sind viele andere Kinder, und manchmal steckt uns jemand etwas zu essen zu. Heute aber mochte ich nicht spielen, und auch sonst kann mich nichts aufheitern, nicht mal das Stück Schinken, das mir der eine Knecht geschenkt hat. Er hat es wohl schon gewusst.

Ich bin nun eine von denen, die einen geliebten Menschen im Krieg verloren haben. Eine von vielen. Gestern erreichte uns der Brief. Vater ist gestorben, an der Front gefallen.

Mutter hat gestern Abend schrecklich geweint und heute Morgen wieder. Ich weiß nicht, ob sie überhaupt geschlafen hat. Die Stellen unter ihren Augen sind dunkel.

Sie sagt, sie weiß nicht, wie es weitergehen soll. Es ist, als hätte sie allen Lebensmut verloren.

Ich habe auch geweint.

Ein Schrei. Editha warf den Kopf hin und her, wachte aus dem Dämmerschlaf auf, spürte, wie ihr Herz raste, wie ihr Schweißperlen auf der Stirn standen.

War das mein eigener Schrei? Ich schwitze und friere zugleich.

Unzählige wirre Gedanken rasten durch ihren Kopf, sie bekam sie nicht zu fassen, wusste nur, dass sie all das eigentlich nicht denken wollte. *Vaters Tod, Mutters Schwangerschaft, ihr Bruder?* Nein, kein Bruder. *Ich muss an meine eigene Schwangerschaft gedacht haben, an Marlenes Geburt ...*

Wie viel besser hatte sie es doch als ihre Mutter. Wolfgang war ihr zeit seines Lebens ein treu sorgender Ehemann. Als sie endlich, endlich schwanger wurde – sie hatte beinahe nicht mehr daran geglaubt –, war er äußerst fürsorglich. Ihren Beruf als Krankenschwester hatte sie schon längst an den Nagel gehängt, schließlich wollte sie voll und ganz für ihren Mann und die Familie da sein. Die Familie, die sich lange nicht hatte einstellen wollen. Sie freute sich so sehr auf ihr Kind! Auch wenn die Schwangerschaft nicht einfach war. Und die Geburt entsetzlich. *Nie hätte ich gedacht, dass ich solche Schmerzen würde ertragen müssen!* Sie schwor sich damals, kein weiteres Kind zu bekommen. Zu allem Überfluss gebar sie ein Mädchen. Wolfgang hatte sich einen Stammhalter gewünscht, er war enttäuscht. Er sagte es nicht, aber sie spürte es deutlich. Daran, wie er sich innerlich zurückzog, wie er sie allein ließ. Sie liebte Marlene trotzdem, aber sie war ein schwieriges Kind. Als ob das Elend der Entbindung sich unendlich fortsetzen würde. Marlene schrie andauernd. Was war sie froh, dass sie in dieser schwierigen Zeit nicht auch noch arbeiten musste! Später dann wollte Marlene partout nicht essen. Aber Essen wurde nicht weggeworfen, das war ganz klar. *Wir haben erlebt, was Hunger ist. Niemals hätte ich zugelassen, dass Marlene ihren Teller nicht leer isst.*

»Sieh zu, dass du das Kind in den Griff bekommst«, bestimmte Wolfgang. Er überließ die Erziehungsarbeit ganz ihr. Doch wenn etwas nicht so lief, wie er sich das vorstellte, konnte er sehr ärgerlich werden.

Und die Wäsche, die ganze Wäsche! Sie bat Wolfgang darum, eine von diesen modernen Waschmaschinen anzuschaffen, beinahe flehte sie ihn an, bis er sich endlich erweichen ließ. Doch auch seine Ansprüche stiegen. Er wollte schließlich ordentlich ins Büro gehen, penibel achtete er darauf, dass die Hemden tadellos gebügelt und gefaltet im Schrank lagen. Dass das Kind nur wie aus dem Ei gepellt das Haus verließ und sich nicht schmutzig machte. Sie selbst wollte natürlich auch keinen schlechten Eindruck hinterlassen.

So wie zu Hause alles perfekt und jederzeit vorzeigbar sein sollte, galt das für alle Lebensbereiche. Denn sie wollten ja eine ehrbare Familie sein. Nur nicht auffallen! Man wollte den Leuten auf gar keinen Fall Anlass für Getratsche geben, das hatte man schließlich mehr als genug ertragen müssen, als man völlig mittellos in den Westen gekommen war. Die Beschimpfungen, die ihr als armseliger Flüchtling entgegengeschlagen waren, hatten sich in ihr Herz gesetzt und dort für alle Ewigkeit festgekrallt. Wer aus der Masse hervorstach, lebte zudem gefährlich. War das nicht bei den Nazis genauso gewesen? Wer anders war, wurde entfernt, das hatte sie bei ihrem Freund David und seiner Familie doch gesehen! Die anderen waren immer stärker, man selbst konnte ohnehin nichts ändern. Das waren die Lektionen, die sie verinnerlicht hatte.

Wolfgang arbeitete mehr und mehr und kam zunehmend später nach Hause. Er wollte seine Arbeit eben gut machen. Dass bloß keine Klagen kämen. Abends musste alles für ihn bereitstehen, die Pantoffeln, das Abendessen, das Feierabendbier. Er war oft gereizt, weil sein Beruf und sein Chef anstrengend waren. Aber selbst wenn Marlene schon im Bett war, ließ er sich von ihr die Hausaufgaben zeigen. Wehe, wenn die Aufgaben nicht ordentlich erledigt waren. Dann musste Marlene sich noch mal hinsetzen und sie neu machen. Und sie selbst musste überprüfen, ob nun alles richtig war. Marlene tat ihr dann schon manchmal leid, aber es war ja wichtig, sie sollte schließlich zu einem anständigen Menschen herangezogen werden.

Danach kontrollierte Wolfgang die Ausgaben. Er wollte immer genau wissen, was sie mit dem Wirtschaftsgeld, das er ihr für die Woche gab, anschaffte. Sie lebten eben sparsam, man wusste nie, wofür man das Geld noch brauchen würde. Es war schließlich schon einmal alles weg gewesen. Wolfgang hatte sein Heim verlassen und in der Fremde ganz neu anfangen müssen. *Genau wie ich.*

Immer wollte er wissen, wo sie gewesen und mit wem sie gesprochen hatte. Dasselbe mit Marlene. *Obwohl ich doch auch aufgepasst habe.*

Aber er verdiente gut und sorgte für die Familie.

Wir hatten es gut. Ich habe wirklich Glück gehabt. Anderen ist es doch sehr viel schlechter ergangen.

7.

Noch wie paralysiert saßen Marlene und Alix im Cabrio und fuhren schweigend den Weg zurück nach Siemczyno. Beide hingen ihren Gedanken nach, irgendwann fiel Lene ein, dass sie den Freundinnen von ihrem Fund berichten könnte, und sie schrieb eine kurze Nachricht in die Frühstücksfrauen-Gruppe: *Haben die Schatulle meiner Mutter gefunden. Waren Geburtsurkunden drin. Sie hatte offenbar zwei Brüder!* Dann kopierte sie die Nachricht und schickte sie an Karsten, damit er und vor allem Paola auch auf dem Laufenden waren. Allerdings ergänzte sie diesen Text um einen Gruß an ihre Tochter: *1000 Küsse an Paola!*

Kaum abgeschickt, trudelten die Antworten von den Freundinnen ein. *Nicht wahr!*, schrieb Romy, und Josefin fragte: *Wie bitte?* und *Wie geht's dir damit?*

Hat mich völlig umgehauen, tippte sie zurück.

Was wirst du jetzt machen?, wollte Romy wissen.

Keine Ahnung, antwortete sie wahrheitsgemäß und registrierte, wie auch Alix' Handy ständig vibrierte. Sie konnte es einfach nicht in ihren Kopf hineinbekommen: Ihre Mutter hatte zwei Brüder – und ihr nie etwas von ihnen erzählt! Gehabt, ergänzte sie, denn vermutlich waren sie längst verstorben. Aber was war aus ihnen geworden? Warum hatte Mama nie etwas gesagt? Hatte sie nicht mehr an sie denken wollen? War etwas Schlimmes passiert, mit dem sie Marlene nicht hatte belasten wollen? Oder sich selbst?

Marlene hatte sich immer gewünscht, weitere Verwandte zu haben, nicht nur Papas Geschwister und die drei Cousins, mit denen sie kaum Gemeinsamkeiten hatte. Eine Schwester wäre wundervoll gewesen oder ein Bruder oder sonst auch gerne eine Cousine, irgendjemand, mit dem sie sich austauschen konnte. Über die Familie. Über ihre Eltern. Wurzeln, vielleicht war es das, wonach sie sich sehnte. In dem Moment piepte ihr Handy. Sie zog es erneut aus der Tasche.

»Eine Nachricht von Karsten«, erklärte sie Alix, deren Telefon dieses Mal nicht gebrummt hatte.

Gut, dann hast du Edithas Auftrag ja erfüllt und kannst jetzt wieder zurückkommen, schrieb er.

»Ich fass es nicht«, murmelte Marlene, woraufhin Alix sie verwundert ansah. Sie erzählte der Freundin vom Inhalt der Konversation. Diese zog eine Augenbraue hoch.

»Und ihr meint immer, ich wäre ein unsensibler Klotz«, sagte sie augenzwinkernd.

»Du weißt, dass wir das nicht wirklich so sehen«, widersprach Lene. »Aber es ist unglaublich, er denkt nur an sich.« *Wieso, ist was mit Paola?,* hakte sie nach.

Nö. Aber Chelsea macht Stress wegen der Papiere.

Sie las Alix die Nachricht vor, die nur mit dem Kopf schütteln konnte. »Meinst du, dass das der wahre Grund ist?«

»Eher nicht«, antwortete Lene grimmig. »Ich glaube eher, dass Karsten davon ausgeht, dass ich Paola dann ja doch morgen vom Kindergarten abholen könnte. Und er den Nachmittag freihat ...«

»Immer diese Spielchen«, erwiderte Alix seufzend. »Schreib, dass wir noch ein bisschen bleiben. Haben was zu tun.«

»Was denn?«

»Ist doch egal. Und dann leg das Teil weg. Und schalt am besten den Ton aus.«

»Ich sollte ihn ein bisschen schmoren lassen, schlägst du vor?«

»Das auch. Aber du sollst auch mal Ruhe vor ihm haben.«

Ein guter Rat, den Marlene sogleich befolgte. Es gab schließlich genug anderes, was ihr gerade im Kopf herumgeisterte.

»Sie müssen der Besuch aus Deutschland sein«, kam ihnen ein gut aussehender Mann mit ausgestreckter Hand entgegen, als sie in der Eingangshalle des Schlosses standen und ihre Tickets kaufen wollten. »Ich bin Jarek Socha und hier der Verwalter, Bauleiter, Museumsführer ... also im Prinzip Mädchen für alles. Dariusz hat mir schon berichtet, dass Sie sich für die Geschichte unseres hübschen kleinen Ortes interessieren«, begrüßte er sie in beinahe fließendem Deutsch. »Und einen sehr spannenden Fund gemacht haben.«

»Das stimmt.« Lene nahm seine Hand und staunte über seinen festen Händedruck. Sie betrachtete ihn genauer und verglich ihn unwillkürlich mit seinem Cousin. Er war einen Kopf größer als Dariusz, hatte braune Haare wie dieser, aber keine Locken, und braune Augen, wo sein Vetter blaue hatte, zudem einen gesunden, leicht gebräunten Hautton. Wie jemand, der viel an der frischen Luft war und nicht unbedingt wie ein Historiker, der hauptsächlich in einem alten Gemäuer Führungen anbot und ansonsten in Büchern und Briefen stöberte, um die Ortsgeschichte zu rekonstruieren. Er schien etwa in ihrem Alter zu sein und war attraktiv, stellte sie fest, auf eine unaufgeregte Art und Weise. Als ob er sich dessen nicht bewusst war, was einen Teil seines Charmes ausmachte. »Wie kommt es, dass Sie so gut Deutsch sprechen?«

Er zuckte mit den Schultern, ließ ihre Hand los, hielt aber ihren Blick. »Mich fasziniert unsere polnische Geschichte.

Schon immer. Und da stößt man unweigerlich auf die deutsche Sprache, unsere beiden Länder sind fest miteinander verwoben.«

Schön ausgedrückt, dachte Marlene. Es gefiel ihr, dass er so offen war, aber dabei kein böses Wort verlor über das, was ihr Land seinem in der Vergangenheit angetan hatte. »Viele hier im ehemaligen Pommern und auch in anderen Regionen Polens haben deutsche Vorfahren«, setzte er fort. »Manche verdrängen dieses Erbe, andere wollen den Kontakt zu ihren Wurzeln gerne behalten. Aber das ist oft nicht einfach. In der Vergangenheit war lange Zeit alles Deutsche verpönt. Dennoch sprechen viele Ältere auch heute noch etwas Deutsch. Die Jüngeren nicht mehr so. Die lernen eher Englisch.«

»Wie war das nach dem Krieg?«, schaltete sich nun Alix ein, sie und Jarek begrüßten sich ebenfalls mit Handschlag. »Sind alle Deutschen geflohen, oder sind auch welche geblieben?«

»Einige haben sich geweigert wegzugehen. Man hatte hier ja zusammengelebt, sich etwas aufgebaut, hatte freundschaftliche Verhältnisse zu seinen Nachbarn. Andere sind umgekehrt, als die Rote Armee die Flüchtlingsströme eingeholt hat, denn der Befehl zur Evakuierung kam viel zu spät. Aber es ging ihnen lange nicht gut hier, das muss man zugeben. Nach dem Terror der Nazis war die Stimmung unter den Polen nicht gerade freundlich gegenüber Deutschen.«

»Verständlicherweise«, pflichtete Alix ihm bei.

»Zum Glück haben unsere beiden Nationen ihre Streitigkeiten weitgehend überwunden. Wollen wir hoffen, dass die Völker Europas etwas aus der Geschichte lernen und in der Zukunft lieber zusammenarbeiten als gegeneinander.«

»Das wäre schön«, stimmte Lene zu.

»Leider ist es nicht immer so einfach«, meinte Alix.

»Nun denn, haben Sie Lust auf eine kleine Führung durch Pałac Siemczyno oder, wie es früher hieß, das Rittergut Heinrichsdorf? Es hat eine wechselvolle Geschichte hinter sich, seit es Anfang des achtzehnten Jahrhunderts erbaut wurde.«

»Sehr gerne«, sagten sie beide.

Marlene lief mehr als einmal ein Schaudern über den Rücken, als sie durch die Räume schritten, die teilweise kurz vor dem Verfall standen, mit abblätterndem Putz an den Wänden und morschen Dielen, und in anderen Bereichen schon restauriert waren. Jarek erzählte ihnen Geschichten der Menschen, die hier gelebt hatten, und zeigte ihnen die Ausstellung alter Fotos und Briefe im großen ehemaligen Tanzsaal im ersten Stock. Die letzten Bewohner hatten ebenso Anfang 1945 Hals über Kopf fliehen müssen wie ihre Großmutter mit ihrer Tochter. Und möglicherweise zwei Söhnen. Bei der Adelsfamilie ließ sich rekonstruieren, wohin es sie verschlagen hatte, doch all die anderen? So viele Schicksale, so viele Tragödien, so viel Leid. Und wofür das alles? Für nichts und wieder nichts.

Marlene stutzte, als sie in einen Nebenraum kamen, an dessen Wände Figuren aus Kinderbüchern gemalt waren.

»Hier war einige Jahre eine Grundschule untergebracht«, erklärte Jarek. »Von 1950 bis 1986, um genau zu sein. Kurz darauf hat der polnische Staat das Schloss veräußert.«

»Was war danach?«

Jarek zuckte mit den Schultern. »Wechselnde Besitzer. Niemand fühlte sich zuständig, beziehungsweise es war kein Geld vorhanden, um etwas mit dem Anwesen zu machen.«

»Die Unterhaltskosten des Guts müssen enorm sein«, meinte Alix.

Jarek nickte. »Es stand schon vorher einige Male vor dem wirtschaftlichen Ruin.«

»Es ist traurig, wenn ein solches Kleinod verfällt«, entfuhr es Lene. Sie konnte selbst nicht erklären, warum sie die Vergangenheit dieses Gemäuers derart berührte. Ein Gebäude war doch wohl weniger wichtig als die Menschen, die darin und drum herum lebten, und das, was ihnen widerfuhr, oder etwa nicht? Aber sie waren nicht mehr da, konnten nichts mehr von damals erzählen, das Schloss hingegen stand immer noch – ein stummer Zeuge der wechselvollen europäischen Geschichte.

»Die Zeiten sind wieder besser«, erwiderte Jarek und blickte sie mit weichem Gesichtsausdruck an. Beinahe schien es, als verstünde er sie. »Mit den neuen Besitzern erlebt das Schloss einen Aufschwung. Das Erbe wird bewahrt. Und die Erinnerung an die Menschen, die das Gut und den Ort geprägt haben.«

Sie stiegen eine weitere Treppe hinauf, dann eine Wendeltreppe, die zum gut erhaltenen beziehungsweise bereits wieder hergerichteten Dachboden führte, in dem eine Ausstellung mit früheren Alltagsgegenständen und Werkzeugen aufgebaut war. Marlene staunte.

»Hier ist die Restaurierung schon weit fortgeschritten.«

»Ja, dieses Geschoss war aber auch mit im besten Zustand. Wahrscheinlich gab es hier nicht so viele Umbauten wie unten.« Jarek trat zu den schmalen gebogenen Fenstern, die Lene und Alix schon von außen bewundert hatten. Sie folgten ihm. »Es ist ein Mansarddach, die Seitenflügel bedecken Krüppelwalmdächer. Schauen Sie hinaus.« Lene und Alix schoben sich neben ihn. Es war eine interessante Bauweise: Die Bogenfenster waren etwas schräg angelegt, sodass man einen perfekten Blick auf den Vorplatz und die Wirtschaftsgebäude hatte, aber nicht in die Ferne schauen konnte. »Linker Hand und hinter dem Gebäude findet sich die Parkanlage, die Sie sich unbedingt noch ansehen müssen.« Er warf einen verstohlenen Blick auf seine Armbanduhr.

»Das werden wir sicher gleich tun«, beeilte sich Lene zu sagen. »Wir haben Sie lange genug aufgehalten.«

»Nein, nein«, winkte Jarek ab. »Das ist es nicht. Mein Cousin, Dariusz, wollte gleich noch vorbeikommen und mit mir über das Haus in Piaseczno sprechen. Vielleicht, wenn Sie mögen, könnten wir drüben im Restaurant gemeinsam einen Kaffee trinken? Denn wir hatten ja noch gar keine Gelegenheit, uns über Ihren Fund zu unterhalten.«

Wie nett von ihm, dass er sich so viel Zeit für sie nahm. Lene stimmte sich über einen flüchtigen Blick mit ihrer Freundin ab, dann nickte sie. »Das würden wir sehr gerne.«

Jarek lächelte erfreut. »Sehr schön. Sie müssen unbedingt die Rogaliki probieren, Quarkhörnchen mit Marmeladenfüllung. Keiner bäckt sie so gut wie Andrzej, der Koch drüben im Restaurant.«

Obwohl sie vor nicht allzu langer Zeit zu Mittag gegessen hatten, lief ihr das Wasser im Mund zusammen. Nach der ganzen Aufregung konnte sie durchaus eine kleine Stärkung vertragen. »Das klingt gut.«

»Sie scheinen hier ja Gott und die Welt zu kennen«, meinte Alix stattdessen.

»Es ist ein kleines Dorf«, sagte Jarek schulterzuckend. »Und ich bin ein Urgestein, lebe im Wesentlichen seit meiner Geburt hier – mit kleinen Unterbrechungen durch Studium und Arbeit. Aber ja, ich stehe mit einigen Leuten im Gespräch. Ich möchte so viele Geschichten wie möglich sammeln, die dieser Ort und die Familien, die hier leben, zu bieten haben. Die Stammbäume der Adeligen sind meistens wieder aufzufinden, aber was ist mit den einfachen Menschen? Ihre Lebenswege gehen verloren, wenn man sie nicht erzählt und aufschreibt.«

»Wohl wahr«, stimmte Lene zu, fasziniert davon, mit welcher Energie und Ernsthaftigkeit Jarek seine Aufgabe betrachtete.

In dem Moment klingelte sein Handy. »Entschuldigung, da muss ich kurz rangehen. Treffen wir uns in einer Viertelstunde im Café?«

Beide nickten und machten sich daran, das Schloss zu verlassen. Nicht ohne im ehemaligen Tanzsaal noch einmal die Fotografien und Lebensläufe auf sich wirken zu lassen.

»Hier wird wirklich viel in Sachen Geschichtsaufarbeitung getan«, meinte Alix, die neben Lene stand und eine Erklärung zur Sammlung las. »Mehr als anderswo.«

»Ja«, stimmte sie ihr zu. »Es gibt viele Arten, mit der Vergangenheit umzugehen. Man kann darüber sprechen oder aber ...«

»Sie verdrängen«, beendete Alix den Satz.

Sie sahen sich an. »Wie meine Mutter.«

»Die Chancen stehen gut, dass du hier etwas herausfindest.«

»Das kann ich mir auch vorstellen. Ich weiß jetzt schon mehr über meine Familie als jemals zuvor. Was allerdings neue Fragen aufwirft.«

Sie verließen das Gebäude über die prachtvolle Treppe. Draußen blendete sie das Sonnenlicht, sodass Marlene blinzeln musste. Alix zog sich die Sonnenbrille aus dem Haar, setzte sie jedoch nicht gleich auf, sondern hielt sie einen Moment nachdenklich in der Hand.

»Ich bin mir übrigens ziemlich sicher, dass dieser Jarek dich mag.«

»Was?« Lene fiel aus allen Wolken. »Das ist völliger Quatsch.«

»Doch, doch. Es ist etwas in der Art, wie er dich ansieht. schon bei der Begrüßung hatte er nur Augen für dich. Glaub mir, ich weiß, wie Männer Frauen anschauen, wenn sie sie gut finden.«

Wie von selbst brach sich ein verächtliches »Pfff« aus Lenes Mund Bahn, und dann platzte auch der gesamte angestaute Frust der vergangenen Tage aus ihr heraus. »Ich bin noch verheiratet, habe gerade von meinem Mann erfahren, dass er die Scheidung eingereicht hat. Meine Mutter verschweigt mir seit Jahrzehnten meine Herkunft und dass ich vielleicht Onkel hatte, dafür gängelt sie mich und jagt mich durch die Weltgeschichte. Und ich lasse mich auch noch von ihr hin und her schubsen, als ob ich keinen eigenen Willen hätte. Mein Leben ist ein einziger Scherbenhaufen. Und wenn irgendein Mann an einem von uns beiden Interesse haben sollte, dann ja wohl eher an dir. Ich bin zu rund, ich bin langweilig, ich habe nichts vorzuweisen.«

»So siehst du dich wirklich?«, fragte Alix stirnrunzelnd. »Dann bist du eindeutig zu lange mit Karsten zusammen gewesen, diesem Vollpfosten. Entschuldige, aber das muss jetzt mal gesagt werden. Er hat dich runtergezogen, dich schön kleingehalten, damit du ja nicht merkst, dass du es besser treffen könntest als mit ihm. Du bist eine wahnsinnig attraktive Frau, mit einer tollen, eben sehr weiblichen Figur. Du hast einen einzigartigen Kleidungsstil, ein Händchen für Dekoration und Einrichtung, und selbstverständlich bist du interessant! Und mal davon abgesehen, mich hat Jarek kaum bemerkt, er hatte nur Augen für dich, ganz klar.«

»Danke, das hast du schön gesagt.« Die Worte der Freundin rührten Lene sehr. »Aber meinst du wirklich, dass ...?«

»Dies ist deine Reise«, unterbrach Alix sie. »Genieße sie. Finde heraus, wer du bist und was *du* eigentlich willst. Und wenn sich dir auf dem Weg dahin ein netter kleiner Flirt bietet, warum nicht? Gönn dir eine Freude, sei mal ein bisschen egoistisch.«

Sie setzten sich langsam in Bewegung. Mehr und mehr begann Lene, Alix' pragmatische und zugleich lebensbejahende Art zu mögen. Vielleicht konnte sie sich wirklich in der einen oder anderen Hinsicht eine Scheibe von der Freundin abschneiden, zumindest eine dünne? *Mal egoistisch sein ...* Wann hatte sie jemals nur an sich und ihre Bedürfnisse gedacht? Eigentlich noch nie. Nicht mal im Bett. Mit Karsten war der Sex für sie kein besonderes Ereignis gewesen, wenn sie so darüber nachdachte. Ihre Liebelei mit Hajo als ganz junge Frau erschien ihr zumindest im Rückblick eindeutig aufregender. Aber sie hatte es so hingenommen, hatte ihrem Mann gefallen wollen, hatte alles dafür getan, dass er glücklich war. Das hieß eben auch, dafür zu sorgen, dass er auf seine Kosten kam. Stillschweigend war er wiederum davon ausgegangen, dass das auch für Lene erfüllend gewesen sein musste ... Unwillkürlich schüttelte es sie. Auf jeden Fall würde sie diese Tage in der Heimat ihrer Mutter, fernab von Verpflichtungen und Zurechtweisungen, für sich nutzen, das nahm sie sich fest vor. Doch etwas arbeitete noch in ihr, was sie unbedingt loswerden wollte.

»Ich hab Karsten genauso mit mir umspringen lassen wie meine Eltern, oder?«

Die Freundin sah sie zunächst überrascht, dann ernst an. »Dafür stecke ich ehrlich gesagt zu wenig in deinen Beziehungen drin, aber ja, es könnte schon sein, dass du dich allgemein zu leicht unterbuttern lässt.«

»Weil ich diese Menschen liebe.«

»Liebe sollte aber doch etwas Ausgeglichenes sein, oder? Keine Einbahnstraße, in welcher der eine sich ständig abmüht und der andere nur nimmt.«

»Ich glaube kaum, dass meine Mutter es so sieht. Oder Karsten.«

Alix schnaubte. »Nein, natürlich nicht. Deine Mutter steckt in ihren eigenen Zwängen fest, würde ich denken. Sie sieht überhaupt nicht, was sie dir angetan hat mit ihrer Gefühlskälte. Und für Karsten war es einfach superpraktisch, eine Frau zu haben, die nicht aufmuckt und die ihm die Füße küsst.«

»Aber dann wurde es ihm doch zu langweilig.«

»Möglicherweise. Oder es war etwas ganz anderes, das werden wir wahrscheinlich nie erfahren. Drauf wetten würde ich allerdings, dass er einen Grund finden wird, um dir die ganze Schuld in die Schuhe schieben zu können. Selbstkritik scheint mir keine seiner Tugenden zu sein.«

»Ich bin ihrer Liebe immer hinterhergerannt. Erst der meiner Eltern, dann Karstens ...« Diese Erkenntnis brachte einen Stich ins Herz mit sich. Allein die Vorstellung, dass man Liebe nicht einfach bekam, sondern sie sich erarbeiten musste, war haarsträubend. Unwillkürlich dachte Lene an ihre Tochter, froh darüber, dass ihr Verhältnis ein so ganz anderes war. Mit einem Mal vermisste sie Paola unendlich. Und schwor sich, dass sie es anders machen würde als ihre Mutter. Sie würde nie zulassen, dass ihre Tochter sich kleinmachte und ausbeuten ließ, dass sie sich allein gelassen fühlte. Sie würde sie darin bestärken, ihren eigenen Weg zu finden und zu gehen – auch wenn dieser ihr selbst nicht gefallen sollte. Und sie würde alles dafür tun, um Paola zu einer selbstbewussten, starken Frau zu erziehen, die für sich selbst einstehen konnte, es aber ebenso vermochte, Liebe zu geben und anzunehmen.

Sie waren beim Café angelangt, nur ein Tisch auf dem Hof war besetzt, zwei Männer in Anzügen, die ihre Jacketts neben sich gelegt und die Ärmel ihrer Hemden hochgekrempelt hatten, saßen dort. Lene und Alix wählten einen Tisch unter einem großen Sonnenschirm, auf dem Werbung für eine polnische Biermarke prangte.

»Ich bin gespannt«, meinte Lene und war es wirklich, in vielerlei Hinsicht.

Wenig später sahen sie, wie ein klappriger Lieferwagen auf den Innenhof fuhr, aus dem Dariusz ausstieg. Beinahe gleichzeitig erblickten sie Jarek, der schnellen Schrittes aus einem der Nebengebäude zu ihnen herüberkam. Auf halbem Weg begrüßte er seinen Cousin, dann setzten sie sich zu ihnen.

Lene bemerkte, dass Jarek den Platz ihr gegenüber eingenommen hatte. War das nun Zufall oder nicht? Dariusz nickte nur knapp zur Begrüßung, ließ sich auf den letzten freien Stuhl fallen und zündete sich selbstverständlich erst mal eine Zigarette an. Er sagte etwas auf Polnisch zu Jarek. Konnte er sie nicht leiden? Bei ihm fiel es ihr schwer einzuschätzen, ob er sie beide als lästig empfand oder ob es lediglich seine Art war, die ihn ein wenig mürrisch und abweisend wirken ließ. Nur ein Mal war er ein wenig aufgetaut: als er von seiner Familie erzählt hatte. Aber ein leichtes Misstrauen ihnen gegenüber schien bei ihm dauerhaft untergründig mitzuschwingen.

Ganz anders bei Jarek, der viel offener wirkte. Er antwortete seinem Cousin mit wenigen Worten, wechselte jedoch gleich ins Deutsche und wandte sich ihnen zu.

»Haben Sie schon bestellt?« Beide verneinten. »Mögen Sie die Rogaliki probieren?«

Alix winkte ab, doch Lene wollte sich die angepriesene Köstlichkeit nicht entgehen lassen. »Ich schon. Wir wollen Andrzej schließlich nicht enttäuschen«, erwiderte sie, was Jarek mit einem amüsierten Blick quittierte.

Der Einfachheit halber gab er für sie alle die Bestellung auf, dann nahm er den Faden von vorher auf. »Würden Sie mir von Ihrem Fund berichten?«

»Sehr gerne.« Lene zog die Schatulle aus ihrer Tasche, stellte sie auf den Tisch und öffnete sie so andächtig, als enthielte sie etwas sehr Wertvolles. Vorsichtig holte sie die drei nun oben liegenden Geburtsurkunden hervor, entfaltete sie und strich sie sachte auf dem Tisch glatt.

»Darf ich sehen?«

»Natürlich.« Sie registrierte, wie Jarek in die Brusttasche seines Hemdes griff, eine Lesebrille herauszog und sich auf die Nase setzte. Sie ließ ihn älter wirken. Er zog die Papiere zu sich heran, studierte sie sorgfältig.

»Die Namen sind mir nicht bekannt, aber ich werde nachher mal in unseren Archiven nachsehen, vielleicht finde ich etwas zu einem Ehlert-Stamm.« Er nahm die Brille wieder ab, dann sah er ihr direkt in die Augen, seine Stimme nahm einen sanften Ton an. »Erzähl mir von deiner Familie, Marlene. Ich darf doch Du sagen?«

Sie nickte. »Da gibt es eigentlich nicht viel zu erzählen«, meinte sie dann.

»Egal. Sag mir, was du weißt.«

Sie schluckte, doch dann begann sie zu reden. Erst langsam, stockend, bald fließender. Sie holte weit aus, sprach sogar von den Schwierigkeiten mit ihren Eltern und dem »Auftrag« ihrer sonst so geheimniskrämerischen Mutter. Sie spürte, dass sie in Jarek einen wirklich interessierten, verständnisvollen Zuhörer gefunden hatte, und so ließ sie auch nicht aus, wie sehr sie unter dem fehlenden Wissen um ihre Abstammung gelitten hatte. Unter der Gefühlskälte ihrer Eltern und dem spießbürgerlichen Zuhause.

Als sie geendet hatte, nickte Jarek verstehend. »Es geht vielen so wie dir, Marlene. Du bist nicht die Einzige, der etwas zu fehlen scheint und die keinen Zugang zu ihren Eltern finden kann. Es kommen viele Deutsche nach Polen, um ihre alte Heimat zu besuchen. Nicht nur hierher, sondern überallhin, nach Pommern, Schlesien und Westpreußen, Ostbrandenburg ... alte Menschen, die wissen wollen, wie es heute hier aussieht, und sich erinnern möchten. Aber auch Jüngere, die verstehen wollen, was damals geschehen ist und wie das die Lebensläufe ihrer Eltern und Großeltern beeinflusst hat. Denn es macht etwas mit einem, wenn man aus seiner Heimat verjagt wird. Wenn man auf der Flucht ist. Unabhängig davon, wer schuld ist oder welcher Nationalität man angehört.«

»Das ist sicherlich richtig. Und da bringe ich meiner Mutter ja durchaus Verständnis entgegen, aber warum bloß hat sie nie mit mir über all das geredet? Und, was ich auch nicht begreifen kann, warum hat sie mich nicht an sich herangelassen, wenn sie selbst schon als Kind alles verloren hatte? Ich sehe ein, dass meine Eltern geradezu zwanghaft alles festhalten mussten, was sie im Laufe ihres Lebens angesammelt haben, dass der Teller immer leer gegessen werden musste, weil sie erlebt hatten, wie es sich anfühlt, Hunger zu erleiden, dass sie nichts wegwerfen konnten, aber ich kann einfach nicht verstehen, warum sie ihr eigenes Kind nicht ebenso festgehalten und an sich gedrückt haben.« Selbst überrascht von ihrem Gefühlsausbruch vor praktisch fremden Menschen, blickte sie betreten auf die Tischplatte und die noch immer darauf liegenden Urkunden. Zum Glück kam genau in diesem Moment die Kellnerin mit ihrer Bestellung. Schnell sammelte Lene die Papiere ein und steckte sie zurück in das Kästchen.

»Weil sie nicht in der Lage dazu waren, Marlene.« Beinahe schüchtern reichte Jarek über den Tisch und fasste nach ihrer Hand, hielt sie in seinen beiden. Obwohl sie ihn kaum kannte, tröstete sie diese Geste. Dankbar sah sie auf. »Sie haben den Krieg erlebt. Dein Vater hat zwar nicht fliehen müssen, aber auch er könnte durch die Ereignisse traumatisiert gewesen sein. Deine Mutter hat mit ziemlicher Sicherheit Entsetzliches auf der Flucht erlebt. Wahrscheinlich einen oder mehrere geliebte Menschen verloren. Ihre Heimat und ihren Besitz zurücklassen müssen. Wer weiß, in welchem Zustand ihre eigene Mutter war, als sie endlich in Sicherheit waren? Bestimmt war sie noch lange mit dem eigenen Überleben beschäftigt. Sie haben beide die Erfahrung gemacht, dass man jederzeit alles verlieren kann, und vielleicht auch, dass es daher besser ist, sein Herz nicht zu sehr an einen anderen Menschen zu hängen. Deine Mutter liebt dich gewiss, aber auf ihre eigene Weise.«

Konnte das der Grund sein? Es passte, was er sagte. Sowohl Editha als auch ihre Großmutter Alwine waren wahrscheinlich zutiefst traumatisiert gewesen und hatten schlichtweg keine Zeit gehabt, sich mit ihren Gefühlen auseinanderzusetzen, weil sie all ihre Kräfte hatten aufbringen müssen, um sich zu retten und danach etwas Neues aufzubauen. Das Verhalten ihrer Mutter war für Lene immer noch nicht vollständig zu erklären, aber doch etwas nachvollziehbarer geworden. Die Psyche schlug schließlich manchmal seltsame Kapriolen, das kannte sie ja von sich selbst – von jener Zeit, als es ihr schlichtweg nicht gut gegangen war. Heute würde man dabei wahrscheinlich von Depressionen sprechen. Der Grund dafür war ihr jahrelang nicht klar gewesen.

»Manchmal wäre es schön, wenn die Psyche ein bisschen konkreter sagen könnte, was das Problem ist«, murmelte sie in ihre Gedanken versunken.

»Ja, das stimmt wohl«, warf Alix ein. »Man weiß inzwischen, dass Kinder schon in sehr jungem Alter viel mitbekommen, auch die Stimmungen ihrer Eltern wahrnehmen können und versuchen, sich entsprechend zu verhalten.«

»Richtig. Es gab hier im Ort einen Lehrer, der es sich zum Ziel gesetzt hatte, die Kinder zu selbst denkenden Bürgern auszubilden. Ein Unding für die damalige Zeit. Er wurde verehrt, aber auch von vielen Seiten angefeindet. Irgendwann wurde er erwartungsgemäß von den Nazis abtransportiert. Ich habe mit vielen seiner Schülerinnen und Schüler gesprochen, und sie alle konnten sich detailliert an ihn und seinen Unterricht erinnern. Sie haben mir berichtet, dass sein kritisches und freiheitliches Denken sie geprägt habe und sie auch ihre eigenen Kinder so erzogen hätten. Sein weiteres Schicksal konnte nicht geklärt werden, aber er lebt in den Erinnerungen und Lebenseinstellungen so mancher Menschen weiter.«

»Das ist tröstlich«, meinte Alix, und Lene nickte zustimmend.

»Du kannst bestimmt noch mehr solcher Geschichten erzählen, nicht?«

Jarek nickte und schöpfte aus seinem unzweifelhaft breiten Wissen. Sie hörte gebannt zu. Irgendwann bemerkte sie, dass es bereits dämmerte. Dariusz hatte inzwischen etwas zu knabbern und eine Flasche Rotwein für sie alle bestellt, von dem sie nebenbei tranken. Nachdem Jarek geendet hatte, gähnte sein Cousin vernehmlich.

»Ich glaube, heute wird es mit den Möbeln nichts mehr«, sagte er, und für Marlene klang es wieder ein wenig mürrisch. »Kommst du morgen vorbei?«, fragte er Jarek.

»In Ordnung. Gegen zehn? Dann kann ich vorher noch ins Archiv schauen.«

Dariusz zog eine Augenbraue hoch, nickte schließlich, leerte sein Glas in einem Zug und zündete sich eine Zigarette an. Die leere Schachtel knüllte er zusammen und ließ sie auf dem Tisch liegen. »Am besten, du bringst auch was zum Frühstück mit, ich hab nichts mehr im Haus, und die Küche ist vorhin rausgeflogen.« Er erhob sich. »Reicht nicht für vier Leute.«

Täuschte sie sich, oder hatte Dariusz etwa gerade auch sie und Alix zu sich zum Frühstück eingeladen? Dann war er vielleicht doch nicht so griesgrämig und misstrauisch ihnen gegenüber, wie es den Anschein machte.

Editha

Ich gehe gern zur Schule, wenn es die Arbeit zulässt. Mutter braucht mich aber oft daheim. Ohnehin habe ich nur ein paar Wochen Unterricht gehabt. Dann war der Lehrer in Heinrichsdorf mit einem Mal fort. Und niemand von denen, die noch da sind, hätte Zeit, ihn zu ersetzen.

Überhaupt ist Mutter besorgt. Eine Furche hat sich vor einiger Zeit auf ihrer Stirn gebildet, die immer tiefer wird. Im Schloss spricht man hinter vorgehaltener Hand davon, dass das Deutsche Reich den Krieg verlieren werde und dass die Russen schon auf dem Weg hierher seien. Manche überlegen sogar zu fliehen! Angeblich träfe Frau von Regnowitz bereits Vorkehrungen, habe ich eine der Frauen auf dem Gut sagen hören.

Blumenwerder verlassen? Unser Haus und all unser Hab und Gut zurücklassen? Undenkbar. Meine Brüder sind doch noch so klein! Karl ist vorgestern ein Jahr alt geworden. Wie soll das gehen?

Gestern habe ich bemerkt, dass Mutter ein paar Sachen packt und die Taschen weit unter das Bett geschoben hat. Sie hat auch Schmuck und andere Dinge unter den losen Dielenbrettern in der Stube und der Küche versteckt und im Garten vergraben. Ich musste ihr hoch und heilig versprechen, mit niemandem darüber zu reden. Es ist nämlich bei Strafe verboten, das Land zu verlassen oder Vorbereitungen dafür zu treffen. Der Ortsgruppenleiter – ein ständig schwitzender Mann, der beim Reden spuckt – spricht von Zersetzung und Fahnenflucht. Nennt alle, die Angst haben, Feiglinge und

Feinde des deutschen Volkes. Defätisten gehören gehängt, schimpft er. Auch im Volksempfänger hören wir, dass alles in Ordnung sei.

Ich habe trotzdem vorsorglich mein Rucksäckchen gepackt und es sorgsam hinter einem Schrank verborgen. Gertrud ist drin und etwas zum Anziehen.

8.

Der Möbelwagen stand heute nicht vor dem Haus in Piaseczno. Alix stellte das Cabrio zwischen den Eichen neben
Dariusz' verbeultem Lieferwagen ab. Auf der anderen Seite
parkte ein schwarzer, etwas staubiger Kombi, der vermutlich
Jarek gehörte.

Sie hatten am Vorabend noch eine Weile geplaudert, nachdem Dariusz aufgebrochen war, doch dann hatte sich auch
Jarek verabschiedet, um noch ein wenig zu ihrer Familie zu
recherchieren, bevor sie sich am Morgen wieder trafen. Wie
Lene sich eingestehen musste, freute sie sich auf ein Wiedersehen mit Jarek. Er war ein angenehmer Mensch, interessiert
und ohne Vorbehalte, einfühlsam und dabei auch amüsant.
Und er vertrieb ihre Gedanken an Karsten. Obwohl in ihrem
Kopf noch allerhand herumgegeistert war, als sie im Bett gelegen hatte, hatte sie gut und tief schlafen können. Wahrscheinlich hatten sowohl der ereignisreiche Tag als auch der
Wein ihren Teil dazu beigetragen.

Die Haustür war geschlossen, und niemand öffnete, als sie
klingelten.

»Sehen wir mal im Garten nach«, meinte Alix.

Sie gingen um das Haus und den Schuppen herum und
blieben überwältigt stehen. Sie hatten ein kleines Paradies
betreten, eines, das ein wenig Aufmerksamkeit vertragen
konnte, aber dennoch nicht zu verbergen vermochte, dass
dies ein Ort zum Wohlfühlen war. Vor ihnen erstreckte sich

eine große Rasenfläche, die seit Längerem nicht gemäht worden war und eher einer Wiese glich, auch die Blumen- und ehemaligen Gemüsebeete waren von Unkraut überwuchert und wirkten verwahrlost. Dahinter schlossen sich Felder und Weiden an, so weit das Auge reichte, der Blick nur verstellt durch ein paar Obstbäume und Sträucher. Beim Näherkommen erkannte Marlene sie als Johannis- und Brombeerpflanzen, die sich trotz mangelnder Pflege nicht unterkriegen ließen. Hohe Stockrosen, die bereits zarte grüne Knospen ausbildeten, und daneben wachsende dichte Hortensienbüsche zierten die überputzte Backstein-Hauswand. Es war ein herrlicher warmer Tag, und der Frühling lag überall in der Luft. Es würde nicht mehr lange dauern, bis alles in frischer Pracht stünde, und Lene konnte sich gut vorstellen, wie wunderschön es im Sommer hier aussehen musste, wenn alle Pflanzen ihre bunten Blüten und Früchte zeigten.

Etwa in der Mitte der Grasfläche reckte sich ein knorriger Apfelbaum gen Himmel, und daneben stand ein alter Holztisch mit vier Stühlen, auf dem eine gut gefüllte Papiertüte lag sowie eine Plastiktüte mit Roggenbrot. Vier Teller standen dort, Tassen und eine Porzellan-Kaffeekanne, alle mit demselben blauen Blumendekor. Sie vermutete, dass es sich um das »gute« Geschirr aus dem Büfettschrank im Wohnzimmer handelte, das Dariusz gestern eingepackt hatte, denn die Küche war ja bereits am Vortag abtransportiert worden.

Von den beiden Cousins war weit und breit nichts zu sehen. Vermutlich befanden sie sich doch im Haus und waren so darin vertieft, den Wert der antiken Möbel zu schätzen und zu überlegen, ob sie etwas für das Schlossmuseum wären, dass sie ihr Klingeln nicht bemerkt hatten. Unschlüssig, was sie tun sollten, schlenderten Lene und Alix über die Wiese Richtung Tisch. Bei genauerem Hinsehen entdeckte sie darauf ein Töpfchen mit etwas, das aussah wie Frischkäse, ein Glas selbst gemachte Marmelade sowie einen Teller mit dicken roten Würsten, eine Gurke und drei Tomaten. Das war wohl ihr Frühstück.

Alix' Handy klingelte. Sie zog es hervor und blickte auf das Display.

»Was Geschäftliches«, murmelte sie und wandte sich ein wenig ab.

Marlene wollte ihr etwas Privatsphäre lassen und ging zur anderen Seite des Gartens. Sie entdeckte einen Schemel, der verborgen unter einem Holunderbaum in der hinteren Ecke stand, und ließ sich vorsichtig darauf nieder. Doch, er hielt. Von hier aus hatte sie einen guten Blick auf das Haus mit seinem warm in der Sonne leuchtenden roten Dach, den Sprossenfenstern mit den Spitzengardinen im Erdgeschoss, der Gaube unter dem Dach, wo sich laut Dariusz Schlafzimmer und Kinderzimmer befanden. Ein nicht sehr großes Einfamilienhaus, wie es eben früher üblich gewesen war. Davor der herrliche Garten. Das Elternhaus ihrer Mutter. Welche Bäume hatten damals schon gestanden? Hatte sie hier gespielt? Welches Gemüse hatten sie angebaut? Waren sie Bauern gewesen, oder welchen Beruf hatte der Großvater eigentlich innegehabt? Hatte Editha sich hier wohlgefühlt? Doch es war nicht immer eine Idylle gewesen. Welches Leid hatte sich hinter diesen Mauern abgespielt? Mehr noch, um sie herum? Was war auf diesem Boden geschehen? Wie hatte es hier ausgesehen, als ihre Mutter und ihre Oma fortgemusst hatten? Editha war acht Jahre alt gewesen, nur wenig älter als Paola. Sie musste bereits zur Schule gegangen sein. Wo hatte sie gestanden? Hier oder in Heinrichsdorf? Oder ganz woanders? Wie war Schule zu Kriegszeiten gewesen? Wie war überhaupt ihre Kindheit verlaufen?

Bestimmt konnte man als Kind an diesem Ort viel Schönes machen. Im Garten spielen, die Früchte von den Sträuchern naschen, im Sommer in dem See auf der anderen Straßenseite baden, im Winter vielleicht darauf Eislaufen. Allerdings war ihre Mutter im August 1936 geboren, zu dem Zeitpunkt hatten die Nazis schon die Macht übernommen, und wenig später war der Krieg ausgebrochen. Vermutlich hatten sie an diesem ländlichen Ort lange nicht viel vom Krieg mitbekommen. Anders als in den Großstädten. Wann hatte man die Auswirkungen auch hier zu spüren bekommen, in diesem weit abgelegenen Teil des Reichs? Wann hatte man ihren Vater und die anderen Männer des Dorfes einberufen? Und vor allem, was war mit ihren Brüdern geschehen? Lene hoffte sehr, dass Jarek etwas herausgefunden hatte.

Da trat Dariusz aus einer Hintertür an der seitlichen Hauswand, die Marlene noch nicht bemerkt hatte. Daneben befand sich eine Klappe, die vermutlich zum Kohlenkeller führte, wie es früher üblich gewesen war. Er trug einen Karton, nickte ihr knapp zu, als er sie bemerkte, kam jedoch nicht zu ihr hinüber, sondern ging zur Vorderseite des Hauses, vermutlich zu seinem Lieferwagen.

Wenig später trat Jarek aus derselben Tür. Blickte sich kurz suchend um, entdeckte dann Marlene auf dem Schemel und lief auf sie zu. Sie erhob sich und ging ihm entgegen.

»Wie schön, dich wiederzusehen, Marlene.« Er streckte ihr die Hand hin. »Wo ist deine Freundin?«

Sie ergriff seine Hand. »Alix hat einen Anruf bekommen und ist eben ums Haus gegangen.« Das Telefonat dauerte ja recht lange, hoffentlich war es nichts Ernstes, sodass sie zurückmusste. »Hast du etwas über meine Familie herausfinden können?« Sie wusste, dass sie mit der Tür ins Haus fiel und eigentlich erst etwas Small Talk betreiben sollte, aber sie brannte vor Neugier.

»Ja, setzen wir uns.« Er zeigte zum Gartentisch hinüber. »Ich konnte in den Kirchenbüchern eine Familie Ehlert aus Piaseczno, damals Blumenwerder, beziehungsweise Siemczyno, früher Heinrichsdorf, finden. Bloß gut, dass wir die alten Dokumente schon vor Jahren digitalisiert haben. Das war eine Heidenarbeit, aber es hat sich gelohnt. Sonst hätten wir nämlich erst nach Czaplinek oder, wenn wir da nicht fündig geworden wären, nach Drawsko Pomorskie fahren müssen, wo die Bücher heute verwahrt werden. In Czaplinek sitzt die Gemeindeverwaltung, Drawsko Pomorskie ist unsere Kreisstadt«, erklärte er, als er ihr Stirnrunzeln bemerkte. Er zog einen Stapel Papiere unter der Tüte hervor, aus der ein Gebäckstück herausrutschte, und breitete sie auf dem Tisch aus, beschwerte jedes einzelne Blatt sicherheitshalber mit einem Besteckteil. »Ich habe dir die interessantesten Seiten ausgedruckt.«

Sie beugte sich vor. Es war alles in deutscher Sprache verfasst. »Wie praktisch, dass du so gut Deutsch sprichst.«

»Ich sag ja, wenn man sich mit der Geschichte Polens befasst, kommt man um das Deutsche nicht herum.« Jareks Lippen verzogen sich zu einem schiefen Grinsen, was ihm einen jungenhaften Gesichtsausdruck verlieh. »Im Geburten- und Eheschließungsregister habe ich einige Personen mit dem Namen Ehlert gefunden, angefangen im Jahr 1812 mit einem Hans August Ehlert, Fuhrmann, bis zu deinem Großvater Heinrich Ehlert. Er war anscheinend Schlosser und hat deine Großmutter Alwine, eine geborene Zielke, im Juni 1935 geheiratet.«

»Ein gutes Jahr, bevor meine Mutter geboren wurde«, rechnete Marlene nach.

»Alwine muss bei ihrer Hochzeit gerade achtzehn gewesen sein, was damals nicht unüblich war.«

»Gibt es Angaben zu ihren Kindern?« Sie versuchte etwas in den Tabellen zu entdecken, und vor Anspannung zog sich ihr Magen zusammen.

Jarek tippte mit dem Zeigefinger auf die Spalte, in der sich unter dem Nachnamen Ehlert einige Einträge befanden. »Es gibt eine Geburtsanzeige zu Editha Maria, deiner Mutter. Sie ist am vierten August 1936 geboren?«

»Ja.« Marlene nickte und reckte sich weiter zu dem Blatt hinüber, was sie unweigerlich näher an Jarek heranbrachte. Er roch gut, stellte sie fest. »Was ist mit ihren Brüdern?«

Jarek schob das Papier näher zu ihr hin, sodass sich ihre Schultern beinahe berührten. »Darunter steht ein Richard Heinrich, geboren am 27. Juni 1942, dann gibt es noch einen Karl Gustav, geboren am 17. Februar 1944. Das deckt sich mit den Urkunden, die du gefunden hast.«

»Gut.« Aus den Augenwinkeln bemerkte sie, wie Dariusz rauchend ins Haus zurückging. Wo blieb Alix? Sie hätte sie gerne an ihrer Seite gehabt, konnte die Anspannung kaum ertragen. Andererseits war es auch nett, mit Jarek allein zu sein.

»Ich habe die Namen mit dem Sterberegister abgeglichen«, setzte Jarek fort. »Dein Großvater ist als ›gefallen‹ vermerkt, am 12. Juli 1943. Wahrscheinlich in der Schlacht bei Kursk, die die letzte Großoffensive der Wehrmacht an der Ostfront war.«

»Er hat seinen zweiten Sohn nicht mehr kennengelernt«, stellte Marlene betroffen fest. Ein Kloß bildete sich in ihrem Hals. Wie furchtbar das alles war!

Jarek blickte sie mitfühlend an, bevor er weiterredete. »Von seinen Kindern steht dort nichts.«.

»Demnach könnten sie alle noch am Leben sein?«

»Das ist leider sehr unwahrscheinlich.«

Marlene nickte langsam. Es gab viele Möglichkeiten, warum Kinder nicht überlebten, besonders damals. Und sie wusste ja, dass unzählige Menschen auf der Flucht gestorben waren. »Kann man noch etwas herausfinden? Über den ... Verbleib der Brüder?« Sie musste sich räuspern, weil ihre Stimme heiser geworden war.

»Diese Bücher wurden ja von den Deutschen geführt. Als sie weg waren, nun ja ...«

»Hat sich niemand mehr damit beschäftigt.«

»So ist es leider. Man hat sich um die polnische Bevölkerung gekümmert und vermutlich genug mit denen zu tun gehabt, die nachgerückt sind.«

»Verständlich. Sicherlich konnten viele Schicksale nie aufgeklärt werden.«

»Es gibt trotzdem noch verschiedene Wege, über die man versuchen kann, etwas herauszufinden, aber die sind mühselig ...«

»Und nach all den Jahren bestimmt nicht sehr erfolgversprechend.« Es fröstelte Marlene trotz der frühlingshaften Wärme um sie herum. Sie zog ihre Strickjacke fester um sich, hielt sich selbst mit den Armen umklammert. »Meine Mutter und meine Oma haben es geschafft. Wahrscheinlich als Einzige aus ihrer Familie.«

»Sie waren offenbar zäh genug.«

Jarek ahnte nicht, wie recht er damit hatte. »Zäh« war ein Attribut, das ihre Mutter treffend beschrieb. Zähigkeit mit Hang zu Verbissenheit. Und Verbitterung. Aber war das ein Wunder nach alldem, was sie schon in frühester Kindheit hatte durchmachen müssen? Hatte aushalten müssen? Und wer wusste schon, was noch alles geschehen war. Sicherlich war auch der Start in der neuen Heimat nicht einfach gewesen. Sie hatten nur das gehabt, was sie auf der Flucht hatten tragen können – kaum mehr als nichts, kaum mehr als ihr schlichtes Leben. Für das sie immer wieder hatten kämpfen müssen, bis sie sich irgendwann, wahrscheinlich mühsam, eine bescheidene Existenz aufgebaut hatten. Die hielt man mit aller Kraft fest.

Langsam begann sie zu verstehen, warum ihre Mutter so war, wie sie war.

Editha

Es ist Ende Februar, und plötzlich heißt es »Räumbefehl!« und »Die Russen kommen!«. Überall wird hastig das Nötigste zusammengepackt. Mutter weist mich an, so viele Kleidungsstücke wie möglich übereinander zu ziehen. Sie tut es selbst auch und macht es genauso bei meinen Brüdern. Es ist bisher ein beißend kalter Winter gewesen, oft genug fiel das Thermometer auf minus fünfundzwanzig Grad. Nun können wir nur hoffen, dass schnell der Frühling über uns hereinbricht.

Wohin wir sollen? Wir wissen es nicht. Nur weg von hier. Nach Westen, heißt es. Was ist im Westen?

Wie ein Lauffeuer spricht sich herum, dass die Adelsfamilie des Schlosses einen Treck bildet mit sämtlichen Bediensteten und deren Familien. Von den vielen Menschen versprechen auch wir uns Sicherheit und Hilfe untereinander. Es würde Wagen geben und Pferde. Ganz Blumenwerder beeilt sich, nach Heinrichsdorf zu kommen. Nein, nicht ganz Blumenwerder. Es sind nur die Menschen mit deutschen Wurzeln, die aufbrechen. Wir können es nicht glauben, dies ist doch unsere Heimat! Hier haben wir alle seit unserer Geburt gelebt ...

Wir können nicht viel mitnehmen. Unser Handwagen ist bis obenhin vollgepackt, vor allem mit Lebensmitteln. Ganz oben sitzt Richard und hält den Käfig mit den Hühnern fest. Nur zwei haben hineingepasst, Berta und Rosa. Die anderen haben wir in die Freiheit entlassen. Ich sage ihnen Auf Wiedersehen und hoffe, bald zurückkehren zu können.

Es ist absehbar, dass auch Richard früher oder später wird laufen müssen, der Wagen ist sonst zu schwer, um ihn lange zu ziehen.

Karl ist noch zu klein, Mutter hat ihn sich um die Brust gewickelt, auch, um ihn zu wärmen. Die Arme, sie hat schon auf dem Weg nach Heinrichsdorf vor Anstrengung gekeucht. Ich nehme mir vor, ihr so viel wie möglich abzunehmen und keine zusätzlichen Scherereien zu machen. Kein Jammern wird über meine Lippen kommen, schwöre ich mir. Es ist schlimm genug, dass die Brüder weinen, wegen der Kälte, vor Angst.

Seit Tagen sind Flüchtlinge aus Ortschaften weiter im Osten durch unser Dorf gekommen, mit erschöpften, besorgten, leeren Gesichtern. Werden wir auch bald so aussehen?

Man hört bereits Geschützfeuer in der Ferne, als wir endlich aus Heinrichsdorf aufbrechen, und über Falkenburg im Süden liegt ein roter Schimmer. Der Krieg rückt näher, er ist bald bei uns!

Mein Herz rast. »Mutter, wir müssen uns beeilen!«, rufe ich und versuche, die aufsteigende Panik hinunterzuschlucken. Ich wollte doch tapfer sein!

Sie schaut in die Richtung, in die ich zeige, woraufhin sich weitere Köpfe umdrehen. Ein Raunen geht durch die Menge, doch zu meinem Entsetzen behält der Treck seine schneckengleiche Geschwindigkeit bei. Wir müssen doch schneller gehen! Warum hat man uns nicht früher weggelassen? Warum hat man uns nicht besser geschützt? Sind wir vielleicht doch nicht besser als die anderen, wie man uns immer hat glauben lassen?

Mutter versteht, wir scheren aus, ziehen mit unserem Handwagen, so gut es geht, an den anderen vorbei. Ich erkenne die Frau des Metzgers mit ihren vier Kindern. Sie ist gerade wieder schwanger. Die Frau des Pfarrers ist auch hier, sie geht tief gebeugt, mit schweren Schritten. Ich habe mitbekommen, dass sie sich geweigert hat, ihr Haus zu verlassen. Sie wollte auf die Rückkehr ihres Mannes warten. Ob er je wiederkommen wird? Schließlich hat man sie überzeugen können, doch sie strahlt eine Niedergeschlagenheit aus, die mich den Blick abwenden lässt. Wir arbeiten uns nach vorne vor. Dort sitzt die Adelsfamilie auf einem Wagen. Frau von Regnowitz lenkt das Pferdefuhrwerk. Sie führt all diese Menschen an! Ich bewundere sie ein bisschen.

Ich habe Richard auf den Arm genommen, damit Mutter den Wagen besser ziehen kann. Doch er ist mit seinen zweieinhalb Jahren schon zu schwer für mich. Ich beiße die Zähne zusammen und schiebe ihn mir auf den Rücken. Nun trage ich ihn huckepack. Er findet es lustig. Gut so, dann weint er wenigstens nicht mehr. Ansonsten ist es totenstill im Treck, niemand sagt ein Wort, überall um mich herum sehe ich nur gebeugte Körper mit gesenkten Häuptern. Die Niedergeschlagenheit und Sorge der Menschen sind mit den Händen greifbar. Ich schaudere. Diesmal vor Angst.

9.

»Was gibt's Neues?« Alix kam durch den Garten zu ihnen herüber, während sie ihr Telefon in die übergroße Handtasche gleiten ließ, die auch ihr Tablet und diverses andere nützliche Zeug beherbergte, wie Marlene wusste. Sie setzte sich zu Jarek und ihr an den Tisch und warf einen neugierigen Blick auf die darauf ausgebreiteten Papiere.

Offenbar hatte Dariusz mitbekommen, dass nun alle vollzählig versammelt waren. Er kam zu ihnen, zog sich wortlos einen Stuhl heran und drückte die vorher im Mundwinkel hängende Zigarette auf dem Boden aus. Dann nahm er den Stapel Teller auseinander und stellte jedem einen hin, wobei er keine Rücksicht auf die Registerauszüge nahm. Als Nächstes riss er die Tüte mit den Gebäckstücken auf.

»Jetzt wird erst mal gegessen«, bestimmte er, griff sich eine umgestülpte Tasse, goss sich Kaffee ein und langte nach einem der mit Marmelade gefüllten Hörnchen, die Marlene schon am Vortag gekostet hatte.

Aha, dachte sie, hier ist die Devise, dass jeder für sich selbst sorgt. Sie bemerkte, wie sich Jarek neben ihr ein wenig verkrampfte, bevor er die Rolle des Gastgebers übernahm.

»Wer möchte noch Kaffee?« Er nahm die Kanne, drehte mit der anderen Hand die verbliebenen Tassen um, dann schenkte er ihnen ein, sorgsam darauf bedacht, es nicht in der Nähe der Papiere zu tun. Dariusz stellte wortlos eine

Milchpackung auf den Tisch, die sich zuvor auf dem Boden befunden haben musste.

»Ich habe ein bisschen was vom Bäcker mitgebracht«, erklärte Jarek, dem das Verhalten seines Cousins sichtlich unangenehm war. »Rogaliki, außerdem Drozdzowka, das sind süße Hefebrötchen, gefüllt mit Mohn oder Heidelbeeren, Brot und Twaróg, polnischer Frischkäse. Viele Polen frühstücken sehr deftig«, er wies auf den Teller mit den Würsten. »Meistens gibt es Bratwürstchen, aber da Dariusz keine Küche mehr besitzt ...«

Wie aufs Stichwort schob Dariusz sich den letzten Rest des Hörnchens in den Mund, leckte sich die Finger ab und griff nach einer Wurst. Marlene gelang es nur mühsam, sich ein Grinsen zu verkneifen, als sie Alix' angewiderten Gesichtsausdruck bemerkte.

»Ich probiere eins der Hefebrötchen. Isst man die mit Frischkäse?«

»Kann man, aber sie schmecken auch pur gut.«

Alix nahm sich ein Hörnchen. »Nun erzählt mal. Seid ihr weitergekommen?« Marlene brachte sie auf den neuesten Stand. »Da haben wir ja nicht besonders viel«, fasste ihre Freundin zusammen, als sie geendet hatte.

»Doch, ich finde schon«, widersprach Lene. Immerhin wusste sie nun, dass ihre Familie mindestens seit 1812 in Blumenwerder gelebt hatte, womöglich sogar noch länger. Dennoch musste sie Alix zustimmen, dass die neuesten Erkenntnisse sie nicht wirklich weiterbrachten.

Alix wiegte den Kopf hin und her. »Gibt es noch andere Wege, mehr zu den Brüdern herauszufinden?«, fragte sie, an Jarek gewandt.

»Schon. Man könnte noch verschiedenes versuchen.«

»Ich glaube, ich werde erst mal im Krankenhaus anrufen

und hören, wie es meiner Mutter geht«, überlegte Marlene. Das hatte sie noch gar nicht wieder gemacht, seit sie am Vortag aufgebrochen waren, und mit einem Mal hatte sie das dringende Bedürfnis, mit Editha zu sprechen. Sie musste wissen, wie es ihrer Mutter ging, und sie wollte ihr unbedingt von ihrem Fund erzählen. Vielleicht war Editha ja sogar bei klarem Verstand und konnte erfassen, was sie an Neuigkeiten zu berichten hatte. Ob sie etwas zu Richard oder Karl sagen würde, bezweifelte Marlene allerdings stark, nachdem sie deren Existenz schließlich ihr ganzes Leben lang komplett verschwiegen hatte. Sie wollte es trotzdem versuchen. Sie griff nach ihrem Handy, erhob sich. Es musste jetzt sofort geschehen.

»Tu das«, stimmte ihr Alix zu.

»Entschuldigt mich einen Moment.« Die Nummer des Krankenhauses hatte sie eingespeichert; während sie über den Rasen zur Nebenseite des Hauses ging, lauschte sie dem Freizeichen. Eine Pflegerin nahm ab.

»Mein Name ist Marlene Fröhlich, ich bin die Tochter von Editha Krause«, meldete sie sich. »Ich würde gerne meine Mutter sprechen, wenn das möglich ist?«

»Einen Moment.« Sie hörte ein Rascheln, als der Hörer zur Seite gelegt wurde, dann Tippen auf einer Computertastatur, Stimmen. Schließlich wurde der Hörer wieder aufgenommen. »Frau Fröhlich? Frau Krause steht noch unter leichten Beruhigungsmitteln. Sie können versuchen, mit ihr zu sprechen, aber es könnte sein, dass sie etwas verwirrt ist.«

Das schreckte Marlene nicht besonders, obwohl sie inständig gehofft hatte, weiterführende Informationen aus ihrer Mutter herauszubekommen. »Bitte verbinden Sie mich trotzdem.«

»In Ordnung.« Eine Wartemusik ertönte, dann knackte es in der Leitung.

»Ja?« Die Stimme ihrer Mutter klang rau. Ein Anflug von Mitleid überkam sie.

»Mama? Ich bin's, Marlene.«

»Ah.« Ein Räuspern.

»Ich bin in Polen. In Pommern«, korrigierte sie, wartete auf eine Reaktion. Als die ausblieb, überlegte sie sorgfältig, was sie eigentlich sagen wollte. Möglicherweise hatte sie nicht viel Zeit, ihre Neuigkeiten unterzubringen und ihre Fragen zu stellen, bevor ihre Mutter wieder in ihren getrübten Bewusstseinszustand abglitt. »Ich bin in deinem Haus, in Blumenwerder, deinem Elternhaus.« Atemlos horchte sie auf jedes mögliche Geräusch von der anderen Seite, einen Laut, der Erkennen oder Erinnern vermuten ließ. Nichts. »Bist du noch dran, Mama?«

»Was hast du gesagt?«

»Ich bin in Blumenwerder.«

»Blumenwerder.« Edithas Tonfall war nicht zu entnehmen, ob sie mit dieser Information etwas anfangen konnte.

»Ich habe die Schatulle gefunden.«

»Welche Schatulle?«

Hilflos rieb sich Marlene über die Stirn. Das konnte doch nicht wahr sein. »Die Schatulle, wegen der du mich nach Polen geschickt hast. Sie lag unter einer Bodendiele. Wie du gesagt hast ...«

»Ah.«

»Es waren Briefe darin und Geburtsurkunden.«

»Ah.«

»Du hattest Brüder, Mama?«

»Brüder?«

Es war zum Verrücktwerden. Sie musste es anders versuchen, direkter. »Mama, was ist mit Richard und Karl passiert?«

»Richard? Karl?« Marlenes Herz begann heftig zu schlagen. Erinnerte sie sich? »Ich habe keine Brüder.« Es war unverkennbar, dass ihre Mutter ihr wieder zu entgleiten drohte. Sie kam nicht an sie ran. Einen letzten Versuch wollte sie noch unternehmen.

»Sind sie auf der Flucht gestorben, Mama?«

»Flucht? Welche Flucht?«

»Ihr musstet Blumenwerder verlassen. Als der Krieg vorbei war. Als die Rote Armee kam.« Sie kam sich vor, als spräche sie mit einem Kind. Kurze, einfache Sätze.

Ein tiefes Seufzen am anderen Ende, dann Stille.

»Mama, bist du noch da?« Es knackte in der Leitung. »Mama?«

Marlene hielt das Telefon vor sich und blickte auf das Display. Tatsächlich, das Gespräch war beendet worden.

Editha

Es ist kalt, so entsetzlich kalt. Frau von Regnowitz lässt Richard und mich hin und wieder ein Stück auf dem Pferdewagen mitfahren, abwechselnd mit anderen Kindern, die vorne mitlaufen. Karl bleibt immer auf Muttis Bauch oder Rücken gebunden. Sie ist nicht mehr sie selbst. Früher war sie immer so fröhlich und lebenslustig, doch nun sagt sie gar nichts mehr. Ihre Lippen sind die ganze Zeit fest aufeinandergepresst, der Blick starr zu Boden gerichtet. Nur manchmal schaut sie auf, wenn ich mit ihr rede.

Die Menschen sind alle mit ihrer Kraft am Ende, die Pferde ebenso. Niemand spricht mehr als nötig. Das Schweigen ist ohrenbetäubend. Wir sind heute den fünften Tag unterwegs. Machen nachts Rast in verlassenen Bauernhöfen oder Dörfern. Es ist unheimlich. Wir bleiben nie länger als ein paar Stunden, an Schlaf ist ohnehin nicht zu denken. Der Russe sitzt uns im Nacken, man kann förmlich seinen Atem spüren, denn wir hören Geschützlärm und krachende Explosionen, sehen Feuerschein am Himmel. Gestern mussten wir von der Straße, um einer Panzerbrigade Platz zu machen. Es waren Wehrmachtpanzer, die sich offenbar eilig von der Front zurückzogen. Sie haben sich nicht um uns gekümmert, sind einfach vorbeigefahren.

Das Essen, das wir dabeihatten, geht zur Neige, viele der Dinge, die wir nicht zwingend zum Überleben brauchen, mussten wir fortwerfen, um den Wagen überhaupt noch ziehen zu können. Den anderen geht es ebenso. Ich stelle mir vor, was jemand, der hinter uns kommt, alles findet. Viele schöne Dinge. Wie an Weihnachten.

Aber er findet auch nicht so Schönes. Tote Körper liegen am Wegesrand. Auch aus unserem Treck mussten wir jemanden zurücklassen. Die Frau des Pfarrers ist plötzlich zusammengebrochen. Wir konnten sie nicht beerdigen, der Boden ist hart gefroren.

Ich spüre meine Beine nicht mehr, laufe wie eine Aufziehpuppe mechanisch weiter. Ich habe Hunger. Mutter teilt die letzten Äpfel und Brotscheiben genau ein. Wir tragen das Brot dicht am Körper, damit es nicht gefriert. Karl und Richard weinen beinahe ohne Unterlass. Der Boden ist an einigen Stellen vereist, immer wieder rutschen die Pferde weg oder jemand stürzt.

Es herrscht Uneinigkeit darüber, auf welcher Route wir weitergehen sollen. Wir haben Freienwalde passiert. Frau von Regnowitz möchte von hier aus auf direktem Weg weiter Richtung Westen, andere meinen, man solle sich erst mal nördlich halten, um nicht von der Roten Armee eingeholt zu werden, wieder andere wollen ganz bis zur Ostsee und bei Swinemünde übersetzen. Denn da ist ja noch die Oder, die es zu überqueren gilt, egal, welchen Weg wir wählen. Andere halten das ganze Unterfangen für aussichtslos und wollen wieder nach Hause.

Ich habe Mutter gefragt, was sie für richtig hält. Sie hat erst nur mit den Schultern gezuckt. Dann hat sie gemeint, dass der Treck vor allem zusammenbleiben sollte. allein wären wir Freiwild. Was hat sie damit gemeint?

Frau von Regnowitz verkündet gerade, dass sie auf Stargard zuhalten und dann weiter nach Stettin will, um dort die Oder zu überqueren. Ich höre Gemurmel um uns herum, dass es verrückt sei, nach Stargard zu wollen, außerdem läge die große Stadt nicht nur auf dem Weg nach Westen, sondern auch etwas südlich. Viele sind besorgt, der Russe käme doch von Süden. Doch wir folgen Frau von Regnowitz weiter. Was sollen wir auch sonst tun?

Stargard heißt nun unser nächstes Etappenziel.

10.

Marlene hatte kaum aufgelegt, da klingelte ihr Handy. Erst dachte sie, ihre Mutter habe es sich anders überlegt und wolle sie doch sprechen, dann erkannte sie, dass es Romy war.

»Hallo, Romy.«

»Hallo, Lene. Störe ich gerade?«

»Nein, nein, passt schon.«

»Ich wollte nur mal eben hören, wie es dir geht. Das sind ja ziemlich heftige Neuigkeiten, die du da entdeckt hast.«

»Das ist lieb von dir.« Marlene war gerührt. Es tat gut zu wissen, dass es Menschen gab, die sich um einen sorgten. »Ja, das stimmt wohl. Ich bin auch noch ganz durcheinander.«

»Das glaube ich gerne.«

»Gerade habe ich mit meiner Mutter telefoniert, aber das hat leider nicht viel gebracht. Sie hat nicht reagiert, als ich sie auf ihre Brüder angesprochen habe, und einfach aufgelegt.«

»Oha. Was wirst du jetzt machen?«

»Ich weiß es nicht.«

»Ich habe auch über alles nachgedacht. Und da ist mir eingefallen, dass es doch diesen Suchdienst vom Deutschen Roten Kreuz gibt. Ich hab mal gehört, dass die noch etliche Jahre nach Kriegsende Tausenden von Anfragen nach Vermissten nachgegangen sind. Vielleicht findet man so heraus, wann und wo deine Onkel gestorben sind. Meine Eltern haben den Suchdienst mal genutzt für irgendwas, meine ich.«

»Das wäre eine Möglichkeit«, erwiderte sie unschlüssig. »Danke für den Tipp.«

»Halt mich auf dem Laufenden«, bat Romy, wünschte ihr noch viel Glück, dann verabschiedeten sie sich.

Verwirrt berichtete Marlene den anderen vom Telefonat mit ihrer Mutter und auch, dass Romy sich gemeldet hatte.

»Wie nett von ihr«, meinte Alix. »Und das mit dem DRK ist eine gute Idee, denn bei deiner Mutter kommst du offenbar nicht weiter.« Sie kramte ihr Tablet hervor, tippte etwas hinein und reichte es ihr schließlich. Das Kontaktformular des Deutschen Rotes Kreuzes war bereits geöffnet.

»Was soll das bringen? Ist das überhaupt den Aufwand wert?« Eine unerklärliche Scheu packte Marlene.

»Gewissheit.« Alix' Stimme ließ keinen Zweifel zu. »Meinst du nicht, dass es dir Erleichterung bringen würde, wenn du wüsstest, was aus deinen Onkeln geworden ist? Und deiner Mutter nicht vielleicht auch?«

Marlene dachte eine Weile nach, bevor sie weitersprach. »Tatsächlich gehe ich davon aus, dass sie sehr wohl weiß, was mit ihnen passiert ist. Sie hat es mir nur nie erzählt.« Und es noch nicht einmal für nötig gehalten, ihr überhaupt etwas von deren Existenz zu sagen, ergänzte sie im Stillen.

»Mag sein. Aber auch bei deiner Mutter ist dieses Wissen anscheinend extrem verschüttet. Wenn nicht für sie, dann tu es für dich.« Alix blieb hartnäckig.

»Ich halte es auch für einen Versuch wert. Allerdings möchte ich zu bedenken geben, dass ihr Schicksal vermutlich tragisch gewesen sein wird«, wandte Jarek ein. »Und es andererseits auch gut sein kann, dass sich nichts herausfinden lässt. Und dass sich diese Recherche noch sehr lange hinziehen könnte. Bist du darauf vorbereitet?«

Marlene kaute auf ihrer Lippe, während sie das Für und Wider abwog.

»Na schön«, sagte sie schließlich. Und an Jarek gewandt: »Ich denke, das bin ich.« Unabhängig von ihrer Mutter wollte sie die Geschichte ihrer Familie kennenlernen. Sie war so weit gekommen. Andererseits wollte sie sich nicht zu große Hoffnungen machen. »Wir werden jedoch nicht allzu viel Energie und Zeit in die Suche stecken.« Alix und Jarek nickten. »Ich wende mich ans DRK, aber das reicht dann.«

»Ich würde gerne, mit deiner Erlaubnis, nachher doch mal ins Kreisarchiv nach Drawsko fahren. Sie haben dort mehr Unterlagen aus der Zeit als hier. Wer weiß, vielleicht gibt uns das den einen oder anderen nützlichen Hinweis«, erwiderte Jarek.

»Meinst du wirklich?« Marlene rührte es, wie sehr sich Alix und besonders Jarek für ihre Geschichte interessierten. Aber es bereitete ihr auch ein schlechtes Gewissen. »Macht das denn nicht zu viele Umstände?«

»Ich tu das gerne. Du weißt doch, ich bin Historiker aus Leidenschaft, und diese Geschichten fesseln mich.« Beinahe entschuldigend zuckte er mit den Schultern. »Wahrscheinlich, weil es etwas von einem Detektivspiel hat ...«

»Na schön. Aber du sagst mir ehrlich, wenn es dir zu viel wird, versprochen?«

»Versprochen, Ehrenwort. Und vielleicht magst du ja mitkommen?«

»Mach nur«, bekräftigte Alix, bevor Lene etwas einwenden konnte. »Ich habe ein bisschen zu arbeiten, würde mich ohnehin mal für ein paar Stunden in unser Zimmer zurückziehen müssen.« Sie nickte zu ihrem Tablet, während Dariusz stumm vor sich hin kaute.

»Gut, dann gerne. Wenn du wirklich Zeit hast?«

»Das ist kein Problem«, winkte Jarek ab. »Ich habe erst Ende der Woche wieder einen festen Termin im Schloss. Dann kommt eine Reisegruppe an, die für einige Tage im Hotel absteigt und ein paar Veranstaltungen gebucht hat, unter anderem einen Keramik-Workshop in unserer Töpferei und natürlich eine Führung. Bis dahin habe ich nur Verwaltungskram auf meinem Schreibtisch. Und der ist geduldig.«

»Und die Renovierungsarbeiten?«

»Die laufen zurzeit im Wesentlichen von allein.«

»Dann danke!« Er ist wirklich nett, dachte sie und begann damit, die geforderten Angaben in Alix' Tablet einzutippen. Bei der Frage nach »Heimatanschrift am 1.9.1939« blickte sie auf. »Wie ist eigentlich die Adresse dieses Hauses?« Dariusz nannte sie ihr, und sie notierte sich den Straßennamen gleich noch in ihrem Handy. Man konnte ja nie wissen. Vor über achtzig Jahren dürfte sie allerdings anders gelautet haben. Sie hatte keine Ahnung. Vielleicht konnte sie mit Jarek noch altes Kartenmaterial auftreiben, dann würde sie die neuen Informationen später in dem Formular ergänzen. Bei den Geburtsdaten der Angehörigen musste sie noch einmal in die Liste sehen, sicherheitshalber trug sie sämtliche Familienmitglieder ein. Vielleicht half das ja. Schließlich schrieb sie noch »Verschollen auf der Flucht« zu den Umständen, erfasste ihre Kontaktdaten und tippte dann auf »Absenden«. »Erledigt.« Sie gab Alix das Gerät zurück. Nachdenklich nahm sie die Schatulle aus der Tasche, schob sie unschlüssig auf dem Tisch hin und her. Um ihr Platz zu verschaffen, stellte Alix die Teller zusammen. Erneut zog Lene die Urkunden aus dem Kästchen und faltete sie auseinander. Alle beugten sich über die Papiere, als ob sie noch weitere Geheimnisse enthüllen könnten, doch vergebens.

Dariusz klopfte sich auf die Schenkel. »Ich sollte jetzt nach Hause fahren, muss morgen wieder arbeiten.« Er reichte seinem Cousin den Hausschlüssel. »Was ist nun mit den Möbeln?«

»Das Büfett und die Standuhr lasse ich morgen abholen«, meinte Jarek.

»Der Rest kann weg?«

Jarek sah ihn bedauernd an. »So leid es mir um die Möbel tut, aber ich kann sie für das Schlossmuseum nicht verwenden.«

Dariusz zuckte gleichgültig mit den Schultern. »In Ordnung. Kannst das Büfett und die Uhr holen, wann du willst. Und falls du doch noch was findest ... oder ihr.« Er warf Marlene einen Blick zu, der so kurz war, dass sie wieder einmal nicht wusste, wie er zu deuten war. »Ich komme nächstes Wochenende und schmeiße alles raus, was dann noch da ist. Und fange an zu renovieren.« Er trat seine Zigarette auf dem Boden aus, winkte knapp, bevor er ums Haus herumging, ohne sich noch einmal umzusehen.

Verdattert schauten Alix und Marlene sich an. »Was ist mit dem Geschirr?« Alix nickte zu den benutzten Tellern und Tassen, die noch auf dem Tisch standen.

»Mein Cousin ist ein seltsamer Vogel.« Jarek schüttelte den Kopf. »Ich werde sie im Bad abspülen und dann in den Karton räumen. Vielleicht nimmt er ihn nächstes Wochenende noch mit.«

»Vielleicht aber auch nicht«, widersprach Alix. »Schade um die schönen Sachen.«

»Ihr habt ihn ja gehört. Wenn euch etwas gefällt, bedient euch.«

»Wirklich? Bist du sicher, dass er es ernst meint?« Marlene konnte es kaum glauben. Die schönen Möbel, das gute

Porzellan! Was ihre Mutter wohl sagen würde, wenn sie etwas aus ihrem Haus mitbrächte?

»Ja, ganz bestimmt. Dariusz hat zwar nicht die besten Manieren und ganz sicher keinen Sinn für Antiquitäten oder gar eine sentimentale Ader, aber im Grunde ist er ein netter und grundehrlicher Typ.«

»Hm.« Marlene sah sich um. Sie musste sich eingestehen, dass es ihr hier gefiel. Sie mochte den Garten und auch das Haus.

»Oder möchtest du die Standuhr haben?«, fragte Jarek plötzlich.

»Wie bitte?« Sie war verdutzt, aber natürlich hatte sie ihn verstanden. Und ja, es wäre wundervoll, wirklich etwas aus Mamas Elternhaus mitnehmen zu können. Vor allem, wenn es etwas war, was möglicherweise schon zu Edithas Zeit hier gewesen war. Überhaupt entsprachen die Möbel in der Stube viel mehr ihrem Stil als das, was Karsten ausgesucht hatte. »Also ...«, stammelte sie, unfähig, ihre Gedanken in Worte zu fassen. Es wäre schön, war aber unrealistisch. Wie sollte sie eine Standuhr in Alix' Cabrio hineinbekommen? »Im Grunde gerne, aber ich glaube nicht, dass das geht.«

»Denk in Ruhe drüber nach. Wenn es dir etwas bedeutet, findet sich bestimmt ein Weg.« Das Lächeln, das Jarek ihr schenkte, brachte ihr Herz zum Hüpfen. Sollte tatsächlich etwas an Alix' Vermutung dran sein?

»Wollen wir jetzt zum Archiv fahren?«, schlug er vor.

Sie nickte, dankbar für die Ablenkung. »In Ordnung?«, fragte sie Alix.

»Klar. Aber ich bleibe im Hotel. Wie gesagt, die Arbeit ruft.« Sie erhob sich. »Macht euch einen netten Tag. Ich bin extrem gespannt auf die Ergebnisse.« Sie drückte Marlene zum Abschied und nickte Jarek zu. »Viel Erfolg.«

»Danke.«

Gemeinsam mit Jarek räumte Lene den Tisch ab, Jarek nahm die Tüte mit den restlichen Gebäckstücken mit, um die Würste hatte sich Dariusz gekümmert. Das Geschirr ließen sie gestapelt stehen. Sie würden sich später darum kümmern, hier störte es niemanden.

Editha

Als wir uns Stargard nähern, merken wir, dass diese Route keine gute Idee war – die Sowjets sind schon da. Die Stadt liegt unter schwerem Beschuss. Der Himmel steht in Flammen, die Geräusche sind schauderhaft.

Panik kommt auf. Frau von Regnowitz will den Pferdewagen auf dem gefrorenen Boden wenden, doch der Weg ist zu schmal, die Hufe der geschwächten Pferde finden auf dem Eis keinen Halt, der Wagen gerät ins Schlingern. Ein Schrei geht durch die Menge, als der Wagen nach hinten in den Straßengraben abrutscht und einen Jungen, der danebenstand, mit sich reißt. Alles, was auf dem Wagen war, fällt herunter. Menschen eilen zu dem Kind. Ich wende mich ab. Will nichts sehen. Drücke Richard und Karl an mich. Jeder greift sein Hab und Gut. Zitternd vor Angst und Kälte kehren wir um, eilen den Weg zurück, den wir gekommen sind. Es fühlt sich an, als würden wir schleichen, so schwer kommen wir voran.

Manche geben auf, kehren um. Doch wir und die meisten anderen ziehen weiter. Irgendwie schaffen wir es schließlich, um die Stadt herumzukommen. Wir schlurfen über vereiste Feldwege, schneebedeckte Wiesen, durch dichte Wälder, immer begleitet vom Krachen und Donnern der Kämpfe ganz in der Nähe.

Einmal jagen Tiefflieger über uns hinweg, zum Glück laufen wir gerade durch ein Wäldchen, sodass wir uns verstecken können. Des Nachts kauern wir uns in die verlassenen Häuser einsamer Dörfer oder finden Platz in der Scheune eines Gehöfts. Es ist immer ein Risiko, und niemand schläft wirklich. Wenn wir Glück haben, ist der Bauer noch da, lässt uns im Stroh ausruhen, kocht uns Mehl-suppe oder gibt den Kindern etwas Milch zu trinken.

Wir werden immer weniger. Nicht weil die Menschen alle zurück-wollen, sondern weil viele krank geworden sind. Sie husten und rö-cheln. Es ist die eisige Kälte. Manche sterben. Ich habe tote Babys am Straßenrand liegen sehen. Es kommt vor, dass die nassen Win-deln am Körper gefrieren. Noch mehr als vorher schaue ich, ob Karl warm ist. Er ist es nicht. Er hat immer kalte Füße, kalte Hände, ein blasses Gesicht, blaue Lippen. Mutter drückt ihn beim Tragen und in der Nacht so fest es geht an ihren Körper. Sie sagt nichts, aber ich sehe die Sorge in ihrem Gesicht.

Jemand meint, dass wir nicht mehr weit weg von Stettin sein dürf-ten. Wir hoffen, dort die Oder überqueren zu können. Alle blicken bange nach vorne, denn es geht das Gerücht, dass die Wehrmacht auf ihrem Rückzug Brücken zerstört. Doch wir haben keine Wahl. Was sollen wir sonst tun? Wir wollen nicht umkehren. Mutter meint, dass wir den Russen dann doch erst recht in die Arme laufen würden. Und das will sie auf keinen Fall. Ich frage mich, was Schlimmes passieren würde, wenn sie uns einholen. Wir sind doch nur Frauen, Kinder und Alte. Keine Gefahr. Aber sie meint, dass es unser Dorf vielleicht schon gar nicht mehr gibt. Das sticht mir so sehr ins Herz, dass ich ins Trudeln gerate. Blumenwerder soll weg sein? Unser Haus zerstört? Aber was ist mit unseren Sachen, die wir dagelassen haben? Wir werden doch eines Tages zurückkönnen? Mutti greift mich am Arm und zieht mich mit sich. Tränen laufen mir über die Wangen, die ich eilig wegwische. Niemand soll sie sehen.

Es ist Mittag. Die Sonne steht am Himmel, aber schafft es nur müh-sam, ein wenig Licht durch das fahle Wolkendickicht zu schicken. Wir befinden uns auf einem Feldweg, der eine Ebene durchzieht. Ich weiß längst, dass das gefährlich ist.

Da, ein Schrei. Alle Blicke folgen einem ausgestreckten Arm. Eine Armee nähert sich. Eine Reihe dunkler Punkte vor dem grauen Himmel. Panzer, Soldaten kommen auf uns zu. Wenige Meter vor uns wird die Erde von einer ohrenbetäubenden Explosion aufgerissen. Alle schreien, rufen, rennen wild durcheinander, lassen alles stehen und liegen. Wo ist Mutter mit Karl, wo Richard? Ich finde sie. Wir hasten los. Kopflos. Irgendwohin. Neben mir gehen Menschen zu Boden, manche rappeln sich wieder auf, andere nicht. Ich höre Schüsse. Richard an meiner Hand gerät immer wieder ins Stolpern. Schnee stiebt auf, ich habe das Gefühl, kaum vorwärtszukommen. Zerre Richard mit aller Kraft an seinem kleinen Arm hinter mir her.

Ein Wäldchen liegt vor uns, unsere Rettung! Trotz Richard bin ich schneller als Mutter. Sie trägt ja auch noch Karl auf dem Arm. Sie wollte zuvor eine kurze Pause nutzen, um ihm etwas Milch zu geben, und wickelte ihn aus dem Tuch, das sie als Trage nutzt. Dann kam der überstürzte Aufbruch. Jetzt wird er beim Laufen in ihren Armen hin und her geschüttelt. Plötzlich sehe ich Mutter nicht mehr. Sie ist gestürzt! Ich will zu ihr. Doch sie ruft, dass ich weiterlaufen soll. Dann sind drei Soldaten bei ihr, greifen sie, schleifen sie mit sich. Ich höre Karl weinen, Schüsse, Schreie überall, Menschen, die hinfallen. Und liegen bleiben. Richard wimmert nur noch, folgt mir aber. Ich sehe weg, nach vorne, nur nach vorne, zum Wald.

Wir erreichen ihn, laufen tief hinein, weiter, immer weiter. Hier ist der Schnee nicht so tief, ich komme etwas besser voran. Aus den Augenwinkeln erkenne ich einige Menschen aus unserem Treck, die zwischen den Bäumen und durch den Schnee vorwärtshasten. Beinahe wäre ich gegen das Wurzelwerk eines umgestürzten Baumes gerannt, kann mich im letzten Moment zur Seite werfen, rutsche aber in die Kuhle, die der Baum im Erdboden hinterlassen hat. Die dicken Wurzeln bilden einen gewissen Schutz. Richard fest an mich gepresst, schieben wir uns so weit wie möglich zwischen sie. Wir kauern uns hinein, ich ziehe meinen braunen Mantel über uns, drücke

Richard den Mund zu, bis er begreift, dass er still sein muss. Ich lasse die Hand, wo sie ist, aber lockere den Griff. Er verkneift sich die Tränen. Tapferer Junge. Eine Woge von Liebe überrollt mich – ausgerechnet in diesem Moment voller Angst und Entsetzen. Seltsam, denke ich noch, als es endlich stiller um uns herum wird. Ich wage mich ein Stück unter dem Mantel hervor. Richtig, es läuft hier niemand mehr vorbei. Wir verharren noch eine gefühlte Ewigkeit in unserer Kauerstellung, bevor ich mich traue, den Kopf ganz hervorzustecken. Es ist niemand da. Die Geräusche von der Straße scheinen auch weniger zu werden. Das Schießen hat aufgehört, nur in der Ferne ertönt noch das Grollen und Bersten der Geschütze. Trotzdem. Obwohl ich meine Füße vor Kälte nicht mehr spüre, bleiben wir, wo wir sind, bis zum Abend.

Als es dunkel ist, kriechen Richard und ich leise aus unserem Versteck. Er kann kaum gehen, ich stütze ihn. Es herrscht eine gespenstische Stille. Da raschelt etwas. Ich stürze mich in Panik auf meinen Bruder und werfe uns beide in den Schnee. Er schreit auf, tut sich weh an etwas auf dem Boden, dazu lastet mein Gewicht auf ihm. Doch es war wohl nur ein Vogel. Ich richte mich auf. Langsam schleichen wir aus dem Wald hinaus. Es raschelt wieder. Diesmal sehe ich einen Menschen. Er trägt keine Uniform, ist also kein Soldat. Erleichtert atme ich auf. Es ist eine Frau, mit einem dicken Beutel in der Hand. Sie sieht uns auch, kommt näher. Es lösen sich noch zwei, drei weitere Schatten aus der Dunkelheit, Leute aus unserem Treck! Nun werde ich bald Mutter finden.

Doch der Anblick des weißen Feldes vor uns lässt mir das Blut in den Adern gefrieren. Der Schnee ist zerwühlt, überall liegen Menschen, meistens mit der Vorderseite nach unten, ein Loch im Rücken. Eine dunkle Flüssigkeit zieht sich von dort in den Schnee, färbt ihn. Ich will es nicht sehen und kann den Blick doch nicht abwenden. Manche der Frauen, die uns begleitet haben, liegen mit dem Gesicht nach oben. Ihr Anblick ist beinahe noch unerträglicher. Schrecklich zugerichtet, vor Angst aufgerissene Augen, die nur noch ins Leere starren. Doch auch hier sind nicht alle tot. Ich sehe hier und da Bewegung in den Gestalten.

»Mutter?«, sage ich erst zaghaft, dann noch einmal, kräftiger: »Mutti?«

Ich erkenne, wie man uns vereinzelt ansieht, mustert, dann rufen auch andere Stimmen nach ihren Angehörigen.

Plötzlich zieht Richard an meiner Hand. »Da!« Er zeigt in Richtung Straße. Dort bewegt sich jemand, schleppt sich in unsere Richtung.

»Editha? Richard?«

»Mutter!« Wir hasten zu ihr, so schnell wir können. Sie ist es! Doch sie humpelt. Wir fallen uns in die Arme. Richard und ich schluchzen. Dann merke ich, dass etwas fehlt. »Wo ist Karl?« Ich blicke mich suchend um, Mutter wendet sich ab. »Was ist mit ihm?«

»Er ist tot.«

»Was? Nein!« Ich werfe mich schreiend gegen sie, meine Fäuste hämmern auf sie ein. Sie hat keine Kraft, um mich aufzufangen. Wir stürzen in den Schnee. Dabei rutscht ihr Rock hoch. Ich bemerke, dass ihre Beine voller Blut sind. »Was ist passiert?« Sie wendet sich ab, doch ich sehe trotzdem, wie sie Schnee nimmt und sich notdürftig die Oberschenkelinnenseiten damit abwischt. Nun erst bemerke ich, dass ihr Gesicht anders aussieht als sonst. Ihr linkes Auge wirkt kleiner. Nein, das kommt daher, weil die Haut darum dick angeschwollen ist. Aus einem Riss an ihrer Lippe blutet sie ebenfalls.

»Was ist mit dir?«, frage ich, von Angst geschüttelt.

Lange sagt sie nichts, richtet sich nur schweigend wieder her.

»Nichts« erwidert sie dann, und an ihrem Tonfall erkenne ich, dass ich aufhören soll, Fragen zu stellen. »Gehen wir weiter.«

11.

Sie fuhren auf der Straße entlang, die Marlene schon von der Herfahrt kannte. Nach etwa einer halben Stunde erreichten sie die Stadt Drawsko Pomorskie. Sie hielten vor einem hübschen, aufwendig restaurierten Gebäude. Es dürfte in früheren Zeiten ein Schlösschen vom Schlage Heinrichsdorfs gewesen sein, etwas kleiner zwar, aber ebenso imposant. Und, was die Wiederherstellung anging, »Jareks Anwesen« schon mehrere Schritte voraus. Wieder einmal fragte Lene sich, ob ihre Mutter das Gebäude kannte, ob sie irgendwann einmal, vielleicht auf der Flucht, hier vorbeigekommen war. Sie stiegen aus.

»Voilà, Landratsamt und Kreisverwaltung«, klärte Jarek sie auf.

»Hübsch.« Mit einem Mal fragte Lene sich, was sie hier sollte. War das nicht alles Zeitverschwendung? Oder warum befielen sie Zweifel? Jarek bemerkte ihr Zögern.

»Was ist los?«

Sie zuckte mit den Schultern. »Ich weiß nicht, ehrlich gesagt.«

»Du hast ... wie nennt ihr Deutschen das ... Muffensausen. Stimmt's?«

Marlene musste schmunzeln. »So ist es wohl.«

»Wovor hast du Angst? Davor, etwas zu finden, oder davor, nichts zu finden?«

»Nein, das ist es nicht«, widersprach sie. Aber stimmte das

überhaupt? Oder hatte Jarek etwa den Nagel auf den Kopf getroffen?

»Was ist es dann? Du bist sehr viel weitergekommen als jemals zuvor, weißt du?«

»Ja, das ist richtig. Aber ... geht es mich etwas an? Vielleicht hatte meine Mutter gute Gründe, nie über die Flucht zu sprechen. Es ist ihr Leben, nicht meins. Vielleicht steht es mir nicht zu, mich einzumischen. Wunden wieder aufzureißen, längst Vergessenes hervorzuholen ...«

»Es ist nicht vergessen. Deine Mutter fängt jetzt, wo sie alt, gebrechlich, hilflos ist, damit an, sich zu erinnern. Es arbeitet in ihr. Und es wäre möglicherweise besser für euch alle gewesen, wenn sie das vorher schon getan hätte. Aber ja«, gab Jarek zu, »es besteht ein Risiko. Wie ich vorhin schon sagte, es könnte schmerzhaft werden. Besonders, wenn wir auf etwas stoßen sollten. Andererseits könnte es euch helfen, mit allem abzuschließen.« Es war beruhigend zu spüren, dass Jarek sie verstand. »Du hast die Schatulle gefunden. Deine Mission ist erfüllt.« Er sah sie ernst an und setzte mit weicherer Stimme fort: »Du könntest zurück nach Hause fahren, deiner Mutter das Kästchen zeigen und ihr von deinem Erfolg berichten.«

»Aber das will ich nicht. Du hast recht, es fühlt sich unvollständig an. Nun will ich das Rätsel auch lösen.«

»Sehr gut!« Jarek hielt ihr seinen Arm hin, sodass sie sich einhaken konnte. Gemeinsam liefen sie zum Eingang des Archivs hinüber.

Eine Stunde später verließen sie das Landratsamt wieder. Sie hatten sich durch Personenstandsregister, Stammbäume und Zeitungsartikel gearbeitet, hatten unzählige Bücher, Ordner und Mikrofiches angesehen. Doch nichts hatte ihnen einen Hinweis auf den Verbleib von Edithas Brüdern geben können. Erschöpft und niedergeschlagen stiegen sie die Stufen vor dem alten Gebäude hinab.

»Was machen wir jetzt?«, fragte Jarek. Unschlüssig blieben sie stehen.

Marlene zuckte mit den Schultern. »Zurückfahren?«

»Sollen wir erst mal irgendwo einen Kaffee trinken gehen und uns ein wenig sammeln?«

»Das klingt gut!«

Gerade, als sie sich in Bewegung setzen wollten, um sich zu einem Einkaufszentrum zu begeben, das sich ein paar Schritte die Straße hinunter befand, öffnete sich die Tür hinter ihnen, und eine junge Frau trat heraus, die sich suchend umsah. Es war die Aushilfe, die ihnen die Unterlagen herausgesucht hatte. Als sie sie erblickte, kam sie zu ihnen herübergelaufen. Sie wechselte ein paar Sätze mit Jarek, der mehrmals nickte. Dann verabschiedete sie sich.

»Was wollte sie?«

»Sie hat eben mit ihrem Chef gesprochen. Er war vorher nicht da, ist aber offenbar gerade wiedergekommen. Sie hat ihm von unserer Suche erzählt, und er hat gemeint, wir sollten einen gewissen Franciszek Witkowski aufsuchen. Er habe lange das Archiv betreut, zuletzt, aus Altersgründen, nur noch wenige Stunden ehrenamtlich, aber er würde sich sehr gut auskennen.«

»Besser als du?«

Jarek lächelte geschmeichelt. »Hinter den Ortsgrenzen von Siemczyno endet mein Wissen.«

»Das glaube ich kaum.« Einen Moment sahen sie sich in die Augen. Es war sicher nur einen Herzschlag lang, aber dieser kurze Blickkontakt war derart intensiv, dass Marlene unwillkürlich weiche Knie bekam. Betreten schaute sie zur Seite. »Hat sie gesagt, wo er wohnt?«

Jarek nickte. »Ja, gar nicht weit von hier.«

»Sollen wir es versuchen?«

»Bereit, wenn du es bist«, erwiderte Jarek und bot ihr wieder seinen Arm an.

»Dann los.« Sie hakte sich unter. Eine unerklärliche Aufbruchstimmung breitete sich in ihr aus.

Nur zehn Minuten später hatten sie einen einst stattlichen Altbau erreicht, der mehrere Wohnungen beherbergte. Die Fenster waren irgendwann erneuert worden, doch der graue Putz blätterte an einigen Stellen von der Wand und brachte das darunterliegende Mauerwerk zum Vorschein. Ein trostloser Anblick. Warum kümmerte sich niemand um diese architektonischen Perlen der Gründerzeit? Wahrscheinlich kostet es zu viel, beantwortete Marlene sich die Frage selbst.

Das Klingelschild verriet ihnen, dass Franciszek Witkowski in einer der zwei Erdgeschosswohnungen lebte. Der Türsummer ging, kurz darauf öffnete ihnen ein rüstiger älterer Herr und bat sie gleich in die Wohnung.

»Maciej hat euch schon angekündigt.« Auch er sprach Deutsch, wenn auch gebrochen.

Franciszek führte sie in ein gemütlich eingerichtetes Wohnzimmer mit einer hellen Polstergarnitur. Er nahm in einem Sessel ihnen gegenüber Platz und suchte auf einem kleinen Beistelltisch neben sich nach etwas. Das gab Marlene Gelegenheit, ihn genauer zu betrachten. Er hatte eine Halbglatze, die von schneeweißem Haar umkränzt war. Seine blauen Augen blickten wach und offen, die Finger waren gekrümmt, doch beweglich. Sie entdeckte ein Klavier an der Wand. Vielleicht hielt ihn das Musizieren fit. Er trug ein abgestoßenes braunes Tweedjackett und darunter ein kariertes Hemd.

Offenbar hatte er gefunden, was er suchte, und setzte eine Brille mit schmalem goldenem Rand auf die Nase. Spätestens jetzt erweckte er den Eindruck eines altehrwürdigen Professors. Dazu passten die vollgestopften Bücherregale an der Wand gegenüber dem Klavier.

»Vielen Dank, dass Sie uns empfangen.«

Franciszek nickte milde. »Ihr habt Fragen zu den Flüchtlingsströmen, die hier bei Kriegsende durchgezogen sind?«

»Ja.« Marlene erzählte vom Auftrag ihrer Mutter und dem Fund.

»Und nun sucht ihr nach den beiden Brüdern«, fasste Franciszek zusammen. Er verfügte über einen wachen Geist, stellte Marlene fest und berichtete, wie überrascht sie selbst von der Entdeckung sei, dass sie zwei Onkel gehabt haben sollte.

»Ihre Mutter hat nie etwas gesagt?«

»Nein.«

»Ein Trauma wahrscheinlich. Manche sprechen ihr ganzes Leben nicht mehr vom Krieg oder der Flucht.« Er nahm die Brille ab und hielt den Bügel gegen die Lippen. »Das ist häufig fatal, weil das Erlebte damit nicht verschwindet. Es brodelt weiter und beeinflusst einen unter Umständen das ganze Leben lang, wie man heute weiß. Man trifft seine Entscheidungen dann wie von unsichtbarer Hand gesteuert. Es gibt Fälle, da hatten Leute körperliche Beschwerden, die man nicht zuordnen konnte. Rein physisch waren sie gesund! Aber die Seele ...« Er klopfte sich mit der Hand gegen die Brust, um zu zeigen, dass er das Herz meinte. »Besonders in Deutschland hatte man in den ersten Nachkriegsjahren selbstverständlich keine Kapazitäten, um sich um psychische Verletzungen zu kümmern, zudem war man zu der Zeit auch noch nicht so weit, was Traumaforschung angeht. Heute weiß man da viel mehr.« Er setzte die Brille wieder auf die Nase, sein Blick wanderte zu den Büchern in seinem Regal hinüber, wo sich Literatur verschiedener Fachgebiete befand, soweit Marlene erkennen konnte. »Die Familie Ihrer Mutter kommt aus Piaseczno, Blumenwerder, sagten Sie?« Sie nickte. »Dann wird sie mit dem Treck aus Siemczyno unterwegs gewesen sein. Es sei denn, sie sind dageblieben und erst später vertrieben worden, als die Orte mit unseren Leuten aufgefüllt wurden, die ihrerseits ihre Heimat im Osten verlassen mussten.« Er schüttelte den Kopf. »Tragisch, tragisch. Man fragt sich, warum Menschen nicht einfach friedlich miteinander leben können. Muss man denn immer alles ganz ›rein‹ haben? Können nicht deutsche, polnische, jüdische Schlesier, Pommern, Masuren in Ruhe nebeneinander wohnen? Oder Serben, Bosnier, Kroaten? Oder Christen und Muslime? Chinesen und Uiguren? Schwarze und Weiße? Und, und, und ...« Ein weiteres Mal schüttelte er verständnislos den Kopf, dann erhob er sich mit einem Ächzen, schlurfte zu seinem Regal, fand nach kurzem Suchen ein Buch und zog es heraus. Er ließ sich wieder auf seinen Sessel sinken, schlug das Buch auf, blätterte hin und her. Es enthielt unter anderem Schwarz-Weiß-Fotos von Menschen, die neben- und hintereinander durch den Schnee stapften, Handwagen zogen, Rucksäcke schleppten, mit ernster Miene in die Kamera blickten oder stoisch daran vorbei. »Dieser Band ist in einem kleinen Regionalverlag erschienen. Ich habe kein anderes Werk gefunden, das die damaligen Ereignisse bei uns in der Gegend besser zusammenfasst. Ich glaube, es waren ein paar Studenten, die sich in den Fünfzigern hingesetzt und alles zusammengetragen haben, was sie finden konnten. Ein Glück für uns. Denn sonst hätte es bestimmt niemand für nötig gehalten aufzuschreiben, wie es den einfachen Menschen hier in Drawsko,

Złocieniec, Siemczyno und all den anderen kleinen Ortschaften erging.« Er blätterte etwa bis zur Mitte des Buches. »Hier gibt es eine Seite zum Treck aus Heinrichsdorf und auch ein Bild.« Er drehte das Buch zu ihnen.

»Darf ich mal sehen?« Marlene lehnte sich gespannt vor.

»Selbstverständlich.« Franciszek beugte sich ebenfalls vor und tippte mit dem Finger auf den Text neben dem Foto. »Vielleicht kann Jarek es lesen.«

Jarek übertrug die polnischen Sätze ins Deutsche, doch Marlene war vor allem gefesselt von dem Bild. Es zeigte einen Pferdewagen an der Spitze, dahinter eine Reihe von Personen, hauptsächlich Frauen und Kinder, mit Gepäck und vereinzelten Kleintieren wie einem Schaf oder einer Ziege an einem Strick. Es war kein außergewöhnliches Foto, ähnliche Bilder fand man zahlreich im Internet, wenn man sich mit dem Thema befasste, doch auf diesem könnte ihre Mutter sein. War sie in dem Treck mitgelaufen? Aufgewühlt betrachtete sie jedes einzelne Gesicht genauestens, doch sie waren unscharf, und wahrscheinlich hätte sie ihre Mutter als Kind nicht erkannt.

»Der Treck ist Ende Februar 1945 von Heinrichsdorf gestartet«, las Jarek, »angeführt von Auguste von Regnowitz, der Besitzerin des Schlosses, die ihren Mann und drei ihrer Söhne im Krieg lassen musste. Die Bewohner aller umliegenden Dörfer und Gemeinden schlossen sich an. Vorher hatte es keine Erlaubnis gegeben, die Gegend zu verlassen. Es stellte sich heraus, dass der Räumbefehl, wie beinahe überall, viel zu spät erlassen wurde. Die meisten Flüchtlingsgruppen wurden von der Roten Armee eingeholt. Diesen Treck traf es kurz vor Stargard. Viele starben bei dem Beschuss, andere gaben auf und gingen zurück nach Heinrichsdorf und in die umliegenden Dörfer. Doch auch hier sollten sie ihr Glück nicht finden. Nachdem die Sowjets die eroberten Ostgebiete Polens für sich reklamierten, wurden die dort ansässigen polnischen Bürger nach Westen vertrieben. Die deutschen Rückkehrer waren in der Folge nicht mehr erwünscht. Sie versuchten erneut, ins Kernland des Deutschen Reichs zu gelangen und landeten im Wesentlichen im Norden, in der Gegend zwischen Hannover und Braunschweig. Es ist belegt, dass die wenigen, die beim ersten Fluchtversuch an Stargard vorbeikamen, mehrheitlich bei Stettin mit einem Zug weiterfuhren.« Jarek sah auf, ihre Blicke trafen sich. Er sprach aus, was Lene dachte: »Deine Mutter könnte in dem Zug gewesen sein.«

»Ja.« Sie bemerkte selbst, wie heiser ihre Stimme klang, und erneut setzte dieses Herzpochen ein, das inzwischen immer aufzutreten schien, wenn sie das Gefühl hatte, sich dem Kern der Sache zu nähern. »Mehr steht da nicht?«

»Nein.«

»Schade.« Es wäre zu schön gewesen, mehr über die Fluchtroute zu erfahren. Aber vieles passte, auch die Gegend, in der die Vertriebenen und die Flüchtlinge aus der Region angesiedelt worden waren.

»Ihr könntet nach Stettin fahren«, schlug Franciszek vor. »Es gibt eine sehr informative Ausstellung zu dem Thema im dortigen Museum.«

»Sollen wir das tun?«, fragte Jarek. Marlene war sich unschlüssig, immerhin lag Stettin eine gute Stunde entfernt, befand sich schon fast an der Grenze zu Deutschland. »Du könntest dort natürlich auch auf dem Heimweg einen Zwischenstopp einlegen«, ergänzte er, doch sie hatte den Eindruck, dass es zögerlich kam.

Es wäre vermutlich vernünftiger, es so zu machen, allerdings ... Sie musste sich eingestehen, dass sie Jarek gerne an ihrer Seite hätte. Und das nicht nur, weil er ein guter Rat-geber und Übersetzer war.

»Es ist verrückt ...«, hob sie an, »aber ja.«

Jarek lächelte zufrieden. »Und weiter geht die Reise.«

Editha

Wir erreichen Stettin. Wie wir es geschafft haben, weiß ich nicht. Einerseits spüre ich meinen Körper nicht mehr, andererseits tut mir alles weh. Ich habe Hunger. Mutter und ich sprechen kaum noch, nur das Nötigste. Auch Richard ist still geworden. Eine Weile ist er an Mutters Hand gegangen, doch nun ist er bei mir. Es scheint mir, als fühlte er sich bei mir wohler. Ich verstehe ihn, denn Mutter ist nicht mehr sie selbst, wirkt wie eine lebende Tote. Ich habe auf dem Weg unzählige Tränen um Karl vergossen, sie ging nur mit starrem Blick und zusammengepressten Lippen voran. Als Richard wiederholt nach unserem Bruder fragte, gab sie ihm eine Ohrfeige. Seither ist er still.

Die Stadt ist zerstört. Wir gehen zwischen Trümmern hindurch. Doch hier leben tatsächlich noch Menschen. Kinder spielen auf den Resten der einst stolzen Häuser und suchen zwischen dem Schutt nach etwas Essbarem. Erwachsene stehen Schlange, wo Lebensmittel verteilt werden, oder kriechen aus den Kellern ihrer zerbombten Häuser, um ... ja, um was zu tun? Was tut man in dieser verlorenen Stadt noch? Warum gehen sie nicht fort, so wie wir?

Andererseits, wo sollen sie auch hin? Wo wollen wir eigentlich hin? Ich frage Mutter, sie zuckt nur mit den Schultern. Manche der Einwohner mustern uns, nicht wenige davon argwöhnisch, wie mir scheint. Haben sie Angst, dass wir ihnen etwas wegnehmen wollen? Andere beachten uns gar nicht. Ihre Blicke sind leer, die Körper gebeugt. Was haben sie schon alles mit ansehen müssen? Was wird noch kommen? Wissen sie, dass die Russen nicht mehr weit weg sind?

Ich will ihnen zurufen: Geht weg! Lauft um euer Leben! Aber kein Ton verlässt meinen Mund.

Wir versuchen, zum Rathaus zu kommen, zur Kirche, irgendeinem Ort, wo man uns helfen könnte. Doch es ist alles zerstört.

»Hier können wir nicht bleiben«, sagt Mutter, und ich bin erleichtert darüber. Wir wanken weiter, Richard zwischen uns, wieder weg von Trümmern und den lebenden Geistern, entdecken Bahngleise und gehen eine endlos scheinende Weile an ihnen entlang.

Mit einem Mal sind da noch andere Menschen. Wir erkennen Leute wieder, die zu unserem Treck gehört haben, aber die meisten Gesichter sind mir fremd. Ich höre etwas von einem Zug, der nach Westen gehen soll. Ich kann mein Glück kaum fassen. Von überall strömen plötzlich Menschen herbei. Es müssen Hunderte sein, auch wir beschleunigen unsere Schritte. Als wir das Ende eines Güterzuges entdecken, gibt es kein Halten mehr. Die Leute um mich herum rennen los und ich mit ihnen. Plötzlich wird es eng, jeder versucht, einen der Waggons zu erreichen. Manche sind verschlossen, niemand weiß, ob der Zug überhaupt losfahren wird, doch alle sind voller Hoffnung, voller Verzweiflung, versuchen, diesen rettenden Strohhalm zu ergreifen. Genau wie wir. Menschen laufen hin und zurück, drängeln, ich stolpere, verliere meinen Schuh. Ich versuche, ihn zu finden, werde aber weitergeschoben. Als ich aufschaue, kann ich Mutter und Richard nicht mehr sehen, entdecke ihren Kopf dann weiter vorne. Versuche, den wippenden Haarschopf nicht wieder aus den Augen zu verlieren, endlich dreht sie sich um – es ist gar nicht Mutter! Panik steigt in mir auf. Ich bleibe stehen, blicke in alle Richtungen, werde umgestoßen, stolpere erneut, diesmal kann ich mich nicht mehr halten. Ich schiebe mich unter den Wagen, sonst wäre ich sicher niedergetrampelt worden. Mein Rucksack ist weg! Jemand bleibt stehen, ein alter Mann, er hält mir die Hand hin. »Komm.« Da, da liegt mein Rucksack, ich versuche dranzukommen, doch jemand tritt im Laufen dagegen, er ist weg. Gertrud ist da drinnen! Meine liebe Gertrud! Das Einzige, was ich noch von zu Hause bei mir habe.

Der Mann wird ungeduldig. »Nun komm schon!« Endlich ergreife ich seine Hand, er zieht mich mit. Ich laufe eine Weile neben ihm her, versuche dabei, Mutter und Richard in dem Getümmel zu entdecken, sie müssen weiter vorne sein. Wage es nicht mehr, stehen zu bleiben, will mich aber aus dem Mahlstrom, der mich auf die offene Seitentür des mittleren Waggons zuschiebt, drängen, um an den Rand zu gelangen. Es geht nicht.

»Lauf weiter, Kind«, sagt eine Frau hinter mir und schiebt mich mit sich. Jemand greift mich und zieht mich in das Innere des Wagens, gerade noch rechtzeitig, denn der Zug setzt sich in Bewegung! Ein Aufschrei geht durch die Menge hinter mir. Es sind noch Menschen dort unten. Die Frau, die mich weitergeschoben hat, rutscht beim Versuch, auf den Waggon zu springen, ab. Ein grässliches Geräusch ertönt. Ich muss würgen. Andere schaffen es noch, um mich herum sind unzählige Hände, die die Letzten heraufzuziehen versuchen. Ich werde zur Seite gedrängt, weg von der Öffnung. Im Innern ist es dunkel, nur langsam gewöhnen sich meine Augen daran. Es ist voll, es stinkt. Die Menschen stehen dicht gedrängt. Da, eine Stimme.

»Editha!«

»Mutti!«

Sie kämpft sich zu mir durch, schließt mich in die Arme. Dann blickt sie suchend hinter mich.

»Wo ist Richard?«

Ich verstehe nicht. »Er war doch bei dir.«

Sie schüttelt energisch den Kopf. »Nein. Er war bei dir.« Entsetzt starren wir uns in die Augen. »Du hast ihn verloren.«

12.

Bevor sie sich auf den Weg nach Stettin machten, kauften sie sich bei einem Bäcker belegte Brötchen und zwei Becher Kaffee für ein verspätetes Mittagessen.

Anschließend versuchte Marlene erneut, mit ihrer Mutter zu sprechen. Es ließ ihr einfach keine Ruhe. Sie konnten so viel suchen und recherchieren, wie sie wollten, letztlich besaß nur Editha den Schlüssel zu ihrer Vergangenheit. Jarek wartete am Auto auf Marlene, während sie auf dem Parkplatz auf und ab laufend dem eintönigen Freizeichen in der Leitung lauschte. Endlich nahm jemand ab.

»Ja?« Die Stimme ihrer Mutter krächzte.

»Hallo, Mama, hier ist Marlene. Wie geht es dir?«

»Du.« Sie räusperte sich. »Besser.«

Sie wirkte wacher als am Vormittag. Vielleicht hatte man die Medikation der Beruhigungsmittel heruntergesetzt. »Ich bin noch in Polen. In Pommern«, korrigierte sie sich rasch. Wie schon beim vorherigen Telefonat wählte sie die Taktik, ihre Mutter quasi in die Vergangenheit zurückzuführen. Ob das ein Ansatz war, den ein Therapeut wählen würde, wagte sie zu bezweifeln, doch das war ihr - ehrlich gesagt - inzwischen egal. Denn immer mehr drängte sich ihr der Eindruck auf, dass ihr nicht mehr viel Zeit blieb.

»In Pommern bist du«, wiederholte Editha heiser.

»Ja. In Blumenwerder.« Kleine Schritte, nicht zu viele Informationen auf einmal. »Gleich fahre ich nach Stettin.«

Täuschte sie sich, oder hatte ihre Mutter gerade scharf Luft eingesogen?

»Stettin? Was willst du denn in Stettin?« Editha sprach so leise, dass Marlene sie kaum verstehen konnte. Sie drückte einige Male die »Lauter«-Taste an ihrem Smartphone. Dann atmete sie tief durch. Jetzt kam der entscheidende Moment. Entweder legte ihre Mutter gleich wieder auf, wie vorhin, oder aber sie erzählte endlich etwas. »Ich habe herausgefunden, dass es einen Treck aus Heinrichsdorf gab. Manche von ihnen haben in Stettin einen Zug erreicht.« Sie vernahm ein Stöhnen am anderen Ende. »Warst du dabei, Mama?« Sie hörte, wie ihre Mutter sich erneut räusperte, ihr Atem kam stoßweise. Marlene begann, sich Sorgen zu machen. »Ist alles gut, Mama?«

»Stettin. Zug.«

Es klang diesmal nicht wie eine Frage, sondern eher wie eine Feststellung. Mit einem Mal hatte Marlene den Eindruck, dass etwas in ihrer Mutter arbeitete. »Was war in Stettin, Mama?«

»Da stand dieser Güterzug. Wir sind alle hingerannt.«

Nun war es an ihr, die Luft anzuhalten. Sie konnte es kaum fassen, ihre Mutter öffnete sich! Doch sie wusste, dass sie ihre Aufregung unbedingt bändigen musste, um Editha nicht zu verschrecken. »Du bist hingerannt. Auch deine Mutter?«

»Alle.«

»Auch deine Brüder? Richard und Karl?« Kaum dass sie es ausgesprochen hatte, merkte sie, dass sie einen Fehler gemacht hatte. Karl musste doch noch viel zu klein gewesen sein, um selbst laufen zu können.

»Karl nicht.«

»Nein, Karl nicht.« Sie schüttelte unwillkürlich den Kopf. »Aber Richard?«

»Richard.« Erneut vernahm sie ein schweres Stöhnen, beinahe, als hätte ihre Mutter Schmerzen. »Richard. Richard.« Immer wieder sagte ihre Mutter nun den Namen des Bruders vor sich hin.

Marlenes Herz begann zu rasen, beinahe konnte sie körperlich spüren, wie ihre Mutter litt. »Was ist, Mama?« War es womöglich doch nicht gut, an den alten Wunden zu kratzen? Sollte sie besser aufhören? Was, wenn Editha noch einen Herzinfarkt erlitt? »Es ist alles gut, Mama«, versuchte sie, sie zu beruhigen. »Es ist alles in Ordnung.« Was sonst sollte sie sagen?

»Nein.«

Worauf bezog sich das Nein? »Was hast du, Mama?« Editha antwortete nicht. Der Zustand, in dem sich ihre Mutter offenbar befand, machte Marlene Angst. Einerseits wollte sie nicht mehr weiter in sie dringen, zu ihrem Schutz. Aber andererseits war sie noch nie zuvor derart weit gekommen. Es schien, als öffnete sich gerade eine Tür, von der sie gar nicht gewusst hatte, dass sie existierte. »Sind Richard und Karl auf der Flucht gestorben?« Stumm wartete Marlene auf eine Antwort, doch sie blieb aus. Nur Edithas rasselnder Atem verriet, dass sie noch dran war. »Mama? Ist Richard tot?«

»Tot?«

»Und Karl? Hast du mitbekommen, wie er gestorben ist?«

»Ich weiß nicht.«

»Was weißt du nicht?«

»Ich will nicht!«

»Was denn?«, fragte Lene, der Verzweiflung nahe.

»Ich habe sie nicht mehr gesehen.«

»Was?« Marlene konnte es nicht fassen. Da war etwas, ganz eindeutig. Ihre Mutter hatte wahrscheinlich etwas unfassbar Schreckliches erlebt, und sie hatte es all die Jahre mit sich herumgetragen. Nein, korrigierte sie sich, Editha hatte es noch nicht einmal mit sich herumgetragen, sie hatte es tief in sich eingesperrt und den Schlüssel weggeworfen. Die Erlebnisse aus ihrem Bewusstsein ausradiert, gelöscht. Nur ihr Unterbewusstsein hatte nicht vergessen und meldete sich nun zu Wort. Nach all den Jahren ...

Erst nach dieser Erkenntnis drangen Edithas eigentliche Worte zu ihr durch. Was meinte sie damit, dass sie die Brüder nicht mehr gesehen hatte? Was hatte das zu bedeuten?

»Was ist damals geschehen, Mama?«, flüsterte sie, nur um gleich darauf zu erkennen, dass die Frage viel zu offen formuliert war. Darauf würde sie keine Antwort bekommen. Innerlich ging sie einen Schritt zurück. »Ist Karl tot?« Nichts. »Ist er auf der Flucht gestorben?« Marlene vernahm ein Geräusch, das wie ein »Hm« klang, und vermutete, dass es »Ja« heißen sollte. »Und Richard?«

»Weg.«

Das einsame Wort durchzuckte Marlene wie ein Blitz.

»Wie meinst du das, ›weg‹? War Richard weg?«

»Stettin. Der Zug.«

»Wie bitte?«

»Mutti hat gesagt, ich soll nie wieder drüber reden.«

Da machte es »Klick« in der Leitung. Ihre Mutter hatte das Gespräch beendet. Wieder einmal.

Marlenes Gedanken rasten hin und her. Was, um Himmels willen, war damals geschehen?

Editha

Ich weiß nicht, wie lange wir schon unterwegs sind. Immer wieder muss der Zug anhalten, die Route ändern. Es ist mir egal. Mutter und ich haben einen Platz an der Seite gefunden. Dort sitzen wir die ganze Zeit, reden tun wir nicht. Es ist zugig, weil die Schiebetüren immer offen stehen, und die Wand ist kalt. Aber wir können uns anlehnen und haben frische Luft. Im Inneren stinkt es mehr. Viele Menschen sind krank. Übergeben sich, wimmern vor sich hin. Alle haben Hunger. Wir besitzen nur noch das, was wir am Leib tragen. Ich vermisse meine Gertrud. Wenn mir auffällt, dass ich mehr an sie denke als an meine Brüder, wird mir ganz schlecht. Ich würde mich dann am liebsten schlagen, aber dazu fehlt mir die Kraft.

Mutti starrt nur noch ins Leere, sitzt vollkommen reglos da. Sie ist bleich wie eine Leiche. Manchmal frage ich mich, ob sie noch lebt. Dann stoße ich sie an. Ihre Augenlider zucken kurz, und ich weiß, dass sie noch bei mir ist.

Manchmal stirbt jemand im Waggon. Dann wird er einfach hinausgeworfen. Hatte er einen warmen Mantel, wird der aber behalten.

Als Tiefflieger uns beschießen, denke ich, dass es nun wirklich mit uns aus ist. Doch wir kommen noch mal davon.

Wir erreichen irgendeinen Ort. Werden verteilt. Das letzte Fünkchen Hoffnung, Richard doch noch wiederzufinden, schwindet. Er wird tot sein, wie so viele andere. Bereits niedergetrampelt am Gleis oder spätestens im Zug erfroren, verhungert, sollte er es in einen der

Waggons geschafft haben. Was unwahrscheinlich war. Ein Kind, ganz allein ... Irgendwo liegt jetzt sein kleiner Körper. Genau wie der von Karl ...

Mir wird übel. Ich fange an zu würgen, doch nichts ist in meinem Magen, das rauskönnte. Dadurch kommt wieder etwas Leben in Mutter. Sie schüttelt mich.

»Reiß dich zusammen.« Dann, etwas weicher: »Vergiss, was war. Du musst vergessen, was früher war. Wir denken einfach nicht mehr daran. Vergiss Blumenwerder. Und rede nie wieder über deine Brüder. Wir sind immer allein gewesen. Nur wir beide.« Sie hat sicherlich recht. Das wird das Beste sein. Ich spreche es wieder und wieder in meinem Kopf nach: Ich hatte keine Brüder. Wir müssen vergessen. Müssen nach vorne sehen. Müssen überleben. Ich hatte keine Brüder.

13.

Von unterwegs schickte Marlene eine Nachricht an Alix, damit sie sich nicht fragte, warum sie nicht wiederkamen. Die Antwort erfolgte prompt: Sie wünschte ihnen viel Glück bei der weiteren Suche und würde jetzt eine Runde laufen gehen.

Marlene schüttelte den Kopf. Wo die Freundin bloß ihre ganze Energie hernahm? Sie konnte sich nie aufraffen, Sport zu machen, höchstens mal eine Runde Pilates, aber schon gar nicht Joggen. Etwaige Ambitionen in diese Richtung hatte ihr der Sportunterricht in der Schule frühzeitig ausgetrieben, als man sie regelmäßig um den Heidbergsee gejagt hatte.

»Alles in Ordnung?« Jarek hatte ihre Irritation sofort bemerkt.

Sie musste lachen. »Ja, schon. Alix hat nur gerade geschrieben, dass sie gleich laufen geht, und da musste ich an meinen Sportunterricht in der Schule denken.«

»Ah. War der nicht gut?«

»Nein. Ich konnte meistens nicht mithalten. Außer beim Geräteturnen. Da war ich richtig gut. Aber Leichtathletik und Ballspiele waren der Horror für mich.«

»Ich glaube, so geht es vielen Kindern. Mochtest du die Schule ansonsten?«

»Ja.« Sie dachte nach. »Vor allem den Kunstunterricht. Da war man nicht so unter Druck.«

»War man nicht? Für mich war das immer schrecklich,

irgendetwas basteln oder malen zu müssen. Das wurde bei mir immer alles ziemlich unordentlich.«

»Weil du keine Lust dazu hattest?«

»Auch. Aber ich glaube wirklich, dass es mir schlichtweg nicht lag. Allerdings war ich insgesamt nicht besonders gut in der Schule.« Jarek grinste schelmisch.

»Wieder die Frage: Hattest du keine Lust?«

»Das und andere Dinge im Kopf.«

»Aha. Mädchen?«

»Nicht mal. Ich war früher ziemlich schüchtern. Aber beim Fußballspielen war ich richtig gut. Ansonsten habe ich mich oft zurückgezogen und gelesen.«

Das passte zu ihm. »Ich auch.« Marlene dachte an ihre Kindheit und Jugend zurück. »Meine Eltern haben mich allerdings zum Lernen angetrieben, wenn ich irgendwo saß und ›nur‹ in einem Buch gelesen habe.«

»Leistung war ihnen wichtig?«

»Oh ja. Und meine Noten waren nicht die besten. Vor allem in Mathe, Physik ... Na ja, Naturwissenschaften eben.«

»Wie hast du deine Kindheit empfunden?«

Diese Frage kam unvermittelt, und Lene brauchte einen Moment, um ihre Empfindungen zu sammeln und in Worte zu fassen. »Damals habe ich gedacht, es wäre alles normal, so, wie es sein sollte. Erst als ich die Familien meiner Freundinnen und besonders auch die meines ersten Freundes kennengelernt habe, ist mir klar geworden, dass es auch anders geht.«

»Was war denn anders?«

Sie zuckte mit den Schultern. »Man hat zusammengesessen, sich unterhalten. Ich meine, das haben wir auch, aber irgendwie ... Bei uns sind die Gespräche eher oberflächlich geblieben, als ob man sich gar nicht wirklich füreinander interessierte. Das war bei Hajos Eltern ganz anders. Sie haben nachgefragt, wie es ihm in bestimmten Situationen ergangen ist, wie er sich gefühlt hat. Haben Ratschläge gegeben, was er bei Schwierigkeiten in der Schule oder mit Freunden machen, wie er sich verhalten könnte. So etwas kannte ich von zu Hause nicht. Da herrschte eher die Einstellung vor: ›Du hast dir die Suppe eingebrockt, also musst du sie auch auslöffeln.‹ Meine Eltern konnten gar nicht verstehen, dass ich mich mit Freunden treffen, etwas unternehmen, reisen wollte. Wenn irgendwelche Unternehmungen anstanden, waren sie nicht in der Lage, mir Tipps zu geben. Im Gegenteil, sie meinten dann, dass es ohnehin besser wäre, zu Hause zu bleiben.«

»Haben sie nie Urlaub gemacht?«

»Nur innerhalb Deutschlands.«

»Das Fremde hat ihnen wohl Angst gemacht«, überlegte Jarek.

»Scheint so. Überhaupt hat ihnen vieles Angst gemacht.« Als sie es ausgesprochen hatte, dämmerte Marlene, dass sich dafür wahrscheinlich gute Gründe in ihrer Biografie fanden.

»Sei nicht verzagt.« Jarek lächelte ihr aufmunternd zu. »Du bist eine wundervolle Frau, weißt du?«

Seine Aufmerksamkeit rührte sie. »Danke. Und du bist ein wirklich guter Zuhörer.«

»Das freut mich.«

Erneut trafen sich ihre Blicke, und kurz versank sie in Jareks braunen Augen, die Wärme und Verständnis ausstrahlten. Er war ganz anders als Karsten, stellte sie fest. Wo ihr Ex-Mann kernig, den Ton angebend, aber auch Sicherheit vermittelnd gewesen war, war Jarek eher einfühlsam, verständnisvoll, unterstützend. Klar, auch Karsten hatte seine guten Seiten gehabt, er konnte mitreißend erzählen, war zuvorkommend, höflich, amüsant und gebildet, aber ihm fehlte die Herzlichkeit, wie sie inzwischen wusste. Er würde Jarek wahrscheinlich als Weichei empfinden, aber für Marlene war genau das Gegenteil der Fall. Jarek erschien ihr mit seiner vorurteilsfreien, offenen Art und seinem anteilnehmenden Mitgefühl viel stärker als Karsten, das vermeintliche Alphatier, es jemals sein könnte. Man brauchte nicht immer vorne im Rampenlicht zu stehen, um selbstbewusst zu sein. Zeugte es nicht viel mehr von Persönlichkeit, wenn man sich auch zurücknehmen und um seine Mitmenschen kümmern konnte?

Früher hatte sie das vermutlich anders gesehen, denn Karsten war ihr als der Richtige erschienen. Aber wenn sie ehrlich war, war sie eigentlich ganz erleichtert, dass sie sich getrennt hatten. Vielleicht war sie auch eine andere Frau geworden, eine, die niemanden mehr an ihrer Seite brauchte, der sie anleitete, die Führung übernahm. Wenn, dann passte von nun an nur noch ein gleichwertiger Partner zu ihr. Einer wie Jarek?, fragte sie sich. Er war auf jeden Fall ein Mann zum Anlehnen, und sie musste sich eingestehen, dass sie das gerne mal täte.

Sie erreichten Stettin, das Museum befand sich in der Innenstadt. Sie stellten das Auto ab und spazierten durch die hübschen Gassen, besichtigten die berühmte Hakenterrasse an der Westoder, ein Wahrzeichen der Stadt. Dort befand sich auch das Nationalmuseum. Doch die Ausstellung, die sie interessierte, jene, die sich mit dem Alltagsleben des Stettins des 20. Jahrhunderts befasste, war in einem anderen Gebäude in der Nähe untergebracht. Auf ihrem Weg dorthin schlenderten sie an der spätgotischen St.-Peter-und-Paul-Kirche, am Schloss der pommerschen Herzöge und dem Loitzenhof vorbei, bis sie auf dem Heumarkt mit dem Alten Rathaus standen.

»Eine hübsche Stadt«, bemerkte Lene erstaunt. Sie hatte nicht gewusst, dass Stettin so viele Sehenswürdigkeiten zu bieten hatte. Wenn jemand in ihrem Bekanntenkreis je nach Polen gereist war, dann war die Rede gewesen von Masuren, der Ostseeküste, Danzig und dem Frischen Haff, vielleicht noch Breslau.

»Sie ist leider im Zweiten Weltkrieg fast völlig zerstört worden, war eine einzige Trümmerwüste, die Altstadt existierte praktisch nicht mehr. Viele der historischen Gebäude wurden erst nach und nach rekonstruiert. An manchen Stellen gibt es immer noch Brachen mitten in der Stadt.«

»Nach all den Jahren ...« Lene seufzte bedrückt. Es war traurig. So viel Zerstörung, so viel Leid. »Ob meine Mutter hier wohl langgekommen ist? Wie hat es damals hier ausgesehen?« Wie so oft – eigentlich ununterbrochen, seitdem sie polnischen Boden betreten hatte – fühlte sie sich, als würde sie auf Edithas Spuren wandeln, fragte sich, was ihre Mutter davon als Kind gesehen hatte, wo sie gewesen war. Allerdings war diese Faszination immer auch begleitet von einem gewissen Schaudern und der Frage, was sie alles hatte erleben, hatte ertragen müssen.

»Ich bin nicht sicher«, beantwortete Jarek ihre Frage, »ob sie überhaupt in die Altstadt gelangt ist. Wenn, dann dürfte nicht mehr viel von dem, was wir jetzt sehen, gestanden haben. Der Hauptbahnhof befindet sich zwar in der Nähe, falls sie wirklich mit dem Zug weitergereist sind, wie Franciszek vermutete. Aber möglicherweise haben die Menschen aus dem Treck die Stadt eher umgangen. Man wusste ja nie, was einen dort erwartete. Vielleicht war es auch gar kein richtiger Personenzug, sondern sie sind in einem völlig anderen Teil der Stadt auf einem Nebengleis auf einen Güterzug aufgesprungen.« Er zuckte mit den Schultern. »Alles denkbar.

Eventuell kann man uns diese Frage im Museum beantworten.« Die Art, wie Jarek den Satz betonte, ließ Lene vermuten, dass er es nicht für sehr wahrscheinlich hielt. »Nachdem die Stadt 1943, 1944 zerbombt worden war, hat die Rote Armee Stettin schließlich Ende April besetzt.«

»Das heißt, nach April '45 gab es hier kein ...«, sie zögerte, wollte »Entkommen« sagen, brachte das Wort jedoch nicht über die Lippen, »kein Rauskommen mehr?«

»Zumindest dürfte es ziemlich schwierig gewesen sein.«

»Wenn sie durch Stettin geflohen sind, wird es also vor Ende April gewesen sein«, überlegte sie laut.

»Die meisten Flüchtlingstrecks waren im Winter unterwegs, etwa von Januar bis März. Danach war es zu spät. Wer damals noch hier war, hatte unter der Roten Armee zu leiden. Bis dann etwas später die Grenzen verschoben wurden und die restlichen Deutschen vertrieben wurden. Andere, die noch weiter im Osten lebten, wurden durchaus auch in die entgegengesetzte Richtung, nämlich nach Sibirien, verschleppt.«

»Puh.« Sibirien, das klang nach absoluter Hoffnungslosigkeit, nach Einsamkeit und Eiseskälte. Nach einem Todesurteil. Vor diesem Hintergrund begann sie langsam zu verstehen, warum ihre Eltern meinten, es doch »gut gehabt« zu haben, weil sie überlebt hatten. Viele, sehr viele andere hatten dieses Glück eben nicht gehabt. Waren noch während der Kriegshandlungen gefallen, verhungert oder im Nachgang umgekommen. Ein Schauer lief ihr über den Rücken.

»Hier im Alten Rathaus befindet sich das Museum für Stettins jüngere Geschichte.«

Sie betraten das ehrwürdige Gebäude, gingen zum Schalter, um sich ihre Eintrittskarten zu kaufen. Hinter dem Tresen stand eine schicke ältere Dame, die einen schwarz-weißen

Poncho-ähnlichen Pullover trug, auf dem eine rot umrandete Brille an einem goldenen Kettchen baumelte. Ihr Gesicht verriet, dass sie ein ganzes Stück älter war, vermutlich bereits im Rentenalter, was darauf schließen ließ, dass sie diesen Job ehrenamtlich ausübte oder damit ihre Rente aufbesserte. Marlene bewunderte ihren flotten Kurzhaarschnitt, der ihre weißen Haare betonte und die markanten Wangenknochen zur Geltung brachte, und ihren Mut zur Farbe – ihre Lippen leuchteten im selben Rot wie ihre Fingernägel. Ihre wachen Augen blickten auf, als Jarek und Marlene an den Tresen traten. Ein Namensschild wies sie als Halina Nowak aus.

»Dzień dobry«, grüßte Lene mit den wenigen polnischen Worten, die sie inzwischen gelernt hatte, was die andere mit einem freundlichen Nicken in ihre Richtung bestätigte.

Halina erklärte ihnen in gebrochenem Deutsch die verschiedenen Abteilungen des Museums, woraufhin sie beschlossen, aus Zeitgründen gleich in den Bereich zu gehen, der den ersten fünfundvierzig Jahren des zwanzigsten Jahrhunderts sowie der Nachkriegszeit in Stettin gewidmet war.

Das Museum zeigte auf beeindruckende Weise, wie die Stettiner bis 1945 zum Deutschen Reich gehört und anschließend unter polnischer Flagge gelebt hatten. Sie betrachteten Kleidungsstücke, Koffer und Truhen, polnische und deutsche Dokumente wie Zeugnisse und Urkunden. Es war alles sehr interessant, gab einen umfassenden Einblick in eine Zeit, die gar nicht so fern und Lene doch fremd war. Aber so informativ es auch war, half ihr das alles leider nicht weiter. Sie kam sich dumm vor. Was hatte sie denn erwartet? Entmutigt ging sie von den letzten Schaukästen zu Jarek hinüber, der sich mit der Frau an der Kasse unterhielt.

»Wollen wir gehen?«, fragte sie, an Jarek gewandt. Doch der schüttelte emsig den Kopf.

»Halina hat mir gerade etwas sehr Interessantes erzählt.« Mit einer Geste bedeutete er der älteren Frau zu wiederholen, was sie Jarek zuvor mitgeteilt hatte.

»Jarek sagte, dass Sie sich mit der Geschichte Ihrer Familie beschäftigen und dass Ihre Mutter höchstwahrscheinlich über Stettin geflohen ist.«

»Das stimmt.«

»Diese Biografien sind für uns sehr interessant. Wir haben bei der Konzeption dieser Ausstellung mit vielen Menschen gesprochen. Damals war ich hier noch im aktiven Dienst und direkt daran beteiligt. Wir hatten einen Aufruf gestartet, und sehr viele haben sich gemeldet. Deutsche, Polen, auch Weißrussen, Litauer und Ukrainer. Aufgrund der Menge mussten wir die Lebenserinnerungen eingrenzen auf alle, die einen Bezug zu unserer Stadt haben. Ein paar Straßen weiter, im Centrum Dialogu Przełomy, was so viel heißt wie Dialogzentrum Umbrüche, wurde den gesamten Bewegungen des zwanzigsten Jahrhunderts noch intensiver gedacht, dort konnten auch die Erfahrungen der anderen Volksgruppen mit einfließen.«

»Ah.« Das klang zwar sehr interessant, doch Marlene fragte sich, wohin das Gespräch führen würde.

»Jedenfalls ...«, nun stockte Halina, überlegte offenbar, wie sie weiter vorgehen sollte. »Wussten Sie, dass sehr viele Menschen auf diesen Trecks verloren gegangen sind?«

»Nicht direkt«, gab sie zu. »Nur, dass viele verstorben sind. Aber es klingt eigentlich logisch, dass auch Menschen verschwunden sind. Vor allem, wenn man bedenkt, wie viele Vermisstenmeldungen nach dem Krieg eingegangen sind.«

Halina nickte. »Und nicht alle betrafen Soldaten. Es gibt auch Informationen darüber, dass Frauen aus den eroberten

Orten verschleppt wurden. Von Vergewaltigungen und Morden ganz zu schweigen. Im früheren Ostpreußen gab es die sogenannten ›Wolfskinder‹, elternlose Kinder, die in den Wäldern gelebt oder sich als billige Arbeitskräfte auf litauischen Bauernhöfen durchgeschlagen haben.«

»Kaum jemand wird damals genau Buch darüber geführt haben, wem was zugestoßen ist.« Lene merkte selbst, wie zynisch das klang.

»Genau. Deswegen sind die Erinnerungen der Menschen so unschätzbar wichtig. Nur sie geben uns später Geborenen Aufschluss darüber, wie es den einfachen Leuten ergangen ist. Von der großen Politik lernt jeder im Geschichtsunterricht, aber nicht von den kleinen und großen Sorgen der Menschen.«

»Das stimmt. Ich hätte zu gerne gehört, wie es meiner Mutter erging, aber sie hat leider nie darüber reden wollen.«

»Auch das gibt es natürlich.« Halina schwieg einen Moment. »Jarek erwähnte, dass Ihre Mutter Brüder hatte, die vermisst werden?«

»Ja. Allerdings habe ich nur durch Zufall von ihrer Existenz erfahren. Ihre Spur verliert sich auf der Flucht. Jedenfalls finden sich in ihrem Heimatdorf keine Belege für ihren Tod. Daher vermuten wir, dass sie auf der Flucht verstorben beziehungsweise verloren gegangen sind.«

Halina nickte wissend. »Das muss schwierig sein.«

»Das ist es.«

»Vielleicht kann ich Ihnen helfen.« Halina nannte ein paar polnische Institutionen, die bei Vermisstenmeldungen halfen oder weiteres Archivmaterial zur Verfügung stellen konnten. Marlene bedankte sich, hatte allerdings keine große Hoffnung, dass ihnen das alles weiterhelfen würde. Wahrscheinlich sollte sie sich langsam mit dem Gedanken abfinden, dass sie das Schicksal ihrer Onkel nicht mehr würde klären können. Die Brüder hatten gelebt, und sie waren mit ziemlicher Sicherheit auf der Flucht zu Tode gekommen. Irgendwo zwischen Heinrichsdorf und Deutschland.

»Vielleicht sollte man die Toten nach all den Jahren nun aber auch einfach ruhen lassen.«

»Möglich«, setzte Halina fort. »Was ich Ihnen aber noch erzählen wollte: Damals sind viele Familien auseinandergerissen worden. Wie Sie schon sagten, wurden Tausende Menschen vermisst. Wir haben hier so einige, zum Teil wirklich herzzerreißende Geschichten zu hören bekommen. Die Briefe, die uns auf unseren Aufruf damals erreichten, sind alle archiviert. Manche haben uns auch persönlich angesprochen, diese Gesprächsnotizen wurden ebenfalls größtenteils transkribiert und abgespeichert. Unter Umständen lohnt es sich für Sie, in unseren Archiven nachzusehen. Sie sind öffentlich zugänglich. Allerdings ist es nicht ganz unkompliziert, in den Unterlagen zu suchen. Sie müssten einen Antrag stellen, damit jemand für Sie abgestellt wird. Das könnten Sie aber direkt bei mir machen ...«

»Ich finde, das klingt sehr interessant«, erwiderte Jarek und sah Lene an. »Was meinst du?« Lene konnte die Begeisterung in seinen Augen erkennen. Ihn hatte ganz offensichtlich der Ehrgeiz gepackt. Im Gegensatz zu ihr, sie wurde des Ganzen langsam müde, verlor den Mut. *Er ist eben ein echter Forscher, jemand, der nicht so schnell aufgibt.*

»Denkst du, das bringt was? Ist das nicht alles viel zu abwegig?«

»Wer weiß? Wenn wir irgendwo noch etwas herausfinden können, dann hier. Das sagt mir meine Archivaren-Nase.« Er grinste schief.

»Na, wenn deine Nase dir das verrät ...« Jarek schaffte es

mit seiner fröhlichen, engagierten Art, Lene wieder zum Schmunzeln zu bringen.

»Gut.« Halina zog ein Formular unter dem Tresen hervor. »Es kann allerdings ein paar Tage dauern, bis ...«

»Ein paar Tage?«, sagten Jarek und Lene wie aus einem Mund.

»Ich fürchte, so viel Zeit haben wir nicht«, ergänzte Jarek. »Meine Freundin muss bald nach Deutschland zurück.«

Meine Freundin ...

»Das stimmt leider. Aber Jarek ist Historiker und Archivar in Siemczyno, vielleicht muss das Museum uns niemanden zur Seite stellen. Ich könnte mir denken, dass Jarek sich zurechtfindet.« Sie lächelte ihn entschuldigend an. So, wie sie ihn einschätzte, wäre er zu bescheiden, um diese Tatsache selbst zu erwähnen. Wie sich sogleich zeigte, sollte sie hilfreich sein.

Halina blickte von einem zum anderen, dann sagte sie: »Dobrze. Kommen Sie.« Sie stellte ein Schild auf den Tresen, das auf Polnisch, Englisch und Deutsch besagte: *Bin gleich wieder da*, schloss die Kasse ab und nahm einen großen Schlüsselbund aus einem Fach mit. Dann ging sie voraus zu einer Tür in der Wand hinter dem Ticketschalter. Sie schloss auf, und Lene und Jarek folgten ihr durch verwinkelte Gänge zu einer Treppe, die sie in einen fensterlosen Keller führte. In dem Raum, den sie nun betraten, befanden sich zwei Tische mit jeweils einem Computer und bestimmt zehn, fünfzehn verstaubte Regale nebeneinander, in denen Akten und Bücher lagerten. Halina betätigte den Lichtschalter, der eine Reihe Neonröhren aufflackern ließ. Staub wirbelte auf, und der Geruch von altem Papier lag in der Luft. Lene fühlte sich beinahe wie in einer Stasi-Kommandozentrale oder Ähnlichem. An der Seite stand außerdem ein alter Holzschrank mit Rollladentür aus den Fünfzigern, darauf entdeckte sie ein grünes Telefon mit Wählscheibe, wie sie es noch aus ihrer Kindheit kannte. »Hierin befinden sich die Karteikästen«, erklärte Halina und öffnete den Rollladen. »Sie können es aber erst mal über den digitalen Katalog versuchen, da müsste das meiste zu finden sein.« Sie schaltete einen der Computer an, wartete, bis er hochgefahren war, und öffnete das entsprechende Programm. »Es ist auf Polnisch«, sagte sie schulterzuckend mit Blick zu Lene.

»Kein Problem«, erwiderte sie, ein weiteres Mal dankbar dafür, dass Jarek bei ihr war. Ohne ihn wäre sie niemals so weit gekommen. Kurz schaute sie zu ihm hinüber. Warum tat er das alles für sie? Ging es ihm wirklich nur um die Nachforschungen, die ihn zweifellos reizten? Sie beschloss, ihn bei Gelegenheit direkt zu fragen.

Dann tippte Halina etwas in die Suchleiste ein. Da es Polnisch war, konnte Lene es nicht lesen. Eine lange Liste öffnete sich, mit der Jarek anscheinend etwas anfangen konnte, denn er trat näher, wobei seine Augen leuchteten. Er setzte sich vor den PC und scrollte die Liste durch. Mit dem Mauszeiger blieb er an einem Kürzel neben einem Satz stehen.

»Sind das die Signaturen?«

Halina nickte. »Alle Briefe und Notizen sind in den Regalen beziehungsweise digital abgelegt, wie gesagt.« Sie erklärte Jarek etwas auf Polnisch zu den Kürzeln, vermutlich, welche auf einen digitalen und welche auf einen analogen Speicherort hinwiesen, denn ihre Finger zeigten mal auf den Bildschirm, mal auf die Regale. Dann richtete sie sich auf. »Ich muss jetzt wieder nach oben.«

»Vielen Dank für Ihre Hilfe! Ich denke, wir kommen nun allein zurecht«, meinte Jarek.

»Ich wünsche Ihnen viel Glück«, sagte Halina. »Wir schließen heute um halb fünf, Sie müssten dann also bitte rechtzeitig oben sein.«

»In Ordnung.«

»Ach so ... Wenn Sie noch eine Frage haben, können Sie das Telefon benutzen. Meine Durchwahl am Empfang ist die Elf.«

»Das ist lieb, danke«, verabschiedete sich auch Marlene und blickte gespannt zu Jarek, der mit den Fingern auf der Tischplatte trommelte. »Hast du schon etwas gefunden?«

»Ja, komm her.« Er zog den Drehstuhl vom Nachbartisch zu sich heran und öffnete ein neues Programm, in das er ein paar der Signaturen eingab. Sie setzte sich und beugte sich neugierig zu ihm hinüber. Dabei kam sie ihm so nahe, dass sie erneut seinen frischen Duft wahrnahm, was ein gewisses Flattern in ihrer Bauchgegend verursachte. Er klickte einige weitere Male, dann öffneten sich Scans von Briefen vor ihr, die auf Deutsch und Englisch verfasst waren.

»Die Erinnerungen, von denen Halina gesprochen hat?«

Jarek nickte. »Genau. Diese hier kannst du lesen. Die anderen und die Aufzeichnungen von persönlichen Gesprächen sind auf Polnisch verfasst. Wenn du magst, kannst du dich hier durcharbeiten, während ich die Registermappen mit den polnischen Briefen raussuche.«

»Das mache ich.« Sie spürte, wie sich Aufregung in ihr ausbreitete, und begann sofort damit, das Material zu sichten, während Jarek mit einem Zettel in der Hand, auf dem er einige Signaturen notiert hatte, zwischen den Regalen verschwand.

Schon bald hatte sie sich festgelesen. Sie erfuhr von einem Mann, der mit seiner Familie aus Stettin vertrieben worden war, als er fünf Jahre alt gewesen war, und in Berlin lebte. Er kehrte regelmäßig zu Besuch in die Stadt zurück. Er gab an, in dem Gründerzeithaus, in dem er als Kind gelebt hatte, eine Frau kennengelernt zu haben, deren Familie ihrerseits ursprünglich aus Ostpolen kam und hier angesiedelt worden war. Sie hatten sich im Laufe der Jahre angefreundet.

Eine jüdische Deutsche schrieb aus Israel, dass ihre polnischen Nachbarn sie unter Lebensgefahr vor den Nazis versteckt und ihr bei der Ausreise geholfen hatten, ein anderer Mann, der entschieden hatte, in Stettin zu bleiben, obwohl er Deutscher war, schilderte, wie sich das Leben in der Stadt erst durch die Machtübernahme der Roten Armee und schließlich, als sie Polen zugesprochen wurde, veränderte. Vor Marlene breitete sich ein immenser Schatz an Erinnerungen aus. Sie sah auf, als Jarek vollgepackt mit Mappen zu ihr zurückkam. Er ließ die Akten auf den anderen Tisch rutschen.

»Puh.«

»Was hast du da alles?«

»Briefe, eine Unmenge an Briefen«, stöhnte er und wirkte mit einem Mal erschöpft.

»Jarek«, hob sie an und drehte sich zu ihm, legte, ohne groß nachzudenken, ihre Hand auf seine. »Du musst das nicht tun, weißt du?«

Er sah auf, schmunzelte. »Ich weiß. Ich möchte aber.«

»Jarek, ich ...« Was wollte sie ihm eigentlich sagen? »Ich bin dir wirklich unendlich dankbar, ohne dich wäre ich niemals bis hierhin gekommen, aber ... Warum tust du das alles für mich? Wir kennen uns doch kaum. Und du bist trotzdem so ... so unheimlich nett zu mir.«

Jarek lachte kurz auf, bevor er wieder ernst wurde. »Ich habe dir doch schon gesagt, dass ich es spannend finde, solchen Geschichten auf die Spur zu kommen. Anfangs war es ein rein historisches Interesse, und ich wollte dir einfach gerne helfen, aber inzwischen bin ich extrem neugierig, ob wir nicht doch noch etwas zum Verbleib deiner Onkel herausfinden können. Forscherehrgeiz eben.« Er zuckte in einer hilflos anmutenden Geste mit den Schultern.

»Okay, gut«, stammelte sie. War das wirklich alles? Aber sie wollte nicht tiefer in ihn dringen. »Machen wir weiter?«

»Mhm.«

Eine Weile arbeiteten sie sich schweigend durch ihre jeweiligen Unterlagen, dann setzte sich Jarek plötzlich aufrecht hin. »Ich glaube, ich hab was!«

»Was denn?« Hastig rollte Marlene mit ihrem Drehstuhl zu ihm hinüber.

»Dieser Brief hier ist von einem Mann, der 1945 in ein Waisenhaus in Stettin gebracht wurde. Sein Leben lang habe er nach seinen leiblichen Eltern gesucht, sie aber nie gefunden. Er wisse nicht einmal, ob er ursprünglich aus Stettin stamme oder von woandersher in die Stadt gebracht worden sei. Und auch nicht, ob er ursprünglich Pole oder Deutscher gewesen sei. Leider wurden damals wohl keine Angaben aufgenommen zu den Personen, die ihn im Waisenhaus abgegeben haben.«

»Steht da etwas zu seinem Alter?«, fragte Lene atemlos.

»Man hatte ihn im Heim auf etwa drei Jahre geschätzt.«

»So alt wie Richard! Mein Gott ...« Ohne Vorwarnung begann ihr Herz zu rasen.

Jarek wiegte den Kopf. »Was hat deine Mutter noch zu Richard gesagt?«

»Weg. Er sei ›weg‹ gewesen ...«

»Klingt, wie soll ich sagen, vielversprechend.«

Am liebsten hätte Lene den Mann gleich kontaktiert. »Wobei wir nicht wissen, was von dieser Bemerkung zu halten ist.« Nachdem Editha jahrzehntelang überhaupt nichts zu dem

Thema hatte verlauten lassen, musste es nicht unbedingt der Wahrheit entsprechen, was sie in ihrem Telefonat von sich gegeben hatte. Streng genommen hatte sie kaum etwas gesagt. Sie war verwirrt gewesen und möglicherweise auch von Lenes Fragen überfordert.

»Stimmt. Ich schlage vor, wir versuchen, Ruhe zu bewahren, und sichten erst mal weiter, in Ordnung?«

Sie nickte, obwohl es ihr schwerfiel. »Okay. Steht dort eine Adresse? Irgendwelche Kontaktdaten? Wir sollten uns diesen Mann auf jeden Fall merken.«

»Das tun wir.« Jarek drehte den Brief um, an dessen Rückseite der Briefumschlag mit einer Büroklammer befestigt worden war. »Ja, hier ist ein Absender. Er heißt Teodor Kaczmarek und lebt in Stettin. Zumindest tat er das, als er den Brief verfasst hat.«

»In den Neunzigern also.« Das war lange her.

Jarek fotografierte den Brief sowie den Umschlag mit dem Handy ab. »Gut, weiter geht's.« Er wollte sich wieder seinen Unterlagen zuwenden, doch Lene hielt ihn zurück.

»Ich habe zwei ähnliche Geschichten gefunden. Eine von einer Frau, deswegen kommt sie nicht infrage, die andere von einem Mann, der bei Köln lebt und immer darunter gelitten hat, seine Wurzeln nicht zu kennen. Er sei wohl als Säugling bei einem der großen Flüchtlingstrecks aus Ostpreußen dabei gewesen und am Straßenrand irgendwo bei Stettin abgelegt worden.« Lene musste durchatmen. »Einfach am Straßenrand abgelegt, das muss man sich mal vorstellen!«

»Vielleicht haben seine Verwandten gedacht, er sei tot«, versuchte Jarek zu erklären. »Es könnte auch sein, dass andererseits seine komplette Familie weg war und sich niemand um das Kind kümmern konnte.«

Sie schluckte schwer. »Könnte sein. Zwei Frauen hätten

ihn gefunden und mitgenommen. Bis nach Deutschland. Dort sei er zu Pflegeeltern gegeben worden. Das habe ihm das Leben gerettet. Mein Gott.« Sie schlug die Hand vor den Mund, um nicht zu weinen, bemerkte dann Jareks mitfühlenden Blick. »Du hast mich davor gewarnt, dass es hart werden könnte ...«

Er nickte. »Tut mir leid.«

»Es geht schon. Ich muss nur an meine Tochter denken. Ich glaube, so etwas nimmt einen noch mehr mit, wenn man selbst Kinder hat.«

»Du hast eine Tochter?«

»Ja, Paola, sie ist fünf«, erwiderte sie überrascht darüber, dass sie Jarek noch gar nichts von ihr erzählt hatte. »Sie lebt bei mir, ist aber jedes zweite Wochenende bei ihrem Vater.«

»Er kümmert sich auch jetzt gerade um sie?«

»Ja.«

Jarek nickte erneut, es wirkte, als würde er eigentlich noch etwas fragen wollen, überlegte es sich aber anders. »Der Mann, gibt es einen Namen?«

»Ja, er heißt Paul Schulz.« Sie sah vom Bildschirm auf. »Kein seltener Name.« Dann las sie weiter, bis sie etwas fand, das sie die Luft anhalten ließ. »Er schreibt, dass die Frauen mit ihm bei Stettin einen Zug bestiegen hätten!«

»Na bitte!«, jubelte Jarek. »Das könnte eine heiße Spur sein!«

Lene wiegte den Kopf hin und her. »Allerdings meint er ja, dass er aus Ostpreußen gekommen sei, nicht aus Pommern.«

»Woher weiß er das denn? Von den Leuten, die ihn gefunden haben? Vielleicht kam der Treck nicht aus Ostpreußen, oder es haben sich auf dem Weg nach Westen Menschen aus anderen Regionen angeschlossen.«

»Du hast recht. Da steht, dass er als ›Säugling‹ gefunden

worden sei, also muss er jünger als ein Jahr gewesen sein.« Sie rieb sich über das Gesicht. »Wie Karl.«

»Kann das sein?«

»Als ich Mama gefragt habe, ob Karl tot sei, hat sie nur ›hm‹ gemacht. Wir vermuten es also, aber ...«

»... wissen tun wir es nicht«, beendete Jarek den Satz. »Also merken.«

»Gut.« Zum Glück behielt Jarek einen kühlen Kopf. Ohne ihn wäre Lene wahrscheinlich schon längst aufgesprungen und planlos zur ersten Adresse gerannt. Sie fotografierte den Brief samt Kontaktdaten des Mannes vom Bildschirm ab. Anschließend arbeiteten sie, jeder für sich, weiter.

Nach einer Weile meldete sich Jarek wieder zu Wort. »Komm mal bitte her«, sagte er und winkte sie zu sich heran, ohne von dem Dokument, das er geöffnet hatte, aufzusehen.

»Was hast du?«

»Das Gedächtnisprotokoll von dem Gespräch mit einer Frau, die ihre Erlebnisse hier direkt im Museum erzählt hat. Es klingt ziemlich dramatisch.«

Lene rollte zu Jarek heran und sah ihm über die Schulter. Doch der Bericht war auf Polnisch. »Was steht da?«

»Der Protokollant schreibt Folgendes: Heute wurde bei uns eine Frau vorstellig, die uns unter Tränen eine sehr persönliche Geschichte erzählt hat. Sie sagte, sie wolle mit sich selbst ins Reine kommen. Ihr Name ist Zofia Laskowska. Sie berichtete davon, dass sie Anfang März 1945 noch eine junge Frau war, die älteste Tochter in ihrer Familie. Um Essen für ihre Angehörigen aufzutreiben, hielt sie sich, wie so viele andere, oft in der Nähe der Bahngleise auf. Natürlich musste man dabei auf der Hut sein, aber die Not war eben groß. Sie sagte, sie schäme sich inzwischen dafür, alles Nützliche aufgesammelt zu haben, was sie hatte finden können – Dinge, die

die Flüchtlinge verloren hatten oder hatten zurücklassen müssen, aber damals habe sie nur daran gedacht, sich und ihre Geschwister durchzubringen.

»Verständlich«, meinte Lene.

»Es habe an allem gefehlt, und der Vater sei vor dem Krieg ein polnischer Beamter in der Verwaltung gewesen und als solcher von den Nazis frühzeitig als Gefahr angesehen und beseitigt worden. Eines Tages habe sie gesehen, dass sich etwas neben den Gleisen bewegte. Sie glaubte zuerst an ein Kaninchen oder eine kleine Ziege, die nicht in den Zug mitgenommen werden konnte, doch als sie näher kam, erkannte sie, dass es sich um ein Kind handelte. Ein etwa zwei- bis dreijähriges. Es saß völlig apathisch da, weinte nicht einmal. Sie überlegte nicht lange, sondern ging zu ihm hin, sprach mit ihm. Es verstand sie nicht, schien aber schnell Vertrauen zu der jungen Frau zu fassen. Schließlich nahm sie es mit, wohl wissend, dass ihre Mutter nicht begeistert sein würde. So sei es auch gekommen. Natürlich war niemand erfreut, noch eine Person durchfüttern zu müssen, doch sie seien gute Christen gewesen und hätten es als ihre Pflicht angesehen, ihrem Nächsten zu helfen.«

»Obwohl es ein deutsches Kind war und obwohl die Deutschen ihnen den eigenen Vater genommen hatten«, sagte Marlene atemlos.

»Ja. Zudem war ihr jüngerer Bruder kurz zuvor an Typhus gestorben, steht da, es sei ihnen wie ein Zeichen des Himmels vorgekommen.«

»Haben sie es geschafft? Haben sie überlebt?«

»Ja, Zofia, die Mutter, ein Bruder und ihr Findelkind«, fasste Jarek zusammen. »Die Schwester ist tragischerweise noch in den letzten Kriegstagen während der Belagerung von Stettin durch die Rote Armee von einem Granatsplitter getroffen und tödlich verwundet worden. Ansonsten war Zofia offenbar recht geschäftstüchtig und hat alles am Laufen gehalten. Sie haben allerdings von Anfang an beschlossen, dem Kind einen polnischen Namen zu geben und es als Polen zu erziehen. Schon zu seinem eigenen Schutz, denn die verbliebenen Deutschen hatten zu der Zeit einen sehr schwierigen Stand im Land, wie wir wissen.«

»Haben sie es ihm je gesagt? Ich meine, dass er von Deutschen abstammt?«

»Das steht da nicht. Aber da oben erwähnt wird, dass diese Zofia mit sich selbst ins Reine kommen wollte, nehme ich an, dass sie es dem Kind zumindest vor diesem Gespräch nicht mitgeteilt hatten.«

»Eine Art Beichte.«

»Gut möglich.«

»Wir müssen unbedingt mit ihr sprechen!«

»Ich notiere mir ihre Adresse ...« Er zückte bereits das Smartphone, drehte und wendete das Blatt. »Oh nein.«

»Was ist?«

»Es gibt keine Adresse. Keine Telefonnummer, nichts.«

Lene ließ mutlos die Schultern sinken. »Als ob sie nicht wollte, dass man sie kontaktieren kann ... Wahrscheinlich hat sie es dem Kind nie gesagt.«

»Egal.« Er fotografierte das Protokoll trotzdem. »Wir werden sie finden«, versprach er. »Ich habe meine Mittel und Wege, wirst schon sehen.« Jarek zwinkerte ihr aufmunternd zu.

»Das glaube ich sofort«, sagte sie, wieder etwas hoffnungsfroher. »Steht da irgendwo zufällig noch, wie das Kind hieß?«

Jarek überflog die nächsten Zeilen. »Nein. Nur, dass es ein Junge war.«

Editha

Wir sind irgendwo angekommen. In Norddeutschland. Irgendein La-
ger, viele Baracken, Hunderte von Menschen, es ist so eng und sti-
ckig, dass es mir den Atem raubt. Das Essen ist knapp. Es gibt jeden
Tag einen Teller Suppe, Steckrüben- oder Kartoffeleintopf, dazu ein
Stück Brot. Das wenige Fleisch lassen die Küchenfrauen mitgehen,
ich hab's gesehen. Wer kann es ihnen verdenken, sie haben auch
hungrige Familien zu ernähren.

Läuse befallen uns. Wir sind alle weiß vom Entlausungspulver.
Ruhr und Typhus gehen um. Elend, wo man nur hinsieht.

Endlich werden Mutti und ich einer Familie zugewiesen, die über
ein Haus verfügt. Wir sind nicht willkommen, das merkt man sofort.
Wir bekommen die Kammer auf dem Dachboden. Für eine Familie
mit drei Kindern müssen sie auch noch das Wohnzimmer räumen.
Die Küche teilen wir uns. Das gibt oft Ärger.

Mutti und ich versuchen, so gut es geht, im Haushalt mitzuhelfen.
Das kommt gut an. Irgendwann entdeckt die Hausherrin, dass Mutti
nähen kann, und gibt ihr immer wieder Kleidung zum Stopfen, Fli-
cken oder Umnähen. Später bekommt Mutti Stoff, um Kleidchen für
ihre Töchter zu nähen, die auf einer Hochzeit die Blumenmädchen
sind. Sie ist ganz entzückt von dem Ergebnis. »Alwine, dich hat uns der
Himmel geschickt«, sagt sie einmal. Von da an wird es besser für uns.

Auch wenn man uns auf der Straße immer noch »Polackenpack«
und »verlauste Zigeuner« hinterherruft oder dass »Kartoffelkäfer und
Flüchtlinge zerdrückt gehören«, lernt man uns innerhalb der Familie
doch zu schätzen.

Es ist keine einfache Zeit – immer noch nicht. Wir arbeiten hart, Mutti stickt und näht oft bis spät in die Nacht. Aber so kommen wir an Lebensmittel oder auch mal an etwas Geld. Eisern sparen wir jeden Pfennig, verstecken unser Erspartes gut, indem wir es in Kleidung einnähen, zum Beispiel in die Säume unserer Röcke. Man kann ja nicht wissen ...

»Editha, wir müssen sehen, dass wir hier sobald wie möglich rauskommen, etwas eigenes haben«, sagt Mutti öfter. »Dann wird es einfacher. Und dann sind die Deutschen nicht mehr so gemein zu uns.«

Sie redet immer von »den Deutschen«, als wären wir nicht auch welche. Aber man sieht uns hier nicht als solche an. Hier sind wir die Polen. Seltsam.

Als ich einmal sage, dass ich wieder nach Hause möchte, reagiert sie barsch: »Hier ist jetzt unser Zuhause. Es geht nie mehr zurück, vergiss das.« Ich will es nicht wahrhaben.

Ich gehe vormittags in die fünf Kilometer entfernte Schule. Dort habe ich nur Freunde unter den anderen Flüchtlingskindern. Die heimischen Kinder lachen uns aus oder beschimpfen uns, weil wir anders sprechen, anders aussehen. Ich ertrage es. Was sollte man auch tun? Wir sind die Fremden, Eindringlinge. Mutti hat recht, wir müssen so schnell wie möglich werden wie die anderen. Am besten ist es, wenn man uns gar nicht sieht.

»Jammer nicht«, sagt Mutti immer, wenn ich traurig bin. »Du hast doch Glück gehabt. Du lebst.« Wir sprechen nicht über früher. Nie. Ich nehme mir vor, die Gemeinheiten der anderen nicht an mich ranzulassen. Ich werde stark sein wie eine deutsche Eiche. Mutti mag es auch nicht, wenn ich schwach bin.

Mittags gehe ich die fünf Kilometer wieder zurück. Währenddessen suche ich an den Bahngleisen nach Kohlen, auf den abgeernteten Feldern nach Kartoffeln oder Weizenkörnern, zwischen Obstbäumen nach Fallobst. Man darf sich dabei nicht erwischen lassen. Wenn der

Bauer das mitbekommt, hagelt es Schläge. Sobald ich zu Hause bin, muss ich die Wäsche machen oder die Küche putzen. Danach helfe ich dem Nachbarsbauern beim Melken. Abends falle ich todmüde ins Bett. Keine Zeit zum Nachdenken.

Zeit zum Vergessen. Zeit, neu anzufangen.

14.

Grübelnd verließen Marlene und Jarek das Museumsgebäude. In Lenes Kopf fuhren die Gedanken Achterbahn, und Jarek spürte wohl, dass sie einen Moment Ruhe brauchte, um sich zu sortieren.

»Sollen wir uns am Oderufer ein Café suchen und eine Kleinigkeit essen oder einen Kaffee trinken?«, fragte Jarek, nachdem sie eine Weile gegangen waren.

»Das ist eine gute Idee.« Sie spürte erst jetzt, wie hungrig sie tatsächlich war. Sie hatten kaum etwas zu Mittag gegessen, und nun war schon später Nachmittag. Kurz darauf fanden sie ein hübsches kleines Restaurant in der Nähe der Hakenterrasse und ließen sich an einem Tisch mit Blick aufs Wasser nieder.

»Puh«, entfuhr es Marlene, als sie saß. Sie war erschöpft und gleichzeitig aufgeregt, eine komplizierte Kombination. Etwas zu essen würde ihr guttun.

»Es ist ganz schön viel gerade, was?«

»Schon. Ich weiß nicht, was ich von alldem halten soll.«

»Lass uns erst mal etwas bestellen, dann sehen wir weiter«, schlug Jarek vor.

Sie nickte dankbar und studierte die Karte, aber selbst das schien sie gerade zu überfordern. Schließlich entschied sie sich für Zanderfilet und einen Weißwein. Jarek bestellte für sich Steak und ein polnisches Bier.

»Was willst du nun machen?«

Sie hatte diese Frage erwartet und sich gleichermaßen davor gefürchtet. »Ich weiß nicht. Die beiden Männer und diese Frau ausfindig machen und kontaktieren?« Sie seufzte. »Oder die armen alten Leute in Ruhe lassen? Was würde es ihnen bringen? Würden sie im höchst unwahrscheinlichen Fall, dass wir tatsächlich jemanden finden, der mit Editha verwandt ist, letztlich nicht bloß erfahren, dass es in Deutschland zwar eine Schwester gibt, diese jedoch nie etwas von ihnen wissen wollte?«

Jarek verzog den Mund. »So ist es sicher nicht. Aber ja, insgesamt ist das eine berechtigte Überlegung. Andererseits haben zumindest zwei der drei Personen, die für unsere Suche infrage kommen, selbst den Kontakt zum Museum aufgenommen. Und interessieren sich für ihre wahre Herkunft beziehungsweise leiden offenbar sogar darunter, sie nicht zu kennen.«

»Stimmt. Teodor und Paul. Fangen wir also mit ihnen an?«

»Klingt sinnvoll.« Ihre Getränke wurden serviert. Lene wartete, bis der Kellner wieder gegangen war.

»Dann bleibt nur noch ein klitzekleines Problem. Wie stellen wir das an?«

»Nennen wir es nicht Problem, nennen wir es Herausforderung.« Jarek lächelte schief und prostete ihr zu. Sie tranken einen Schluck, bevor er weitersprach. »Wie gesagt, ich hätte da so meine Quellen ...«

»Verrätst du sie mir?« Unwillkürlich lehnte sie sich vor, Jarek tat es ihr nach, sodass sich ihre Gesichter ganz nahe waren. Wie zwei Verschwörer, dachte Lene.

»Der Datenschutz war nicht immer so strikt wie heutzutage.« Er zwinkerte. Im selben Moment klingelte Marlenes Handy. Sie musste grinsen, als sie den Namen des Anrufers las. Josefin. »Eine gute Freundin von Alix und mir, entschuldige bitte«, sagte sie zu Jarek, gleichzeitig erleichtert und wehmütig darüber, dass diese intime Situation unterbrochen worden war.

»Natürlich.«

»Hallo, Josefin.«

»Hallo, Lene. Ich hoffe, ich störe nicht. Ich wollte nur fragen, ob es was Neues gibt?«

»Ja, schon. Gerade bin ich ...«, sie zögerte kurz, »mit einem Freund ... in Stettin, und wir waren in einem Museum ...« In kurzen Zügen berichtete sie von ihren Funden.

»Wow«, blieb Josefin nur zu sagen. »Aufregend. Spannend. Was wirst du tun?«

»Wir wollen erst mal die beiden Männer suchen, die sich direkt ans Museum gewandt hatten.«

»Verstehe. Aber die Dritte bereitet dir Bauchschmerzen?«

Die Freundin hatte ihre Bedenken sofort erfasst. »So ist es.«

»Ich wäre zu neugierig, um nicht weiterzuforschen«, überlegte Josefin. »Und die Frau hat doch auch den Kontakt gesucht. Vielleicht ist sie ganz froh, wenn sie ihre Erlebnisse mit euch teilen oder sogar jemandem helfen kann.«

»Das wäre natürlich möglich.«

»Aber was mich ja nun auch noch interessiert ... Du bist mit einem *Freund* in Stettin? Wo kommt der denn plötzlich her? Hast du ihn in Polen kennengelernt? Oder schon zu Hause? Du kannst jetzt natürlich keine Details erzählen, aber nur so viel: Ist es was Ernstes?«

»Josefin!« Ihre Freundin hatte noch nie ein Blatt vor den Mund genommen, und Marlene spürte, wie sie errötete. Kurz wanderte ihr Blick zu Jarek hinüber. Zum Glück hatte dieser selbst sein Handy in der Hand und tippte darauf herum, sodass er ihre Verlegenheit nicht bemerkte. Doch genau in diesem Moment sah er auf. Entdeckte, dass sie ihn anschaute, lächelte sie freudig an. Wie ein Blitz schoss es einmal quer durch ihren Körper, gefolgt von einer überraschenden Erkenntnis: *Ich könnte mich verlieben! Offenbar bin ich über Karsten hinweg. Und Jarek ist ein wunderbarer Mann.* Als ihr klar wurde, dass sie Jarek immer noch anstarrte, biss sie sich ertappt auf die Lippe und wandte sich schnell ab.

»Also?« Josefin ließ nicht locker.

»Ich weiß nicht. Nein. Ja. Vielleicht«, stammelte sie und hörte förmlich, wie ihre Freundin am anderen Ende grinste. »Zumindest lässt er dich nicht kalt«, stellte diese trocken fest. »Ich will dich nicht länger von deinem Date abhalten. Aber ich drücke dir die Daumen für deine Familiengeschichte. Und wünsche dir viel Spaß mit diesem ominösen Freund. Ich erwarte einen ausführlichen Bericht, wenn du und Alix zurück seid.«

»Danke.« Kopfschüttelnd legte Marlene auf, gerade als das Essen serviert wurde.

Jarek sah sie fragend an. »Alles gut?«

»Ja. Josefin ist manchmal ziemlich witzig.«

»Ach so.« Jarek lächelte unternehmungslustig. »Was würdest du davon halten, wenn ich dir sage, dass ich etwas herausgefunden habe?«

»Das wäre unglaublich!«

»Erst mal guten Appetit!«

»Wie, du willst jetzt essen?« Gespielt entsetzt riss sie die Augen auf.

»Leerer Bauch studiert nicht gern.« Er grinste, es schien ihm offensichtlich zu gefallen, sie auf die Folter zu spannen. Genüsslich schnitt er ein Stück von seinem Steak ab.

»Es heißt: Voller Bauch studiert nicht gern.«

»Ach so? Na dann ...« Dennoch machte er keine Anstalten, sich von seinem Essen abzuwenden und sie an seinen neu gewonnenen Erkenntnissen teilhaben zu lassen.

»Das gibt's doch wohl nicht.« Kopfschüttelnd stocherte sie in ihrem Kartoffel-Wasabi-Püree.

»Du musst erst essen. Du brauchst Kraft.«

»Meine Güte.« Sie legte die Gabel erneut nieder. »Dir ist schon klar, dass du es gerade nicht besser machst, oder?«

Jarek schüttelte den Kopf. »Du bist schon ganz blass. Ich will doch nicht, dass du mir hier umkippst.«

»Nein, das will ich auch nicht.« Sie nahm einen weiteren Schluck von ihrem Weißwein, der ihr jedoch schnell zu Kopf stieg. »Aber du würdest mich bestimmt retten, oder?« Als ihr bewusst wurde, was sie da gerade gesagt hatte, verdrehte sie peinlich berührt die Augen. »Tut mir leid, das war unpassend«, stammelte sie und merkte, wie sie rot wurde. »Der Wein ...«

»Ich sag ja, du solltest essen.« Doch er lächelte sie bei den Worten an. Dann hielt er inne, legte ebenfalls Messer und Gabel nieder. »Ich war vorhin nicht ganz ehrlich mit dir.«

»Ja? Wann? Wieso?«

»Du hast mich gefragt, warum ich das hier für dich tue.« Unwillkürlich spürte sie ein sanftes Prickeln in ihrem Inneren. Gespannt nickte sie. »Es ist so, dass ...«, er stockte, »... anfangs waren es wirklich nur das historische Interesse und die Neugier, vielleicht tatsächlich das Schicksal deiner Onkel aufzudecken, aber ... ich finde dich außerdem sehr nett, Marlene. Du bist eine tolle Frau, und ich merke, dass ich gerne Zeit mit dir verbringe.« Verlegen trank er etwas.

»Danke«, war alles, was sie herausbrachte. »Danke.« Sie konnte keinen klaren Gedanken fassen, in ihrem Kopf schien nur Watte zu sein. »Ich mag dich auch.«

Er lächelte. »Das ist doch sehr schön. Du brauchst dazu auch gar nicht mehr zu sagen. Ich will dich ganz sicher nicht erschrecken oder in irgendeiner Form unter Druck setzen, es ist alles gut, ja?« Jarek ergriff ihre Hand, drückte sie einmal, bevor er sie wieder zurückzog. »Ich hab dich einfach gern. Nicht mehr und nicht weniger.«

»Das klingt sehr gut für mich«, erwiderte sie, ergriff nun ihrerseits seine Hand und fasste sie. »Es klingt sehr gut.«

Nach dem Essen bestellten sie noch einen Espresso, der Lenes Lebensgeister und ihre Unternehmungslust wieder weckte.

Erst jetzt erklärte sich Jarek bereit, sie an seinen Erkenntnissen teilzuhaben. »Ich habe was gefunden.«

»Was denn?«

»Eine Website, Teodor hat eine Homepage!«

»Wie bitte?« Sie lehnte sich zu Jarek hinüber, um besser auf sein Display sehen zu können, der für sie auf Englisch umschaltete. »Da scheint es einen Lebenslauf zu geben.«

Jarek hatte ihn bereits überflogen und fasste den Inhalt zusammen. »Nachdem Teodor sich in den Neunzigern an das Museum gewandt hatte, ist er aktiv geworden. Es heißt, er habe eine Suchanfrage beim Roten Kreuz und bei anderen Diensten gestellt, seine Söhne hätten ihm außerdem dazu geraten, eine Homepage einzurichten, und ihm dabei geholfen. Er ist 1945 ins Waisenhaus in Stettin gebracht worden, das jedoch ebenfalls völlig zerstört war. Nonnen hätten ihn und die anderen Kinder in ein Kloster auf dem Land gebracht und ihn als Polen ausgegeben. Später wurden einige der Kinder auf Familien verteilt, die sich ihrer annahmen. So sei er wieder nach Stettin gekommen.«

»Hat er etwas über seine Herkunft herausgefunden?«

»Warte.« Jarek scrollte weiter durch den Text, seine Augen wanderten dabei emsig hin und her. »Oh.« Er schob seine Lesebrille auf den Kopf und wirkte zerknirscht. »Ja. Er hat seine leiblichen Eltern tatsächlich ausfindig machen können. Über seine Website habe ihn 1999 eine Frau kontaktiert, die vermutete, seine Tante zu sein. Sie meinte, ihn auf dem Foto als Fünfjährigem erkannt zu haben.« Er drehte sein Handy zu ihr, sodass sie besagtes Bild sehen konnte, bevor er weitersprach. »Sie trafen sich in Stettin, und sie zeigte ihm die Stelle, wo die Familie damals gewohnt hatte. Sie berichtete unter Tränen, dass das Haus bei der Befreiung Stettins durch die Rote Armee völlig zerbombt worden sei. Sie selbst sei auf der Suche nach Essbarem und daher nicht vor Ort gewesen, was ihr wohl das Leben gerettet habe. Sie gibt an, noch lange nach Überlebenden gesucht zu haben, habe aber unter den Trümmern niemanden gefunden und sich dann entschieden, aus der Stadt zu fliehen.« Er sah auf. »Wohl im letzten Augenblick.«

Lene nickte. »Wo lebt sie jetzt?«

»Zum Zeitpunkt der Kontaktaufnahme mit Teodor in Berlin.«

»Stimmt, das muss man wohl dazusagen«, überlegte sie. »Ist ja nun auch schon wieder fünfundzwanzig Jahre her.«

»Sie haben einen DNA-Test gemacht, der bestätigt hat, dass sie verwandt sind.«

»Oha.« Erneut wollten Lene Tränen in die Augen steigen, die sie wegblinzelte. Musste das alles so emotional sein? »Das freut mich für ihn.«

»Das bedeutet aber auch ...«

»... dass Teodor keiner meiner beiden Onkel sein kann.«
»Richtig.«

»Schade.« Sie kaute auf ihrem Fingernagel. »Na gut. Ich google mal Paul.«

Jarek nickte und tippte ebenfalls wieder etwas in sein Handy ein. Kurz darauf entfuhr Lene ein Stöhnen.

»Was ist?«

»Ich habe ihn mit der Adresse gegoogelt. Und eine Telefonnummer gefunden.«

Jarek zog den Mund schief. »Rufst du an?«

»Tja. Sollte ich? Oder lieber nicht?« Sie rang mit sich. »Wie wahrscheinlich ist es, dass er einer von Edithas Brüdern sein könnte? Wie realistisch ist es überhaupt, dass Edithas Brüder noch leben?«

»Lass uns das ganz rational angehen. Also, was haben wir? Karl und Richard waren ziemlich sicher auf dem Treck von Siemczyno nach Westen. Dieser Treck ist über Stettin gekommen. Von da an ging es ...«, er stockte, »für die meisten, die noch dabei waren, mit einem Zug weiter. In Deutschland kamen sie in Durchgangslager wie Friedland, von dort wurden die Flüchtlinge in verschiedene Regionen des Landes verteilt.«

»Von Mamas Seite wissen wir nur, dass sie Stettin erreicht hat, Karl aber höchstwahrscheinlich nicht dabei war. Es ist anzunehmen, dass er irgendwann vorher ums Leben gekommen ist. Es sei denn, er wurde aus uns unvorstellbaren Gründen irgendwo gefunden, wie Paul. Bei Richard scheint es hingegen so, dass etwas am Zug in Stettin vorgefallen ist.«

»Er könnte verloren gegangen sein.«

»Nach den ganzen Geschichten, auf die wir gestoßen sind, wäre das durchaus möglich.«

»Sehe ich es richtig, dass es wahrscheinlicher ist, Richards Verbleib aufklären zu können als Karls?«

Lene nickte langsam. »Ich denke schon. Und Paul entspricht vom Alter her ja eher Karl ...«

»Also?«

»Ich werde Paul trotzdem anrufen.« Sie atmete tief durch. »Jetzt gleich. Dafür muss ich aber rausgehen, das kann ich hier drinnen nicht.«

»Klar. Ich warte hier?«

»Ja, danke.«

Als Lene in die frische Luft hinaustrat, hatten sich Wolken vor die Sonne geschoben, und es war merklich kühler geworden. Sie hätte ihre Jacke mitnehmen sollen. Wie spät war es eigentlich? Sie sah auf ihr Handy, das sechs Uhr anzeigte, und bemerkte dabei, dass der Akku zur Neige ging, nur noch zwanzig Prozent anzeigte. Vielleicht konnte sie es nachher bei Jarek im Auto wieder aufladen, sonst wäre das Telefonat, das sie gleich führen würde, womöglich die letzte Kontaktaufnahme für heute.

Sie atmete noch einmal tief durch, bevor sie die Nummer eintippte. Nach dem sechsten Klingeln, als sie den Anruf schon fast beenden wollte, nahm endlich jemand das Gespräch entgegen.

»Schulz«, sagte eine Frauenstimme, was Lene einen Moment aus dem Konzept brachte. Sie hatte sich ihre ersten Sätze zurechtgelegt, diese aber darauf angepasst, dass Paul selbst am Apparat wäre.

»Guten Tag, mein Name ist Marlene Fröhlich«, stellte sie sich vor. Sie befürchtete, dass die Angerufene auflegen würde, wenn eine fremde Person am anderen Ende wäre, deswegen hatte sie sich vorgenommen, so schnell wie möglich zum Punkt zu kommen. »Ich bin die Tochter einer Frau, die als Kind aus Pommern geflohen ist. Ich befinde mich gerade in Stettin und bin dort auf den Brief von Paul Schulz gestoßen. Ist das Ihr Mann? Ich würde ihn gerne etwas zu seinem Brief fragen.«

»Ja, da sind Sie richtig.« Frau Schulz räusperte sich. »Aber leider kommen Sie zu spät. Mein Mann ist vor zehn Jahren verstorben.«

»Oh. Das tut mir leid.« Erneut musste Lene sich sammeln, damit hatte sie nicht gerechnet. Dankenswerterweise sprach Pauls Frau weiter.

»Vielleicht kann ich Ihnen weiterhelfen? Wir haben oft darüber geredet.«

»Wie schön für Sie«, entfuhr es Lene, wofür sie sich am liebsten gegen die Stirn geschlagen hätte. »Meine Mutter hat nie etwas erzählt über all das, ihre Kindheit, die Flucht«, schob sie schnell nach. »Ich habe ihr Elternhaus in Pommern besucht und bin dabei zufällig darauf gestoßen, dass sie Brüder gehabt haben musste.«

»Von denen Sie nichts wussten?«

»Ja.«

»Das war bestimmt eine ziemliche Überraschung für Sie.«

»Kann man wohl sagen.«

»Und jetzt überlegen Sie, ob mein Paul einer der Brüder sein könnte?« Die Frau war Lene sympathisch. Sie schien über einen wachen Verstand zu verfügen.

»Seine Angaben und sein Alter könnten zum jüngsten Bruder meiner Mutter passen, zu Karl.«

»Ich muss Ihnen leider mitteilen, dass wir nie haben herausfinden können, woher Paul stammte oder wer seine leiblichen Eltern waren. Es hat ihn zeit seines Lebens beschäftigt.«

»Das muss furchtbar sein.«

»Es war nicht immer leicht. Nun ja. Vielleicht können wir zumindest bei Ihrer Suche weiterkommen. Ihre Mutter stammt aus Pommern, erwähnten Sie?«

»Genau.«

»Lassen Sie mich etwas nachschauen.« Es raschelte am anderen Ende. »Ich hole mir eben eine Karte.« Es klackte, Frau Schulz hatte das Telefon anscheinend irgendwohin gelegt. Marlene wartete, doch es dauerte, bis die ältere Dame zurückkam. Nervös warf Lene einen Blick auf den Akkustand. Noch fünfzehn Prozent. Endlich raschelte es wieder, der Hörer wurde aufgenommen. »Hören Sie?« Lene bestätigte. »Die meisten Menschen aus Ostpreußen sind ja über das Frische Haff und die Ostsee geflüchtet, weniger über den Landweg. Mein Mann meinte immer, er müsse über Pommern gekommen sein. Sonst wäre er wahrscheinlich auch nicht in der Nähe von Stettin gelandet.«

»In der ›Nähe‹ von Stettin? Wo genau ist er damals gefunden worden, wissen Sie das?«

»Ja. Glücklicherweise haben die beiden Frauen, die sich um ihn gekümmert hatten, alles genau aufgeschrieben, als sie in Sicherheit waren. Dieser Brief ist bei ihm geblieben. Die Frauen sind allerdings vor Längerem verstorben, die können Sie nicht mehr fragen.«

Genau darüber hatte Lene gerade nachgedacht. »Wo war es denn?«

»Ach ja, richtig. Lassen Sie mich nachsehen.« Frau Schulz blätterte in Papieren, offenbar hatte sie den Brief gleich mit herausgesucht. Kein Wunder, dass es länger gedauert hatte. »In Gollnow.«

»Gollnow?« Der Name sagte Lene überhaupt nichts. »Wo liegt das?«

»Nordöstlich von Stettin.«

»Nordöstlich? Direkt in Stettin ist Ihr Mann nie gewesen?«
»Nein.«

Nein. »Einen Moment, bitte.« Sie nahm ihr Handy vom Ohr und öffnete eilig Google Maps, tippte Gollnow ein. Der

Ort lag viel zu weit nördlich. Es war höchst unwahrscheinlich, dass der Treck aus Siemczyno dort entlanggekommen war. Es sei denn, sie hatten einen größeren Umweg gemacht. Lenes Gedanken rasten. War ihre Mutter vielleicht gar nicht direkt in Stettin in den Zug gestiegen, sondern außerhalb? Franciszek hatte von Stettin gesprochen. Vom Alter her passte Paul zu Karl, nicht zu Richard. Aber Karl war vermutlich nicht in Stettin angekommen, oder? Sie war inzwischen vollkommen verwirrt.

»Hallo? Sind Sie noch dran?«

»Ja, Entschuldigung. Ich musste kurz überlegen. Ich glaube, dass meine Mutter nicht dort gewesen ist. Nach allem, was ich mir zusammenreimen kann, stieg sie in Stettin in den Zug.« Beide schwiegen sie eine Weile.

»Wissen Sie was«, meinte die ältere Dame schließlich, »das ist alles sehr schwierig. Denken Sie in Ruhe nach und melden Sie sich wieder, wenn Ihnen noch etwas einfällt oder Fragen aufkommen. Meine Telefonnummer haben Sie ja. Und geben Sie mir Ihre, falls mir noch etwas unterkommen sollte.«

Lene nickte. »So machen wir es.« Sie diktierte ihre Handynummer. »Ich muss alles erst mal sacken lassen. Vielen Dank aber, dass Sie sich die Zeit genommen haben.«

»Gerne. Und viel Erfolg!«

Sie verabschiedeten sich, und Lene beendete das Gespräch, wobei sie registrierte, dass der Akku nun nur noch bei zehn Prozent war. Das war gerade noch mal gut gegangen!

Drinnen berichtete sie Jarek von dem Gespräch, der es mit seiner Antwort auf den Punkt brachte: »Definitiv eine Spur, wenn auch keine heiße. Wir sollten uns nun auch mit Zofia Laskowska beschäftigen.«

Editha

Sie war wieder in einer anderen Erinnerung gelandet. Nicht zu Hause diesmal. Doch, zu Hause schon, aber nicht in Blumenwerder und nicht in dem Haus, in dem sie nach ihrer Ankunft untergekommen waren. Es war ihr Reihenhaus in der Fuldastraße, ihr Eigenheim, das sie sich mit Wolfgang erarbeitet hatte. Eine Feier. Alle waren da. Es musste zu Marlenes Konfirmation gewesen sein. Der Nachmittag war weiter fortgeschritten, sie waren bereits beim Kaffeetrinken. Erich war schon mehr als angeschickert, Hilde konnte nicht genug vom Frankfurter Kranz bekommen. *Hilde.* Sie hatten sich gestritten. Warum?

»Dein Frankfurter Kranz ist köstlich, Editha. Du hast dich selbst übertroffen.«

»Danke, Hilde. Freut mich sehr, dass er dir schmeckt.« Aber lass gerne noch was für die anderen Gäste übrig. Die Nachbarn gucken ja schon.

»Hast du denn auch noch ein kleines Likörchen für deine liebe Schwägerin?« Sie wedelt mit ihrem Glas herum.

»Aber sicher.« Ich stehe auf und hole die Flasche, die zwischen Erich und Wolfgang steht. Es ist die letzte, sie ist beinahe leer. Diese ganze Feier kostet uns ein Vermögen. Wolfgang und ich werfen uns einen kurzen Blick zu, er zieht den Mund etwas schief, wie um zu sagen: Bald sind sie weg. Ich bin vollkommen erschöpft, setze aber sogleich wieder meine fröhliche Miene auf. Schließlich soll keiner sa-

gen können, dass Krauses keine anständigen Feste ausrichten könnten oder bei uns nicht genug angeboten würde.

Ich schenke ihr vorsichtig ein, damit nicht zu viel herausschwappt. »Wir haben auch noch einen feinen Sherry da, den du unbedingt probieren solltest. Sherry hast du doch früher so gern getrunken.«

Hilde winkt ab. »Früher.« Ich fülle ihr Glas auf. Sie nimmt genießerisch einen Schluck. »Was geht's uns doch gut.«

»Das stimmt wohl.«

»Ganz anders als unseren Eltern in diesem Alter. Wie schade, dass unsere Väter nicht mehr bei uns sind.«

Was soll das denn? Ich vermisse meinen Vater, will aber gerade nicht an ihn denken, sonst werde ich traurig.

»Ja«, murmele ich und wünschte, Hilde würde das Thema ebenso schnell wieder wechseln, wie sie es auf den Tisch gebracht hat. Doch sie tut mir den Gefallen nicht.

»Wir waren ja ausgebombt.«

Wie kommt sie denn jetzt bloß darauf? Das kenne ich doch alles. »Ich weiß. Deswegen seid ihr ja damals hergekommen.«

»Und Wolfgang ist geblieben.«

»Und hat mich kennengelernt«, erwidere ich nicht ohne Stolz.

Sie geht nicht darauf ein. »Erich und mich hat es hier ja nicht gehalten.«

Auch das ist mir bekannt. Ihre Mutter ist mit den jüngeren Geschwistern ein paar Jahre nach dem Krieg nach Wilhelmshaven zurückgekehrt. Nachdem der Vater aus russischer Kriegsgefangenschaft entlassen worden war. Wolfgang hatte hier bereits Fuß gefasst, eine Ausbildung gemacht und eine gute Anstellung gefunden. Und etwas später kam dann ich. »Es lag wohl daran, dass euer Vater zurückgekehrt ist.« Etwas Besseres fällt mir dazu nicht ein. Aber ich habe das Gefühl, dass Hilde auf etwas hinauswill, denn ihre Stimme hat einen angriffslustigen Tonfall angenommen. Ich merke, wie ich mich innerlich wappne.

»Wir hatten Glück, dass wir unseren Vater wiederbekommen haben ...« Sie sieht mich mitleidig an. Dann legt sie ihre Hand auf meine, tätschelt sie. Mir wird beinahe schlecht. »Für euch muss es schlimm gewesen sein. Dein Vater ist ja leider im Krieg geblieben.«

Ihr Vater hat nach seiner Rückkehr auch nicht mehr viele Jahre gehabt, liegt mir auf der Zunge. Aber ich will über all das nicht sprechen!

»Ach, lass uns nicht über die alten Dinge reden. Man soll Vergangenes doch ruhen lassen, und außerdem ist heute Marlenes Tag ...«, versuche ich, Widerspruch einzulegen, doch Hilde beachtet ihn nicht.

»Bist du eigentlich mal an dem Ort gewesen, wo dein Vater gefallen ist?«

»Wie bitte?« Ich merke selbst, wie meine Stimme einen hysterischen Klang annimmt.

Hildes Gesicht verzieht sich zu einem Lächeln, das ihre Augen nicht erreicht. »Man kann doch jetzt wieder in den Ostblock reisen.«

Ich bin mir nicht sicher, ob sie mich absichtlich quälen will oder ob ihr schlichtweg nicht bewusst ist, was sie mir gerade antut.

»Das geht nicht«, krächze ich.

»Doch, das tut es, sogar ohne Visum. Nicht, Horst?« Sie stößt ihren Mann, der neben ihr sitzt und in eine Unterhaltung mit seinem Sohn vertieft ist, mit dem Ellenbogen an. »Na, seit die Sowjetunion zusammengebrochen ist, kann man doch rüberfahren, nach Polen und so.« Sie sieht wieder mich an. »Du bist doch von da, nicht? Aus Pommern, meine ich. Du könntest dein altes Zuhause besuchen.« Sie überlegt, während sie sich den letzten Bissen des Kuchens von ihrem Teller in den Mund schiebt. »Jetzt fällt's mir ein. Blumenwerder an der Dramburger Seenplatte. Hat Wolfgang mal erzählt.«

Mir ist, als hätte mir jemand einen Schlag in den Bauch versetzt, gleichzeitig schnürt es mir die Kehle zu. »Ich werde da nicht hinfahren«, presse ich hervor.

»Warum nicht?«, schaltet sich nun auch Horst ein. »Vielleicht ist noch was da. Oder ihr könntet eine Entschädigung beantragen.«

Ich bekomme kaum Luft, mir wird übel. Wenn ich nicht sofort den Raum verlasse ... »Ich will nichts davon hören!« Nur mit Mühe gelingt es mir, einigermaßen gesittet von meinem Stuhl aufzustehen, wobei er mit einem hässlichen Kratzen über den Boden schabt und bedrohlich kippelt. Meine Beine spüre ich nicht mehr, vor meinen Augen ziehen Schlieren vorbei, ich kann kaum noch etwas sehen. Es kostet mich meine ganze Kraft, möglichst ruhig ein paar Teller zusammenzuräumen, dann eile ich, so schnell es geht, in die Küche. Im Vorbeigehen bemerke ich, wie mich alle mit großen Augen anstarren.

15.

Während Marlene telefoniert hatte, war Jarek nicht untätig gewesen und hatte bereits Zofia Laskowska recherchiert. Er hatte die Adressbücher Stettins durchsucht, die es zwar nur bis in die Neunzigerjahre gegeben hatte, aber das reichte. Anschließend glich er Geburten und Eheschließungen auf den Online-Datenbanken der Archive ab, bei denen er offenbar überall registriert war. Auf diese Weise hatte er bald den Mädchennamen Zofias und somit den Nachnamen ihrer Geschwister herausgefunden. Zum Schluss kamen wieder die Adressbücher zum Tragen, und schon wussten sie, wo die Familie seit den Fünfzigern gelebt und wohin es die drei erwachsenen Kinder verschlagen hatte. Sie waren alle in der Umgebung geblieben. Zum wiederholten Mal dachte Marlene, welches Glück sie hatte, Jarek an ihrer Seite zu haben. Allein hätte sie all das niemals herausfinden können. Allerdings war Zofia 2007 verstorben, wie Jarek dem Sterberegister hatte entnehmen können, sodass sie sie bedauerlicherweise nicht mehr befragen konnten. Nun blieb zu hoffen, dass die Brüder in den vergangenen dreißig Jahren nicht noch mal umgezogen waren – was natürlich sein konnte.

»Welchen der Brüder suchen wir zuerst auf?«

Statt einer Antwort zeigte Jarek auf sein Handy. »Etwas ist seltsam. Szymons Geburt ist offenbar erst verspätet angezeigt worden.« Sie hatten einen weiteren Espresso bestellt, den der

Kellner nun vor sie hinstellte. »Sie erscheint jedenfalls nicht in der richtigen chronologischen Reihenfolge.«

»Wie bitte?«

»Hier vorne steht das Datum der Beurkundung«, Jarek wies auf die erste Spalte, »dann folgen Spalten für Familien- und Vorname und schließlich das eigentliche Geburtsdatum.«

Lene verglich die Daten. »Szymons Geburt wurde erst nach Kriegsende gemeldet.«

»Beziehungsweise beurkundet.«

»Das bedeutet ...« Sie wagte kaum, den Satz zu Ende zu denken.

»Zumindest mal, dass bei Szymons Geburt etwas ungewöhnlich war. Was wiederum nicht so ungewöhnlich ist, wenn man die Umstände betrachtet.«

»Die Wirren der Kriegs- und Nachkriegszeit.«

Er nickte. »Es war sicher alles ein großes Durcheinander. Nach 1945 waren die Deutschen weitgehend vertrieben. Ob vorher jede Geburt und jeder Sterbefall akribisch aufgenommen oder angezeigt wurden? Ob sich die nachfolgenden polnischen Beamten immer so gewissenhaft um die Akten gekümmert haben, wie sie sollten? Gerade, wo zwischendurch noch die Sowjets da waren. Besonders auch hier in Stettin: Da hat die sowjetische Kommandantur beispielsweise aus eigenen Stücken beschlossen, die Stadt Polen zuzuschieben, die Alliierten hatten den Grenzverlauf zunächst noch entlang der Oder-Neiße-Linie geplant.«

»Tatsächlich?« Davon hatte Marlene nichts gewusst. »Es könnte also gut sein, dass Szymon zwar in Stettin geboren wurde, die Eltern es aber wegen des Krieges nicht früher zum Standesamt geschafft haben. Oder es das Standesamt gar nicht mehr gab. Oder niemand da war, um ordentlich Buch zu führen.«

»Oder die Akten verschwunden sind. Genau, das ist alles gut möglich.«

Sie nippte an ihrem Espresso. »Oder aber ...«

»... dass er woanders geboren wurde, man ihn irgendwo gefunden und bei sich aufgenommen hat, sich ein mögliches Geburtsdatum überlegt und ihn erst dann gemeldet hat«, beendete Jarek den Satz mit genau dem Gedanken, den auch Lene gehabt hatte. »Wie gesagt, ich denke, dass das in den Wirren der damaligen Zeit kein Problem gewesen sein sollte.«

»Oha.« In ihrem Kopf rasten die Gedanken nur so dahin. Wäre das wirklich möglich? Konnte es genau so gewesen sein? »Ist das denn nie aufgefallen? Man braucht doch für alles Mögliche eine Geburtsurkunde. Für Pässe, wenn man heiratet ...«

»Szymon ist offenbar unverheiratet geblieben, dafür brauchte er also keine Geburtsurkunde. Und selbst wenn, ich glaube kaum, dass sich im Nachhinein noch jemand für einen verspäteten Eintrag im Register interessiert hätte. Jeder würde doch denken, dass das an dem Kriegs- und Nachkriegschaos lag. Bestimmt ist das auch kein Einzelfall. Von nicht wenigen Menschen dürfte es anfangs wahrscheinlich sogar überhaupt keinen Eintrag gegeben haben.«

»Man hatte andere Sorgen.«

Jarek nickte. »Ich bin mir sicher, dass allerhand Dokumente zu der Zeit verloren gegangen sind. Und selbst wenn Szymons Adoptivmutter erst später angegeben hat, dass er in den Kriegsjahren geboren wurde, wird niemand nachgefragt haben.«

Das ergab Sinn. »Da ist noch etwas.« Sie wollte es eigentlich nicht ansprechen, doch es handelte sich um eine Tatsache, die sich nicht leugnen ließ. »Das Geburtsdatum stimmt nicht mit dem ...«, sie zögerte, »meines Onkels überein.«

»Richtig. Es besteht trotz der Ungereimtheiten eine gute Chance, dass Szymon nicht dein Onkel, sondern ein völlig fremder Mensch ist, der mit euch rein gar nichts zu tun hat. Dass muss uns klar sein.«

Es gefiel Marlene, dass Jarek »uns« sagte. Sie nickte. »Aber es wäre ebenso gut möglich, dass sie sich das Geburtsdatum nur ausgedacht und sein Alter geschätzt haben. Sie kannten es ja nicht. Vielleicht hätte er es ihnen sagen können, aber er war noch sehr klein und zudem sicher traumatisiert. Vielleicht hat er anfangs gar nicht gesprochen ...«

»Genau. Sollen wir ihn besuchen?«, fragte Jarek.

»Ja.«

Szymon Adamczyk lebte in einem Altbau an einer Hauptstraße im Zentrum. In der Mitte fuhr die Straßenbahn, umgeben von einem Grünstreifen, welcher der Straße ihre Größe nahm und ein wenig Parkflair verströmte.

Marlene nahm all ihren Mut zusammen, bevor sie die Klingel weiter oben betätigte. Nun gab es kein Zurück mehr.

»Słucham?«, drang es aus der Sprechanlage.

Jarek stellte sie beide vor und erklärte ihr Anliegen in kurzen Zügen auf Polnisch. Sie hatten vereinbart, dass er es zunächst allgemein halten würde. Sie wollten den alten Mann auf keinen Fall unnötig aufregen. Es entstand eine kurze, atemlose Stille, als er geendet hatte. Dann ertönte der Summer. Die Stimme sagte noch etwas.

»Er erwartet uns im dritten Stock«, übersetzte Jarek.

Mit jeder Stufe klopfte Marlenes Herz heftiger. Oben angekommen, atmete sie noch einmal tief durch. Die Wohnungstür stand offen, doch niemand war zu sehen. Sie traten in einen schmalen Flur, von dem vier Türen aus schwerem dunklem Eichenholz abgingen. Sie passten zum Alter des Gebäudes.

»Gehen Sie schon mal ins Wohnzimmer, hintere Tür«, rief Szymon, was Jarek wiederum für Marlene übersetzte. Sie liefen über beigefarbenen, in der Mitte grau gelaufenen Linoleumboden, unter dem die alten Holzbohlen knarzten. Die Tapete war vergilbt und schälte sich im oberen Bereich an ein paar Stellen von der Wand ab. Es war dunkel und roch muffig. Sie schoben sich an einer Garderobe vorbei, an der eine Jacke und ein Mantel sowie ein Gehstock hingen, passierten ein Zimmer, die Küche, eingerichtet mit gelben Resopalschränken, vermutlich aus den Siebzigern, einem passenden Tisch und zwei Stühlen mit den typischen Beinen aus Chrom. Töpfe standen herum, in der Spüle häufte sich das schmutzige Geschirr. Am Herd stand ein Mann mit gebeugtem Rücken in brauner Breitcordhose, die Füße steckten in dicken Wollsocken und dunklen, platt gelaufenen Filzpantoffeln. Vor ihm befand sich ein roter Emailkessel. Mit einem Ächzen griff er gerade in den Schrank über sich, die geöffnete Tür verdeckte ihn halb. Er reagierte nicht auf sie, sodass sie taten wie geheißen und die gute Stube suchten.

Es wirkte so, als lebte Szymon allein und wäre mit den Anforderungen seines Haushalts überfordert. Marlene überschlug, wie alt er sein musste, wenn er 1943 geboren war: etwa achtzig Jahre. Vielleicht war er krank. Oder einfach gebrechlich. Hatte er niemanden, der sich um ihn kümmerte? Ihr fiel auf, dass sie und Jarek gar nicht recherchiert hatten, ob Szymon Kinder hatte. Darauf waren sie nicht gekommen.

Zwei Türen waren geschlossen, vermutlich lagen dahinter Schlafzimmer und Bad. Sie traten in den hinteren Raum, in dem sich ein dunkelbraun bezogenes Zweiersofa und zwei passende Sessel befanden. Daneben ragte eine Stehlampe auf, die angeschaltet war, obwohl es draußen noch hell war; ihr schwaches gelbes Licht beschien einen Beistelltisch aus Eichenholz, auf dem sich mehrere zerlesene Zeitschriften stapelten. Ein Rätsel war aufgeschlagen, darauf lagen eine Brille, ein Stift, eine Fernbedienung. Eine Schrankwand aus dunkler Eiche füllte die gesamte rechte Wand aus, die zwei hohen Fenster zeigten in den Innenhof und gaben den Blick frei auf weitere ähnliche Häuser.

Der Einrichtungsstil entsprach eins zu eins dem Edithas, und Marlene fühlte sich sofort in ihr Elternhaus versetzt. Zögerlich nahmen sie und Jarek auf der Couch Platz.

Wenig später kam Szymon langsam und bedächtig mit drei Tassen in der einen und einer geblümten Kaffeekanne in der anderen Hand zu ihnen. Über den dicken Wollpullover hatte er eine Weste gezogen. Anscheinend war ihm kalt, obwohl es ein verhältnismäßig warmer Tag gewesen war.

Er betrachtete sie einen Moment lang, bevor er die Kanne vorsichtig auf dem Couchtisch abstellte und die Tassen verteilte. Nun sah Marlene ihn zum ersten Mal. Und sofort begannen ihre Gedanken Achterbahn zu fahren. Ähnelte etwas an ihm ihrer Mutter? Die Art, wie er ging vielleicht, oder seine Nase? Die eng beieinanderstehenden Augen? Konnte es wirklich sein? Oder war das alles nur Einbildung, Wunschdenken? Unwillkürlich griff sie nach Jareks Hand. Der verstand sofort und übernahm souverän Begrüßung und Vorstellung.

Szymon setzte sich, goss mit gichtgekrümmten Fingern Kaffee in die Tassen, wobei ein paar Tropfen danebengingen. Marlene registrierte jede Bewegung, jede Geste und konnte den Blick nicht abwenden von Szymons Gesichtszügen. Nur krächzend gelang es ihr, ein *Dzień dobry* hervorzubringen.

Szymon nickte gefällig, musterte nun seinerseits Marlene und Jarek.

»Und Sie denken, dass ich Ihnen helfen kann?«, fragte er auf Polnisch, nachdem Jarek geendet hatte.

Marlene beschloss instinktiv, ihre Taktik zu ändern. Glücklicherweise hatte sie immer ein Foto ihrer Mutter in ihrem Portemonnaie, unter dem von Paola und Karsten. Das von Karsten würde demnächst verschwinden. Mamas Bild war schon älter, aber das war jetzt egal.

»Wir suchen die Verwandten dieser Frau.«

Sie reichte es Szymon, der es eine Weile betrachtete.

»Ich kenne sie nicht.«

Sie kramte das Schwarz-Weiß-Foto von dem Paar mit dem Mädchen hervor, das sie im Schlafzimmerschrank ihrer Eltern gefunden hatte.

»Dieses Mädchen hier vielleicht?« Er schüttelte den Kopf. Enttäuscht steckte sie das Foto wieder ein. Aber was hatte sie auch erwartet? »Das ist meine Mutter, Editha Krause, geborene Ehlert. Sie war 1945 auf einem Flüchtlingstreck, der hier, bei Stettin, auf einen Zug aufgesprungen ist. Sie hat ihre Brüder verloren. Erst den jüngsten, dann, am Gleis, auch den mittleren.«

»Das tut mir leid.« Szymon verschränkte die Arme. »Aber was habe ich damit zu tun?«

»Sind Sie ursprünglich aus Stettin?«

»Ja.« Er klang lauernd, zunehmend misstrauisch. »Aber warum interessiert Sie das alles? Hat Ihre Frau Mutter etwa in dieser Wohnung gelebt, und Sie wollen sie nun zurück?«

»Was? Nein!« Nun wurde Marlene klar, warum ihr Gegenüber derart argwöhnisch war. Er hatte Angst, dass sie Ansprüche an ihn stellen könnte. »Bitte, machen Sie sich darüber keine Gedanken.« Beschwichtigend hob sie die Hände. »Meine Familie stammt aus der Nähe von Siemczyno, wo auch Jarek lebt«, sie zeigte auf ihren Begleiter, der alles treu übersetzte, »genauer aus Piaseczno. Sie hatten dort ein Haus, aber ich käme auch da nie auf die Idee, etwas zurückfordern zu wollen.«

Es war ein absurder Gedanke. Die Deutschen hatten den Krieg vom Zaun gebrochen und ihn letztlich verloren. Die Grenzen waren neu gezogen worden, und seit Jahren lebte man friedlich als Nachbarn. Wer wäre so dumm und würde die alten Wunden wieder aufreißen wollen? Und selbst wenn, welcher Grenzverlauf könnte jemals der »richtige« sein? Der von 1937, als das Deutsche Reich ziemlich groß gewesen war, aber noch vor seinen unrechtmäßigen Annexionen im Zweiten Weltkrieg? Der von 1618, den sich die Polen wahrscheinlich wünschen würden, weil ihr Land damals als Polen-Litauen seine größte Ausdehnung erreicht hatte? Oder der aus der Mitte des neunzehnten Jahrhunderts, was zweifelsohne den Russen am besten gefallen dürfte? Nein, auch wenn es zuweilen wehtun mochte, die Städte zu passieren, die auf alten Karten zum Teil noch mit deutschen Ortsnamen verzeichnet waren, oder die Häuser zu sehen, in denen die Eltern oder Großeltern gelebt hatten, es war Vergangenheit. Das alles war tragisch gewesen, aber es gab kein Zurück mehr. So viele Menschen aus so vielen Volksgruppen waren von hier nach dort geschoben worden. Nein, kein Dominoeffekt mehr in die entgegengesetzte Richtung, bitte.

»Ich war nie in Piaseczno oder Siemczyno.«

»Nein, natürlich nicht.« Marlene wusste nicht, wie sie weitermachen sollte, zweifelte erneut an dem ganzen Vorhaben. Es war einfach eine dumme Idee gewesen. Und doch ...

Jarek sprang für sie ein. »Wir glauben, dass Sie mit diesen Menschen zusammengetroffen sein könnten.« Er hielt den wahren Grund ihres Besuchs noch verborgen.

»Wie könnte das sein?«

»Wir haben von Ihrer Schwester Zofia erfahren.«

»Von Zofia?« Szymon runzelte die Stirn. »Was wissen Sie von ihr?«

»Dass sie Anfang März 1945 ein Findelkind aufgenommen hat.«

»Wie, ›aufgenommen‹?«

Nun sprach Lene wieder. »Sie hat an den Gleisen in oder bei Stettin einen kleinen Jungen gefunden, der bei einem Flüchtlingstransport verloren gegangen war. Sie hat sich um ihn gekümmert und ihn mit nach Hause genommen.«

Es waren ihre Worte, die Jarek ins Polnische übertrug, und doch zuckte sie bei deren Klang zusammen. Die Bombe ist gefallen, schoss es ihr durch den Kopf. Und gleich darauf: Was für ein selten dämliches Wortspiel. Aber genau so war es. Egal, wie die Sache ausging, von nun an würde das Leben von Szymon Adamczyk nicht mehr dasselbe sein wie zuvor. Von nun an würde er sich ewig fragen, ob etwas dran sein könnte an der Behauptung dieser Fremden, die an einem Abend im April bei ihm hereingeplatzt waren. Würde sich fragen, was aus dem Kind geworden und ob es gar in der Familie geblieben war. Und um wen es sich handelte.

»Wie bitte?« Szymon setzte sich so gerade auf, wie es sein gekrümmter Rücken erlaubte. »Das kann nicht sein.«

»Zofia hat sich in den Neunzigern dem Museum anvertraut, als man dort nach Biografien aus der Kriegszeit gebeten hatte. Wir haben die Notiz des Gesprächs gesehen.«

»Und abfotografiert«, ergänzte Jarek und öffnete auf seinem Handy das Bild, hielt es Szymon hin.

Dieser warf nur einen flüchtigen Blick darauf. »Das kann nicht wahr sein.« Entsetzen sprach aus seinem Blick, ebenso wie Unglaube.

Er tat Marlene leid, furchtbar leid. Sie versuchte, die zerstörerische Kraft der Wahrheit etwas abzumildern. »Vielleicht ist das Findelkind nicht in Ihrer Familie geblieben. Deswegen sind wir hier. In der Hoffnung, dass Sie uns weiterhelfen könnten, was den Verbleib des Jungen angeht.«

Er schüttelte den Kopf. »Das kann ich nicht. Ich weiß nichts. Bei uns in der Familie gab es nur unsere Mutter, Zofia, meinen Bruder Tomasz und mich. Wenn es Anfang 1945 gewesen sein soll, bin ich ohnehin noch zu jung gewesen, um mich erinnern zu können.«

»Wann sind Sie geboren?«, fragte Jarek.

»Im Januar 1943.«

Das entsprach dem, was im Standesamtsregister gestanden hatte, passte aber nicht zu den Geburtsdaten von Edithas Brüdern. Richard war im Juni 1942 zur Welt gekommen, Karl im Februar 1944. Aber möglicherweise hatte man Szymon wegen der Unterernährung jünger geschätzt?

Szymon sah auffällig auf die Wanduhr, erhob sich dann. Es war offensichtlich, dass er dieses Gespräch beenden wollte.

Marlene und Jarek warfen sich einen Blick zu, standen dann ebenfalls auf.

»Vielen Dank, dass Sie sich die Zeit genommen haben, uns anzuhören.« Jarek zog eine Visitenkarte aus dem Portemonnaie. Szymon nahm sie und legte sie auf den Couchtisch. »Falls Ihnen doch noch etwas einfallen sollte, würden wir uns sehr freuen, wenn Sie sich melden würden.«

Szymon nickte. »In Ordnung.«

Marlene war sich nicht sicher, ob er es wirklich tun würde. Er brachte sie zur Wohnungstür, sie verabschiedeten und bedankten sich noch einmal. Dann wurde die Tür hinter ihnen geschlossen.

Schweigend stiegen sie die Treppen hinunter, bis sie auf der Straße waren.

»Fahren wir nun zu Tomasz?«, fragte Jarek.

Mutlos zuckte Lene mit den Schultern. Sollten sie noch einen alten Mann verwirren? Aber jetzt war es auch schon egal, Szymon würde sich bestimmt ebenfalls an seinen Bruder wenden. »Wahrscheinlich schon.«

Bevor sie ihren Rückweg zum Auto antraten, folgte Marlene einem Impuls und schaute noch einmal in den dritten Stock hinauf. Gerade noch konnte sie ein Gesicht entdecken, das rasch hinter einer sich bewegenden Gardine verschwand.

Szymon

Mir ist immer kalt. Ich weiß nicht, wo das herkommt. Meine Füße spüre ich manchmal gar nicht. Das ist so, seit ich denken kann. Die Ärzte finden nichts, sagen, ich wäre körperlich gesund. Alles wäre in Ordnung. Das ist es wohl auch. Denn was heißt das schon: alles in Ordnung? Es geht mir ja gut. Mir fehlt nichts. Die Kälte kann ich bekämpfen. Indem ich dicke Strümpfe anziehe, eine Wärmflasche mit ins Bett nehme. Das kommt ja auch nicht immer vor, nur manchmal. Aber sogar im Sommer. Früher auch während der Arbeit. Ich bin Busfahrer gewesen. Kenne die Stadt wie meine Westentasche. Jede Straße ist mir vertraut. Hier fühle ich mich sicher. Ich bin nie verreist. Warum auch? Eine unerklärliche Angst packt mich, wenn ich in einen Zug steigen soll oder irgendwo auf dem Land bin. Die Weite von Feldern und Äckern bringt mich zum Schaudern. Ich zittere dann und schwitze, und gleichzeitig fühlen sich meine Füße an wie taub.

Ich war früher mit einer Frau zusammen, doch sie hat es nicht lange mit mir ausgehalten. Ich kann es ihr nicht verdenken. Mir selbst kommt es hin und wieder so vor, als würde mein Leben an mir vorbeiziehen. Wenn es zu schlimm wird, trinke ich einen über den Durst. Das wärmt mir die Füße und verscheucht die trüben Gedanken.

Zum Glück hatte ich meine Schwester Zofia. Sie hat immer zu mir gehalten und sich um mich gekümmert. Sie war der wundervollste Mensch, den ich kannte.

Ihr Tod hat ein großes Loch in mein Herz gerissen. Seitdem verlasse ich meine Wohnung kaum noch. Zu meinem Bruder Tomasz habe ich wenig Kontakt. Wir haben immer konkurriert um die Liebe unserer Mutter. Und um Zofias Zuneigung.

Seitdem die Deutsche und der Pole weg sind, friere ich wieder ganz besonders. Doch nun sind es nicht nur die Füße, alles an mir ist kalt. Mein Herz ist wie eingefroren. Ich drehe die Heizung in der Stube auf die höchste Stufe.

Es ist Unsinn, was diese Leute vorgebracht haben. Natürlich. Muss es sein. Aber es nützt nichts. Ich schlurfe ins Schlafzimmer – gehen kann man dazu nicht mehr sagen –, suche den Karton mit den alten Sachen, der sich auf dem Schrank befindet. Ich habe ihn eine halbe Ewigkeit nicht mehr angerührt. Es ist ein schwieriges Unterfangen, ich muss auf einen Stuhl steigen, sehr wackelig. Der Karton ist staubig, mir kribbelt die Nase, und dann rutscht er mir beim Herunterheben aus der Hand, fällt auf den Boden. Geradeso kann ich das Gleichgewicht halten. Ächzend steige ich vom Stuhl herunter. Der Deckel ist abgesprungen, der Inhalt ist zum Teil herausgefallen, und ich sehe gleich, was ich gesucht habe.

Ich muss Tomasz anrufen, denn sie werden ihn sicher ebenfalls aufsuchen. Muss mit ihm sprechen, bevor sie es tun.

16.

Tomasz Adamczyk wohnte in einem Stadtteil in den Außenbezirken Stettins auf der anderen Oderseite. Das Reihenhaus befand sich an einer kleinen holprigen, nicht asphaltierten Straße und lag ziemlich in der Mitte. Marlene musste aussteigen, damit Jarek den Wagen so dicht am Straßenrand parken konnte, dass andere Autos die Möglichkeit hatten vorbeizufahren. Einige Häuser der Reihe waren renoviert worden, man hatte Dämmung aufgesetzt und die Fassade farbig gestrichen, während andere im gleichen Putz dastanden wie wahrscheinlich seit dreißig oder mehr Jahren. Marlene staunte, dass der ehemalige Ostblock noch immer an so vielen Stellen präsent war.

Tomasz' Wohnhaus war eins der letzteren Sorte. Es war sicher mal schön gewesen, doch nun wirkte es in seinem dumpfen Grau und mit dem ungemähten Rasen trist und ungepflegt. Wahrscheinlich waren die Kinder, so es welche gab, längst aus dem Haus, die Besitzer alt und nicht mehr willens oder in der Lage, das äußere Erscheinungsbild des Heims zu pflegen. Es war wie überall. Wie bei ihrer Mutter. Wenn Marlene sich nicht hin und wieder um den Garten kümmerte, tat es niemand. Das war wohl der Lauf der Dinge.

Sie schoben die quietschende Gartenpforte auf, klingelten an der Tür, warteten. Erst nach dem zweiten Läuten nahmen sie Geräusche auf der anderen Seite wahr. Ein Schlurfen von Filzpantoffeln wie bei Szymon, dann wurde eine Kette zur

Seite geschoben. Ein Mann in den Achtzigern öffnete die Tür einen Spalt. Marlene begann unwillkürlich, die beiden Brüder zu vergleichen. Beide waren grauhaarig, doch während Szymons Haar noch relativ dicht war, zeigte sich bei Tomasz eine deutliche Halbglatze mit ein paar Altersflecken. Beide hatten sie helle blaue Augen, Tomasz' Nase erschien ihr weniger spitz, die Ohren dafür größer. Am Hals hatte er ein auffälliges Muttermal, das sie bei Szymon nicht gesehen hatte; dafür stand er aufrechter vor ihnen als sein Bruder.

»Szymon hat Sie schon angekündigt«, sagte Tomasz mit schiefem Grinsen, nachdem Jarek sie vorgestellt hatte. »Kommen Sie herein. Ich habe Tee aufgesetzt. Sie mögen hoffentlich grünen Tee? Kaffee habe ich gar nicht im Haus, meine Frau und ich vertragen ihn nicht mehr gut. Schon gar nicht abends.«

Er ging ihnen voran durch den Flur ins hintere Zimmer, das die gute Stube beherbergte, eine Glasfront gab den Blick frei auf eine Terrasse aus Waschbetonplatten und ein schmales Stück Garten, in dem sich Beete mit verschiedensten Gemüsesorten um eine winzige Rasenfläche drängten. Unweigerlich fühlte sich Marlene erneut an ihr Elternhaus erinnert, nur dass hier alles viel kleiner war.

»Vielen Dank, grüner Tee ist wunderbar«, sagte sie, und zu ihrem Erstaunen antwortete Tomasz nun auf Deutsch: »Das ist gut, das ist gut.« Er lachte, als er ihren Gesichtsausdruck sah. »Ja, ich spreche ein wenig Deutsch, eine unserer Töchter ist mit einem Deutschen verheiratet und lebt in Prenzlau. Also gar nicht so weit weg.«

»Das ist ja schön.« Marlene freute sich, dass sie sich direkt mit Tomasz unterhalten konnte. Das machte die Sache doch einfacher. Zudem wirkte er zugänglicher als sein Bruder. »Haben Sie noch mehr Kinder?«

»Ja, einen Sohn und noch eine Tochter. Der Junge ist in Warschau, das Mädchen ist in Stettin geblieben.«

»Und Sie und Ihre Frau, sind Sie gebürtig aus Stettin?«

»Ich schon, die Familie meiner Frau stammt ursprünglich aus Ostpolen, aus einer Region, die heute zur Ukraine gehört. Sie kamen nach 1945 hierher.« Da war sie wieder, die Völkerverschiebung. »Setzen Sie sich.«

Sie nahmen Platz auf einer geblümten Sitzgruppe, Tomasz schenkte ihnen Tee ein. Marlene bemerkte, dass seine Hände lange nicht so zittrig waren wie die seines Bruders, die Finger geschmeidiger. Tomasz schien bislang verschont zu sein von typischen Alterskrankheiten wie Arthrose oder Arthritis. Überhaupt wirkte es zumindest nach erstem Eindruck so, als hätte er es im Leben besser getroffen als Szymon.

»Vielen Dank, dass Sie uns empfangen«, begann Marlene, »wir sind hier, weil ...«

Tomasz winkte ab. »Ich weiß schon. Szymon hat mir alles berichtet. Ihr Besuch hat ihn sehr aufgewühlt.«

»Das tut mir leid.«

»Ist das ein Wunder? Einen alten Mann mit der Vermutung zu konfrontieren, dass in seiner Familie etwas ganz anders gewesen sein könnte, als er sein Leben lang geglaubt hat. Selbstverständlich verwirrt ihn das.«

Marlene fühlte sich gleichzeitig ertappt, bestätigt und beschämt. Sie wusste nicht, was sie sagen oder tun sollte, senkte verlegen den Blick, griff zu ihrer Tasse, trank einen Schluck Tee, der jedoch noch viel zu heiß war, sodass sie sich die Zunge verbrannte.

»Es tut mir wirklich leid«, sagte sie schließlich. »Es ist nur ... Meine Mutter hat mich hergeschickt, um in ihrem Elternhaus etwas zu suchen. Ganz plötzlich ist ihr eingefallen, dass ...«

»Und Sie haben es gefunden«, unterbrach Tomasz sie erneut, dabei lächelte er sie milde an. Es war wohl nicht unfreundlich gemeint, aber er war offenbar ein sehr direkter Mensch. *Ähnlich wie Mama.* Sie nahm auch nie ein Blatt vor den Mund.

»Genau.« Sie versuchte, sich nicht beirren zu lassen. Neben sich spürte sie, wie Jarek beinahe unmerklich näher heranrutschte, sodass sich ihre Oberschenkel fast berührten. *Er will mir seine Unterstützung zeigen!* »Es handelte sich bei dem Gegenstand um diese Schatulle«, sie zog das hübsche Kästchen aus ihrer Tasche und öffnete es. »Darin steckten Briefe und Geburtsurkunden.« Sie stellte es auf den Tisch und drehte es um, sodass Tomasz die zusammengefalteten Papiere sehen konnte. »Ich habe erst hierdurch erfahren, dass meine Mutter Brüder hatte.«

»Das muss ein Schock gewesen sein.«

»Oh ja.«

»Ihre Mutter hat nie etwas erwähnt?«

»Nein. Sie hat die Vergangenheit wie ein Geheimnis gehütet.« Sie schluckte. »Und hätte sie vermutlich mit ins Grab genommen, wenn ...«

»Sie sich nicht auf die Reise gemacht hätten«, beendete Tomasz den Satz.

»Ja.« Sie erklärte ihm, wie sehr sie anfangs an dem Unterfangen gezweifelt hatte.

»Es ist ein bisschen wie bei unseren Eltern. Vater war ja nicht mehr da, aber auch unsere Mutter hat nicht viel über die Kriegszeit erzählt. Eher über die Zeit davor. Als alles noch in Ordnung war.« Er überlegte. »Jedenfalls hat sie nie ein Wort darüber verloren, dass irgendetwas in unserer Familie ungewöhnlich gewesen sein könnte. Wir waren vaterlose Kriegswaisen, hatten innerhalb kurzer Zeit zwei unserer

Geschwister verloren, aber das ging ja vielen in unserer Generation so.«

»Sie hat also nie etwas über ein fremdes Kind gesagt, das vielleicht auch nur kurz hier war?«

»Nein. Nicht, dass ich wüsste.«

»Gab es auch keine Andeutung? Vielleicht von Zofia?«

»Zofia.« Tomasz' Gesicht verzog sich zu etwas, das aussah wie ein nachsichtiges Schmunzeln. »Zofia hat viel geredet, wenn der Tag lang war. Man wusste nie so genau, was ernst gemeint war und was nicht. Sie war die Älteste von uns und ein herzensguter Mensch, fröhlich und hilfsbereit. Außerdem wusste sie immer, wo es was zu holen gab.« Er schüttelte staunend den Kopf. »Eigentlich passte sie gar nicht zu uns. Wir waren ansonsten eher ein trüber Haufen. Unsere Mutter war eine liebevolle, aber wortkarge Person, Szymon und mir fehlte der Vater. Wir machten in unserer Jugend viel Blödsinn, vor allem ich. Ich bin ja ein Jahr älter als er und wollte wohl raus aus der Enge, mich abgrenzen, wie man heute so sagt. Ich hab ziemlich rebelliert. Da hätte eine strenge männliche Hand womöglich etwas richten können. So habe ich eine Weile gebraucht, um meinen Weg zu finden, habe mich mehr rumgetrieben, als mich auf Schule oder Lehre zu konzentrieren. Bei Szymon verhielt es sich anders. Er war auch nicht gut in der Schule, aber eher, weil sein Kopf in den Wolken steckte, er war verträumt, pickelig und schüchtern. Wenn ihn ein Mädchen nur ansah, lief er rot an. Er schien immer ein bisschen aus der Welt gefallen zu sein.« Tomasz dachte über seine Bemerkung nach. »Ja, aus der Welt gefallen, das passt ganz gut. Irgendwie ist er in seinem Leben nie richtig angekommen.« Er besann sich. »Aber zurück zu Ihrer Frage.« Er nahm seine Tasse in beide Hände – was bei seinen großen Händen und dem feinen Porzellan etwas komisch wirkte –, pustete in den Tee, bevor er ein paar kleine Schlucke nahm, dann setzte er sie wieder ab, sah in den Garten hinaus. »Ich kann mich nicht erinnern, dass jemals einer aus der Familie etwas gesagt hätte, das in irgendeiner Weise merkwürdig gewesen wäre oder Anlass dazu gegeben hätte, an unserer Herkunft zu zweifeln. Das ist es doch, worauf Sie hinauswollen, nicht?« Er sah ihr nun direkt in die Augen, und Marlene fühlte sich vollkommen durchleuchtet. Kurz fragte sie sich, was Tomasz wohl von Beruf gewesen war. Oberstudienrat würde passen bei dem Blick oder Hausmeister, irgendetwas, was eine natürliche Autorität verströmte. »Sie meinen, einer von uns wäre falsch.«

Marlene räusperte sich, doch Jarek kam ihr zu Hilfe. »Nichts ist sicher. Außer, dass wir diese Brüder suchen. Wir vermuten, dass sie auf der Flucht nach Westen mit ihrem Treck verloren gegangen sind. Wahrscheinlich, als sie versuchten, hier in Stettin einen Zug zu erreichen. Das deckt sich mit dem, was man uns im Museum erzählt hat. Das wiederum wusste man von Ihrer Schwester Zofia. Dabei können wir absolut nichts über den Verbleib der Brüder sagen, wir wissen nicht einmal, ob sie damals verstorben sind oder nicht. Es sind alles nur vage Vermutungen.«

Marlene sah ihn an. Genau so war es, er hatte das Ganze treffend zusammengefasst.

»Und Zofia soll diesen Leuten vom Museum gebeichtet haben, dass sie an den Gleisen von Stettin einen kleinen Jungen gefunden und aufgenommen hat.« Es war eine Feststellung, keine Frage. Marlene erinnerte sich, dass Szymon Tomasz ja bereits ins Bild gesetzt hatte.

»So ist es«, bestätigte Jarek.

Plötzlich runzelte Tomasz die Stirn, sein Blick wanderte zum Bücherschrank, er schien aber nichts Bestimmtes zu suchen. »Es gab da mal was«, murmelte er. »Als Szymon mich eben anrief und davon erzählte, ist es mir auch wieder eingefallen. Da war dieser Rucksack. Segeltuch mit Lederriemen, so, wie man sie damals eben hatte. Eine Schnalle war kaputt, er war ganz speckig und abgeschabt. Ich hatte ihn immer nur bei Szymon gesehen. Zofia hat mit Argusaugen darüber gewacht, dass ich ihn nie genommen habe. Und das, obwohl damals doch so ziemlich alles geteilt wurde. Er hatte auch noch eine selbst genähte Puppe. An die hat er sich immer geklammert. Hat sie jeden Abend fest in die Arme gedrückt und mit ins Bett genommen. Und auch sonst, wenn er traurig war, eigentlich hatte er sie ständig bei sich, wenn ich es recht bedenke.« Er hatte die Augen wieder geöffnet, sein Blick flackerte, er sah an ihnen vorbei in den Flur. »Ich wollte ihn mal ärgern und hab sie versteckt. Er hat einen fürchterlichen Aufstand gemacht. Und ich hab eine ordentliche Tracht Prügel von Zofia kassiert, woraufhin ich die Puppe dann ganz schnell herausgerückt habe.« Er zuckte entschuldigend mit den Schultern. »Geschwister eben.« Tomasz erhob sich, ging zur Fensterfront, sah hinaus, versuchte offenbar angestrengt, sich zurückzuversetzen in seine Kindheit, Jugend. Plötzlich drehte er sich um, stützte sich auf die Rückenlehne des Sofas, auf dem er eben noch gesessen hatte, und beugte sich vor, rieb sich dann mit einer Hand die Stirn. »Ich weiß nicht, wo das auf einmal herkommt, aber da ist dieses Bild in meinem Kopf, ich weiß nicht mal, ob es eine reale Erinnerung ist oder nur ein Traum ...« Er stockte.

»Ganz egal, bitte erzählen Sie uns davon.« Marlene bemerkte selbst, wie atemlos ihre Stimme klang.

»Es ist kalt. Es ist Winter, es liegt viel Schnee. Zofia steht in der Tür. Sie war oft unterwegs, hat uns Essen besorgt, woher auch immer.« Tomasz räusperte sich. »Sie hat ein Bündel auf dem Arm, eingewickelt in ihren Mantel. Sie steht nur in Strickjacke und ihrem Rock vor uns, Nase und Finger rot vor Kälte. Aber diesmal sind es keine Lebensmittel oder Kohlen, die sie mitbringt. Sie sagt etwas zu Mutter. An ihrem Arm baumelt etwas. Der Rucksack, richtig!« Tomasz schüttelte den Kopf. Anscheinend konnte er selbst nicht glauben, was er da sagte. »Mutter läuft zu Zofia, zieht den Mantel herunter, ein heller Haarschopf wird sichtbar. Mutter schimpft, das Bündel auf ihrem Arm schreit, Zofia redet auf Mutter ein. Es ist ein ohrenbetäubender Lärm. Schließlich nimmt Mutter das Bündel, schiebt den Mantel weg – es ist ein Kind!« Er schlug die Hand vor den Mund. »Oh mein Gott. Kann es sein, dass ...? Ist es möglich? Wie konnte ich das vergessen?«

Szymon

Nachdem er Tomasz angerufen hatte, nahm er die Puppe wieder zur Hand. Sie war gerade so groß wie sein Unterarm, genäht aus einem alten Strumpf. Ein paar braune Wollfäden stellten die Haare dar, Augen und Mund waren mit farbigem Garn ins Gesicht genäht worden. Für Arme und Beine hatte offenbar ein weiterer Strumpf herhalten müssen, der Beigeton war ähnlich, doch das Strickmuster leicht unterschiedlich. Das Kleidchen hatte Mutter aus Stoffresten zusammengenäht, alles war schmutzig und fadenscheinig. Heiß geliebt. Doch war es überhaupt Mutter gewesen, die ihm diese Puppe geschenkt hatte? Er hatte sie gehabt, seit er denken konnte. Tomasz hatte ihn oft deswegen aufgezogen, dann hatte er sie weit hinten im Schrank versteckt, nur um sie in einem unbeobachteten Moment wieder hervorzuholen. Warum hing er so sehr daran? Lalka.

Er glaubte diesen Leuten kein Wort, und doch war seine Welt ins Wanken geraten. Dieses Findelkind, von dem Zofia angeblich im Museum erzählt hatte, sollte das etwa er gewesen sein? Oder Tomasz? Oder jemand ganz anderes? Vielleicht hatten Zofia und Mutter eine Familie für den Jungen gefunden und deshalb nie mehr über ihn gesprochen? So musste es sein. Sonst hätte doch wohl irgendwann mal jemand einen Ton gesagt?

Andererseits ... Als er mal einen Pass beantragen wollte, hatte es Schwierigkeiten gegeben, denn es hatte keine Geburtsurkunde von ihm gegeben. Das war ihm damals nicht komisch vorgekommen, auch Mutter hatte gemeint, dass in der Nachkriegszeit eben viel verloren gegangen sei. Kaum jemand hätte noch alle Papiere beisammen. Hatte sie gelogen? Und was hatte Zofia gewusst? Leider konnte er sie nicht mehr fragen. Und Tomasz war ja kaum älter als er selbst. Er war von der ganzen Sache ebenso überrumpelt gewesen wie er, als er eben mit ihm gesprochen hatte.

Der Zweifel nagte an ihm. Er war doch ein Pole! Hatte nie Deutsch gesprochen, liebte sein Land. Wollte nirgendwo anders sein. Und doch, hatte er sich nicht sein Leben lang irgendwie anders gefühlt? Fremd in der eigenen Haut? Warum hatte er nie eine richtige Beziehung eingehen können? Warum war er auch beruflich unter seinen Möglichkeiten geblieben? Er war nicht dumm, aber immer ... ja, blockiert gewesen.

Konnte es denn sein, dass er gar nicht der Sohn von Małgorzata und Kamil Adamczyk war? Er kannte seinen Vater nicht, er war von den Nazis verschleppt worden. Wann war das eigentlich gewesen? Er hatte keine Ahnung. Tomasz konnte sich noch dunkel an ihn erinnern.

Ihm wurde übel. Er stand auf, wankte zum Schrank, in dem der Sliwowitz stand, mit dem er seine kalten Füße bekämpfte. Dabei fühlte er sich, als hätte er schon eine halbe Flasche intus, obwohl er völlig nüchtern war. Er goss sich ein kleines Glas ein, doch das meiste ging daneben, so sehr zitterte er. Es landete auf seiner Hand und der Schrankablage. Fluchend trank er in einem Zug den Schnaps, der doch im Glas gelandet war. Schüttelte sich. Es hatte keinen Zweck. Er musste noch mal mit diesen Leuten sprechen. Wollte zurück zum Couchtisch gehen, auf dem die Karte des Mannes lag. Doch seine Beine waren weich wie Butter, er musste sich festhalten, erst am Schrank, dann am Sessel.

Erleichtert ließ er sich hineinsinken, als er ihn erreicht hatte. *Wie ein Schiff auf hoher See, inmitten eines peitschenden Sturms.* Mehrmals vertippte er sich beim Wählen. Endlich hörte er das Freizeichen.

17.

Marlene und Jarek stiegen ins Auto.

»Was machen wir jetzt?«

Marlene zuckte mit den Schultern. »Erst mal losfahren. Vielleicht können wir uns an der Hauptstraße einen Parkplatz suchen und dann weiter überlegen?« Nur weg von Tomasz' Haus. Bestimmt sah er ihnen nach.

Jarek nickte. »In Ordnung.« Er fuhr den SUV über die enge Straße bis zum Ende, weil Wenden vorher nicht möglich war. Sie kamen in eine weitere enge Gasse und erst nach zweimaligem Abbiegen wieder auf die Hauptstraße.

Marlene sah auf ihr Handy, das seit der Fahrt von Szymon zu Tomasz mit dem Zigarettenanzünder verkabelt war und inzwischen immerhin zu vierzig Prozent geladen war. Sie hatte eine Nachricht von Alix erhalten.

Wie kommt ihr voran? Gibt's was Neues? Werde mich schon mal zum Abendessen begeben. Hoffe, es ist alles in Ordnung bei euch. Wenn ja, lasst euch Zeit 😌

Die Handyuhr zeigte an, dass es schon kurz vor halb acht war. Lene wollte noch einmal mit Editha telefonieren, vielleicht war doch noch etwas aus ihr herauszubekommen. Das musste sie bald tun, bevor es zu spät wäre, um im Krankenhaus anzurufen. Vorher wollte sie sich jedoch schnell bei Alix zurückmelden.

Jarek entdeckte an der Hauptstraße eine Tankstelle. »Soll ich da kurz rausfahren?«

»Ja bitte.«

Er setzte den Blinker und fand einen Platz neben dem Shop. Marlene stieg aus, Jarek tat es ihr nach.

»Ich besorge uns einen Kaffee.«

»Danke.« Nach dem zweiten Wählen meldete sich Alix.

»Hey, Süße.« So begrüßte sie Lene öfter.

»Hallo, meine Liebe«, gab diese zurück.

»Wie ist es bei euch?«

Marlene brachte Alix auf den neuesten Stand.

»Hm«, machte diese, als sie geendet hatte. »Das ist ja was.« Sie schien zu überlegen. »Meinst du, Szymon wäre zu einem Gentest bereit? Oder sein Bruder, Tomasz? Am besten wären wohl beide ...«

»Ich weiß nicht. Szymon war eher abweisend.« Sie glaubte nicht, dass er sich noch mal bei ihnen melden würde. Obwohl sich die Hinweise zu verdichten schienen.

In dem Moment bemerkte sie, wie Jarek aus der gläsernen Schiebetür trat; in der einen Hand balancierte er zwei Kaffeebecher, mit der anderen hatte er das Handy ans Ohr gedrückt. Er hatte die Augen aufgerissen, nickte ihr aufgeregt zu. Während er näher kam, erkannte sie, wie seine Lippen den Namen Szymon formten.

»Ich glaube, Jarek hat ihn gerade am Telefon.«

»Oh, vielleicht hat er es sich anders überlegt und will doch noch mal mit euch sprechen.«

»Scheint so.« Aufgeregt fing Lenes Herz an zu pochen.

»Dann lass uns später weiterreden. Ich drücke euch die Daumen und werde mich dann mal zum Abendessen begeben.«

»Alles klar, danke«, sagte Marlene, war mit ihren Gedanken aber schon ganz woanders. Sie steckte das Handy zurück in die Tasche und nahm Jarek die Becher ab. Eine

Weile standen sie nebeneinander, sie lauschte seinen Worten, seiner Stimme, ohne etwas zu verstehen. Polnisch war so vollkommen anders als Deutsch, sie konnte wirklich überhaupt nichts herleiten.

Als das Gespräch geendet hatte, atmete Jarek tief durch.

»Was wollte er?«, fragte sie nervös.

»Er möchte noch mal mit uns sprechen.«

Ein weiteres Mal begaben sie sich in die Stettiner Innenstadt. Während sie fuhren, rief Marlene bei Editha im Krankenhaus an. Überraschenderweise war ihre Mutter schnell am Apparat.

»Ja?« War ihre Stimme noch krächzender geworden? Aber immerhin schlief sie noch nicht oder war gerade beim Essen.

»Ich bin's, Mama.«

»Marlene?«

»Ja.« Sie fragte sich, wer sonst noch bei ihrer Mutter anrufen würde.

»Wie geht's dir?«

»Gut soweit. Sie haben mich untersucht. Mir irgendein Ding eingesetzt.«

»Oh. Einen Stent?«

»Kann sein.«

»Wie hast du den Eingriff überstanden?«

»War keine große Sache. Aber weswegen rufst du an?«

Small Talk war noch nie Edithas Ding gewesen. Immerhin schien es, als wäre ihre Mutter klarer als zuletzt. Lene beschloss trotzdem, es langsam angehen zu lassen.

»Mama, ich bin ja in Polen, in Pommern«, begann sie vorsichtig.

»Weiß ich.«

Okay, sie war definitiv munterer heute Abend, vielleicht brachte der Stent schon etwas, und bestimmt hatte man die Beruhigungsmittel reduziert oder sogar abgesetzt. »Du hast mich ja nach Blumenwerder geschickt, um diese Schatulle zu suchen. Ich habe sie gefunden. Ich weiß nun, dass du Brüder hattest. Du musst mir etwas sagen. Die Wahrheit. Bitte.« Sie machte eine Pause, um ganz sicherzugehen, dass das Gesagte auch wirklich bei Editha ankam. »Wann und wie sind Karl und Richard verschwunden?« Sie presste das Handy fest ans Ohr, doch sie bekam keine Antwort. »Bist du noch da, Mama? Hast du mich verstanden?«

Schweres Atmen, schließlich ein gehauchtes »Ja«.

»Was ist mit Karl und Richard passiert, Mama? Was war das mit dem Zug bei Stettin? Sag es mir jetzt, bitte.«

Ein gequältes Stöhnen entrang sich ihrer Mutter, es klang, als würde man ein Tier bei lebendigem Leib aufschneiden.

»Nein, ich will nicht.«

»Mama, du hast mich doch hergeschickt ...«

»Ich kann nicht.«

»Doch, du kannst. Du wolltest, dass ich die Schatulle hole. Weil du es selbst wissen willst.«

Ihre Mutter gab keinen Ton von sich. War sie zu energisch gewesen?

»Ich darf nicht darüber sprechen«, hörte sie Editha schließlich murmeln. Es war so leise, dass sie genau hinhören musste. »Ich hab Mutter schwören müssen, dass ich es nie jemandem sagen werde.« Plötzlich klang Editha wie ein Kind.

»Mama, Oma Alwine ist lange tot. Es hilft niemandem mehr, wenn du noch länger schweigst. Ich glaube, auch dir würde es besser gehen, wenn du mir sagst, was damals geschehen ist.«

Sie bekam trotzdem keine Antwort. Nichts. Das Schweigen hatte sich tief durch alle Schichten ihrer Mutter gefressen, es war mit ihr eins geworden über all die Jahre, ließ sich nicht abstreifen wie ein zu klein gewordener Mantel. Obwohl es genau das war: eine entsetzliche Erinnerung, ein tragisches Versprechen, das ein ganzes Leben eingewickelt hatte wie Fesseln. Fesseln, die sich in all der Zeit immer tiefer in die Haut geschnitten hatten, eingegraben ins Fleisch, und die langsam mit dem ganzen Körper verwachsen waren. Sie versuchte es anders.

»Es gab eine Puppe. Einen Rucksack mit einer Puppe.«

»Gertrud!« Ein leiser Schrei aus Edithas heiserer Kehle.

»Wie bitte?«

»Gertrud, meine Puppe! Mein Rucksack.« Sie keuchte, wurde von einem Hustenanfall geschüttelt.

»Was ist mit Gertrud passiert?«

»Ich hab sie verloren. Genau wie Richard.« Erneut folgte ein kümmerliches Stöhnen, das Lene das Blut in den Adern gefrieren ließ.

»Mama. Es tut mir so leid!« Marlene spürte, wie sehr diese Fragen ihrer Mutter Qualen bereiteten, doch sie konnte jetzt nicht aufhören. Sie war so nah dran! »Wo denn, Mama?« Sie flüsterte nun beinahe.

»In Stettin, an den Gleisen. Bin gestolpert ... Schuh war weg ..., dann gefallen, unter den Waggon. Hab den Rucksack noch gesehen, aber musste weiter ... Ein Mann hat mich gezogen ... Hab Mutter im Zug wiedergefunden ... er fuhr los ... aber Richard war nicht da!«

Nun endlich begriff sie. Wie furchtbar! Ihre Mutter hatte den Bruder verloren, hatte das kleine Geschwister zurücklassen müssen, ohne zu wissen, was mit ihm passiert war! Wie konnte ein Mensch das ertragen? Und das, wo sie höchstwahrscheinlich schon vorher ihren jüngsten Bruder Karl hatte begraben müssen ...

»Du weißt also nicht, was aus Richard geworden ist?«

Editha schien die Frage nicht recht zu verstehen. »Er ist tot«, antwortete sie überzeugt. »Wie Karl.«

Ja, was sollte auch sonst mit ihm sein? Wie wahrscheinlich war es, dass er in der Nähe der Gleise von jemandem gefunden und mitgenommen worden war?

Das erklärte, warum sie nie nach ihm gesucht hatte. Sie war sich sicher gewesen, dass auch er tot war. Und sie war dazu gezwungen worden, dies zu glauben. Wahrscheinlich war das schon Alwines Überlebensstrategie gewesen: nicht zurückschauen, nur nach vorne.

Aber wieder stellte sich Marlene die Frage: Was machte das mit einem Menschen, wenn er einen geliebten Angehörigen einfach aus seinem Bewusstsein drängte?

»Und Karl?« Auch von ihm wusste Marlene schließlich noch nichts Genaues.

»Die Rote Armee ... Überfall ... weites Feld ... Kaum jemand hat überlebt.«

Marlene zählte eins und eins zusammen. Der Treck war von den Sowjets eingeholt worden. Das war offenbar mehrfach passiert, da man der Bevölkerung erst viel zu spät gestattet hatte, ihre Ortschaften zu verlassen. Der Krieg hätte ja noch gewonnen werden können. Dachte man. Oder versuchte man zumindest, den Menschen einzureden. Jeder Verstoß dagegen, jede vorzeitige Abreise hätte Fahnenflucht bedeutet und wäre mit dem Tod bestraft worden. Auch ihren eigenen Leuten gegenüber waren die Nazis erbarmungslos gewesen.

»Mama«, sie zögerte. Sollte sie wirklich erzählen, was ihr noch auf der Seele lag? Die Vermutung, die immer wahrscheinlicher wurde und doch zweifelhaft bleiben würde bis zum Schluss? Nein. Sie würde nichts sagen. Noch nicht. »Danke, Mama. Du hast mir sehr geholfen.« Und genau so meinte sie es auch. »Ich denke, ich komme bald zurück. Ruh dich ein bisschen aus, ja?«

»Mache ich.« Editha klang erschöpft, aber das war ja auch vollkommen verständlich. Hoffentlich regte sie sich nicht zu sehr auf.

Als sie aufgelegt hatte, entdeckte Marlene, dass eine Mail vom DRK eingegangen war. »Das geht hier gerade Schlag auf Schlag«, murmelte sie und brachte Jarek auf den neuesten Stand. Dann las sie die Mail laut vor.

»Sehr geehrte Frau Fröhlich, Bezug nehmend auf Ihre Anfrage zum Verbleib Ihrer Verwandten Karl und Richard Ehlert möchten wir Sie über die Ergebnisse unserer Datenbankrecherche informieren.

Leider konnten wir zu den angegebenen Daten keine Ergebnisse finden. Es ist wahrscheinlich, dass die Brüder auf der Flucht verstorben sind. In diesem speziellen Fall wäre es möglich, dass sie zwischen Stargard und Stettin zwischen die Fronten geraten sind. Es gibt Informationen darüber, dass Trecks aus der Gegend um den Landkreis Dramburg von der Roten Armee eingeholt wurden, was zahlreiche Tote zur Folge hatte. Viele Überlebende sind daraufhin (vorerst) in ihre Heimatbezirke zurückgekehrt.

Wir bedauern sehr, dass wir Ihnen keine konkrete Auskunft zum Verbleib von Richard und Karl Ehlert geben können. Vielleicht könnte Ihnen eine Anfrage im Kreis Stettin/ Stargard weiterhelfen. Wir wünschen Ihnen viel Erfolg bei Ihrer weiteren Suche und verbleiben mit freundlichen Grüßen

Und so weiter.« Marlene blickte auf. »Schade.«

»Es ist nicht mehr wichtig«, meinte Jarek.

»Meinst du?«

»Hören wir uns an, was Szymon uns zu sagen hat.«

Diesmal stand Szymon schon an der geöffneten Wohnungstür, um sie zu empfangen. Unruhig wippte er von einem Fuß
auf den anderen.

Er winkte sie zu sich herein.

»Ist Ihnen noch etwas eingefallen?«, fragte Lene, und Jarek
bot sich erneut als Dolmetscher an.

Wortlos ging er ihnen voran ins Wohnzimmer, das sie nun
schon kannten. Er wies auf etwas, das auf dem Couchtisch
lag. Ein alter Rucksack, aus dunklem, abgewetztem Segeltuch,
daneben etwas, das Marlene zunächst nicht erkannte, ein alter Socken? Nein, es war etwas anderes. »Die Puppe. Gertrud!«

»Gertrud?«, hakte Szymon nach.

Sie setzten sich.

»Ich habe mit meiner Mutter telefoniert«, begann sie. »Sie
hat sich nach einigem Nachfragen daran erinnert, dass sie
eine Puppe hatte, die verloren ging. Aber vielleicht wollen Sie
zuerst erzählen, was Ihnen eingefallen ist?«

Szymon seufzte schwer. »Hier, in Stettin?«

»Ja.«

»An diese Puppe und diesen Rucksack habe ich meine frü-
hesten Kindheitserinnerungen. Beide waren schon immer
da.« Er wiegte den Kopf. »Es ist seltsam, aber als Sie vorhin
bei mir waren, habe ich sie wieder hervorgeholt, und der Geruch, die Art, wie sie sich anfühlt ... Ich weiß nicht, aber es
hat plötzlich etwas ausgelöst ...«

»Bitte erzählen Sie.«

Und Szymon erinnerte sich.

Szymon

Ich sitze auf meinen Knien im Schnee. Es ist bitterkalt, ich spüre meine Beine nicht mehr. Doch das ist nicht das Schlimmste. Ich bin allein. Ganz allein. Wo sind denn alle? Mutter, Editha? Karl ist schon länger weg, warum, weiß ich nicht. Eben war noch ein großes Durcheinander um mich herum: Geschiebe, Schreie, Rufen, Gedrängel, viele Beine. Ich werde herumgeschubst, gestoßen und getreten. Ich stolpere, und der Ärmel, den ich eben noch festgekrallt habe, entgleitet mir. Doch niemand scheint etwas zu bemerken! Ich brülle aus Leibeskräften, doch um mich herum ist es zu laut, ich werde nicht gehört. Niemand hört mich, niemand sieht mich. Ich bin ganz dicht an den Rädern des Zuges, etwas weiter vor mir meine ich, Editha zu entdecken, sie hört und sieht ebenfalls nichts, ein Mann hält sie gepackt, zieht sie mit sich. Nein, will ich schreien, aber es kommt kein Laut mehr aus mir heraus. Ein Quietschen neben mir, die Räder setzen sich in Bewegung! Das Geschiebe der Menge wird noch schlimmer. Panisch schreien die Menschen auf, hastig drängen sie zum Zug, zum rettenden Waggon neben sich. Versuchen, etwas zu fassen zu bekommen, sich hochzuziehen, egal wo. Manche schaffen es, jemand jedoch fällt auf mich. Begräbt mich unter sich. Ein Knacken, ein grässliches Geräusch, gefolgt von einem solch markerschütternden Schrei, wie ich noch nie zuvor einen gehört habe. Dann wird es dunkel um mich.

Mir ist, als hätte ich geschlafen. Wie lange, weiß ich nicht. Ich schiebe etwas weg von mir. Es war mir wie eine warme Decke, doch nun wird es mir zu schwer. Ein Körper.

Um mich ist es ruhig. Wie durch ein Wunder liegt Edithas Rucksack neben mir. Ich presse ihn an mich. So verharre ich im Schnee. Bis jemand kommt und mich findet.

18.

Alle schwiegen betroffen, als Szymon geendet hatte. Er selbst wirkte einerseits niedergeschlagen und verwirrt, andererseits auf eine gewisse Weise erleichtert. Jarek schien bewegt, denn mehrmals sah er zu Marlene hinüber, vermutlich um herauszufinden, wie es ihr ging, und er griff die Hand des alten Mannes, eine Geste, die auch Marlene als sehr tröstlich empfand. Karsten hätte so etwas nie gemacht, schoss es ihr durch den Kopf. Sie selbst war wahrscheinlich annähernd so durcheinander wie Szymon.

»Wie soll es nun weitergehen?«, fragte Jarek und sprach damit das aus, was sie vermutlich alle drei beschäftigte.

Marlene wusste nicht, was sie sagen sollte. Sie wusste, was sie sich wünschte, aber war das etwas, was sie von dem Mann erwarten oder überhaupt erbitten konnte? Ein Gentest wäre das einzige Mittel, das definitive Gewissheit bringen würde.

Alix war nicht untätig gewesen und hatte ihr, bevor sie zum zweiten Mal heute zu Szymon in die Wohnung gefahren war, Informationen aus dem Internet geschickt: Eine Verwandtschaftsdiagnostik mittels DNA-Analyse war heutzutage unkompliziert möglich über eine Blutuntersuchung oder einen Wangenabstrich. Man brauchte dazu nicht einmal mehr in eine Arztpraxis zu gehen, sondern konnte sich alles bequem nach Hause schicken lassen.

»Ich möchte gerne nach Piaseczno mitkommen«, sagte

Szymon plötzlich und überraschte damit sowohl sie als auch Jarek. »Nach, wie sagten Sie, hieß der Ort früher?«

»Blumenwerder«, antwortete Lene.

»Blu-men-wer-der«, sprach Szymon langsam nach und runzelte dabei die Stirn. Offenbar grübelte er, ob der Name irgendwelche Erinnerungen oder Empfindungen in ihm auslöste. Dann schüttelte er den Kopf. »Nichts. Aber nehmen Sie mich mit?«

»Ja, natürlich, gerne«, sagten Marlene und Jarek wie aus einem Mund.

»Wir könnten Sie im Hotel in Siemczyno unterbringen. Da habe ich auch ein Zimmer, zusammen mit einer Freundin, die mich nach Polen begleitet hat«, bot Lene an.

»Und morgen besuchen wir dann Piaseczno und das Haus ...«, Jarek stockte, »das Haus, in dem Marlenes Mutter Editha als Kind gelebt hat.« Und Sie vielleicht auch, schwang da mit. Aber Jarek war taktvoll genug, es nicht auszusprechen. Denn noch war nichts sicher, bremste sie sich in ihrer Aufregung. »Es gehört jetzt meinem Cousin Dariusz, er hat die Schlüssel. Allerdings räumt er es gerade aus, weil er es verkaufen möchte. Seine Mutter ist vor Kurzem verstorben, sein Vater ist schon länger tot.«

Szymon nickte andächtig. »Im letzten Moment, sozusagen.«

Marlene zuckte zusammen. »Das war genau das, was ich auch gedacht habe, als ich gestern dort angekommen bin.« War es tatsächlich erst gestern gewesen?

Sie und Szymon warfen sich einen Blick zu, und mit einem Mal fühlte es sich an, als wären sie Verbündete. Sie waren in einer ganz ähnlichen Situation, saßen im selben Boot, auch wenn es für Szymon noch viel extremer sein mochte. Beide waren sie mit neuen, alles auf den Kopf stellenden Möglichkeiten konfrontiert worden, von denen sie noch nicht sicher wussten, ob sie zutrafen oder nicht und was sie davon halten sollten, welche Konsequenzen sie haben würden. Ein Schleier war fortgerissen worden, ein Lichtstrahl erhellte das Dunkel, das ihre Vergangenheit gewesen war. Nur, dass Lene immerhin schon vorher geahnt hatte, dass es »da etwas gab« und nur nicht gewusst hatte, was, während Szymon davon völlig überrascht worden war. Diese Erkenntnis konnte einen vollkommen umwerfen, und Marlene staunte, dass es ihm dennoch gelang, in Anbetracht der Umstände einigermaßen gefasst zu bleiben. Sie hatte Mitleid mit ihm, sodass sie ihn am liebsten in den Arm genommen hätte. Und sie mochte den alten Mann. Was es war, konnte sie nicht benennen, aber auf eine seltsame Art und Weise fühlte sie sich ihm nahe.

»Dann werde ich mal ein paar Sachen zusammenpacken.« Szymon erhob sich. Er wirkte nicht mehr so schwerfällig wie bei ihrem ersten Zusammentreffen wenige Stunden zuvor. Als ob eine neue Energie dem alten Mann plötzlich Antrieb verlieh.

»Und wir organisieren Ihnen ein Zimmer.« Sie sah zu Jarek hinüber, der das Handy bereits aus der Jacketttasche zog.

Szymon nickte erneut und verließ den Raum. Marlene tippte mit zittrigen Händen eine schnelle WhatsApp an Alix: *Er kommt mit nach Blumenwerder!*, und dann noch eine etwas ausführlichere in die Frühstücksfrauen-Gruppe, damit auch Romy und Josefin über die neuesten Entwicklungen im Bilde waren. Sie dachte an ihre Mutter und wie diese all die Neuigkeiten aufnehmen würde. Aber ihr würde sie keine Nachricht schreiben, sie würde Editha persönlich informieren, wenn sie zurück war.

Egal, wie das alles enden mochte, schon jetzt war dieses verlängerte Wochenende definitiv das mit den meisten Umwälzungen in ihrem gesamten Leben.

Editha

Ihre Träume hatten sich verändert. Sie wurde nicht mehr gejagt von einer Granate. Nachdem sie explodiert war, war sie nicht wieder erschienen. *Ich merke, dass ich jetzt tagsüber ruhiger bin. Die im Krankenhaus merken es auch.* Man hatte sie von der Intensivstation auf Station verlegt. *Sie meinen, dass sie mich bald ins Seniorenheim zurückschicken könnten. Wenn sie sich nicht irren. Es fühlt sich an, als ob etwas zu einem Ende kommen würde. Vielleicht ist es bald Zeit für mich, von dieser Welt zu gehen. Es wäre in Ordnung. Ich habe ein langes, erfülltes Leben gehabt.*

Sie dachte nun öfter an früher. Der leere weiße Fleck, den ihre Kindheit bis vor Kurzem dargestellt hatte, füllte sich mit Farbklecksen, so schien es ihr. Vorhin hatte die Pflegerin aus dem Stift, die Nette, deren Namen sie sich bedauerlicherweise nie merken konnte, sie besucht. Sie hatte ihr eine einzelne Rose mitgebracht, weil es draußen so trüb war. Editha hatte den Duft tief eingesogen. Und plötzlich musste sie an den Garten ihrer Kindheit denken. *Ein Rosenbusch stand gleich neben der Hintertür. Wir hatten dort auch eine Bank. Ich habe oft dort gesessen, so manches Mal Johannisbeeren von den Rispen abgestreift oder mit David Kirschkern-Weitspucken gemacht, hinter mir die von der Sonne aufgeheizte Backsteinwand des Hauses, die noch am Abend ihre Wärme abgab. Meistens habe ich aber davor im Gras gehockt und mit Richard gespielt, wenn die Arbeit getan war. Himmlisch duftende weiße Rosen umgaben uns, Richard hat sich mal an einem Dorn gestochen. Er hat geweint, weil ein dicker roter Tropfen Blut aus seinem Zeigefinger gequollen ist.Ich habe das Blut mit meinem Taschentuch weggewischt.*

Der Garten, der sie mit so vielem versorgt hatte, Stachel- und Himbeeren, Rhabarber, Kohl, Karotten, Kartoffeln … Der Apfelbaum, die beiden Birnbäume im hinteren Teil, der sich an die kleine Wiese mit den Pusteblumen angeschlossen hatte und wo sich auch der Hühnerstall und die Käfige für die Kaninchen befunden hatten. Es hatte immer etwas zu naschen gegeben. Wie gerne war sie zwischen den Sträuchern verschwunden und hatte hier und dort eine Köstlichkeit geklaubt und sich gleich in den Mund gesteckt.

Die Katzen des Dorfes waren hin und wieder vorbeigekommen. Sie waren gerne bei den Ställen herumgeschlichen, hatten Mäuse gefangen und sie ihr dann und wann als Geschenk vor die Füße geworfen. Manchmal hatten sie sich auch streicheln und liebkosen lassen.

Es war eine Idylle gewesen. *Ich möchte gerne dorthin zurück. Ist nicht Marlene gerade da?* Sie schüttelte den Kopf. Brachte sie wieder Dinge durcheinander? *Wie gerne hätte ich ihr mal meinen Garten gezeigt.* Warum hatte sie das nie getan? Warum war sie nie hingefahren? *Ich habe nicht dran gedacht.* Es war, als hätte eine bleiche, aber unendlich hohe Mauer ihr den Blick verstellt, sie abgeschottet von ihrer Kindheit, ihrem Leben in Blumenwerder. Eine sorgfältige Grenze, gezogen zu ihrem späteren Leben. *Wie traurig.* Sie war dort glücklich gewesen. So glücklich wie danach eigentlich nie mehr.

Warum hatte es mit ihrer Tochter nie so sein können, wie sie selbst es als Kind erlebt hatte? Sie musste schwer schlucken.

Weil ich es verloren habe. Nicht nur meinen Garten und meine Heimat. Ich habe meine Unschuld verloren, die Fähigkeit zu lieben. Ich habe das Kind verloren, das ich einmal war.

19.

Am Morgen war Szymon sehr zittrig, sodass Marlene ihn kurzerhand unterhakte, als sie aus Jareks Wagen stiegen. Er dankte es ihr, indem er seine Hand auf ihre legte. Sie war kühl, dünne Haut über blauen Adern. Jarek und Alix hielten sich im Hintergrund, um Szymon diesen Moment in Ruhe erleben zu lassen. Erneut spürte Marlene ein Gefühl von Vertrautheit gegenüber diesem Mann, wünschte sich zunehmend, dass er ihr Onkel sein mochte.

Nun blieben sie vor dem Haus stehen, er stützte sich auf ihren Arm. Wie schon zwei Tage zuvor sog sie den Anblick des Elternhauses ihrer Mutter in sich auf, versuchte nun jedoch gleichzeitig, alles auch mit Szymons Augen zu sehen. Erkannte er etwas wieder? Die drei Eichen waren sehr prägnant, auch wenn sie vor achtzig Jahren noch weniger hoch gewesen sein dürften und er damals zudem noch sehr klein gewesen war. Sie überlegte: Ihre Mutter war achteinhalb Jahre alt gewesen, als die Familie von hier geflohen war; das hieß, dass ihr Bruder Richard noch nicht einmal das vierte Lebensjahr erreicht hatte. Woran konnte man sich in einem derart frühen Alter erinnern? Überhaupt an irgendetwas? Andererseits hatte die Puppe etwas in ihm ausgelöst. Vielleicht schaffte der Anblick des Hauses oder der Eichen das ja auch?

Doch er schüttelte kaum merklich den Kopf.

»Sollen wir hineingehen?« Sie deutete mit einer Handbewegung an, was sie meinte. Szymon nickte stumm.

Jarek schloss ihnen die Tür auf und ließ sie hinein. Der Geruch des Verlassenen lag in der Luft, leicht moderig und nach Mauerwerk, das fiel Marlene erst jetzt auf. Vorgestern und auch gestern war es anders gewesen, als das Haus belebter gewesen war. Jetzt war es kalt, die Dielen unter dem Linoleum im Flur knarzten. Sie warfen einen Blick in die Küche, die nun leer stand, gingen weiter in die Stube. Die Standuhr mit ihrer einzigartigen Präsenz verströmte erneut eine altehrwürdige, aber auch einschüchternde Atmosphäre. Ihre verschnörkelten Zeiger waren auf halb sieben Uhr festgefroren, das goldfarbene Pendel hing ebenfalls stumm und mahnend in seiner Position. Zu gerne hätte Marlene gewusst, ob es diese Uhr gewesen war, die schon zu Mutters Zeiten hier gestanden hatte.

Sie beobachtete Szymon weiter. Er stand reglos in der Mitte des Raumes, die Augen geschlossen, nur sein Brustkorb hob und senkte sich. Alix und Jarek waren im Flur geblieben, es war ganz still um sie. Auch Lene wurde etwas ruhiger. Möglicherweise stand sie nun zum letzten Mal hier. In diesem alten Wohnzimmer, in dem alles seinen Anfang genommen hatte. Das lose Bodenbrett lag noch auf der Seite, gab das Versteck der Schatulle preis.

Sie machte ein Foto von der Standuhr und beschloss, es ihrer Mutter zu zeigen, sobald sie zurück waren. Vielleicht konnte sie sich erinnern. Ebenso fotografierte sie den alten Büfettschrank und den Kachelofen. Der hatte vermutlich schon immer hier für Behaglichkeit gesorgt.

Sie hatte für sich beschlossen, am nächsten Tag nach Hause zu fahren, musste es nur noch mit Alix besprechen. Sie waren hier fertig, es gab nichts mehr zu suchen oder zu finden. Jedenfalls nichts, von dem sie wussten. Zudem sehnte sie sich nach Paola.

Szymon öffnete die Augen wieder, ging zum Ofen hinüber, tastete die flaschengrünen Kacheln ab, die zum Teil mit Tiermotiven verziert waren. Marlene trat neben ihn und tat es ihm nach. Die Kacheln waren natürlich kalt, aber es war erstaunlich, man konnte förmlich noch die Asche, das Feuer im Inneren riechen, konnte sich vorstellen, wie die Wärme, die über die Fliesen nach außen gedrungen war, den Raum geheizt hatte. Sie sahen sich an. Szymon standen Tränen in den Augen.

»Können Sie sich erinnern?«, fragte sie leise, wohl wissend, dass er ihre Worte nicht verstand.

Er schüttelte den Kopf, tippte sich mit dem Zeigefinger gegen die Schläfe, wedelte dann damit für ein Nein. Dann legte er die flache Hand aufs Herz, und sie begriff, was er damit meinte. Er konnte sich nicht erinnern, es gab keine Bilder in seinem Gedächtnis, aber er konnte etwas *spüren*. Es gab eine Empfindung, die sich nicht fassen ließ, die keinen Rückblick erzeugte, die nicht messbar und doch *da* war. Ohne nachzudenken, nahm sie seine Hand, und in stillem Einvernehmen standen sie eine Weile stumm nebeneinander, ließen den Raum auf sich wirken, seine Gerüche, die Gegenwart des jeweils anderen, das Rauschen in den Eichenbäumen hinter ihnen, als der Wind durch die Blätter fuhr, und das Wogen des Grases vor ihnen, wenn sie durch die Fenster in den Garten sahen, wo noch der Tisch stand, an dem sie, Alix, Jarek und Dariusz tags zuvor gefrühstückt hatten. Es kam ihr länger vor, eher wie ein halbes Leben. So vieles hatte sich seitdem verändert.

Szymon sagte etwas, doch Lene verstand nicht. Jarek bemerkte, dass sie Hilfe brauchten, trat zu ihnen und begann zu übersetzen. »Szymon sagt, dass er gerne nach Deutschland fahren möchte. Deine Mutter kennenlernen.«

Marlene schossen Tränen in die Augen, so gerührt war sie. »Das wäre wundervoll!« Doch dann zögerte sie. »Allerdings, meine Mutter ist dement. Sie vergisst vieles und hat mit mir praktisch nie über die Geschichte ihrer Familie gesprochen.« Erst jetzt, wo es beinahe zu spät ist, dachte sie im Stillen weiter. »Aber auf das Risiko hin, dass sie Sie nicht erkennt oder abweisend reagiert, würde ich mich sehr freuen, wenn Sie mit uns kämen.« Sie schaute zu Alix hinüber, die einen Daumen hoch hielt, um ihr Einverständnis dafür zu signalisieren, einen Passagier mehr mitzunehmen. Jarek übertrug ihre Worte inzwischen ins Polnische, und Szymon nickte.

»Morgen?«, fragte Lene und erhielt wieder Zustimmung auf beiden Seiten.

Dann fing sie Jareks Blick auf und geriet in ein weiteres Wechselbad der Gefühle. Er sah ihr tief in die Augen, sprach so leise, dass nur sie beide es hören konnten: »Ich wünschte mir, du könntest noch bleiben.«

»Es muss nicht das Ende sein, weißt du? Wir können in Kontakt bleiben.«

»Das wäre schön.« Plötzlich breitete sich ein Lächeln in seinem Gesicht aus. »Aber brauchst du nicht einen Dolmetscher?«

»Wie meinst du ... ah.« Sie grinste ebenfalls. »Soll das ein Angebot sein?«

»Nun, wenn meine Dienste gebraucht werden sollten, stünde ich jederzeit bereit.«

Sie wurde ernst. »Geht das denn? Hast du überhaupt Zeit?«

»Die würde ich mir nehmen. Wie gesagt, am Freitag kommt eine Reisegruppe nach Siemczyno, aber bis dahin liegt nichts Besonderes bei mir an. Und letztlich könnte man das hier ja auch alles als Recherchearbeit ansehen. Es ist schließlich eine Geschichte aus dem Ort.« Jarek zwinkerte schelmisch. Ihr gefiel es, wenn er das tat.

»Dann würde es mich sehr freuen.« Und sie spürte, dass es wirklich so war.

»Möchtest du nun eigentlich noch etwas mitnehmen?«

Sie zuckte mit den Schultern. »Das ginge doch gar nicht.«

»Wieso denn nicht? Du hast ja mich.« Er grinste wieder. »Und ich habe einen Anhänger. Beziehungsweise kann mir einen vom Schloss ausleihen.«

»Du machst Witze.«

»Eigentlich nicht. Wenn ich ohnehin mitkomme, kann ich auch einen Anhänger dabeihaben.« Er sah sich um. »Mit einer Standuhr oder einem Büfett.«

»Ich glaub's nicht«, staunte sie.

Jarek war sichtlich erfreut, sie derart überraschen zu können. »Glaub es ruhig.«

»Der Schrank wäre fantastisch, aber ich wüsste ehrlich gesagt nicht, wo ich ihn hinstellen könnte. Bei mir ist gar kein Platz für solch ein besonderes Stück.« Vor ihrem inneren Auge erschien ihr ultramodernes schwarz-weißes Hochglanz-Wohnzimmer. Sie könnte Karstens grässliche Schrankwand rauswerfen und sie durch das Gründerzeitbüfett ersetzen, das wäre doch was. Jetzt, da die Scheidungspapiere vorlagen, hatte sie es schließlich schriftlich: Er würde nicht zu ihr zurückkommen. Und sie wollte ihn auch gar nicht mehr. Sie freute sich auf eine Zukunft ohne ihn. Nur sie und Paola. Sie beide würden ein starkes, liebevolles Mutter-Tochter-Gespann werden. *Und wer weiß, was das Leben noch so bringt, siehe Jarek.* Er war ein toller Mann, einer, der sie unterstützen und nicht kleinhalten würde, wie es mit Karsten der Fall gewesen war. *Mal sehen ...*

Sie stellte sich Karstens Gesichtsausdruck vor, wenn er das nächste Mal vorbeikam, um Paola zu bringen, und das verboten teure Ding zerschmettert auf der Straße vor dem Haus vorfand. Am besten sollte sie gleich noch sein unbequemes Designersofa hinterherwerfen. Bei der Vorstellung musste sie lachen.

»Alles gut?«, fragte Jarek.

»Ja, alles bestens«, antwortete sie wahrheitsgemäß. »Das Büfett wäre ein Traum. Aber es ist unrealistisch. Die Standuhr würde ich jedoch wirklich gerne mitnehmen. Für die finde ich sicher ein Plätzchen.« Sie hätte etwas aus dem Elternhaus ihrer Mutter, etwas, das vielleicht schon in deren Kindheit da gewesen war. Vor Rührung stiegen ihr Tränen in die Augen. Es war ein echtes Wechselbad der Gefühle. Dafür würde der riesige Fernseher weichen müssen, ganz klar. Und das wäre für sie überhaupt kein Problem, denn den brauchte sie ohnehin nicht, ein kleinerer würde allemal ausreichen. »Wenn es für deinen Cousin in Ordnung ist«, schob sie hinterher.

»Das ist es. Hat er ja gesagt. Er hängt nicht dran.«

»Und du willst die Uhr nicht doch fürs Schloss?«

»Nein. Wir brauchen eigentlich keine Möbel. Ich hätte die Sachen nur genommen, weil es mir leidtut, wenn sie auf dem Müll landen. Also, wenn dir was an dem Büfett liegt, wir würden es schon nach Deutschland schaffen können ...«

»Meinst du wirklich?«

Er zwinkerte ihr erneut zu. »Lass Jarek Socha mal machen.«

Abends trafen sie sich alle zum Essen im Hotelrestaurant - Jarek hatte sich zwischendurch entschuldigt, um mal wieder seiner Arbeit nachzugehen und sich gleichzeitig für den nächsten und übernächsten Tag Urlaub zu nehmen, und war nun auch wieder da. Szymon jedoch verabschiedete sich bald nach dem Essen, das Alter fordere seinen Tribut, meinte er und zog sich zurück. Ganz sicher waren dieser und der vorherige Tag strapaziös für ihn gewesen. Und da er nun morgen mit nach Deutschland reisen würde, würde es zweifellos anstrengend und aufreibend für ihn weitergehen.

»Ich werde auch schon mal auf unser Zimmer gehen, habe noch einen Termin für morgen Nachmittag vorzubereiten, und das geht ja nicht, wenn wir morgen früh im Auto sitzen«, meinte Alix, als sie ihr Weinglas geleert hatte. Sie grinste. *Was für eine lahme Ausrede.* Es war klar, dass sie Lene und Jarek allein lassen wollte. Aber Lene war ihr dankbar. Hoffentlich war es bloß für Jarek nicht auch so offensichtlich. Doch der nickte nur freundlich. »Außerdem wollen wir morgen ja früh los, und ich brauche meinen Schönheitsschlaf.«

Sie hatten vereinbart, um sieben Uhr zu frühstücken, und um acht Uhr würde Jarek sie abholen. Dann wollten sie nach Stettin fahren, damit Szymon noch ein paar Dinge aus seiner Wohnung holen konnte, die er auf der Reise brauchte. Sie wollten möglichst früh in Deutschland ankommen, um Editha am besten noch am selben Nachmittag sehen zu können. Szymon würde bei Jarek mitfahren, und Marlene hatte sich überlegt, ihre Mutter von unterwegs aus anzurufen und schonend darauf vorzubereiten, dass sie sie später besuchen und jemanden mitbringen würde. Wer das sein könnte, wollte sie jedoch noch nicht preisgeben.

»So«, sagte Jarek, als Alix sie verlassen hatte.

Marlene registrierte, dass sie nervös wurde und schwitzige Hände bekam. *Wie ein Teenager.*

»So«, erwiderte sie, und beide mussten lachen. »Da wären wir nun wieder.«

»Wie geht es dir?« erkundigte er sich.

Das war gar nicht so einfach zu beantworten. »Gut, denke ich«, sagte sie nach einer Weile.

»Ich würde gerne mehr über dich erfahren, Marlene.«

»Puh. Da gibt es nicht sonderlich viel. Und das, was es gibt, weißt du schon alles: Ich bin so gut wie geschieden, habe eine wundervolle Tochter, aber ein schwieriges Verhältnis zu meiner Mutter. Bis vor Kurzem wusste ich nicht, dass ich Verwandte mütterlicherseits habe. Und gerade habe ich entdeckt, dass einer von ihnen noch leben könnte. Noch Fragen?« Sie zuckte mit den Schultern und beschloss, die Flucht nach vorne zu wagen. »Ich finde eher, dass du dran bist, die Karten auf den Tisch zu legen, Jarek Socha. Was hält zum Beispiel deine Frau davon, wenn du mit zwei fremden Frauen einfach mal eben nach Deutschland verschwindest?«

Jarek wurde ernst. Zaghaft legte er seine Hand auf Marlenes. »Du dürftest doch inzwischen mitbekommen haben, dass es da niemanden gibt. Weder eine Frau noch eine Freundin.«

Die Berührung und die unerwartete Wendung des Gesprächs lösten heftiges Herzpochen in ihr aus. »Warum nicht? Du bist doch ein netter Kerl. Attraktiv, amüsant, hilfsbereit ...«

»Vielen Dank. Aber vielleicht sind das Eigenschaften, auf die die meisten Frauen nicht besonders stehen.«

»Garantiert nicht. Alle Frauen wollen genau so einen Mann ... an ihrer Seite haben.« Beinahe wäre ihr ein *wie dich* herausgerutscht, aber sie hatte sich gerade noch bremsen können. »Es ist nur vielleicht so, dass die Guten nicht sofort auffallen und erst auf den zweiten Blick entdeckt werden ...« Wieder musste sie an Karsten denken, und es ärgerte sie. Er war ein unsensibler Egoist, der nur seine eigenen Wünsche und Ziele im Blick hatte und es gewohnt war, sie durchzusetzen. Warum war sie darauf reingefallen? Wahrscheinlich, weil er eben auch der Typ Mann war, der auffiel, der gut aussah, gut reden konnte, selbstbewusst auftrat, die Blicke auf sich zog. Ein Macher, ein Alphatier. Als Frau konnte man sich neben ihm gut aufgehoben fühlen, er nahm die Dinge in die Hand, die man sich selbst vielleicht nicht zugetraut hätte, weil man zum Beispiel zu befangen war. Wer hatte nicht gerne jemanden an seiner Seite, der überall gut ankam, fesselnd erzählen konnte, einen gewissen Glanz versprühte? Das Problem war nur, dass man selbst irgendwann daneben verschwand, nur noch ein Anhängsel und immer unsicherer wurde, weil einem ja alles abgenommen wurde. Dass man immer blasser und in den Augen des anderen langweiliger wurde, während er regelrecht zu strahlen schien. Es kam ihr nun beinahe so vor, als hätte Karsten alle Energie von ihr abgezogen und für sich verwendet. Mit jeder Situation, in der sie schwächer und abhängiger geworden war, war er gewachsen und stärker geworden. Und irgendwann war sie nur noch eine leere Hülle gewesen, ausgesaugt und ohne eigenes Leuchten. Das war der Moment gewesen, in dem er sie durch eine andere Frau ersetzt hatte. Eine, die ihm entweder ebenbürtig war und Paroli bieten konnte, oder aber eine, mit der er das Gleiche machen konnte wie mit ihr.

Jarek hatte wohl bemerkt, dass sie mit ihren Gedanken woanders war. »Woran denkst du?«

»An Karsten«, antwortete sie wahrheitsgemäß. »Was er für ein Typ Mann war. Was er mit mir gemacht hat. Was ich mit mir habe machen lassen.« Sie schluckte. »Und dass er genau das Gegenteil von dir ist.«

»Ist das jetzt gut oder schlecht?«

Sie musste lachen. »Gut natürlich. Also, für dich. Karsten war ein Mistkerl. Im Nachhinein.«

»Oh. Na, dann bin ich erleichtert.«

Jarek schenkte den Rest des Weins in ihre Gläser.

»Sag ...«. Sie zögerte.

»Nur zu. Du kannst mich alles fragen. Ich habe keine Geheimnisse.« Als ihm klar wurde, wie dies wirken mochte, wenn man Lenes kürzliche Entdeckungen in Betracht zog, mussten sie beide lachen.

»Keine versteckten Onkel?«

»Nicht dass ich wüsste.« Er hob die Hände, wie um seine Arglosigkeit zu beweisen.

»Also schön. Warum hast du keine Freundin oder Frau, Jarek? Woran liegt das, was meinst du?«

»Du willst also herausfinden, was ich für Macken habe oder ob ich womöglich ein Doppelleben als Psychopath führe, stimmt's?«

»Nein!« Aus einem Impuls heraus griff sie seine Hand, die noch immer auf ihrer lag. Dann zuckte sie zurück und hielt sich am Stiel ihres Glases fest. Was tat sie hier? Wollte sie das überhaupt?

Jarek schien ihren Sinneswandel zu bemerken. »Siehst du?«

»Nein, so ist es nicht. Du bist ein toller Mann, ein lieber Mensch ...«

»Auweia, jetzt ist es wieder so weit. Das bekomme ich öfter zu hören. Und kurz danach nehmen die Frauen Reißaus.« Er versuchte ein Lächeln, doch es geriet schief.

Sie schüttelte den Kopf. »Jarek, so ist es nicht. Ich bin nur ... frisch getrennt. Na ja, so frisch ist es gar nicht mehr, zugegebenermaßen, aber es fühlt sich so an. Bald kommt die Scheidung, und da ist sicher einiges durchzustehen ... Ich hab dich wirklich sehr gern, aber ich bin auch furchtbar verwirrt gerade. Ich glaube, ich muss mich erst mal selbst finden.«

Er nickte. Langsam und vorsichtig, wie um ihr Einverständnis bittend, fasste er erneut nach ihrer Hand. Sie ließ es geschehen. »Das verstehe ich.« Er blickte auf ihre Hände. »Ich bin auch geschieden. Es war meine Jugendliebe. Wir haben viel zu jung geheiratet. Nach ein paar Jahren hat sie wohl festgestellt, was sie alles verpasst, wenn sie verheiratet ist. Vielleicht war es ihr auch zu langweilig mit mir, dem Historiker, der mit der Nase ständig in seinen alten Büchern steckt. Sie hat sich einen anderen gesucht.«

»Das tut mir leid.«

Er sah sie an. »Ist schon gut. Letztlich war es das Beste so, es wäre mit uns nicht gut gegangen. Wie sagt man? Lieber ein Ende mit Schrecken als ein Schrecken ohne Ende.«

»So wie bei mir.«

»Ich will damit nur sagen, dass ich weiß, wie das ist, in was für einer Situation du gerade steckst.«

»Das tut gut.« Verlegen wandte sie den Blick ab. »Aber ich kann natürlich verstehen, wenn du jetzt nicht mehr mitkommen willst.«

»Machst du Witze?« Er drückte ihre Hand leicht, sodass sie ihn wieder ansehen musste. »Wenn du das von mir denkst, kennst du mich aber schlecht.«

»Danke«, erwiderte sie erleichtert. Sie war froh, dass sie noch etwas mehr Zeit mit ihm würde verbringen können. »Du bist wirklich ein wundervoller Mensch. Und ja, wer weiß, was die Zukunft bringt?«

»Przyszłość nigdy nie jest taka, jakiej się spodziewamy. Die Zukunft ist nie so, wie wir sie erwarten«, wiederholte Jarek und lächelte auf die Art, die Lene so mochte.

Am nächsten Morgen stand Jarek um Punkt acht auf dem Hotelparkplatz, als sie aus dem Gebäude traten, einen Anhänger an seinen SUV gekoppelt. Wie er versprochen hatte.

Sie lächelten sich scheu an, wussten nicht recht, wie sie miteinander umgehen sollten. Am liebsten wäre Marlene zu ihm gegangen und hätte ihn umarmt, doch sie traute sich nicht, spürte sie doch, wie Alix mit Argusaugen jede Interaktion zwischen ihr und Jarek beobachtete. Sie hatte am Vorabend natürlich noch wach im Bett gelegen und einen Film auf dem Tablet geguckt. Beinahe enttäuscht hatte die Freundin gewirkt, weil sie überhaupt noch in ihr gemeinsames Zimmer geschlichen war.

»Du hättest ruhig mit ihm schlafen können«, wisperte sie ihr auch jetzt wieder zu.

Aber so war Lene eben nicht. Und Jarek auch nicht, wie sie vermutete. Sie waren ernsthafte Menschen, keine »Spielernaturen«. Sex würde zu diesem Zeitpunkt alles nur verkomplizieren. Und sie wollte ihn nicht benutzen, um sich selbst besser zu fühlen, dafür war er ihr zu wichtig.

»Wollen wir?«, fragte Jarek und half Szymon in den Wagen, während Marlene bei Alix einstieg.

Noch einmal fuhren sie nach Blumenwerder. Ein letztes Mal.

»Vielleicht kommst du mal wieder«, sagte Alix grinsend. »Schließlich hast du jetzt einen guten Grund.« Sie nickte zum Auto vor sich, in dem die beiden Männer saßen.

»Eigentlich habe ich sogar zwei gute Gründe«, widersprach Lene, denn sie hatte keine Lust, auf Alix' Anspielung einzugehen. »Es ist die Heimat meiner Mutter und damit auch irgendwie meine.« Es fühlte sich merkwürdig an, das so auszusprechen, aber es war die Wahrheit. Andererseits würde das Elternhaus in Blumenwerder bald verkauft werden, und wer wusste schon, was die neuen Eigentümer damit anstellten? Abreißen wahrscheinlich. Im Grunde gehörten sie nicht mehr hierher. Es war schon für sie ein seltsames, verwirrendes Gefühl, an diesem Ort zu sein; wie erst würde ihre Mutter das alles empfinden? Sie wünschte, dass sie Editha noch einmal herbringen könnte, doch das war nicht realistisch. Dafür war sie einfach zu geschwächt und zu verwirrt. Und Marlene war sich nicht einmal sicher, ob ihre Mutter das überhaupt wollen würde. So lange hatte sie geschwiegen, hatte all das, was gewesen war, bevor sie in das Reihenhaus in der Fuldastraße in Braunschweig gezogen war, tief in sich verschlossen …

Ein Pkw stand vor den drei Eichen, aus dem zwei Männer stiegen, als sie die herannahenden Autos bemerkten. Sie begrüßten Jarek mit Handschlag. Szymon war ebenfalls ausgestiegen, und Alix und sie traten zu der Gruppe, nachdem Alix ihr Cabrio neben dem SUV geparkt hatte.

»Was möchtest du nun haben?«, fragte Jarek sie.

Marlene hatte sich in der Nacht noch einige Gedanken gemacht. Es plagten sie Bauchschmerzen, wie sie die Möbelstücke zu Hause in ihre Wohnung bekommen sollte. Doch Alix hatte auch hierfür eine Lösung parat. Kurzerhand hatte sie in der Frühstücksfrauen-Gruppe gefragt, ob die Freundinnen jemanden kannten, der helfen könnte, und Josefin und Romy hatten sofort zugesagt. Romy würde noch einen befreundeten Studenten mitbringen, der Zeit hatte. Und Alix konnte einen jungen Mann aus einem der Unternehmen, für die sie beratend tätig war, aktivieren. Daraufhin hatte Marlene nicht lange gefackelt und Karsten gleich geschrieben, dass er bis zum Mittag den Wohnzimmerschrank abholen müsse, wenn er ihn behalten wolle, sie hätte keinen Platz mehr dafür. Beim Frühstück hatte sie eine Antwort von ihm bekommen. Ob sie denn *verrückt* geworden sei?, hatte er gefragt. Wie er denn so schnell Möbelpacker auftreiben und wo er den Platz für das *Riesending* hernehmen solle? Sie konnte förmlich vor sich sehen, wie er mit rotem Kopf die Buchstaben in sein armes Handy gehackt hatte.

Du hängst doch so daran. Da wird deine Neue bestimmt gerne was von sich zur Seite räumen. Oder etwa nicht?, hatte sie geantwortet. Vielleicht hatte sie gerade doch mal Lust auf Spielchen.

»Gerne das Büfett und die Uhr«, sagte sie nun mit fester Stimme. Es war Zeit für einen Neuanfang. Und warum nicht etwas Neues mit etwas Altem beginnen?

Editha

Auch heute war sie tagsüber ruhiger, schlafen konnte sie trotzdem nicht gut. Schon zweimal war sie aus einem Albtraum aufgeschreckt, in dem sie zwei Gestalten verfolgten. *Sie bleiben schwarz, ich kann sie nicht erkennen. Sie laufen mir hinterher. Was ich auch tue, sie sind bei mir. Ihre Schatten werden länger.*

Ich renne immer weg in meinen Träumen. Warum ist das so? Warum werde ich ständig gejagt, verfolgt, gehetzt?

Am Ende bleibe ich stehen, weil ich nicht mehr laufen kann, außer Atem bin. Es ist mir alles egal, ich kann einfach nicht mehr. Sie fassen mich an der Schulter, drehen mich zu sich um, wollen, dass ich sie ansehe.

Ich schreie, denn da, wo ihre Gesichter sein sollten, ist nichts. Nur weite graue Leere.

Geweckt von ihrem eigenen Schreien, wachte sie auf.

20.

Sie hatten von unterwegs ein Hotel in der Nähe von Marlenes Wohnung gebucht, in das sie als Erstes eincheckten. Szymon wollte sich gerne ein wenig ausruhen, bevor sie Editha besuchten.

Anschließend fuhren sie zu Marlenes Haus, wo sich bereits Romy, Josefin und zwei junge Männer eingefunden hatten, die Marlene nicht kannte. Offenbar handelte es sich bei ihnen um den Bekannten von Romy und den Kollegen von Alix.

Die Freundinnen begrüßten sich glücklich, die Männer mit Handschlag, außer Alix, die ihrem Kollegen ein Küsschen auf die Wange gab. Dann stellte Lene Jarek als ihren »polnischen Freund« vor, was zu heimlichem Schmunzeln bei Romy und Josefin führte.

Gemeinsam wuppten sie zuerst den Büfettschrank - dessen Ober- und Unterteil sich glücklicherweise trennen ließen - in den Fahrstuhl und dann nach oben.

Marlene staunte nicht schlecht, als sie ihr Wohnzimmer betrat: Der Wohnzimmerschrank war tatsächlich fort, ein kahler Fleck zierte die weiße Wand dahinter. Ich sollte hier dringend mal streichen, dachte sie, bevor ihr beinahe die Gesichtszüge entglitten. Auf der schwarzen Couch hatte es sich kein Geringerer als Karsten bequem gemacht, die Beine auf den Polstern - mit Schuhen! -, eine dicke, stinkende Zigarre in der Hand - seit wann raucht er Zigarren?! - und ein Glas, gut gefüllt mit Whisky, neben sich, lungerte er lässig darauf.

»Ach, da bist du ja wieder.« Er hob nur den Kopf ein wenig an, wedelte zur Begrüßung leicht mit der Hand, die die Zigarre hielt. Mit Entsetzen registrierte sie, wie Asche auf den Boden krümelte. Sein Verhalten ließ darauf schließen, dass dies nicht der erste Whisky war.

Und dass er Ärger machen wollte.

Nicht mit mir, beschloss sie. »Ja, ich bin zurück«, sagte sie mit fester Stimme.

»Und du bringst Freunde mit?« Er setzte sich nun doch ein wenig auf, musterte die Gruppe hinter ihr mit unverhohlener Neugier. »Haste die eingeladen, um meine anderen Möbel auch gleich rauszuschmeißen? Oder willste 'ne Orgie feiern?«

»Wäre vielleicht keine schlechte Idee.« Dabei ließ sie bewusst offen, welche Frage sie damit beantwortete. »Und würdest du bitte aufhören, auf meinen Teppich zu aschen?«

»Oh, bitte verzeih. Auf ›meinen‹ Teppich, ts, ts ...« Er sog an der Zigarre und blies den Qualm anschließend in ihre Richtung.

Sie ließ sich nicht provozieren. Er wollte ja nur, dass sie sich aufregte. Am besten wäre es wahrscheinlich, ihn gar nicht weiter zu beachten.

»Würdet ihr das Büfett bitte dort an die Wand stellen?«, wies sie die Truppe an, die unschlüssig hinter ihr gewartet hatte und nun froh war, etwas zu tun zu bekommen. Sie sah zu, wie die Männer das massive Unterteil in der Mitte der Wand aufstellten und dann wieder ins Treppenhaus verschwanden. Nur Jarek hielt einen Moment inne, warf ihr einen Blick zu, der zu fragen schien: »Kommst du zurecht?« Sie nickte dankbar, und er verstand. Auch Karsten war dieser wortlose Austausch offenbar nicht verborgen geblieben.

»Ist das etwa dein Neuer?«

»Vielleicht«, gab sie bedeutungsschwanger zurück, sobald Jarek den Raum verlassen hatte. Sie verspürte nicht die geringste Lust, weiter über sich und Jarek zu diskutieren, erst recht nicht mit ihrem Ex. Zum Glück waren Josefin, Romy und Alix bei ihr geblieben und gaben ihr damit moralischen Beistand. Ihr Blick fiel auf die Wanduhr. »Solltest du nicht eigentlich langsam Paola abholen?«

Karsten lachte. »Hab ich schon.«

»Und, wo ist sie?«

»Das würdest du wohl gerne wissen, wie.« Ein weiteres Mal sog er an seiner Zigarre. Wieder fiel Asche auf ihren Berberteppich. Das einzige Stück in diesem Raum, das sie bei der Einrichtung durchgesetzt hatte. Ob er es absichtlich tat oder es sich um schlichte Unachtsamkeit handelte, konnte sie nicht ausmachen. Sicher war allerdings, dass es sie rasend machte. Als er noch hier gewohnt hatte, hätte Karsten solch ein Verhalten niemals toleriert. Er hatte verboten, dass Paola auf dem Sofa Süßigkeiten oder gar Kekse aß. Sie durfte auch nicht den Schrank anfassen oder den Glastisch – man hätte ja Fingerabdrücke sehen können. Am liebsten wäre es ihm wahrscheinlich gewesen, wenn sie das Wohnzimmer überhaupt nicht betreten hätte.

Marlene spürte, dass es in ihr zu brodeln begann.

»Also?«

»Sie is bei Chelsea.«

»Chelsea!« Sie konnte nicht verhindern, dass der Name etwas in ihr auslöste. »Wie alt ist deine neue Flamme eigentlich, sechzehn?« Sie registrierte, wie er das Kinn vorreckte. *Spielchen. Er will sehen, wie ich darauf reagiere, dass er meine Tochter bei einer anderen Frau lässt. Alles nur Spielchen.* Sie hasste es, war immer der Typ für eine klare, ehrliche Aussprache gewesen. Doch die Genugtuung würde sie ihm nicht lassen. »Schön«, setzte sie, so abgeklärt wie möglich, fort. »Ich bin heute noch beschäftigt, aber morgen nach dem Kindergarten werde ich sie wieder zu mir holen. Wie abgesprochen. Und darauf freue ich mich schon.«

Mit Freude bemerkte sie, wie sich seine Augen verengten, er – endlich – die Füße von der Couch nahm und sich aufrecht hinsetzte.

»Was denkst du dir eigentlich?«, ereiferte er sich, den Zeigefinger der Hand, mit der er die Zigarre hielt, auf sie gerichtet. Dabei fiel die Asche nun auf das Sofa. Das war ihr hundertmal lieber als auf ihren Teppich. Sollte er doch ruhig Löcher in das grässliche Kunstleder schmoren. »Als ob ich mir einfach so freinehmen und deine Tochter hin und her fahren könnte, wie es dir passt.«

»Erst mal ist Paola nicht nur meine Tochter, sondern auch deine. Und zweitens: ja. Offensichtlich kannst du dir jederzeit freinehmen. Sonst würdest du hier wohl nicht den Nachmittag in meiner Wohnung verbringen.« Sie musste dringend über ein neues Schloss nachdenken. Aber Stolz erfüllte sie, weil ihr diese schlagfertige Antwort eingefallen war und sie es schaffte, ruhig zu bleiben. Und sie merkte gleich, dass sie gewonnen hatte: an der Art, wie Karsten sich erhob, betont gelangweilt nach seiner Lederjacke griff, die auf der Armlehne lag – *seit wann trägt er eine Lederjacke?!* –, und wie ein eitler Gockel an ihr vorbeistolzierte.

»Kann ich eben nicht, deswegen gehe ich jetzt auch wieder«, war das Einzige, das ihm dazu noch einfiel. In der Tür wäre er beinahe mit den drei Männern zusammengestoßen, die gerade das Oberteil des Büfetts in die Wohnung wuchteten. Sie hörte ihn fluchen, dann war er weg. *Gott sei Dank.* Erleichtert ließ sie sich auf einen der Esszimmerstühle sinken.

»Das hast du großartig gemacht«, sagte Josefin, und alle drei Frauen beglückwünschten und umarmten sie.

»Was für ein Mistkerl«, sagte Romy.

»Aber mit Geschmack, das muss man ihm lassen«, ergänzte Alix grinsend. »Das war eine ganz schön edle Zigarre.«

»Er hat schon immer gerne auf großem Fuß gelebt«, seufzte Lene. »Danke, dass ihr da seid. Ihr alle«, fügte sie mit einem Blick zu Jarek hinzu.

Als auch die Standuhr ihren Platz gefunden hatte, verteilte Marlene erst mal Wasser und Saft. Zum Dank wollte sie die Helfer gerne zum Essen einladen, doch Romys und Alix' Bekannte verabschiedeten sich gleich, und auch Romy und Josefin war es lieber, das Essen zu verschieben. Josefin musste zurück zur Arbeit, und für Romy war es an der Zeit, ihre Kinder abzuholen. Einen Moment aber standen die vier Frauen noch mit ihren Gläsern in den Händen zusammen, während Jarek einen Parkplatz für den Anhänger suchen wollte, und betrachteten die neuen, alten Möbel.

»Sieht ganz anders aus«, stellte Alix nüchtern fest.

»Aber hübsch«, meinte Josefin.

»Und die sind aus dem Haus, in dem deine Mutter aufgewachsen ist?«, fragte Romy ungläubig.

Marlene nickte. »Ich weiß allerdings nicht, ob sie schon zu ihrer Zeit da gestanden haben.«

»Könnte aber sein«, erklärte Alix. »Die Standuhr zumindest. Der Sohn der letzten Besitzer hält es für möglich, dass sie schon da war, als seine Eltern das Haus bezogen haben.«

»Und er hat die Sachen einfach hergegeben«, staunte Josefin.

»Er hatte keine Verwendung dafür. Und ich wollte sie retten.« Ein Lächeln breitete sich auf ihrem Gesicht aus. »Ihr wisst ja, wie sehr ich Antiquitäten liebe.«

Josefin nickte. »Die Stücke passen perfekt zu dir.«

»Nur nicht unbedingt in diese Wohnung«, gab Alix zu bedenken. »Sind ein bisschen wie Fremdkörper.«

»Das stimmt«, gab Lene zu. »Andererseits ... Nein, gar nicht. Die eigentlichen Fremdkörper sind die anderen Möbel. Die, die Karsten angeschleppt hat.« Sie sah sich um. Der glänzend weiße Esstisch mit den Stühlen, das schwarze Sofa, das viele Chrom und Glas, der gesamte Hochglanz war ihr zuwider, schon immer gewesen. Sie liebte das Natürliche und Naturbelassene. Antiquitäten und Farben, viele Farben. Das war sie. »Das moderne, seelenlose Zeug muss raus.«

»Dann können wir unsere Freunde ja bald wieder bestellen«, sagte Josefin grinsend, und Romy nickte.

»Das nenne ich mal einen Befreiungsschlag«, ergänzte Alix, und sie erhoben darauf ihre mit Saftschorle gefüllten Gläser.

»Sollen wir Szymon abholen, irgendwo etwas Kleines essen und danach direkt zu meiner Mutter fahren?«, fragte Lene Alix und Jarek, als die anderen gegangen waren.

Alix wirkte unschlüssig. »Möchtest du mich dabeihaben, oder willst du das lieber allein ... erleben?«

Überrascht über ihre Zurückhaltung, legte Lene den Arm um die Freundin. »Du hast mir die ganze Zeit so wunderbar zur Seite gestanden, da kann ich dich doch unmöglich das Finale verpassen lassen!« Beide lachten und nahmen sich in den Arm. »Es sei denn, du hast keine Zeit mehr. Was ich natürlich auch verstehen könnte.«

»Die nehme ich mir.«

Und damit machten sie sich auf den Weg zu Editha.

21.

»Hallo, Mama.« Vorsichtig trat Marlene in den Raum. Wie zuvor schlug ihr der Geruch von scharfen Reinigungs- und Desinfektionsmitteln entgegen. Wie sie erfahren hatte, als sie vom Auto aus mit dem Krankenhaus telefoniert hatte, war ihre Mutter wieder in das Seniorenstift verlegt worden, was Marlene mit Erleichterung erfüllte.

Tatsächlich wirkte Editha ruhiger und entspannter, und glücklicherweise saß sie angekleidet in ihrem Sessel und schaute aus dem Fenster. Nun drehte sie den Kopf in Lenes Richtung. Obwohl sie fitter erschien als vor ein paar Tagen, fielen Marlene doch die dunklen Schatten unter ihren Augen auf. *Ganz gesund ist sie noch nicht.*

»Hallo«, gab Editha zurück. Marlene war froh, die anderen erst mal in der Sitzecke auf dem Flur »geparkt« zu haben, sodass sie ihre Mutter ein wenig vorbereiten und überhaupt ihre Stimmung austarieren konnte. Es gab Tage, da hätte es keinen Zweck, jemanden mitzubringen, sie würde nicht verstehen, was um sie herum geschah – oder es nicht wollen –, und schlimmstenfalls harsch und abweisend reagieren.

»Ich bin zurück, Mama.« Langsam näherte sie sich ihr, setzte sich auf den Rand des Stuhls am Tisch. Alles sehr bedächtig. Sie wusste nie, ob sie Editha erschreckte, wenn diese in Gedanken versunken war.

»Du bist wieder da.« Editha griff nach ihrer Hand, was Marlene beinahe Tränen in die Augen trieb. Zuneigungsbekundungen war sie nicht gewohnt. Schon gar nicht in den letzten Jahren, als ihre Mutter mit zunehmendem Alter und körperlicher Schwächung immer verhärmter geworden war. Doch jetzt lag ein weicherer Zug um ihre Mundwinkel. War etwas geschehen? Hatte der Krankenhausaufenthalt etwas mit ihr gemacht?

»Ich war ja in Pommern. In Blumenwerder.«

»Richtig.«

»Du hast mich dahin geschickt, weißt du noch? Wegen einer Schatulle.«

Etwas flackerte in Edithas Blick, doch dann nickte sie. »Die Schatulle, ja. Mutter hatte sie in der Stube versteckt. Unter der Bodendiele.«

Editha hatte definitiv einen guten Tag. So viel hatte sie noch nie an einem Stück erzählt. Schon gar nicht über früher.

»Ich habe sie gefunden.« Sie zog das Kästchen aus ihrer Tasche.

»Was?« Editha wollte danach greifen, doch ihre Finger zitterten zu sehr.

Marlene stand auf und legte es ihr auf den Schoß, hockte sich neben den Sessel und sah zu, wie ihre Mutter behutsam den Riegel aufschob.

»Es sind die Geburtsurkunden darin, von denen ich dir erzählt habe, und drei Briefe.« Sie ließ ihr einen Augenblick Zeit. »Von deinem Vater.«

Editha sah auf, dann faltete sie vorsichtig das oberste Papier auseinander, strich sanft über die alten Dokumente, schien sich für einen Moment darin zu verlieren. Fahrig suchten die Finger der anderen Hand nach der Brille um ihren Hals. Marlene entdeckte sie auf dem Beistelltisch, holte sie und gab sie ihrer Mutter, die sie sich ungeduldig aufsetzte. Sie

überflog die Zeilen des ersten Briefes, den, den Lenes Großvater Heinrich an Frau und Tochter geschickt hatte. Sie hatte
offensichtlich keine Schwierigkeiten mit der Sütterlinschrift.
Lene zog den Stuhl heran und setzte sich neben ihre Mutter.

Editha ließ das Blatt sinken, blickte aus dem Fenster, bevor
sie seufzte. »Das Lesen strengt mich an, kannst du weitermachen?«

»Ja natürlich.« Lene nahm den nächsten Brief, jenen, den
Heinrich an seine Kinder geschickt hatte. Sie konnte die Zeilen fast auswendig, so oft hatte sie sich mit Alix' Hilfe in den
vergangenen Tagen durch das Sütterlin gekämpft. Während
des Lesens schaute sie immer mal auf, um ihre Mutter zu beobachten. Doch diese starrte reglos auf ihren Schoß, auf dem
ihre Hände das Kästchen umklammerten. Als Lene innehielt,
um sie zu fragen, ob sie alles mitbekam, nickte Editha stumm.

Sie gab auch den dritten Brief wieder, der mit Schreibmaschine geschrieben und leichter zu lesen war, allerdings die
traurige Mitteilung vom Tod des Vaters enthielt. Als Marlene
geendet hatte, sah sie auf – und erschrak. Ihre Mutter blickte
sie direkt an. Täuschte sie sich, oder waren Edithas Augen tatsächlich glasig? Sie hatte Angst, dass sie ihre Aufmerksamkeit
verlor, und sagte rasch: »Es tut mir leid, dass dein Vater gestorben ist.«

»Es sind viele gestorben damals.«

»Das ist traurig.«

Editha zuckte mit den Schultern. »Aber eigentlich hatten
wir ja Glück. Anderen erging es noch schlimmer.«

»Wie bitte?«, rutschte es Lene heraus. Im letzten Moment
konnte sie sich verkneifen zu fragen, was denn noch schlimmer sein könnte, als Vater, Brüder und Heim zu verlieren.

»Ja«, beharrte Editha. »Einige sind in Gefangenschaft geraten ...« Offensichtlich ging ihr noch mehr durch den Kopf,

was sie aber nicht aussprechen wollte. Und Marlene wollte nicht nachfragen. Stattdessen zog sie die letzten Dokumente hervor und breitete sie auf den Briefen aus.

»Dies sind die Geburtsurkunden von dir ..., Richard und Karl«, erklärte sie.

»Zeig mal.« Marlene reichte ihrer Mutter deren eigene Geburtsurkunde. Nun traten ihr zu Lenes großer Überraschung tatsächlich Tränen in die Augen. »Die haben wir immer gesucht. Mutter hat gedacht, wir hätten sie unterwegs verloren.« Sie griff nach den anderen beiden, musterte sie, sagte aber nichts dazu.

Es war an der Zeit, Editha auch den Schmuck zu zeigen. Marlene legte ihr die Brosche, das Armband und die Perlenkette auf den Schoß. Edithas Finger fühlten sogleich die einzelnen Perlen der Kette, griffen dann jedoch nach der Brosche mit dem kleinen Rubin in der Mitte. »Muttis Brosche.« Ihre Stimme war rau. »Die hat sie besonders geliebt. Ein Erbstück. Sie wollte sie nicht mitnehmen, hatte Angst, sie unterwegs zu verlieren. Oder dass jemand sie uns abnimmt ...« Lene beobachtete, wie ihre Mutter schwer schluckte. Sie hielt ihr ein Glas Wasser hin, das immer auf dem Tisch stand, doch Editha winkte ab. »Wir haben das alles versteckt. Jetzt erinnere ich mich wieder! Wir haben ja gedacht, wir würden zurückkommen ...«

Es öffnet sich ein Tor! Lene konnte es ganz deutlich spüren, es tat sich etwas im Bewusstsein ihrer Mutter. War nun der richtige Zeitpunkt gekommen? Sie atmete tief durch. »Mama, ich muss dir noch etwas sagen.« Wie oft hatte sie sich in den vergangenen Stunden überlegt, wie sie diesen Moment einleiten und ihr Anliegen formulieren würde. Doch nun fehlten ihr trotzdem die Worte. Editha sah sie abwartend an. »Mama, ich weiß, dass du deine Brüder bei Stettin verloren hast. Auf sehr tragische Weise ...« Sie ließ ihrer Mutter einen Augenblick, um sich gedanklich zurückzuversetzen. »Ich habe einen Mann ausfindig gemacht, dessen Geschichte bei den Gleisen in Stettin beginnt ...«

»Wie bitte?«

Marlene erzählte ihr behutsam alles, was sie herausgefunden hatte und von Szymon und seinem Bruder wusste. »Ich habe ihn mitgebracht. Er möchte dich gern kennenlernen.«

Schon bevor sie den Mund aufmachte, wusste Marlene, wie Editha reagieren würde. Ihr Gesicht verzog sich, ihre Lippen wurden schmal. Kein gutes Zeichen.

»Ich weiß nicht, was das soll. Aber bring ihn halt rein. Gäste darf man nicht abweisen.«

Marlene atmete tief durch, um sich zu beruhigen, stand auf und ging langsam zur Tür. Sie war froh, dass sie nicht nur Szymon hineinbitten konnte, sondern auch Alix und Jarek.

Alix hielt Szymon untergehakt, der einen Gehstock bei sich hatte, ihn aber nur fest umklammert hielt. Seine Augen gingen rastlos hin und her, bis sie Editha fanden. Jarek schloss die Tür hinter ihnen. Alix wollte Szymon zum freien Stuhl geleiten, doch er hob die Hand, sodass sie innehielt. Nun stützte er sich auf seinen Gehstock, wollte offenbar selbst stehen, und Alix und Jarek versammelten sich abwartend hinter Marlene. Auch Editha schaute nun auf, Szymon und sie sahen sich direkt an.

Lene hielt den Atem an und beobachtete, wie sich der Ausdruck im Gesicht ihrer Mutter veränderte. Hatte er zunächst Abwehr gezeigt, wandelte er sich nun zu Erstaunen und Ungläubigkeit.

»Richard?«, rief sie aus und schlug sich die Hände vor den Mund.

Doch Szymon rührte sich nicht. »Szymon«, erwiderte er nur schulterzuckend. Es gab kein Wiedererkennen bei ihm. Wie sollte es auch?

Editha bemühte sich, aus ihrem Sessel aufzustehen, Marlene wollte ihr zu Hilfe eilen, doch ihre Mutter winkte ab. Langsam, vorsichtig, beinahe so, wie man sich einem Tier näherte, trat Editha zu Szymon, die Hand nach ihm ausgestreckt. Behutsam strich sie über seine Wange, sein Ohr, sein Haar. Er ließ es geschehen, auch wenn die Frau, die vor ihm stand, offenbar eine Fremde für ihn war. Diese beiden alten Menschen ... Eine Wurzel, doch so unterschiedliche Lebenswege ...

Und wie sie so neben den beiden stand, durchschoss es sie wie ein Blitz. Diese Nase, gerade, groß und die Spitze etwas absinkend, die eng beieinander stehenden Augen, die kantigen Kieferknochen, das energisch wirkende Kinn – das bei Editha vielleicht noch ein Stück mehr ausgeprägt war –, all das ... Die Augenfarben waren unterschiedlich, Szymons hellblau, Edithas eher grau-grün, die Augenbrauen von Szymon – oder Richard? – buschiger, die Ohren größer und seine Ohrläppchen länger, aber das kam vielleicht vom Alter. Trotz der Unterschiede gab es für Marlene keinen Zweifel: Diese beiden Menschen waren verwandt!

»Sie haben dich Szymon genannt«, stellte Editha fest. »Das ist Simon im Deutschen, nicht?« Jarek nickte. »Bedeutet das nicht ›Gott hat erhört‹ oder ›der Erhörte‹?«

Stumm sahen sie sich an. Richard war erhört worden. Damals, als Zofia ihn aufgelesen hatte – und heute wieder?

»Wollen wir uns nicht setzen?«, fragte Jarek auf Deutsch, und Marlene war dankbar dafür, dass er einsprang. Sie brachte gerade kein Wort heraus. Sie nickte und hakte ihre Mutter unter, während Jarek mit Szymon sprach und ihm zum Stuhl half. »Möchtest du mal erzählen, wie es dir ergangen ist, Szymon?«

Dieser begann erst stockend, dann immer flüssiger von den vergangenen achtzig Jahren zu berichten. Jarek übersetzte einfühlsam für Editha, die aufmerksam zuhörte, immer wieder nickte oder ungläubig den Kopf schüttelte. Und Lene staunte, wie aufnahmefähig ihre Mutter doch noch sein konnte. Dann fiel ihr etwas ein, und sie zog den Umschlag mit Fotos aus der Tasche, die sie im Reihenhaus ihrer Eltern entdeckt hatte. Sie hielt ihrer Mutter zunächst das Foto vom Haus in Blumenwerder hin.

Editha sah es sich lange an, sagte aber nichts. Vielleicht brachten die Abbildungen von Menschen mehr ins Rollen? Lene reichte ihr nach und nach die anderen Fotografien.

»Mutti. Mit Nachbarskindern.« Editha legte es zur Seite, tippte stattdessen auf die Paare. »Muttis Eltern«, erklärte sie bei dem älteren Paar, »meine Eltern«, bei dem jüngeren. Ihre Hände zitterten, während sie es in der Hand hielt. Lene nahm es ihr nach einer Weile vorsichtig ab, reichte es an Szymon weiter, während sie ihrer Mutter das Foto von dem Paar mit dem Kind reichte. Editha gab einen Laut von sich, der ein Stöhnen sein oder aber Schmerz ausdrücken konnte.

»Was ist, Mama?«, fragte Lene besorgt.

»Das bin ich«, flüsterte Editha. »Mit Mutti und Vati.«

»Oma Alwine und Opa Heinrich?« Lene stockte der Atem. Sie warf einen schnellen Blick in die Runde und erkannte, dass alle gebannt zu ihnen sahen.

»Darf ich?«, fragte Szymon mit Jareks Hilfe. Editha reichte ihm das Bild. Er betrachtete die Personen intensiv, schüttelte dann aber den Kopf. *Kein Wiedererkennen.*

Nun holte Lene das letzte Foto hervor. Es zeigte zwei Kinder, die hinter einem Stubenwagen standen, in dem zwischen weißen Kissen der Kopf eines Babys zu sehen war. Jetzt erst wurde Marlene klar, dass dies ihre Familie sein musste. Sie hatte ja keine Ahnung gehabt! Das Mädchen auf dem Bild mit den strengen Zöpfen, dem hellen Kleid und dem ernsten Ausdruck im Gesicht musste ihre Mutter sein. Ihre Züge ähnelten dem Kind auf dem Foto, von dem sie nun wusste, dass es ihre Großeltern mit Editha zeigte, die darauf jedoch viel gelöster, verschmitzter wirkte als auf diesem, später aufgenommenen Foto. Was war in der Zwischenzeit geschehen? Lene überlegte. Karl war 1944 geboren, da hatten sie bereits den Vater verloren. Editha hatte das Grauen schon zu spüren bekommen, aber sicher nicht geahnt, was noch vor ihr lag. Es schauderte Lene bei dem Gedanken. Neben Editha stand ihr mittlerer Bruder, Richard, der kaum über den Rand des Stubenwagens blicken konnte und gar nicht in die Kamera sah, sondern nur Augen für den kleinen Bruder hatte. Er trug ein dunkles Oberteil und eine Marinemütze.

»Das war Karls Taufe«, erklärte Editha. »Das Mädchen bin ich, und der schmucke Matrosenjunge daneben bist du.«

Einen Moment blieb es still, doch dann sagte Szymon: »Nein, nein. Das bin ich nicht. Das kann nicht sein!« Er erhob sich, wollte offenbar gehen. »Mein Name ist Szymon Adamczyk. Ich bin der Sohn von Małgorzata und Kamil Adamczyk. Meine Geschwister heißen Zofia und Tomasz. Ich wurde am dritten Januar 1943 in Stettin geboren.« Er schluckte schwer, wandte sich um, wollte zur Tür.

Nein!, schrie alles in Marlene, doch was konnte sie tun? Sie hatten keinerlei Beweise, nur eine wahnwitzige Geschichte, eine Handvoll Fotos, ein paar Ungereimtheiten in Szymons Biografie, und doch ... Sie spürte, dass er es war, dass Szymon ihr für tot gehaltener Onkel Richard war. Und sie wollte ihn keinesfalls einfach so ziehen lassen. Hilfesuchend sah sie von

Jarek zu Alix und wieder zurück. In dem Moment öffnete sich die Zimmertür. Es war eine Pflegekraft, die rückwärtsgehend einen Rollwagen mit Tassen, einer Kanne Kaffee und einen Teller mit Keksen in den Raum zog.

»Sie haben Besuch, Frau Krause, wie ich hörte«, sagte sie und wandte sich zu Editha um. »Dann wollen wir Ihren Gästen mal etwas anbieten.«

Die Pflegerin hatte einen leichten Akzent, und Marlene erkannte, dass es diejenige war, die ihre Mutter immer ausnehmend nett betreute. Sie hieß Agnieszka.

Agnieszka stellte das Tablett mit den Tassen und Keksen auf den Tisch am Fenster, nickte zur Begrüßung in die Runde, dann blieb ihr Blick bei Szymon hängen, der unschlüssig neben der Tür verharrte. »Ah, Sie haben mir gar nicht gesagt, dass Ihr Bruder heute auch da ist.«

Marlene hörte, wie Alix hinter ihr scharf die Luft einsog. Ihr selbst stockte der Atem. Und für einige Sekunden erfüllte Schweigen den Raum, schienen alle Anwesenden die Luft anzuhalten. Auch Agnieszka bemerkte, dass etwas geschehen sein musste.

»Er ist doch Ihr Bruder, oder nicht?«, fragte sie verunsichert.

»Das ist eine lange Geschichte«, gab Marlene schließlich mit brüchiger Stimme zurück. »Herr Adamczyk kommt aus Stettin, und er wusste bis eben nicht, dass er deutsche Verwandtschaft hat.«

»Ah«, machte Agnieszka irritiert, denn natürlich konnte diese Aussage für einen Außenstehenden keinen Sinn ergeben. »Aber die Ähnlichkeit ist verblüffend.« Sie sagte etwas auf Polnisch zu Szymon, dessen Gesichtszüge daraufhin weicher wurden. Dann ging sie zu ihm, hakte ihn unter und führte ihn zurück zu dem Stuhl, auf dem er vorher gesessen hatte, wobei sie unablässig mit ihm sprach und er auch antwortete. Als er saß, fragte sie in die Runde: »Kommen Sie zurecht?«

»Ja danke«, meinte Lene. »Mein Freund hier«, sie wies auf Jarek, »ist ebenfalls Pole.«

»Ah, das ist gut.« Agnieszka nickte erfreut. »Haben Sie einen schönen Nachmittag.« Daraufhin schob sie den Rollwagen aus der Tür und schloss sie hinter sich.

Erleichtert lehnte Marlene sich gegen den Tisch, Jarek gesellte sich zu ihr, doch Alix verabschiedete sich mit einem lautlosen Winken in ihre Richtung und machte ein Zeichen, dass sie später telefonieren würden.

Marlene nickte und schickte ihr eine Kusshand zurück. *Vielen Dank für alles*, sollte das heißen. Bei der unzweifelhaft mühsam werdenden Vergangenheitsbewältigung, die den Anwesenden nun bevorstand, musste die Freundin nicht dabei sein. Aber ganz sicher würde sie Alix so bald wie möglich anrufen.

Szymon

Sein Herz raste. *Ich kann es nicht, will es nicht glauben. Dieses Kind muss jemand anderes gewesen sein, nicht ich! Zofia hat es mitgebracht, und Mutter hat es irgendwohin gegeben. So muss es sein!*
Mit einem Mal war er entsetzlich müde – und gleichzeitig so nervös, dass ihm die Hände zitterten, sein Herz verrücktspielte und er glaubte, platzen zu müssen vor lauter widerstreitenden Empfindungen. *Ich muss mich ausruhen.*
Jarek fuhr ihn zurück ins Hotel. *Fragt mich, ob ich etwas essen oder spazieren gehen möchte. Er ist ein netter Mensch. Einer, der bestimmt gut zuhören kann. Doch ich lehne ab. Ich will auf mein Zimmer, brauche Ruhe. Denke ich. Doch ich kann sie nicht finden.*
Er legte sich ins Bett, stand jedoch wenige Minuten später wieder auf. Ihm rauschte das Blut in den Ohren, die Gedanken schossen nur so dahin. *Was, wenn tatsächlich etwas dran ist?* Er tigerte auf dem Teppich auf und ab, so weit es der alte Körper noch zuließ. *Bin ich womöglich gar kein Stettiner Junge, kein Pole? Bin ich Deutscher? Eine Waise? Aufgenommen von einer wohltätigen Familie, arm, aber liebevoll? Weiß Tomasz vielleicht noch etwas? Aber wenn, hätte er es mir inzwischen denn nicht erzählt? Er ist kaum älter als ich. Warum hat Zofia nie etwas verraten? Sie hätte es mir doch sagen müssen. Es ist eine Tragödie, dass ich sie nicht mehr fragen kann. Alles ist eine Tragödie, mein ganzes Leben.*
Er musste sich setzen, ließ sich auf die Bettkante sinken, schlug die Hände vors Gesicht. *Diese Entdeckungen haben das Potenzial, einen Menschen zu zerbrechen. Ich spüre förmlich, wie es*

in mir hochkriecht, die Verzweiflung, die Angst, die Wut über den Verrat meiner Schwester, meiner Mutter, gepaart mit unendlicher Traurigkeit über den Verlust jener Familie, die ich gekannt und geliebt habe. Und über die, die ich schon viel früher verlor und nie wirklich kennenlernte. Dazu diese irrationale Wut auf diese Frau, die alles aufgedeckt hat. Ich möchte mich am liebsten verkriechen, die Bettdecke über mich ziehen, versinken und einfach einschlafen. Lass es zu Ende sein, bete ich. Warum habe ich davon erfahren müssen, jetzt noch, auf meinen letzten Metern? Ich hätte einfach weitermachen können wie bisher, ein paar Jährchen noch ... in Ruhe, glücklich und zufrieden. Na ja, richtig glücklich bin ich vorher ja auch nicht gewesen. Keine Beziehung hat gehalten, eine bescheidene Rente, ein paar gute Freunde, aber ständig Zwistigkeiten mit Tomasz. Worüber eigentlich? Irgendwie sind wir immer Rivalen gewesen.

Geschwister, Brüder, so war das eben, hatte er immer gedacht. Oder? Vielleicht hatte einer von ihnen beiden – oder sie beide – unterbewusst etwas gespürt? Hatte Tomasz gemerkt oder womöglich sogar gewusst, dass er nicht richtig dazugehörte? Hatte er mehr Aufmerksamkeit von Zofia und der Mutter bekommen als Tomasz? Mehr Pflege, mehr zu essen? *Von Mutter nicht, aber von Zofia könnte es schon sein ...*

Ich wiederum hatte immer das Gefühl, unsere Mutter würde Tomasz mehr lieben als mich. Wir kämpften um ihre Zuneigung. Weil ich nicht ihr leibliches Kind bin? Weil Zofia mich angeschleppt hat, als die Familie selbst in größter Not steckte? Es wäre möglich.

Er dachte daran, Tomasz anzurufen, griff nach dem Telefon. *Vielleicht kann er doch noch etwas Licht ins Dunkel bringen.*

Gerade, als er wählen wollte, klopfte es an der Tür.

»Proszę wejść«, sagte er, weil er kein Deutsch konnte. Nicht mal so viel, um jemanden hereinzubitten. Kein Wort. *Kann ich dann ein Deutscher sein?*

Die Tür öffnete sich, und Tomasz stand davor, zusammen

mit seiner Tochter Ewelina. Szymon war so dankbar, dass er den beiden um den Hals fiel. Das tat er sonst nie, und sie waren tatsächlich bass erstaunt und mussten sich eine Sekunde sammeln.

»Wir haben gedacht, dass wir dich in dieser Situation doch nicht allein lassen können«, sagte Ewelina, und er gab ihr noch einen Kuss auf die Wange.

»Gerade wollte ich dich anrufen, und schon seid ihr da.«

»Als Papa mir erzählt hat, was los ist, und dass du nach Deutschland fährst, um deiner Vergangenheit auf den Grund zu gehen, habe ich gleich gesagt, dass wir bei dir sein müssen«, erklärte Ewelina.

»Als Familie muss man doch zusammenhalten.« Tomasz zuckte leicht zusammen, als ihm die ganze Tragweite dessen, was er gerade gesagt hatte, offenbar bewusst wurde.

»Danke.« Szymon hielt inne. »Sind wir denn noch eine Familie?«

»Natürlich.« Nun war es an Tomasz, ihn an sich zu drücken, und eine Weile standen die beiden alten Männer unbeweglich da.

»Das war nicht immer so«, tastete Szymon sich schließlich vor, als sie sich voneinander gelöst hatten.

»Ja.«

»Setzt euch doch.« Er hatte einen Wasserkocher im Zimmer und setzte Teewasser auf. »Warum eigentlich?« Tomasz zog die Schultern hoch. Szymon beschloss, dass es Zeit für die Wahrheit war. »Sag mir ganz ehrlich, hast du mich jemals als Eindringling empfunden?«

Tomasz schwieg, dachte wohl nach, was Szymon dankbar registrierte. *Auch er möchte die Wahrheit finden.*

»Nicht als Eindringling. Schon als Konkurrent. Ich konnte das aber nie an etwas festmachen. Deswegen habe ich immer gedacht, es wäre eben so, wie es unter Geschwistern halt ist. Erst als diese Leute da waren ...«

»Jarek und Marlene ...«

»Genau, erst da ist mir wieder eingefallen, dass du irgendwann einfach da warst. Du und dieser Rucksack mit deiner Puppe.«

»Und dann? Hast du dich nicht gewundert?«

»Ich kann mich nicht erinnern, bin ja auch erst drei gewesen. Ich glaube, Mutter hat mal gesagt, dass du bei Vater gewesen wärst und er dich jetzt aber zu uns geschickt hätte, weil du es hier besser hättest. Da ahnten wir ja auch noch nicht, dass unser Vater längst tot war, tot gewesen sein musste. Wobei ... Mutter wusste es vielleicht schon.« Erneut zuckte er mit den Schultern. »Ich habe das so hingenommen.«

»Wurde denn später noch mal irgendetwas gesagt? Hast du etwas mitbekommen?«

Tomasz schüttelte den Kopf. »Nein, nie. Es stand nie etwas in der Richtung zur Debatte. Du gehörtest selbstverständlich dazu.«

Ich gehörte selbstverständlich dazu. Das klang schön. Aber dann die andere Seite: *Ich war einfach irgendwann da. Von Vater geschickt.* Diese Sätze arbeiteten in ihm. Es war alles nur eine große Lüge.

Er fasste einen folgenschweren Entschluss. Er würde den Gentest machen lassen, von dem Jarek auf dem Hinweg gesprochen hatte. *Ich bin Richard.*

22.

Es war später Nachmittag geworden, Jarek hatte Szymon, der – verständlicherweise – vollkommen aufgelöst gewesen war, ins Hotel gebracht, sie beide wollten sich später noch mal sehen.

Marlene blieb bei ihrer Mutter und merkte, dass Editha erschöpft war, inzwischen war sie sogar mal für eine halbe Stunde weggenickt. Doch sie mochte sie nicht allein lassen. So nah wie am heutigen Tag waren sie sich lange nicht mehr gewesen, und sie war froh, dass alle anderen gegangen waren, obwohl sie sich Sorgen um Szymon machte. Aber so konnte sie in Ruhe mit ihrer Mutter sprechen. Da war so einiges, was ihr auf der Seele brannte. Außerdem hatte sie noch etwas vor.

»Mama, ich hätte so gerne, dass du mir von früher erzählst. Das hab ich mir immer gewünscht.«

»Aber Kind, da gibt es doch nichts.« Editha drückte Marlenes Hand, die wieder auf dem Stuhl neben dem Sessel saß, ganz dicht bei ihrer Mutter. »Es war alles völlig normal.«

»Aber was war denn normal? Ihr seid zu Kriegszeiten aufgewachsen, da gab es doch gar keine Normalität.«

»Nun ja, wir hatten Glück. Im Osten, zumal auf dem Land, hat man nicht viel mitbekommen. Den Städtern ging es wohl schlechter. Wir hatten eigentlich auch immer genug zu essen, aus unserem Garten.«

»Bist du noch zur Schule gegangen?«

»Zuerst schon. Irgendwann ging das nicht mehr. Der Lehrer war auch nicht mehr da.«

»Eingezogen?«

»Er hat mit den Polen paktiert. Hat man ihm zumindest vorgeworfen.«

Das bedeutete wohl, dass man ihn ins KZ gesteckt oder direkt an die Front geschickt hatte.

»Die Männer waren alle weg?«

Editha nickte. »So ziemlich. Nur die Alten und die ganz Jungen ließ man in Ruhe. Und die Kriegsversehrten. Die Juden waren weg, auch mein Freund David, und die Polen wurden sehr schlecht behandelt. Wir waren aber immer nett zu allen.«

»Und dann?«

Ihre Mutter zuckte mit den Schultern. »Ich weiß nicht. Alles ging seinen normalen Gang.«

Entweder verstand ihre Mutter wirklich nicht, worauf sie hinauswollte, oder sie konnte sich schlichtweg nicht erinnern. Hier kam sie nicht weiter.

»Es war schön, euer Haus in Blumenwerder zu sehen«, sagte Lene stattdessen. »Ihr hattet einen großen Garten ...« Sie sah ihre Mutter an, die nun mit verträumtem Blick aus dem Fenster schaute. Es ermutigte sie weiterzuerzählen. Vielleicht konnte sie Editha über ihre Sinneseindrücke erreichen. »Die Dielen im Flur haben geknarzt, in der Stube standen noch alte Möbel, ein Kachelofen mit grünen Fliesen und Tiermotiven ...«

»Der Ofen.« Editha sah sie an. »Er war noch da?«

»Ja. Du kennst ihn?«

»Natürlich. Er hat uns im Winter gut gewärmt. Ich habe oft mit einem Kissen daneben auf dem Boden gesessen und gespielt.«

Marlene konnte es nicht fassen. »Er roch noch nach Asche und Feuer.« Ihre Mutter nickte versonnen. »Außerdem stand da noch ein Jugendstilsofa mit zwei Sesseln, ebenfalls in Grün ...« Sie beobachtete Editha genau. Keine Reaktion. »Und ein schönes dunkles Büfett, Nussbaum, nehme ich an, und eine Standuhr ...«

»Die Uhr?« Editha schaute sie mit großen Augen an.

Lene fiel etwas ein. »Warte.« Sie zog ihr Handy aus der Tasche. »Ich habe Fotos gemacht.« Sie hielt ihrer Mutter das Display hin und wischte sich langsam durch die Bilder aus Blumenwerder, angefangen mit der Hausvorderseite mit den drei Eichen, dann kam der Garten, das Wohnzimmer mit dem Ofen, der Schrank, wobei sie das Gesicht ihrer Mutter nicht aus den Augen ließ. Doch Editha blieb stumm, allerdings wirkten ihre Züge weich und entspannt, ihr Blick wurde leicht glasig. Bis sie ihr das Bild mit der Standuhr zeigte.

»Sie war von meinem Urgroßvater«, sagte sie plötzlich und wandte den Blick wieder zum Fenster. Sie wirkte jetzt, als wäre sie in die Vergangenheit, in eine andere Welt versetzt worden. »Ich hatte immer ein wenig Angst vor ihrem Gong«, murmelte sie.

»Ich habe sie mitgenommen. Sie steht jetzt bei mir.«

»Ach?«

Marlene konnte nicht mit Bestimmtheit sagen, ob ihre Mutter wirklich begriff, was sie gesagt hatte.

»Ich habe auch das Büfett mitgenommen.«

»Durftest du das denn?« Editha sah sie an und runzelte die Stirn.

»Ja, der neue Besitzer hat es mir erlaubt.«

»Braucht er es denn nicht selbst?«

»Nein, er hat es mir geschenkt.« Es würde nichts bringen, ihr den genauen Sachverhalt zu erklären. Außerdem brachte sie es nicht übers Herz, ihrer Mutter zu sagen, dass das Haus leer stand und verkauft werden sollte.

»Ich hätte es auch mitgenommen.«

»Wirklich? War es eures?« Ihre Mutter antwortete nicht. »Du konntest nicht viel mitnehmen, oder?«

»Nein. Nur meine Puppe.« Ihre Mutter seufzte. »Aber die hab ich auch verloren.«

Lene musste schlucken. »Sie ist bei Szymon, weißt du? Und sie bedeutet ihm ebenso viel wie dir.«

»Szymon? Wer ist Szymon?«

»Der Mann, der vorhin hier war.«

»Ah, du meinst Richard.«

Für ihre Mutter war es also ganz klar. »Ja, Richard, genau.«

»Er hat Gertrud?«

Es dauerte einen Moment, bis Lene begriff. »Ja, er hat Gertrud. Ist er dein Bruder?«

»Ja, natürlich.«

Die Stunde der Wahrheit. Zittrig suchten ihre Finger in ihrer Tasche nach der Verpackung des Gentests, den Alix vorausschauend besorgt hatte. Es befanden sich zwei identische Sets darin, sie zog eins hervor.

»Mama, ich würde gerne einen Abstrich aus deinem Mund machen.«

»Warum denn?«

»Um ganz sicherzugehen, dass Szymon wirklich Richard ist.«

Editha zuckte mit den Schultern. »Na schön. Wenn es nötig ist.«

Lene nickte und strich vorsichtig mit dem Wattestäbchen an Edithas Mundschleimhaut entlang. Fertig. Nun brauchte sie nur noch etwas Speichel von Szymon. Aber das genau war das Problem. Es hatte nicht so auf sie gewirkt, als würde er sein Einverständnis dazu geben. Sie steckte das Stäbchen in das mitgelieferte Röhrchen und den Umschlag und ließ alles wieder in ihre Tasche gleiten. Dann atmete sie tief durch als Vorbereitung für ihre nächsten Fragen.

»Mama, warum hast du mir nie etwas gesagt?«

Edithas Augen flackerten. »Was hätte ich denn sagen sollen?«

»Was dir widerfahren ist. Was du erleiden musstest.«

»Wir wollten nicht mehr darüber sprechen. Wir wollten nach vorne sehen. Den anderen ging es doch auch nicht besser.«

»Trotzdem. Ich habe wissen wollen, wie es dir geht. Wer du bist.«

»Und was hätte das gebracht?«

»Dass ich dich besser verstehen kann. Dass ich begreife, warum du manchmal so hart warst.«

»Hart?«

»Ja.« Es tat Marlene leid, dass sie so streng mit ihrer alten Mutter ins Gericht ging, aber sie spürte, dass es sein musste. Jetzt, endlich, nach all den Jahren, wollte sie Klarheit haben. »Ich habe mich von euch nicht sehr unterstützt gefühlt. Es kam mir immer so vor, als wäre ich nicht gut genug.«

»Aber du hast es doch immer gut gehabt.«

Wie oft sie diesen und ähnliche Sätze schon zu hören bekommen hatte.

»Mama, nur weil ich das ganze Grauen des Krieges und der Flucht nicht erleben musste – Gott sei Dank –, heißt das nicht, das alles immer nur leicht war. Auch heute machen Kinder und Jugendliche schwierige Phasen durch, erleben Dinge, bei denen sie Liebe und Unterstützung brauchen. Es mag in deinen Augen alles banal wirken, aber das ist es nicht.«

»Nein?«

»Nein.« Ihre Mutter blickte ihr nun direkt in die Augen, aber Lene konnte nicht erfassen, was in ihr vorging. »Es ist richtig, ich habe ein gutes Leben. Mir und meiner Generation geht es unfassbar gut. Wir leben in Wohlstand, in einer starken Demokratie. Wir müssen nicht jeden Tag um unser Leben fürchten, müssen nicht erleben, wie sich Hunger anfühlt. Wir wissen uns und unsere Angehörigen in Sicherheit, die meisten von uns haben ein Dach über dem Kopf, können zur Schule gehen. Alles Dinge, die ihr mit aufgebaut habt. Das wissen wir zu schätzen. Wirklich. Aber das heißt nicht, dass wir nicht auch Sorgen haben könnten. Das bedeutet doch nicht, dass wir es nicht verdienen, geliebt zu werden.« Sie musste sich auf die Lippe beißen, um nicht in Tränen auszubrechen. »Mama, hast du mich je geliebt?«

Editha blickte sie verwundert an. »Natürlich, mein Kind.«

»Aber warum hast du es mir nicht gezeigt?«

»Habe ich das nicht?« Hilflos öffneten sich ihre Hände.

Marlene konnte die Tränen nicht mehr zurückhalten und lehnte sich mit dem Kopf gegen die Schulter ihrer Mutter, die ihr die Wange tätschelte. Das war viel Zuneigungsbekundung für Editha, das wusste Marlene – und sie staunte nicht schlecht, als diese weitersprach. »Ich habe immer nur das Beste für dich gewollt, weißt du? Ich wollte, dass du stark wirst, dass dich nichts ...«, sie überlegte, »verletzen kann.«

Lene setzte sich auf. »So war das?« Dann brach sie in sich zusammen, schlug die Hände vors Gesicht. *Genau das Gegenteil ist geschehen.* Doch nun verstand sie. Ihre Mutter hatte es nicht leicht gehabt – nie –, sie hatte ihre Brüder verloren, den Vater und ihr Zuhause. Sie hatte allein mit ihrer Mutter in einem fremden Land, das sie, die zahllosen Flüchtlinge, nicht hatte haben wollen, ganz von vorne anfangen müssen. Sie hatte einen herrischen, kontrollsüchtigen Mann geheiratet, der sein eigenes Päckchen zu tragen gehabt hatte. Sie hatte unter Qualen ein Kind bekommen, dem sie hatte beibringen wollen, in einer Welt zu leben, wie *sie* sie gekannt hatte. Und das war eine Welt, in der nichts sicher war. In der man sein Herz besser nicht zu sehr an etwas oder jemanden hängte. In der es sicherer war, wenn man nicht auffiel. Eine Welt, in der man krampfhaft festhielt, was man hatte – und in der man mit der Schuld klarkommen musste, dass man überlebt hatte und die anderen nicht. In der man kein Recht zum Klagen hatte.

Lene erkannte nun, dass Editha nicht schlecht zu ihr hatte sein wollen, sie hatte es nur nicht vermocht, sich anzupassen und damit besser für ihre Tochter zu sein. Sie umfasste die Hände ihrer Mutter, die es geschehen ließ.

»Ich bin so froh, dass du mir das gesagt hast, Mama«, brachte sie mit leiser Stimme hervor.

Editha schaute sie lange an. »Du bist ein guter Mensch geworden, Marlene. Und wahrscheinlich eine bessere Mutter, als ich je hätte sein können. Drück mir die Kleine, ja?«

»Morgen bringe ich sie wieder mit. Dann kannst du es selbst machen.«

Sie saßen noch so da, als es an die Tür klopfte. Es war niemand anderes als Szymon, der eintrat, gefolgt von Jarek, einem weiteren Mann, den sie erst auf den zweiten Blick als Tomasz identifizierte, und einer Frau, die etwa in ihrem Alter sein musste. Sie begrüßten sich, und Jarek stellte die Neuankömmlinge vor.

Szymon trat vor, und Lene erhob sich eilig, um ihm ihren Platz anzubieten. Er hielt etwas in der Hand, einen Leinenbeutel, aus dem er etwas zog. Einen Rucksack.

»Erkennst du das?«

Tomasz übersetzte. Marlene beobachtete stumm, wie die beiden Alten sich ernst ansahen. Dann griff Szymon erneut in die Tasche. Zum Vorschein kam etwas, das aussah wie eine alte, ausgestopfte Socke. Jemand hatte oben eine Kugel geformt und abgenäht, braune Wollfäden an deren oberen Ende und ein Gesicht gestickt, Arme und Beine angenäht, eine Art Kleidchen. Es war die Puppe! Edithas Gertrud, Szymons Lalka.

»Und das? Vermisst du vielleicht etwas?«

Zum ersten Mal in ihrem Leben sah Marlene, wie ihre Mutter weinte. Sie weinte und weinte und hörte nicht wieder auf.

Editha

Es muss früher Morgen sein, denn Nebel liegt wie ein Schleier auf der Wiese und hängt wie eine leichte weiße Decke zwischen den Bäumen, sodass mein Blick zu ihren Kronen verstellt ist. Ich blinzele in die Sonne, die noch tief am Himmel steht und sich nur mühsam einen Weg durch das bleiche Dickicht kämpfen kann. Doch die paar Strahlen schaffen es, mich zu blenden, sodass ich zunächst nur schemenhaft das Haus vor mir erkennen kann. Ich sehe an mir herunter. Tautropfen glitzern an den langen Grashalmen zu meinen Füßen. Ich gehe barfuß, das habe ich schon immer gerne getan. Es kitzelt an meinen Zehen, meine Haut an den Beinen ist von einem zarten feuchten Film bedeckt. Ich trage ein weißes Nachthemd. Ein Zitronenfalter flattert um mich herum, dann fliegt er ein Stück voraus, kommt zurück, flattert wieder vor. Ich folge ihm. Plötzlich ist er fort, und ich stehe an einem der Bäume, dessen Krone ich nicht sehen kann. Die Rinde fühlt sich rau und kühl an, duftet nach Moos und Wald. Ich lehne mich an, bis ich merke, dass die Feuchtigkeit des Stammes mein dünnes Kleid durchdringt. Doch es macht mir nichts aus.

Da erhasche ich eine Bewegung vor dem, was ich als Silhouette eines Hauses ausmachen konnte. Ein Schatten, nein, zwei. Sie kommen auf mich zu. Ich kann nichts sehen, sie sind einfach grau, doch ich spüre, dass sie mir nichts Böses wollen. Sie strecken mir jeder eine Hand hin, die ich ergreife. Gemeinsam gehen wir weiter ... nein, wir schweben. Ich fühle mich leicht, warm und geborgen. Unter uns das Gras, ich erkenne nun die drei Eichen. Sie sind größer geworden. Wir sinken wieder und laufen nun. Die Schatten zu meiner Rechten und Linken lachen und flüstern mir etwas zu. Wir nähern uns dem Gebäude. Ein niedriger Backsteinbau mit hohen Fenstern, wie ich nun erkennen kann. Es duftet nach Muttis Käsekuchen. Mir läuft das Wasser im Mund zusammen. Die Tür steht offen, ich höre Vögel zwitschern, dann eine Frauenstimme, die etwas singt, ein Lied, das ich gut kenne. Das Pommernlied.

Jetzt bin ich im Wandern, bin bald hier, bald dort,
doch aus allen andern treibt's mich immer fort:
Bis in dir ich wieder finde meine Ruh,
send ich meine Lieder dir, o Heimat, zu!

Die Schatten neben mir lösen sich auf, lassen mich aber nicht los. Sie lachen, und plötzlich verwandeln sich ihre Gestalten, in eine große und eine kleinere. Der Mann schaut mich liebevoll und gütig an, der Junge auf der anderen Seite drückt meine Hand fest und lacht mir zu. Komm mit!, formen seine Lippen lautlos.

Hand in Hand gehe ich mit Vater und Karl nach Hause.

23.

Am Vorabend hatten sie noch lange in einem Restaurant zusammengesessen, nachdem sie sich von Editha verabschiedet hatten, und Lene war froh, dass ihr Chef ihr Urlaub für die ganze Woche genehmigt hatte. So hatten sie in aller Ruhe über die vergangenen Jahre sprechen können. Schließlich hatten sich jedoch auch Szymon, Tomasz und seine Tochter Ewelina ins Hotel zurückgezogen. Sie wollten am Morgen gemeinsam zurückkreisen, nicht ohne das Versprechen abgegeben zu haben, in Kontakt zu bleiben. Außerdem waren alle gespannt auf die Ergebnisse der Gentests, schon allein deswegen würde man über kurz oder lang wieder voneinander hören.

Jarek und Lene waren noch eine Weile geblieben. Dann hatte sie ihn, zunächst zögerlich, zu sich nach Hause eingeladen, und nach einem netten Restabend hatte er die Nacht bei ihr verbracht.

Jarek war noch im Bad, Marlene hatte gerade den Frühstückstisch gedeckt und sah nun verträumt aus dem Fenster. Die Nacht mit Jarek war schön gewesen. Er war leidenschaftlich, aufmerksam und sensibel, sie hatte es sehr genossen. Ihr erster anderer Mann seit ... wie vielen Jahren? Und es war garantiert nicht schlechter gewesen als mit Karsten, eher im Gegenteil. Es gab also noch Hoffnung für sie. Andere Mütter hatten auch schöne Söhne.

Sie drehte sich um, als sie Jarek in die Küche kommen hörte. Er gab ihr einen Kuss auf die Wange, und sie lehnte sich an ihn. Er roch gut. Und fühlte sich gut an. *Es könnte etwas werden mit uns ...* Sie ließ zu, dass er die Arme um sie legte und ihr Haar küsste, vergrub ihr Gesicht genießerisch in seiner Halsbeuge. *Es wäre so einfach ...* Sie küsste die zarte Haut an seinem Hals, woraufhin er kicherte.

»Entschuldige, ich bin da furchtbar kitzelig.«

Stimmt, das hatte sie vergangene Nacht auch gemerkt.

»Macht nichts. Magst du etwas frühstücken?«

»Sehr gerne.«

Sie hatte Brötchen aufgebacken, die sie immer vorrätig hatte, Marmelade hingestellt und Aufschnitt, ein paar Äpfel gestückelt und Weintrauben dazugelegt. Sie setzten sich einander gegenüber, Marlene schenkte Kaffee ein.

»Lass es dir schmecken.«

»Danke, du dir auch.« Er schnitt ein Brötchen auf. »Wie wird es bei dir weitergehen?«

Sie sah auf. »Was meinst du?« Es gab gerade viele offene Fragen in ihrem Leben. »Heute? Nachher?«

Jarek zuckte mit den Schultern, anscheinend wusste er es selbst nicht genau. »Auch. Aber allgemein ... mit deiner Wohnung. Mit deiner Mutter. Mit Karsten?«

»Tja.« Zwei dieser Anliegen konnte sie gut beantworten, denn darüber hatte sie sich insbesondere seit dem Vortag viele Gedanken gemacht. Doch die letzte Frage fürchtete sie am meisten, denn diese würde sie unweigerlich in neue Gefilde führen, über die sie sich keineswegs im Klaren war. »Ich habe mir überlegt, dass ich die Wohnung komplett renovieren werde. Ich brauche mehr Farbe, vor allem im Wohnzimmer.« Sie schmunzelte. »Alle Möbel, die Karsten angeschleppt hat, werden rausfliegen. Wie ich dir erzählt habe, habe ich sie nie gemocht. Ich liebe das Büfett, die Uhr aus Mamas Elternhaus. Das ist mein Stil. Ich werde mir ein schönes Sofa suchen und einen passenden Tisch. Vielleicht bei einem Antiquitätenhändler oder einem Kleinanzeigenportal.« Es gab immer Leute, die etwas loswerden wollten, manchmal waren echte Schmuckstücke dabei, und oft gar nicht mal teuer. Das käme ihr entgegen, denn sie würde zukünftig mehr aufs Geld gucken müssen, wenn die Scheidung durch und sie alleinerziehend wäre. Wahrscheinlich rächte sich nun, dass sie die letzten Jahre nur wenige Stunden pro Woche gearbeitet hatte. Aber Karsten hatte nun mal wesentlich mehr Geld verdient als sie, und ihr Job hatte ihr ohnehin keine große Freude bereitet, weswegen sie bereitwillig kürzergetreten war. Mal davon abgesehen, hatte sie bei ihrem Kind sein *wollen*. Ihrem Wunschkind. Auf das sie lange gewartet hatte. Und Mutter zu sein war durchaus ein Fulltime-Job. Wenn auch kein gesellschaftlich angesehener oder gar bezahlter. Aber das brachte sie zu einem neuen Gedanken. »Wenn Paola im Sommer in die Schule kommt, suche ich mir einen neuen Job.«

»Toll. Weißt du schon, was?«

»Nein. Ich werde Geld verdienen müssen … Aber es soll auch Spaß machen. Am liebsten etwas Neues, etwas Kreatives …«

»Vielleicht etwas mit Möbeln und Innendesign?«

Beide lachten. »Im Prinzip kein schlechter Gedanke.« Sie wusste ja, dass sie ein besonderes Gespür für Stil und Dekoration hatte. »Mal sehen.« Sie würde es auf sich zukommen lassen.

»Und …« Sie ahnte, was als Nächstes kommen würde, denn Jarek zögerte. »Wie stehst du nun zu Karsten?«

Das war etwas, worin sie sich ganz sicher war. »Ich bin durch mit ihm. Deswegen soll mich auch in dieser Wohnung nichts mehr an ihn erinnern.« Das entsprach absolut den Tatsachen. Besonders nach dem, wie er sich am Vortag aufgeführt hatte, war sie froh, ihn los zu sein. »Ich hoffe bloß, dass wir die Scheidung und das Ganze ohne große Blessuren, vor allem für Paola, hinbekommen.«

»Das schafft ihr schon. Schade, dass ich deine Tochter nicht kennenlerne.«

»Ich hole sie nachher vom Kindergarten ab.« Sie freute sich darauf, ihre Tochter endlich wieder in die Arme schließen zu können, war aber auch froh, dass Paola bei dem ganzen Trubel, der am Vortag geherrscht hatte, noch nicht dabei gewesen war. Doch nun wurde die Sehnsucht beinahe übermächtig, und sie wollte ihre Tochter so schnell wie möglich wieder bei sich haben. »Aber ...« Nun war es an ihr, ins Stocken zu geraten. Doch es nützte nichts, vom Schweigen würde es nicht besser werden. Und überhaupt hatte sie erst mal die Nase voll vom Verschweigen von Dingen. »Was uns angeht ... Ich bin mir nicht sicher ... Du weißt hoffentlich, wie gern ich dich habe, und ich glaube, dass wir gut zusammenpassen könnten. Aber, nun ja, ich habe es ja schon mal angesprochen ... Bei mir gibt es in nächster Zeit viel zu ordnen, zu sortieren. Ich muss mich erst mal selbst finden. Du bist ein wundervoller Mann, ich hab dich sehr gern, und ich werde dir immer unendlich dankbar für all das sein, was du für mich getan hast, aber ich ...« Sie konnte ihm kaum ins Gesicht sehen, denn sie wusste, dass er sich längst für sie entschieden hatte, trotz der räumlichen Distanz zwischen ihnen, trotz aller Unwägbarkeiten. »Ich möchte erst einmal allein klarkommen. Ich bin ein bisschen durcheinander und will mich nicht gleich wieder in eine neue Beziehung stürzen. Und will auch erst mal ganz für Paola da sein.« So, nun war es raus. Sie atmete tief durch.

Jarek nickte langsam. »Ich weiß es ja, eigentlich. Du hast es vorher schon anklingen lassen. Aber ist das jetzt ein Abschied für immer?«

»Nein, nein.« Hastig winkte sie ab. »Ich wäre sehr traurig, wenn ich dich ganz verlieren würde. Und, wer weiß, vielleicht irgendwann ...«

»Da bin ich froh.« Er fasste nach ihrer Hand, drückte sie kurz, sah ihr dabei tief in die Augen. »Es ist in Ordnung für mich. Darf ich dich noch einmal ...?« Er legte den Kopf leicht schief.

»Das darfst du.«

Sie beugten sich über den Frühstückstisch und küssten sich. Ein Kuss, der sanft und leidenschaftlich, schüchtern und vertraut zugleich war. Ein Kuss, an den sie sich gewöhnen könnte. Als sie sich voneinander lösten, sahen sie sich noch einmal tief in die Augen. Jarek schmunzelte – es war das Lächeln, das ihr so gut gefiel –, dann griff er nach seinem Brötchen und biss herzhaft hinein. Erleichtert nahm Marlene zur Kenntnis, dass jegliche Verlegenheit, die diese Situation mit sich gebracht hatte, damit verschwand.

Dennoch zuckte sie zusammen, als das Telefon im Flur klingelte. Sie stand auf und verließ die Küche.

»Fröhlich«, sagte sie und meinte gleich darauf, ein Déjà-vu zu erleben. Am anderen Ende meldete sich Frau Schmidt, die Leiterin des Pflegeheims. So oft wie in den vergangenen Tagen hatte ich mit ihr ja noch nie zu tun, dachte sie. Doch dann musste sie sich setzen.

»Frau Fröhlich, ich habe leider eine traurige Nachricht für Sie. Ihre Mutter, Frau Krause, ist letzte Nacht von uns gegangen.«

Epilog

Sie fühlte sich wie ein neuer Mensch, als sie an einem herrlichen Frühlingstag im Mai die schwingenden Glastüren des Violoncello aufstieß und ihre Freundinnen am gewohnten Platz, dem Tisch in der Ecke, sitzen sah. Sie hatte sich ein wenig verspätet, weil sie unbedingt noch die eine Wand hatte fertig streichen wollen, selbst Romy war schon da. Die Freundinnen hatten bereits Orangensaft und Kaffee vor sich stehen und waren in ein angeregtes Gespräch vertieft, worauf ihre ausladenden Gesten und ihre amüsierten Gesichter schließen ließen.

Als sie Marlene bemerkten, unterbrachen sie ihr Gespräch, und sie begrüßten sich herzlich.

»Wie geht's dir?«, fragte Romy gleich, die aufgestanden war, um sie in den Arm zu nehmen. Sie beide hatten seit Edithas Beerdigung vor zwei Wochen nichts mehr voneinander gehört.

»Sehr gut.« Marlene setzte sich und bestellte, ohne in die Karte zu sehen, den obligatorischen Milchkaffee und den frisch gepressten Orangensaft sowie das Wellness-Frühstück, das, wie sie wusste, einen Obstsalat, Müsli mit Joghurt und zwei Scheiben selbst gebackenes Vollkornbrot mit verschiedenen Aufstrichen beinhaltete. »Paola und ich haben uns entschlossen, in mein Elternhaus zu ziehen.«

»Tatsächlich? War das für dich nicht immer mit recht negativen Gefühlen belegt?«

»Das stimmt.« Ihr Milchkaffee kam sowie das Essen der anderen. Marlene wartete, bis die Kellnerin wieder weg war. »Aber es ist eigentlich ein schönes Haus, sogar mit kleinem Garten. Perfekt für uns beide. Ich habe lange hin und her überlegt, aber dann gedacht, dass es eine tolle Gelegenheit ist, eine Chance, die wahrscheinlich nie wiederkommen wird, ein Wink des Schicksals. Und in der Wohnung habe ich mich ohnehin nicht mehr so recht wohlgefühlt.« Sie blickte dankbar zu Alix hinüber, die ihr in der letzten Zeit so sehr mit dem ganzen Trennungskram zur Seite gestanden und sie bei dieser Frage ermutigt hatte, und dann zu Josefin, die ihr beim Renovieren half. »Ich habe das Haus komplett entrümpelt – bis auf ein paar Gegenstände, an denen ich hänge –, und bin bereits dabei, es vollkommen neu zu gestalten. Es fühlt sich schon sehr gut an, seit die schweren Vorhänge und die düsteren massiven Möbel meiner Eltern raus sind. Ich werde alles farbenfroh und fröhlich streichen, dann werden die Räume ganz bestimmt hell und luftig und ganz anders wirken als früher.«

»Wie geht's mit der Renovierung voran?«, fragte Alix. Sie war schon etwas besser informiert als Romy.

»Gut. Es ist anstrengend, macht aber Spaß. Paolas Kinderzimmer ist schon fertig, im Bad sind gerade die Handwerker beschäftigt.« Die Kellnerin brachte nun auch ihr Frühstück. »Letztes Wochenende hat mir Josefin geholfen, die drei Wände im Wohnzimmer weiß zu streichen, gestern Nachmittag haben wir im Flur Laminat verlegt, und heute früh habe ich die vierte Wand im Wohnzimmer gestrichen. Ich konnte einfach nicht abwarten.« Sie schmunzelte und rührte versonnen Zucker in ihren Milchkaffee. »Sie hat einen zarten Apricot-Ton bekommen, das strahlt eine gewisse Wärme aus und bringt das dunkle Büfett schön zur Geltung. Ich werde dem

Rest der Einrichtung einen leicht mediterranen Touch geben. Mit einem ordentlichen Anteil Vintage, natürlich.« Sie lachte. »Ich habe letztens schon eine gemütliche beigefarbene Couch auf einem Kleinanzeigenportal erstanden, und von ihrer Reise nach Andalusien hat mir Alix ja mal eine bunte Tagesdecke und zwei passende Kissenbezüge mitgebracht. Die hab ich noch nie benutzen können, weil Karsten sie nicht mochte. Das mag für den einen oder anderen alles ein bisschen zusammengewürfelt wirken, aber ich kann mir das richtig gut vorstellen.« Sie trank einen Schluck Kaffee.

»Ich mir auch«, meinte Josefin, die die Ferienwohnungen in ihrem alten Bauernhof alle nach einem bestimmten Thema gestaltet hatte. Ein Apartment war maritim gehalten, das zweite orientalisch und, das größte, hatte sie skandinavisch eingerichtet.

»Wir haben noch einen Couchtisch von Markus' Tante im Keller stehen«, fiel Romy ein. »Der müsste eigentlich gut zu deinem Büfett passen. Den könntest du haben, falls du magst. Bei uns steht er nur rum.«

»Wirklich? Das wäre großartig, ein Beistelltisch fehlt mir noch fürs Wohnzimmer.«

»Wann denkst du, dass du einziehen kannst?«

»Ich hoffe, spätestens in drei, vier Wochen. Ich will ja so viel wie möglich selbst machen, aber zum Glück hat meine Mutter mir auch ein bisschen Geld vererbt, sodass ich Küche und Bad in professionelle Hände geben kann. Das ginge auch nicht anders.« Mit Wasserleitungen und Fliesenlegen kannte sie sich nun beim besten Willen nicht aus. Und, so tragisch es auch war, dass ihre Eltern sich zeitlebens nichts gegönnt und jede Mark zur Seite gelegt hatten, half ihr dieser Umstand nun enorm.

»Was sagt Karsten zu alldem?«, fragte Josefin.

Marlene zuckte mit den Schultern. »Er hat seinen Kram nach Mamas Beerdigung aus der Wohnung geholt, danach habe ich ihn nur gesehen, wenn Paola Papa-Wochenende hatte. Letztes Mal musste er allerdings absagen«, sie trommelte mit den Fingern auf die Tischplatte, »es gab wohl Ärger mit Chelsea. Ich glaube, er ist bei ihr ausgezogen.« Sie konnte sich ein Grinsen nicht verkneifen. »Paola hat nämlich erzählt, dass Karsten dieses Wochenende eine kleine Reise mit ihr vorhätte und sie beide in den Harz fahren ...«

»Ui«, machte Alix vielsagend.

»In den schönen Harz«, schwärmte Romy. »Da kommt meine Familie ja her. Meine Großeltern hatten in der Nähe von Benneckenstein noch ein kleines Häuschen, eher eine Hütte, im Wald. Meine Oma hat sie nie verkaufen wollen und sie mir nach ihrem Tod vererbt. Ich war mal als Kind da, hab's total schön in Erinnerung. Das wäre da bestimmt auch toll für Lilly, Malte und Max.« Dann besann sie sich auf das eigentliche Thema. »Aber das ist ja ein Ding mit Karsten.«

»Ist es also wieder vorbei mit der anderen«, sinnierte auch Josefin. »Bin ja mal gespannt, ob er dann wieder bei dir angekrochen kommt.«

Lene winkte ab. »Das soll er nur versuchen, da wird er keinen Erfolg haben.«

»Wie steht's eigentlich mit Jarek?«, fragte Alix und stützte sich auf ihre Ellenbogen.

Lene seufzte. »Wir schreiben ab und an, telefonieren auch gelegentlich ... Es ist immer sehr nett, wir haben uns viel zu erzählen, können gut reden. Ich überlege, mit Paola mal nach Polen zu fahren. Ich würde gerne Szymon besuchen, damit Paola ihren Großonkel kennenlernt, er wird ja schließlich auch nicht jünger. Außerdem möchte ich ihr das Elternhaus ihrer Oma zeigen, solange es noch nicht verkauft ist. Und etwas Erde aus dem Garten mitbringen und auf Mamas Grab verteilen.«

»Schöne Idee«, meinte Romy.

»Und bei der Gelegenheit könntest du gleich auch noch den attraktiven Schlossverwalter wiedersehen«, ergänzte Alix grinsend.

»Ja. Ich habe nur etwas Sorge, dass er sich zu viel von einem Treffen versprechen könnte. Ich bin momentan einfach nicht bereit für was Neues.«

»Aber das weiß er doch.«

»Schon. Trotzdem ...«

»Du willst nicht?« Josefin rührte nachdenklich in ihrer Tasse.

»Doch. Nein. Ich weiß nicht. Es ist kompliziert.«

»Ist ja auch eine ganz schöne Distanz«, ergänzte Romy kauend.

»Auch das. Jarek ist ein toller Mann, ich könnte mir durchaus irgendwann eine Beziehung mit ihm vorstellen, wenn er hier in der Nähe leben würde, aber so? Jetzt möchte ich vor allem erst mal herausfinden, wer ich eigentlich bin.«

Alix nickte. »Gute Idee.«

»Aber Distanzen lassen sich überbrücken«, warf Josefin ein.

»Das stimmt wohl.«

»Vielleicht solltest du nicht so viel nachdenken«, erwiderte Alix und gab etwas Marmelade auf ihr Croissant. »Genieß es doch einfach erst mal. Jarek weiß schließlich, woran er ist.«

»Genau. Kommt Zeit, kommt Rat«, ergänzte Josefin. »Habt ihr eigentlich schon das Ergebnis des Gentests vorliegen?« Sie lehnte sich gespannt vor.

»Ja, und er hat bestätigt, was wir alle schon gespürt haben.«

»Er ist der Bruder deiner Mutter«, stellte Josefin fest.

»Genau.«

»Wahnsinn«, meinte Romy. »Das muss hart für Szymon sein.«

»Das war es zuerst auf jeden Fall. Auch, weil er seine Schwester so kurz nach dem Wiedersehen erneut verloren hat. Aber ich glaube, inzwischen freut er sich, dass er mit Paola und mir nun noch mehr Familie hat. Er hat sogar angefangen, ein bisschen Deutsch zu lernen. Sein Bruder und seine Nichte sprechen es ja ganz gut. Ich glaube, ich werde auch einen Polnischkurs an der Volkshochschule belegen. Bisher habe ich immer alle Nachrichten mit dem Google Translator übersetzen lassen, das klappt eigentlich ganz gut. Aber irgendwie ist es doch schöner, wenn man richtig sprechen kann. Zumindest ein paar Sätze.« Sie nahm ihre Tasse, hielt sie in den Händen, blickte nachdenklich in den weißen Milchschaum, bevor sie trank. »Aber es gibt noch etwas anderes Neues bei mir.«

»Erzähl.«

»Ich fange im Juni in einer Boutique am Domplatz an.«

»Das ist ja super«, sagte Romy.

»Herzlichen Glückwunsch«, kam es von Alix und Josefin.

»Danke. Es ist ein kleines, inhabergeführtes Geschäft, in dem nachhaltige, individuelle und sehr farbenfrohe Mode verkauft wird. Ich kaufe dort selbst häufig meine Sachen.«

»Dann pass bloß auf, dass nicht dein ganzes Gehalt für Klamotten draufgeht«, feixte Alix.

»Die Gefahr besteht natürlich«, erwiderte Lene schmunzelnd. »Aber das ist noch nicht das Beste. Die Inhaberin möchte den Laden aus Altersgründen abgeben, und ... tatatataaa ... wenn alles klappt, werde ich ihn zum Ende des Jahres übernehmen!«

»Wow!«

»Klasse!«

»Super!«

»Ist ja echt viel bei dir in Bewegung zurzeit«, sagte Romy.

»Das stimmt wohl.« Marlene freute sich, dass sie den Freundinnen diese fantastische Neuigkeit endlich hatte mitteilen können. Vergangene Woche hatte sie die Absichtserklärung unterschrieben und war bei der Bank vorstellig geworden. Dank des Erbes hatte sie genug Sicherheiten vorweisen können. *Danke, Mama. Danke, dass du mir das ermöglicht hast!* Sie war beinahe geplatzt vor Stolz und Vorfreude, hatte aber warten wollen, bis die Freundinnen sich wiedersahen, statt einfach nur eine WhatsApp-Nachricht zu schicken. Dafür war ihr der Schritt zu bedeutend erschienen.

»Das sind wirklich tolle Neuigkeiten«, stimmte auch Josefin zu.

»Alles im Fluss.« Alix streckte den Daumen hoch.

»Nichts ist so beständig wie die Veränderung, sagte meine Oma immer.«

»Du hast es aber heute mit deiner Oma, Romy«, stellte Alix fest.

»Stimmt. Komisch. Vielleicht haben Lenes Erlebnisse etwas angestoßen. Ich hab Oma unheimlich gern gehabt, aber wenn ich so von deiner Mama höre, Lene, denke ich, dass ich eigentlich gar nichts über sie wusste.«

»Irgendwie bleiben die eigenen Eltern immer nur die Eltern, oder?«, überlegte Josefin. »Man denkt nie darüber nach, dass sie auch eine Persönlichkeit, eine Lebensgeschichte haben.«

»Da ist was dran.« Auch Marlene wurde nachdenklich. Was wusste sie eigentlich über die Eltern, die Familien, die Herkunft der Freundinnen? Aber nun war erst mal Zeit für Neuanfänge. »Ab wann arbeitest du noch mal im Käseladen?«

»Ab nächster Woche. Ich bin schon sehr gespannt. Die Chefin, Sabine, hat mir vorgestern eine kleine Einführung in die verschiedenen Käsesorten gegeben – samt Verköstigung. Das war vielleicht lecker! Aber ihr glaubt gar nicht, was es da alles für Unterschiede gibt. Ich muss noch richtig viel lernen!«

»Dann kannst du uns ja auch mal zu einem Käse-Tasting einladen«, meinte Josefin erfreut, und auch Lene lief das Wasser im Mund zusammen.

»Klingt gut!«

»Das mache ich. Allerdings ... Ich muss dann auch gleich auf dem Wochenmarkt mit ran. Dies dürfte also unser letztes Samstagstreffen sein ...«

»Für mich kein Problem«, sagte Josefin.

»Passt für mich tatsächlich auch besser«, sagte Lene. »Die Boutique hat ja auch samstags geöffnet. Fürs Erste muss ich nur einmal im Monat hin, aber wenn ich den Laden übernehme ...«

»Alles klar, die Frühstücksfrauen gibt es ab jetzt sonntags!«, ergänzte Alix und hob ihre Tasse wie zum Anstoßen.

»Stimmt. Was machst du dann mit Paola, wenn du arbeiten musst?«, fragte Josefin.

»Karsten?«, warf Alix ein, woraufhin Romy mit den Augen rollte.

»Klar, der springt ein«, erwiderte Lene ungerührt, denn sie hatte sich schon alles überlegt. »Aber nicht jedes Wochenende natürlich. Einen Samstag werde ich Paola mitnehmen. Ich stelle mir das ganz nett vor mit uns beiden. Die Boutique hat bis mittags geöffnet, das heißt, Paola und ich könnten uns im Anschluss noch einen schönen Nachmittag in der Stadt machen.«

»Das wird ihr gefallen«, stimmte Romy zu.

»Glaube ich auch. Und für die restlichen zwei Tage werde ich mir jemanden suchen. Ich kann auch nicht immer nachmittags da sein, da brauche ich ebenfalls Unterstützung. Und ja«, sie blickte in Alix' Richtung, »ich werde Karsten mehr in die Pflicht nehmen. Es kann nicht sein, dass er sich nur einen Nachmittag pro Woche um sein Kind kümmert. Wir werden Paola in der Schule für die Nachmittagsbetreuung anmelden, dann bleiben wir flexibel.«

»Trotzdem ist es ein Drahtseilakt, glaub mir.« Alix kannte sich ja aus mit dem Thema.

»Darüber bin ich mir im Klaren. Aber ich bin mir sicher, dass wir es schaffen werden.«

»Ganz bestimmt«, sagte Romy und hob ihr Orangensaftglas. Die anderen taten es ihr nach. »Auf die Veränderung!«

»Auf Altes und Neues«, sagte Josefin.

»Auf den Mut«, gab Alix dazu.

»Auf die Frühstücksfrauen und viele weitere spannende Geschichten«, ergänzte Marlene, und sie stießen, glücklich, einander zu haben, mit ihren Gläsern und Kaffeetassen an.

Nachwort

Maikäfer flieg
Der Vater ist im Krieg
Die Mutter ist im Pommerland
Pommerland ist abgebrannt
Maikäfer flieg.

Noch in meiner Kindheit hat man dieses sehr alte Lied – Forscher vermuten die Entstehung im Dreißigjährigen Krieg (1618–1648) oder im Siebenjährigen Krieg (1756–1763) – gesungen, ganz unbedacht. Erst einige Jahre später habe ich so richtig begriffen, worum es darin ging und wie grausam der Text eigentlich ist.

Lange Zeit wurden die Erlebnisse und Schrecken der Flüchtlinge und Vertriebenen aus den ehemaligen Ostgebieten des Deutschen Reichs verdrängt – aus dem kollektiven ebenso wie aus dem persönlichen Gedächtnis vieler Betroffener. Zu groß war die nationale Schuld. Und es steht außer Frage, dass im Namen des deutschen Volkes Entsetzliches begangen wurde. Doch auch unter der deutschen Bevölkerung gab es Leid. Und Geschichten, die erzählt werden sollten.

Wie erlebte Traumata von Generation zu Generation weitergegeben werden können, trägt Sabine Bode meisterhaft in ihren Büchern, allen voran *Die vergessene Generation – Die Kriegskinder brechen ihr Schweigen* und *Kriegsenkel – Die Erben der vergessenen Generation* zusammen. Es ist erschütternd und fesselnd zugleich zu erfahren, wie unausgesprochene Schicksalsschläge unbewusst ganze Familien prägen, die Beziehungen zwischen den Generationen belasten und noch Kinder und Kindeskinder in ihrem Verhalten beeinflussen. Und das waren keineswegs Einzelschicksale, im Gegenteil!

Wenn man sich mit dem Thema beschäftigt, stößt man auf eine überwältigende Fülle an Lebens-, an Fluchterinnerungen. Für uns Nachfolgende ist dies ein bedeutender Schatz, der uns immer wieder vor Augen führen kann, wie wichtig es ist, für Frieden, Demokratie und Toleranz einzustehen, damit so etwas wie damals – eine der größten Katastrophen der Menschheit, in der Millionen von Menschen ihr Leben oder ihre Heimat verloren – niemals wieder geschieht.

Warum aber habe ich, als Romanautorin, ein Buch mit diesem keineswegs einfachen und durchaus heiklen Thema geschrieben?, werden Sie sich vielleicht fragen.

Wie so oft war auch dies eine Entwicklung. Möglicherweise haben Sie meinen Roman *Ein isländischer Frühling* gelesen. Darin geht es, unter anderem, um die »Esja-Frauen«, rund zweihundert Frauen, die 1949 einem Aufruf des Isländischen Bauernverbands gefolgt und für ein Jahr nach Island gezogen sind, um dort auf den zum Teil sehr einsam gelegenen Bauernhöfen zu arbeiten. Sie wurden mit dem Schiff Esja in das damals noch recht unbekannte Land hoch oben im Norden gebracht. Viele einte der Wunsch, dem zerstörten und tristen Nachkriegsdeutschland, in dem sich ihnen kaum Zukunftsperspektiven boten, eine Zeit lang den Rücken zu kehren. Bei meinen Recherchen erfuhr ich, dass sich hierfür auch viele Frauen aus den ehemaligen Ostgebieten des Deutschen Reichs meldeten, die im wahrsten Sinne des Wortes nichts mehr zu verlieren hatten, denn sie hatten schon alles verloren: ihre Liebsten, ihr Hab und Gut, ihre Heimat. Hier stieß ich zum ersten Mal auf die Erzählungen und Erlebnisse von Flüchtlingen und Vertriebenen im und nach dem Zweiten Weltkrieg. Sehr schnell wurde mir dabei klar, dass es nicht nur Deutsche betraf, sondern auch viele Menschen anderer Nationalitäten, dass man damals, salopp gesagt, eine »Verschiebeaktion« ungeheuren Ausmaßes betrieb. Heute würde man von ethnischen Säuberungen sprechen.

Und sehr schnell zeigte sich mir auch, wie viele Menschen heute noch Berührungspunkte mit diesem Thema haben, entweder, weil sie selbst ihre Heimat verlassen mussten oder weil sie mit jemandem verwandt oder befreundet sind, der aus Schlesien, Pommern, Ostpreußen, dem Sudetenland usw. hatte fliehen müssen oder vertrieben worden war. Je mehr ich mich damit beschäftigte, umso größere Kreise zog das Ganze. Immer, wenn ich irgendwo darüber sprach, sagte mindestens eine Person: »Ja, kenne ich auch« oder »Ja, meine Mutter/Vater/Oma/Opa stammten ebenfalls aus diesen Gebieten und mussten weg.« Auch Bemerkungen wie »Darüber konnte ich mit meinen Eltern nie sprechen«, »Irgendwie haben wir nie zusammengefunden« oder »Erst jetzt verstehe ich, warum meine Mutter/mein Vater auf dieses oder jenes immer so ablehnend reagiert hat«, wurden geäußert. Nicht zuletzt fanden sich in meiner eigenen Familie Fluchtbiografien und -erinnerungen.

Die zahlreichen Straßennamen, die an Orte in den betreffenden Regionen erinnern, lassen ebenfalls darauf schließen, wie viele Menschen im Nachkriegsdeutschland ankamen und eine neue Heimat suchten. So gibt es beispielsweise in vielen Orten in Deutschland eine Schlesierstraße bzw. einen Schlesierweg, darunter in Leipzig, München, Würzburg, Mühlheim, Emden, Diepholz, Hildesheim, Fürth ... also quer über die Republik verteilt. Noch häufiger findet man eine Königsberger und eine Danziger Straße, eine Breslauer Straße und, etwas seltener, einen Sudetenweg oder -straße.

Für mich als Geschichtensammlerin und Geschichtenerzählerin war es einfach ein Muss, dieses Thema aufzugreifen, auch, wenn es von den ersten Überlegungen bis zum letzten getippten Buchstaben viele Fragezeichen und Bedenken gab. Kann man das wirklich machen? Ist es nicht problematisch? Passt das zu mir und meinen anderen Romanen, die zwar alle Beziehungen und Familienbande behandeln, aber eher für frohe, lebensbejahende (Urlaubs-)Lektüre stehen? Zum Glück hat mich meine Lektorin beim Blanvalet Verlag bestätigt, und so bin ich das Wagnis eingegangen und habe allerlei Erinnerungen zusammengetragen, die mir dabei geholfen haben, einen Roman zu schreiben, der – natürlich – fiktiv ist, wobei sich das ein oder andere durchaus so zugetragen haben könnte.

Den Ort Heinrichsdorf mit seinem Rittergut gibt es übrigens wirklich. Ich habe ihn im Sommer 2020 besucht, konnte »Atmosphäre schnuppern« und hautnah erleben, wie dort in beeindruckender Weise die Vergangenheit aufgearbeitet wird. Die Adelsfamilie aus dem Buch ist allerdings frei erfunden. Was hingegen stimmt, ist, dass die reale Familie unter Führung von Mascha von Bredow am 1. März 1945 mit einem großen Treck den Ort verlassen hat. (Im Buch findet dieses Ereignis Ende Februar statt, damit es mit dem Angriff auf Stargard passt.) Laut Angaben auf der Website des Schlosses wurde der Flüchtlingsstrom jedoch von sowjetischen Panzerdivisionen eingeholt, woraufhin ein großer Teil der Einwohner zurückkehrte. Was aus ihnen und jenen wurde, die weitergegangen sind, ist mir nicht bekannt. Einige werden es geschafft haben, so auch Mascha von Bredow und ihre Familie, denn es gibt Nachkommen.

Damit ich die Ereignisse um Editha so stattfinden lassen konnte, wie sie jetzt sind, musste ich an einigen wenigen Stellen die realen historischen Daten ein wenig verschieben. Dass die Flüchtlinge aus dem Treck aus Heinrichsdorf bei Stettin einen Zug erreicht haben, ist erfunden – jedenfalls ist mir über die reale Flüchtlingsgruppe des Ortes nichts Derartiges bekannt. Hier und da habe ich mir etwas dichterische Freiheit herausgenommen, um die weitere Geschichte von Edithas Familie erzählen zu können.

Zum anderen hatte ich die Frühstücksfrauen im Kopf. Vier Frauen, die sich bei einem Geburtsvorbereitungskurs kennengelernt haben und nach den Geburten ihrer Kinder in Kontakt geblieben sind – und dies, sich und ihr Mama-Dasein bei einem monatlichen Treffen, dem Frühstück im Violoncello, regelmäßig zelebrieren. Jede dieser Frauen hat eine Geschichte zu erzählen. Marlene hat den Anfang gemacht. Sie kann nun, da sich ihre Mutter ihr endlich geöffnet hat, verstehen, warum sie in mancherlei Aspekten immer wie blockiert gewesen ist und warum sie mit ihren Eltern keine liebevolle, unterstützende Beziehung hat aufbauen können. Jetzt ist sie in der Lage, zu reifen und sich zu befreien – und so ist dieser Roman eben doch wieder ein froher, lebensbejahender geworden. Trotz des schwierigen Themas.

Noch etwas hat mir die Beschäftigung mit diesem Thema gezeigt: Redet miteinander! Geheimnisse und Schweigen führen selten zu etwas Gutem.

In diesem Sinne freue ich mich – wie immer, aber diesmal ganz besonders – über Rückmeldungen!

Herzlichst
    Ihre Eva Seifert

Literaturverzeichnis
und Quellen

Arburg, Adrian von, Borodziej, Włodzimierz, Kostjaschow, Jurij, Lachauer, Ulla, Rutsch, Hans-Dieter, Schlanstein, Beate, Schulz, Christian: Als die Deutschen weg waren – Was nach der Vertreibung geschah: Ostpreußen. Schlesien, Sudetenland. Das Buch zur WDR-Fernsehserie. 2. Aufl. 2006, Berlin, Rowohlt Berlin Verlag GmbH, 2005

Bode, Sabine: Die vergessene Generation – Die Kriegskinder brechen ihr Schweigen. 13. Aufl. 2014, Stuttgart, Klett-Cotta, 2004

Bode, Sabine: Kriegsenkel – Die Erben der vergessenen Generation. 5. Aufl. 2010, Stuttgart, Klett-Cotta, 2009

Borodziej, Włodzimierz, Endres, Gerald, Lachauer, Ulla, Rutsch, Hans-Dieter, Schlanstein, Beate: Als der Osten noch Heimat war – Was vor der Vertreibung geschah: Pommern, Schlesien, Westpreußen. 7. Aufl. 2019, Hamburg, Rowohlt Taschenbuch Verlag, 2011

Im Internet findet sich eine Fülle von privaten und offiziellen Websites sowie Filmdokumentationen, die Aufschluss geben über Familienstammbäume, Biografien, Fluchtrouten, Fluchterlebnisse oder die Ahnenforschung betreiben. Selbst besucht habe ich im Sommer 2020 das Schloss Heinrichsdorf/Pałac Siemczyno: https://palacsiemczyno.pl/de/

Danksagung

Es gibt wieder einige Menschen, denen ich Danke sagen möchte.

Zuvorderst steht da meine großartige Familie. Ich hab euch alle ganz doll lieb! Riesendankeschön an meinen Mann, für deine Liebe und Unterstützung, an meine Mutter für alles, was du mir gegeben hast, und ganz speziell auch für das ehrlich-kritische, aber gleichzeitig liebevolle Begleiten meiner Romane, und an Sigrid für deine Fürsorge und das Teilen deiner Erinnerungen.

In diesem Zusammenhang möchte ich auch all jenen danken, die ihre Geschichte mit mir persönlich oder durch Veröffentlichungen auf Webseiten, in Interviews, in Dokumentationen oder Büchern geteilt haben. Danke für all die Informationen! Und danke an Agnes für die Hilfe mit dem Polnischen!

Ich kann gar nicht in Worte fassen, wie unendlich dankbar ich Diana Keller bei Blanvalet bin für ihre akribische Arbeit und ihre wertvollen Hinweise und dass sie von Anfang an an dieses Buch geglaubt hat, und Angela Kuepper für ihre einfühlsame Überarbeitung des Manuskripts und die herzliche Zusammenarbeit!

Auf keinen Fall vergessen werden dürfen hier die »wahren« Frühstücksfrauen. Das sind einmal die Mädels von meinem »Mama-Stammtisch«, die ich seit dem Geburtsvorbereitungskurs unserer Kinder kenne und durch die mir überhaupt erst die Idee kam für die Truppe um Marlene, Alix, Romy und Josefin. Und zum anderen sind das die Freundinnen meiner Mutter, die sich selbst »Frühstücksfrauen« nennen und mir den Namen freundlicherweise überlassen haben. 1000 Dank an euch, ihr seid alle ganz tolle Frauen!

Und last but not least geht noch ein dickes Dankeschön an meinen Verlag, alle bei Blanvalet und alle meine Leserinnen und Leser! Danke, dass ihr meinen Traum wahr macht!

Drei Schwestern auf der Suche nach ihren Wurzeln und ein unvergesslicher Sommer, nach dem nichts mehr so sein wird, wie es einmal war ...

400 Seiten. ISBN 978-3-7341-0643-9

Die drei Schwestern Beate, Mona und Christine planen nach dem Tod von Beates Ehemann eigentlich eine Weltreise. Doch dann bittet sie ihr Bruder Leonhard, zu dem sie lange fast gar keinen Kontakt hatten, zu sich nach Schweden. Er hat ein paar Briefe und ein Tagebuch im Nachlass der Eltern gefunden, die Fragen aufwerfen. Was hat es mit dem Tagebuch einer gewissen Maria aus dem Sommer 1969 auf sich? Wer ist Maria, und was hat sie mit den Geschwistern zu tun? Die drei Schwestern machen sich daraufhin auf in das malerische Küstenörtchen Djursholm. Nichtahnend, dass ihnen dort der Sommer ihres Lebens bevorsteht, nach dem nichts mehr so sein wird, wie es einmal war ...

Velkominn til Íslands! – lassen Sie sich auf die wildromantische nordische Insel entführen!

500 Seiten. ISBN 978-3-7341-1134-1

1949: Voller Vorfreude blickt Ulrike der Küste Islands entgegen. Wie viele junge Frauen entflieht sie dem kriegsgebeutelten Deutschland und wagt einen Neuanfang in der Ferne. Ulrike kommt bei einer isländischen Familie unter, doch das Leben auf deren Bauernhof stellt sie vor Herausforderungen …
2022: Als die letzte Schale ihres Hochzeitsgeschirrs zerbricht, ist Bärbel tieftraurig. Sie hatte das Geschirr einst mit ihrem kürzlich verstorbenen Mann von einer isländischen Handwerkerin erstanden. Tochter Katharina will unbedingt helfen und bucht kurzerhand eine Reise auf die Insel, um die Töpferin von damals ausfindig zu machen! Auf ihrer Suche stoßen Mutter und Tochter schon bald auf jemand ganz anderes …

Lesen Sie mehr unter: **www.blanvalet.de**

Eine malerische Ciderfarm in Wales, ein tragisches Familiengeheimnis und ein unvergesslicher Sommer …

560 Seiten. ISBN 978-3-7341-0644-6

Bei Jula läuft es momentan alles andere als rund: Ihr Job erfüllt sie nicht und ihr langjähriger Freund Daniel scheint sich immer mehr von ihr zu entfernen. Für eine Auszeit soll der langgeplante Besuch bei ihrer Tante Sarah sorgen, die im malerischen Wales mit viel Herzblut ein charmantes Bed & Breakfeast führt. Doch auch sie steckt in einer schwierigen Situation: Soll sie wirklich die Ciderfarm übernehmen, die schon seit Jahrzehnten im Besitz der Familie ist, und damit ihren eigenen Lebenstraum aufgeben? In Gesprächen mit Sarah erfährt Jula nicht nur nach und nach von der tragischen wie turbulenten Geschichte des Apfelhofs, sondern auch ein unglaubliches Familiengeheimnis …

Lesen Sie mehr unter: **www.blanvalet.de**